Droemer
Knaur®

Masanori Nakamura

Operation Heimkehr

Roman

Droemer Knaur

CIP-Kurztitelaufnahme der Deutschen Bibliothek
Nakamura, Masanori:
Operation Heimkehr : Roman / Masanori Nakamura.
Aus d. Japan. übers. von Andrea Hirner. Bearb.
von Dirk Bavendamm. – [1. – 40. Tsd.]. –
München : Droemer Knaur, 1982.
ISBN 3-426-19056-7
NE: Bavendamm, Dirk [Bearb.]

1. bis 50. Tausend

Titel der Originalausgabe »Genshu no bohan«

Umschlaggestaltung: Fritz Blankenhorn
Satz: acomp, Wemding
Druck und Einband: May + Co., Darmstadt
Printed in Germany
ISBN 3-426-19056-7

Inhalt

1. Wachtturm Neuhof

Nachdem er seine Uniform abgelegt hatte, schlüpfte er in den schwarzen Kampfschwimmeranzug, schnallte sich das Sauerstoffgerät auf den Rücken und streifte die Halterung der Halogenlampe über den Kopf. Dann trat er aus der schützenden Hütte hinaus in die Juninacht.

Bis zum See waren es nur noch wenige Meter. Über die weite, dunkle Wasserfläche hinweg konnte er drüben am westlichen Ufer die Lichter des Bootshafens von Pogeez schimmern sehen. Sie schienen den Sternen über ihm Konkurrenz zu machen. Er kletterte auf den Betonsockel, der sich vor ihm wie ein verirrter Gully im Schilfgürtel ausnahm, entriegelte den gußeisernen Deckel und ließ sich in den zwei Meter tiefen Schacht hinab.

Bevor er den Wasserspiegel erreichte, schaltete er die Lampe ein. Ihr Strahl brachte die gelben Markierungen an den Innenwänden der Tunnelröhre zum Leuchten, die auf der Sohle des Schachts in Richtung Westen abknickte. Während er langsam vorwärts schritt, spürte er, wie der metallene Tunnelboden allmählich abfiel, das Wasser an ihm hochstieg und schließlich über seinem Kopf zusammenschlug. Er schaltete die Lampe aus, stieß sich mit den Zehenspitzen ab und stellte, schon im Schwimmen, das Sauerstoffgerät auf Betrieb.

Er wußte, daß die zwei Meter dicke Röhre dreihundert Meter in gerader Richtung verlief und in der Mitte des Ratzeburger Sees endete, also tief in westlichem Gebiet. Weil er mit langen kräftigen Zügen schwamm, unbeirrt von der leichten Erregung, die ihn im Hinblick auf die kommenden Ereignisse befiel, brauchte er für die Unterwasserstrecke nur ungefähr zehn Minuten. Dann ließ er sich aus der Tunnelmündung gleiten und langsam an die Oberfläche des Sees treiben, wo er gegen einundzwanzig Uhr zehn wie ein seltsamer Wasservogel fast geräuschlos auftauchte.

Die Lichter des Bootshafens waren jetzt schon beträchtlich nähergerückt. Über die glitzernden Wellen wehten die Fetzen einer fernen Musik zu ihm herüber. Obwohl es ihm in der Dunkelheit nicht gelang, einzelne Bootsrümpfe voneinander zu unterscheiden, fühlte er die verlockende Nähe des Ufers, das er morgen betreten würde. Während er vorsichtig noch ein paar Züge in Richtung Westen schwamm, legte er sich auf den Rücken. Deutlich konnte er vor dem schwarzen Streifen des Waldes am östlichen Ufer die beiden unauffälligen Lichter erkennen. Er wußte, daß er sie optisch miteinander zur Deckung bringen mußte, um zur Mündung der Tunnelröhre zurückzufinden.

Hans Joachim Hirschmeier war ganz in wohlige Gedanken an die morgige Abschlußfeier versunken. Wie in Trance fuhr er in seinem alten Porsche den schmalen Waldweg entlang, der auf die Grenze zuführte. Es krachte gefährlich, wenn der Wagen mit ziemlich hoher Geschwindigkeit über die Äste fuhr, die im Wege lagen. Und hinten auf dem engen Rücksitz war es unter diesen Umständen auch nicht besonders gemütlich.

»He, Hans! Wann kommt denn endlich das Haus von diesem Bauern?« fragte Hirschmeiers Freund Jan, der seine langen Beine von hinten über die Rückenlehne des Beifahrersitzes gelegt hatte.

»In einer Viertelstunde, glaube ich.«

»Ich hab' wohl zuviel Wein getrunken und halte es kaum noch aus vor Durst. Bei diesem Bauern wird's doch hoffentlich einen Schluck Wasser geben.«

»Glaube ich nicht. Die liegen jetzt schon in den Betten. Müssen ja morgens früh raus«, sagte der andere Freund, der sich hinter dem Fahrersitz zusammengekrümmt hatte.

»Überlaßt das nur mir. Wasser ist kein Problem«, gab Hirschmeier zurück. »Es muß ja nicht immer Selters sein. Schließlich können wir ja auch den Brunnen im Garten benutzen.«

»Mensch, mach schnell, Hans! Ich verdurste!«

Draußen war es dunkel, und die Baumstämme, die von den Scheinwerfern des Porsche erfaßt wurden, flitzten wie ein endloses Spalier angeleuchteter Riesenstreichhölzer am Fenster vorbei.

Im Rückspiegel sah Hirschmeier, daß ihm in einiger Entfernung weitere Freunde in vier Autos folgten. Er begann, Bruchstücke eines Seemannsliedes vor sich hin zu singen.

Er fühlte, daß ihn die Tunnelröhre wie ein lang vorgeschobener Rüssel verschluckte und schwamm die dreihundert Meter unter Wasser bis zum östlichen Ufer zurück. Als er wieder auf dem Betonsockel im Schilf stand und den Deckel verschloß, blickte er auf seine Armbanduhr. Die Leuchtzeiger wiesen wie gestochen auf dreißig Minuten nach neun. Das Ganze hatte nicht länger als eine halbe Stunde gedauert. Die Schleuse funktionierte, und auf dem See war alles ruhig.

Befriedigt stapfte er zur Schutzhütte zurück und kleidete

sich um. Die Uniform eines Oberleutnants der DDR-Fernmeldetruppe stand ihm gut. Er wußte das und zog die Jackenschöße unterhalb des enggeschnallten Koppels mit einer energischen Bewegung seiner beiden Fäuste glatt. Vor der Hütte wartete der Geländewagen. Es war ein sowjetisches Modell, das aussah wie ein stahlgepanzerter Lastkraftwagen. Etwas schwerfällig, aber zuverlässig. Der Motor stammte aus der DDR.

Der Fahrer ließ den Motor an. Der Oberleutnant schwang sich auf den Beifahrersitz und sagte mit befehlendem Unterton: »Zum Wachtturm Neuhof!« Der Wagen bahnte sich durch das Gehölz seinen Weg. Ein paar Minuten später kamen sie an einigen, wegen der Grenznähe, verlassenen Häusern vorbei. Sie fuhren bereits wieder auf der schmalen Straße, die am Metallgitterzaun entlangführte, als sie sich dem Wachtturm näherten. Ein Grenzsoldat trat aus dem Gebüsch und hielt den Wagen an. Es war ein Unteroffizier mittleren Alters. Er hatte die linke Hand wie zum Gruß erhoben und hielt in der rechten seine Dienstpistole.

»Ihren Ausweis und Ihre Sondererlaubnis, bitte, für das Sperrgebiet!« sagte er und streckte die Hand durch das Wagenfenster.

»Ich habe Befehl und bitte Sie, mir vom Wachtturm aus das Westgebiet zu zeigen«, sagte der Oberleutnant und fragte mit barscher Stimme zurück: »Was machen Sie hier?« Er holte dabei seine Papiere aus der Brusttasche.

Der Unteroffizier antwortete nicht. Er studierte im Licht der Scheinwerfer den Befehl und den Sonderausweis. Seine Miene entspannte sich.

»In Ordnung«, sagte er und gab die Dokumente zurück. »Ich muß Sie darauf aufmerksam machen, Genosse Oberleutnant, daß Sie sich hier nicht frei bewegen können. Ein Minensuchtrupp gräbt gerade die Minen am Grenzzaun

aus. Wir haben Befehl, uns so zu verhalten, daß die westliche Seite nichts merkt.«
Der Oberleutnant war ausgestiegen und ging mit dem Unteroffizier zum Wachtturm hinüber, ein betoniertes Ungetüm, das die verglaste Beobachtungskanzel auf seiner Spitze wie eine überdimensionale Keksschachtel balancierte.
»Schauen Sie hier. Das sind die ausgegrabenen Minen. Die Zünder sind natürlich entfernt. Aber hochgehen können die Dinger immer noch.«
Am Fuß des Wachtturms, dort, wo der Unteroffizier hinzeigte, lagen die schwarzen, verdreckten Klumpen, zu kleinen Haufen gruppiert.
»Müssen Sie alle Minen entlang der Grenze ausgraben?«
»Noch nichts davon gehört, Genosse Oberleutnant. Unser Befehl lautet nur für diesen Teilabschnitt.«
»Seit wann machen Sie das?«
»Wir haben vor einer Woche angefangen.«
»Werden Sie innerhalb der vorgeschriebenen Zeit fertig werden? Wann sind Sie fertig?«
»Wir müssen hier bis Mitternacht fertig sein. Aber wir sind etwas zu spät dran. Wir dürfen ja nicht auffallen. Deshalb können wir nicht so heranklotzen, wie wir eigentlich wollen.«
Die beiden Männer näherten sich dem Metallgitterzaun, wo die Grenzsoldaten in der Dunkelheit vorsichtig das Erdreich durchwühlten, als würden sie einer geheimnisvollen Erntearbeit nachgehen. Hin und wieder blitzten Taschenlampen auf. Man hörte die gedämpften Stimmen und den metallischen Klang, wenn einer der Handspaten auf einen Feldstein traf.
Etwa drei Meter vom Metallgitterzaun entfernt war ein Graben aufgeworfen, in dem mehrere Soldaten vorsichtig die Zünder von den Minen entfernten. Ihre verschmutzten Ge-

sichter glänzten im matten Schein der Handscheinwerfer von Schweiß, und man sah die Anstrengung auf ihren Gesichtern.

»Die Dinger sind tückisch«, sagte der Unteroffizier. »Bei diesen PM-D-6 liegen die Fühler auf der Erdoberfläche. Die Zünder sind unten angebracht, so daß man sie von oben nicht erkennen kann. Deswegen ist die Arbeit hier lebensgefährlich.«

»Natürlich«, sagte der Oberleutnant. Er sah, daß der Angriff an dieser Stelle erfolgen konnte. Bei diesem Gedanken schauderte ihm.

»Sie werden in der vorgeschriebenen Zeit fertig?« Ohne die Antwort abzuwarten, ging der Offizier zum Wachtturm und kletterte im Innern der Betonröhre die Steigleiter zur Plattform hinauf. Er dachte daran, daß die Pläne der »Kreml-Fraktion« hier bei der Volksarmee kurz vor ihrer Verwirklichung standen. Er mußte ihnen zuvorkommen.

Eigentlich hätten die Lichter des Gehöfts längst auftauchen müssen. Vielleicht sah Hirschmeier sie nicht, weil er seinen Wagen mit unverminderter Geschwindigkeit über den Waldweg prügelte, gewissermaßen ohne Rücksicht auf Verluste. Er befuhr jetzt eine Abkürzung nach Neuhof in nordöstlicher Richtung, die früher einmal, vor 1945, eine vielbenutzte Straße gewesen war. Dann hatte die Grenze dieses Straßenstück abgeschnitten. Früher waren die Bauern Rothmann hier noch mit Pferd und Wagen entlanggezuckelt. Für Urlauber aus Hamburg und Berlin, die hier gelegentlich abstiegen, hatten sie ein kleines Gasthaus betrieben. »Sommerfrische« nannte man das damals. Aber das war in den dreißiger Jahren gewesen. Seit der Eiserne Vorhang gefallen war, wurden die Grenzbefestigungen der

DDR laufend verstärkt. Niemand kam mehr vorbei. Und niemand wollte hier bleiben, außer der Familie Rothmann, die schon in der dritten Generation hier wohnte. Sie lebte von dem bißchen Weizen und Gemüse, das sie auf den kleinen Feldern entlang der DDR-Grenze anbaute.
»He, Hans! Wann kommt denn nun endlich dieses verdammte Bauernhaus? Ich verdurste!« Jans Stimme hörte sich schon fast weinerlich an.
»Warte doch, wir sind gleich da.« Hirschmeier ließ seinen Porsche im *power-slide* um die nächste Biegung schießen, während er angestrengt durch die Windschutzscheibe in die Dunkelheit spähte.

Der Oberleutnant erklomm die letzten Sprossen und stieß die Luke zur Plattform auf. Von oben hörte er eine Stimme.
»Mensch, Ludwig, schon zurück?«
Zu spät erkannte der Wachsoldat den Oberleutnant, der sich von unten in die Kanzel hinaufschob, als würde er aus dem Boden wachsen. Der Wachsoldat war ein junger Mann, vielleicht zwanzig Jahre alt, mit einem kindlichen Gesicht.
»Entschuldigen Sie, Genosse Oberleutnant. Ich dachte, es sei Unteroffizier Ludwig.«
»Sind Sie allein hier? Wo ist der Genosse Unteroffizier? Warum verläßt er seinen Posten?«
»Wir haben gerade bemerkt, daß die Telefonverbindung zum nächsten Wachtturm nicht funktioniert. Bei starkem Wind kann es schon einmal vorkommen, daß sie durch umstürzende Bäume unterbrochen wird. Wir hatten vor ein paar Nächten Sturm. Unteroffizier Ludwig wollte die Strekke abgehen und gegebenenfalls Meldung machen.« Der Soldat lockerte seine stramme Haltung.

»In Ordnung.« Der Oberleutnant zeigte dem Wachsoldaten seinen Sonderausweis und sagte: »Ich will einen Blick auf die westliche Seite werfen. Wie ist Ihr Name bitte?«
»Klausen, Gefreiter Erich Klausen, Genosse Oberleutnant. Man kann das Gebiet der BRD von hier aus gut einsehen. Da kenne ich mich aus.«
Der Gefreite wunderte sich, daß sein Besuch ausgerechnet bei Nacht die Aussicht genießen wollte.
»Danke, Genosse Klausen.« Die angespannte Haltung des jungen Soldaten lockerte sich noch etwas mehr. Ein Lächeln trat auf sein Gesicht.
In dieser milden Mittsommernacht war das rückwärtige Fenster der Beobachtungskanzel halb geöffnet. Der kühle Nachtwind strich wohltuend vom Wald herein. Tagsüber mußte der Ausblick von hier aus in der Tat hervorragend sein. Der Wachtturm stand auf der höchsten Erhebung weit und breit.
Der Oberleutnant starrte in das Dunkel, das zu dieser Jahreszeit nicht undurchdringlich war. Gleichsam zu seinen Füßen, unmittelbar vor dem Metallgitterzaun auf westlicher Seite und keinen Steinwurf weit entfernt, erstreckte sich eine Wiese. Wie tief sie reichte, konnte er nicht erkennen, aber er ahnte dahinter den Wald. Vorne rechts, in der Nähe des Waldsaumes, sah er ein paar Autos in nordsüdlicher Richtung dahinfahren. Sie fuhren offenbar sehr schnell. Er konnte die Scheinwerfer aufblitzen sehen. Das Ganze glich einer Prozession von Glühwürmchen, die sich mit großer Geschwindigkeit auf ein einsames Licht zu bewegte. Das Licht schien zu einem Haus zu gehören. Es bewegte sich nicht.
Der Oberleutnant wandte sich dem Wachsoldaten zu: »Scheint eine ziemlich tote Ecke zu sein. Oder passiert hier viel?«

Der Soldat lachte in den Augenwinkeln, was ihn wie ein übermütiges Kind aussehen ließ. »Hier regt sich eine Menge, das glauben Sie gar nicht«, sagte er und deutete mit einer vielsagenden Handbewegung auf den Restlichtverstärker, der neben dem Oberleutnant vorn an der Fensterfront stand.

»Wollen Sie einmal hier durchschauen?«

Der Oberleutnant trat hinter das Gerät und sah mit hochgezogenen Augenbrauen durch das Okular. Was er erblickte, hatte sich seinen Augen bis jetzt entzogen. Auf der Wiese schienen sich zahlreiche rotglühende Lämpchen hin und her zu bewegen. Auch wenn er seinen Blickwinkel veränderte, waren welche da. Es schienen mehrere Dutzend zu sein, und der Oberleutnant fühlte sich an seine Studienjahre in Alma-Ata erinnert, wo im Sommer die Glühwürmchen des Nachts wie ein funkelnder Schleier über dem See geschwebt hatten. »Können Sie viele sehen?« fragte der Gefreite verschmitzt. »Es sind Kaninchen. Sie kommen jetzt aus ihren Löchern heraus, um sich nach zartem Grün umzusehen. Wenn man sich erst einmal an die Unterschiede gewöhnt hat, sieht man, daß etwa die Augen eines Fuchses, wenn einer da ist, größer und klarer sind. Aber am leichtesten kann man die Rehe erkennen. Ihre Augen sind groß und rund.«

Den Oberleutnant hatte die Neugier gepackt. Er drehte den Restlichtverstärker auf dem Stativ hierhin und dorthin, um die ganze Wiese betrachten zu können. Aber plötzlich gab es dort so etwas wie eine Wellenbewegung, und zu seiner rechten Hand war – wie vom Wind hinweggeblasen – auf einmal nichts mehr von den roten Punkten zu sehen.

»Was ist los? Plötzlich ist nichts mehr zu sehen.« Der Oberleutnant war überrascht.

»So? Es wird ein Marder oder ein Fuchs gewesen sein. Der

hat die Kaninchen verjagt.« Der Gefreite lächelte überlegen. »Lassen Sie mich sehen. Ah, hier ist er. Es ist ein Fuchs. Es ist gar nicht so schwer, ihn auszumachen. Man muß nur genau dorthin schauen, wo er auftaucht.«

Der Oberleutnant schien befriedigt zu sein.

»Sehen Sie rechts den kleinen Fluß? Wenn Sie die Wasseroberfläche beobachten, könnten Sie Glück haben und ein paar Wasserratten entdecken. Auch die kommen nachts aus ihren Löchern am Ufer und suchen nach Futter.«

Das etwa drei Meter breite Flüßchen war eher ein Graben und verlief auf westlicher Seite etwa parallel zur Grenze von Nord nach Süd.

Der Oberleutnant suchte mit dem Restlichtverstärker den Wasserlauf ab. Er konnte keine Ratten ausmachen. Schließlich war er auch nicht hierher gekommen, um zoologische Studien zu treiben. Der Weg, der von Westen auf die DDR-Staatsgrenze zuführte und den Wasserlauf mit Hilfe einer kleinen Steinbrücke übersprang, interessierte ihn mehr. Er griff zu seinem Nachtfernglas, drehte ungeduldig an der Einstellung und fragte den Gefreiten, während er nach Westen Ausschau hielt: »Wie weit ist dieser Weg von hier entfernt?«

»Von hier bis zur Brücke sind es circa hundert Meter.«

»Was ist denn da weiter hinten an der Straße für eine Allee oder Hecke . . . soweit ich es erkennen kann?«

»Ach, Sie meinen den Schutzzaun. Den hat der Bauer da um seinen Hof herumgezogen, damit die Rehe und Hasen nicht das Gemüse in seinem Garten anknabbern.«

»Was baut er denn sonst an?« Der Oberleutnant hielt noch immer das Nachtglas vor seine Augen, als suchte er etwas Bestimmtes.

»Ich glaube Weizen und Rüben, wie alle Bauern hier in der Gegend. Er da drüben, der Bauer Rothmann, ist unser nächster Nachbar auf westlicher Seite. Familienbetrieb seit mehreren Generationen. Wollten nicht weg, als die Grenze gebaut wurde.«

»Sie kennen sich ja da drüben gut aus.«

»Ach, was man so hört, wenn man hier Wache schiebt. Sehen Sie das einzelne Licht? Da wohnt der Bauer. Ganz vernünftiger Mann übrigens. Macht jedenfalls keine Scherereien, obwohl seine Felder unmittelbar an der Staatsgrenze liegen . . .«

Plötzlich fuhr es wie ein Ruck durch den Oberleutnant. Mit einer hastigen Armbewegung schnitt er dem Gefreiten das Wort ab.

»Warten Sie! Was ist denn mit den Autos los? Die halten ja direkt auf die Grenze zu!«

Der Oberleutnant hatte sein Glas abgesetzt, um den nachtdunklen Raum zwischen Wald und Wasserlauf besser überblicken zu können. Die Prozession der eiligen Glühwürmchen kam jetzt bedrohlich näher.

»Darf ich mal?« Der Gefreite griff nach dem Fernglas und spähte hinaus in die Sommernacht. »Tatsächlich, die fahren ja gar nicht zu Rothmann. Scheinen lauter Privatwagen zu sein. Was haben die denn vor?«

Die beiden Männer auf dem Wachtturm erkannten jetzt, daß der erste Wagen einen gewissen Vorsprung gewonnen hatte. Mit unverminderter Geschwindigkeit fuhr er auf die Wiese und auf die Brücke zu.

»Los, schnell!« Die beiden Männer rissen die Luke auf und hangelten sich in Windeseile die Steigleiter hinunter. Befehle schallten gedämpft durch die Dunkelheit. Die Minenräumarbeiten wurden eingestellt.

Der Motor heulte noch einmal auf. Entsetzt nahm Hirschmeier den Fuß vom Gas. Das Rappeln der Reifen hatte aufgehört. Der Wagen schien wie über Seife zu gleiten. Die Lenkung ging viel zu leicht. Irgend etwas war faul – das Haus, wo war bloß das Haus? Hirschmeier wußte nicht, wie ihm geschah, als vor ihm plötzlich der Erdhügel auftauchte. Ein Meter hoch und viel zu nah. Hirschmeier trat noch voll auf die Bremse. Ein mächtiger Schlag hob den Porsche hinten hoch. Dann saß der Wagen fest.
Für einen Moment herrschte Totenstille im Fond. Der Motor war abgewürgt. Die beiden jungen Männer auf dem Rücksitz blieben stumm, bis neben ihnen auch die anderen Wagen rutschend zum Stehen kamen. Fenster wurden heruntergekurbelt und Türen geschlagen. Auf der nächtlichen Wiese gab es ein Riesenhallo. Hirschmeier schaute sich verdattert um, und obwohl er in der Dunkelheit nicht viel erkennen konnte, sagte ihm sein Instinkt, daß dies bestimmt nicht der Hof des Bauern Rothmann war. Es war eine Wiese, auf der sie standen. Das konnte er im Scheinwerferlicht der Wagen erkennen. Und vorne war ein Zaun, ein hoher, metallisch glänzender Zaun, den die Scheinwerfer seines Porsche in ein Geisterlicht tauchten.
»Mensch, das ist doch die Grenze, die Zonengrenze, der Zaun! Mensch, wir haben uns verfahren«, rief Hirschmeier. Er war entgeistert und sprang aufgeregt aus seinem Wagen. Der Schock über das Mißgeschick mit dem Auto schien in eine Panik wegen der nahen Grenze überzugehen. Ja, und da stand auch noch ein Turm, ein Riesending von einem Turm, es konnte nur ein Wachtturm sein. Hirschmeier traute seinen Augen nicht. Er sah im Scheinwerferlicht schemenhaft die Beobachtungsplattform. Er drängte sich zwischen seine Freunde, die ratlos herumstanden, schlug sie auf den Rücken, knuffte sie in die Seite und schrie sie an:

»Weg! Wir müssen hier weg, Mensch! Wir sind hier an der Zonengrenze gelandet.«
In die Gruppe der jungen Leute, die einen Moment erstarrt gewesen war, kam wieder Bewegung.
»Mensch, Hans, du bist vielleicht ein Bärenführer!«
»Schöne Bescherung!«
»Wenn das nur gutgeht.«
In der Dunkelheit stolperten die Fahrer zu ihren Autos zurück.

Der Oberleutnant und die zum Minenräumen abgestellten Soldaten waren vorsichtshalber in Deckung gegangen. Gespannt verfolgten sie durch das Gitter des Grenzzauns hindurch, wie der vorderste Wagen auf die Wiese schoß, eine leichte Rechtskurve beschrieb und mit einem dumpfen Knall liegenblieb, wobei sich die Scheinwerfer leicht nach oben richteten. Offenbar war das Fahrzeug auf irgend etwas aufgefahren. Das Licht blendete die Grenzer und nahm ihnen vorübergehend die Sicht, so daß sie die übrigen Wagen nur hören konnten.
Von der Seite kam in gebückter Haltung Unteroffizier Ludwig angelaufen. Er hatte die jungen Leute aussteigen sehen.
»Die sind wohl besoffen. So etwas hat es doch noch nie gegeben!« Soweit man das bei seiner Keucherei erkennen konnte, schien Ludwig ehrlich entrüstet zu sein. »Typisch BRD.«
Der Oberleutnant hielt seinen Zeigefinger senkrecht vor den Mund. »Leise, Mensch! Abwarten, was die vorhaben!«
Seine Augen hatten sich etwas an die Helligkeit gewöhnt. Wenn er sich vorbeugte und hinter den nächsten Pfosten duckte, konnte er die Scheinwerfer des vordersten Wagens

ausblenden. Er sah, daß die jungen Leute ausstiegen, durcheinanderliefen und dann in einem Haufen beisammenstanden. Einer hatte nur Schwimmshorts an, der Oberkörper eines anderen war nackt.
»Scheinen Rocker zu sein, oder wie die das nennen; möglicherweise betrunken«, flüsterte der Oberleutnant mit seitlich verzogenem Mund zu seinem Nebenmann. Die Entfernung betrug ungefähr zweihundert Meter.
»Denen sollte man eins vor den Latz knallen«, sagte der Unteroffizier vom Minenräumkommando und dachte daran, daß sich der Abschluß der Arbeiten an den Verteidigungsanlagen nun noch weiter verzögern würde, als es seine Befehle vorsahen.
Die jungen Leute liefen nun anscheinend planlos zwischen den Autos hin und her. Man hörte ihre Stimmen, ohne daß einzelne Worte zu verstehen waren. Aus einem Autofenster dröhnte Beatmusik.
Klausen, der in der Nähe des Oberleutnants stand, deutete mit dem Kopf auf seine Kalaschnikow, die er an sich gerissen hatte, als sie aus dem Turm gelaufen waren. »Sollen wir ihnen einen Denkzettel verpassen?« zischte er.
»Nein, lassen Sie das. Wir dürfen der westlichen Seite nicht unüberlegt Anlaß zu Provokationen geben.«
»Genosse Oberleutnant, glauben Sie, das sind bloß Rocker oder Studenten? Vielleicht sind es Provokateure, die hier eine nächtliche Fete vortäuschen, um etwas anzustellen.«
Der Oberleutnant und die Soldaten steckten die Köpfe zusammen, um über die einzuschlagende Taktik zu beraten. Ludwig und Klausen, letzterer mit seiner Kalaschnikow, kamen hinzu.
»Vielleicht wissen die, daß wir hier heute nacht die Minen ausgraben. Vielleicht haben die von irgendwoher Wind bekommen. Vielleicht haben die etwas vor.«

Der Oberleutnant legte seine Stirn in Falten und sagte: »Vertrackte Situation.« In den Dienstvorschriften kam so ein Fall nicht vor. Er mußte auf eigene Verantwortung handeln, und er mußte es besonnen tun.
Auf der Wiese hörte er das Zuschlagen von Autotüren und das Anlassen der Motoren. Mit einem schabenden Geräusch kam auch jener Wagen wieder frei, dessen Scheinwerfer nach oben gewiesen hatten.
Da fiel plötzlich ein Schuß. Der Oberleutnant hätte schwören können, daß er ihn in großer Entfernung hörte. Aber er sah, daß der Gefreite Klausen neben ihm das Schnellfeuergewehr, das er auf Einzelschuß gestellt hatte, absetzte, um nachzuladen. Instinktiv schlug ihm der Oberleutnant die Waffe aus der Hand und rief halblaut: »Deckung!«

Mit einem Ruck war der Porsche freigekommen. Hirschmeier war ausgestiegen, um seine beiden Mitfahrer, die angeschoben hatten, wieder auf den Rücksitz zu lassen. Fast gleichzeitig hörte er den Schuß und das Splittern des Glases seines linken Scheinwerfers. Ein, zwei Meter neben ihm, wo sein Freund Jan eben noch gestanden hatte, mußte die Kugel eingeschlagen sein. Wieder fühlte Hirschmeier Panik in sich aufsteigen.
»Die schießen auf uns«, schrie er mit aller Kraft. »Macht die Scheinwerfer aus! Die benutzen uns als Zielscheibe.«
Er beugte sich in seinen Wagen hinein und schaltete das Licht aus. Dann lief er mit rudernden Armbewegungen zwischen die Autos der anderen, die gerade mit qualmendem Auspuff und großem Lärm anfuhren. Das letzte hielt er an.
Hirschmeier hatte jetzt echte Angst, Todesangst. Noch ein Schuß, direkt auf ihn gezielt, auf ihn, der sich vor dem

Scheinwerferlicht der Wagen seiner Freunde abhob wie eine Schießbudenfigur auf dem Rummelplatz, und er war erledigt, tot, mausetot in diesem gottverlassenen Winkel der Welt.

»Wolfgang, schnell, den Schlüssel!« Der atemlose Hirschmeier ließ seinen Freund gar nicht erst zu Wort kommen. Flatternd lief er um das Auto herum und öffnete den Kofferraum. Wie erwartet, lag dort das längliche Futteral, das Rache und Rettung verhieß.

In ängstlicher Spannung, hinter eine Bodenerhebung geduckt, wartete Klausen auf die fällige Standpauke. Er hatte im Affekt gehandelt, und vor Aufregung schwirrte ihm der Kopf. Aber der Oberleutnant hatte seine Aufmerksamkeit wieder den Vorgängen jenseits der Staatsgrenze zugewandt. Die Autos waren inzwischen verschwunden bis auf zwei, die mit laufendem Motor noch auf der Wiese standen. Undeutlich konnte er gegen das Scheinwerferlicht eine rasche Bewegung erkennen. Es war ihm, als liefe jemand um das eine Auto herum.

»Was ist denn los? Warum fahren die nicht zurück? Einer läuft jetzt hinter den Wagen«, bestätigte Ludwig von der Seite her.

»Ja, und?« Fragend blickte der Oberleutnant zu dem Unteroffizier hinüber.

»Ich weiß nicht, was er da macht. Vielleicht holt er was aus dem Kofferraum.«

In diesem Moment fiel wieder ein Schuß. Und obwohl er das Mündungsfeuer sehen konnte, schien es dem Oberleutnant, als habe der Gefreite neben ihm ein zweites Mal abgedrückt.

»Das war ein Schuß, Mensch! Die schießen, die haben Waffen bei sich!« Gegen alle Vorsichtsmaßregeln drohte Unteroffizier Ludwig aus Überraschung oder Angst ganz aus dem Häuschen zu geraten.

Provokateure, schoß es dem Oberleutnant durch den Kopf. Es waren also doch Provokateure da drüben, die einen Angriff auf die Staatsgrenze – ja, nicht nur vorbereiteten, sondern unternahmen, die bereits geschossen hatten. Nicht er mit seiner abwartenden, scheinbar überlegenen Haltung, sondern der instinktiv handelnde Klausen hatte recht gehabt, schlimmer noch, hatte ihn, den Oberleutnant, vor den übrigen Soldaten ins Unrecht gesetzt.

»Soll ich schießen, Genosse Oberleutnant?«

Der Oberleutnant spürte, wie ihn Ludwig lauernd von der Seite her ansah, wie sich ihm der junge Klausen erwartungsvoll zuwandte, wie alle Soldaten um ihn herum auf eine Entscheidung warteten. Auf seine Entscheidung. Auf die richtige Entscheidung.

Klausen hatte wieder die Kalaschnikow gepackt. Aber der Oberleutnant winkte ab.

»Nein, das würde alles nur schlimmer machen.«

In diesem Augenblick war ein sirrendes Geräusch zu hören. Dem Oberleutnant war zumute, als habe ihn ein Schuß getroffen.

In maßloser Erregung hatte Hirschmeier die Jagdflinte seines Freundes an sich gerissen und, ohne weiter zu zielen, in Richtung Grenze gefeuert. Er warf die Waffe zurück in den Kofferraum und wollte gerade zu seinem Wagen laufen, als er die Detonation hörte. Wie ein unverhältnismäßig starkes Echo auf seinen Schuß rollte sie vom gegenüberliegenden Wald zu ihm herüber. Irgend etwas war drüben in die Luft gegangen. Hirschmeier blieb wie angewurzelt stehen. Eine leichte Übelkeit befiel ihn, als sich unmittelbar neben dem Wachtturm eine zweite Explosion ereignete. Wie von einer knöchernen Faust, die hart gegen sein linkes Knie schlug, wurde Hirschmeier zu Boden gerissen. Noch im Fallen sah er, daß einige Bäume auf der anderen Seite Feuer fingen.

Dünne Blutfäden schlängelten sich aus Nase und Ohren des Gefreiten Klausen. Die Wucht der Detonation hatte auch Ludwig umgehauen und dem Oberleutnant die Mütze vom Kopf gefetzt, während die Soldaten wie gelähmt waren. Sie begriffen nicht, was da vor sich ging. Gerade hoben sie wieder die Köpfe, um vorsichtig die Lage zu erkunden, als es wieder donnernd krachte. Die Minen, die Minen, die Minen gingen in die Luft. Und mit einem dumpfen Knistern, dem ein stählernes Bersten folgte, geschah nun, während es unerträglich krachte, das Unglaubliche vor aller Augen: Langsam und mit einem fast unmerklichen Zittern begann sich der Wachtturm nach vorn zu neigen. Wie der lange Hals einer verwundeten Giraffe, die müde geworden ist, schien er noch einmal kurz stillzustehen, als wäre da ein Widerstand zu überwinden. Dann fiel er schneller, immer schneller und stürzte bebend um. Dumpf schlug die gepanzerte Beobachtungskanzel auf die Erde auf und zerbarst in ihre Einzelteile. Der Oberleutnant fühlte, wie er von einem abspringenden Stück getroffen wurde; dann verließen ihn die Sinne.

2. In Hamburg sind die Nächte lang

Beim Kommando Nord des Bundesgrenzschutzes in Hannover klingelte das Telefon. Der wachhabende Unteroffizier nahm den Hörer ab. Am Apparat war die Ratzeburger Polizei.

»Im Grenzabschnitt Neuhof Grenzzwischenfall. Wachtturm infolge Detonation auf DDR-Gebiet umgestürzt. Vermutlich Eigenverschulden.«

Der Wachhabende machte die für solche Fälle vorgeschriebene Eintragung und setzte den Alarmplan in Gang. In Lübeck, etwa fünfzehn Kilometer von der gemeldeten Stelle entfernt, wurde vorsorglich der zweite Zug einer BGS-Kompanie in Marsch gesetzt.

Eine Stunde später hatten Soldaten der Volksarmee den Grenzabschnitt Neuhof im Umkreis von tausend Metern nach Osten abgeriegelt und die größeren Trümmer des umgestürzten Wachtturms an eine Stelle geschleppt. Ein Pioniertrupp war dabei, die restlichen Aufräumungsarbeiten zu leisten. Gegenüber, im Wald des Bauern Rothmann, ging unauffällig die BGS-Einheit aus Lübeck in Stellung.

Rund fünfhundert Kilometer südwestlich vom Ort des Geschehens, bei der 7. US-Armee in Heidelberg, hatte am gleichen Tag ein Mann begonnen, sein Augenmerk auf die

DDR zu richten, der buchstäblich weitab vom Schuß zu sitzen schien.
Nachrichtenoffizier Carey Jones hatte schon mittags aus Ost-Berlin einen Tip bekommen. Ein V-Mann meldete: Die Verwaltung Aufklärung der Nationalen Volksarmee in Ost-Berlin habe eine auffallende Aktivität entfaltet. Mehrere Mitarbeiter hätten die Hauptstadt der DDR per Hubschrauber mit unbekanntem Ziel verlassen. Jones fragte daher telefonisch bei Lester Willis im amerikanischen Generalkonsulat in Hamburg an.

Seine Freunde nannten den Stabsoffizier des US-Marinekorps einfach Less. Er stammte aus Tulsa in Oklahoma, war verheiratet und hatte zwei Töchter im Alter von sechzehn und achtzehn Jahren. Gern hätten die Willis auch einen Sohn gehabt. Aber sie beherrschten wohl die dafür geltenden Regeln nicht, meinten wenigstens ihre Freunde, wenn sie sie deshalb neckten.
Seit die Chinesen beim sogenannten Boxeraufstand des Jahres 1900 das Pekinger Diplomatenviertel gestürmt hatten, schützten die Amerikaner ihre Botschaften und Konsulate durch die bekannten Ledernacken – Männer jener Elitetruppe, der Willis seit dem Zweiten Weltkrieg angehörte. Damals hatte er auf Okinawa gegen die »Japs« mitgekämpft. Danach war seine Karriere wechselhaft verlaufen auf verschiedenen Posten im In- und Ausland. Willis gehörte nicht gerade zu den supererfolgreichen Karrieremachern. Aber ein reichliches Jahrzehnt vor seiner Pensionierung hatte er diesen Job hier in Hamburg bekommen als Sicherheitsoffizier im diplomatischen Dienst. Und er liebte diese rauhe Hafenstadt an Alster und Elbe sehr, obwohl sie eher englisch als amerikanisch war.

Willis leitete im Generalkonsulat, einer imposanten Gründerzeitvilla an der Außenalster, eine Abteilung von fünf Leuten, zu deren Aufgabe auch das allmorgendliche Hissen der amerikanischen Nationalfahne gehörte. Weil das Haus stets in einem makellos weißen Anstrich erstrahlte, hieß es im Hamburger Volksmund scherzhaft das »Weiße Haus«.
Außer seiner Sicherungsaufgabe hatte Willis noch einen Spezialauftrag. Er sollte auf jedem möglichen und unmöglichen Weg alle erreichbaren Informationen über die Truppen im Nordabschnitt des Warschauer Pakts sammeln. An sich ungewöhnlich, denn mit Oberstleutnant Roichmann verfügten die Amerikaner über einen hervorragenden Ostspezialisten an ihrer Botschaft in Bonn. Aber die Tatsache, daß man im State Department ausgerechnet Willis mit dieser Zusatzaufgabe betraut hatte, zeugte nicht nur von der Hochachtung, die seine Vorgesetzten in Washington seiner Verläßlichkeit, Ernsthaftigkeit und Ausdauer entgegenbrachten. Es lag auch einfach daran, daß Hamburg weniger als fünfzig Kilometer von der Ost-West-Grenze entfernt ist.

Von Hamburg aus war es nicht besonders schwer, vielleicht sogar leichter als von Bonn aus, die verschiedensten Kontakte zum Osten zu knüpfen. Immerhin braucht die PANAM von Hamburg-Fuhlsbüttel nur eine gute halbe Flugstunde bis nach Berlin-Tegel. Und die ehemalige Reichshauptstadt galt nach wie vor als einer der bedeutendsten Knotenpunkte im Beziehungsgeflecht der östlichen und westlichen Geheimdienste. Willis war auf dieser Strecke oft unterwegs, um seiner Aufgabe nachzukommen. Aber als jetzt Carey Jones anrief, um Näheres über diesen unerklärli-

chen Hubschrauberflug »der Ostberliner CIA« zu erfahren, wie er sich am Telefon salopp ausdrückte, war Willis zunächst am Ende seines Lateins.
Für seine Begriffe empfahl es sich nicht, deswegen seine Berliner V-Leute anzugehen. Die ehemalige Reichshauptstadt glich einem Rattennest, in dem unendlich viel geklatscht, getrickst und auf beiden Schultern getragen wurde. Der Hubschrauberflug, nach dem Jones fragte, gehörte vielleicht zu jenen Ereignissen, von denen die östliche Seite besser nicht erfuhr, daß sie auch der westlichen Seite bekannt waren.
Nachdem er das Gespräch mit Carey Jones beendet und von seinem Schreibtisch aus eine Weile gedankenverloren auf die diesige Alster geblickt hatte, griff Willis zum Telefon, als würde er einer plötzlichen Eingebung folgen. Er wählte eine Nummer in Kiel. Es war keine Geheimnummer. Es war eine Privatnummer, die sich jedoch schon manchmal als Geheimtip bewährt hatte.

Vor drei Jahren war es gewesen, auf einer Cocktailparty des englischen Generalkonsuls in Hamburg.
»Thomas Roichmann von unserer Botschaft in Bonn hat mir geraten, einmal bei Ihnen vorbeizuschauen. Ich freue mich, daß wir uns endlich kennenlernen«, hatte damals der Amerikaner zum Generalkonsul gesagt.
»Oh, ganz meinerseits. Ich habe schon viel von Ihnen gehört«, hatte der Engländer darauf erwidert. Und obwohl die Begrüßungsworte etwas förmlich klangen, schüttelten sich Lester Willis und Robert Breston so heftig und herzlich die Hand, als wollten sie die alte Kriegsalliance zwischen Roosevelt und Churchill wiederbeleben.
An sich lag eine Zusammenarbeit zwischen dem Amerika-

ner und dem Engländer aus verschiedenen Gründen nahe. Breston besorgte für das Foreign Office in London ziemlich dasselbe wie Willis für das State Department in Washington. Auch er hatte Kontakte zu den Geheimdiensten zu halten und die Verhältnisse in der DDR zu beobachten, natürlich unter besonderer Berücksichtigung der Roten Armee. Außerdem liegt das englische Generalkonsulat nur wenige hundert Meter nördlich des amerikanischen Generalkonsulats, ebenfalls am Harvestehuder Weg an der Außenalster, einer besonders vornehmen Gegend.

An jenem Nachmittag im Mai versammelten sich die Gäste auf dem kurzgeschorenen Rasen vor dem Konsulat, einer eleganten Villa aus jener Zeit um die Jahrhundertwende, als die Hamburger Reeder, Exporteure und Importeure gerade wieder einmal riesige Gewinne gemacht hatten. Die Kaufleute, Journalisten und Diplomaten aus Hamburgs feiner Gesellschaft nippten bedächtig an ihren Scotchs und Camparis, genossen den Blick von dem etwas höher gelegenen Garten auf die Wasserfläche mit den bunten Segeln und hielten ihren *small talk*. Mit anderen Worten: Sie übten sich in der Kunst, mit möglichst vielen Worten möglichst wenig zu sagen.

Willis schätzte oberflächliches Partygeschwätz nicht besonders, weil es seinem ganzen Wesen widersprach. Die Leute aus dem Mittleren Westen Amerikas reden nun einmal nicht viel. Und das Wenige, was sie reden, hat Hand und Fuß. Trotzdem hatte er gerade begonnen, sich auf das Gespräch mit einem schwatzhaften Journalisten einzulassen, der unbedingt sein vermeintlich perfektes Englisch an den Mann bringen wollte, als er Breston von fern auf sich zusteuern sah.

Willis beobachtete, wie der Engländer links einer Dame im blauen Chiffonkleid ein Küßchen auf die Wange hauchte und rechts einem Herrn im grauen Flanell ein Scherzwort zurief. Bei alledem schien Breston keineswegs seine Schritte zu bremsen, und während er sich zielstrebig dem Amerikaner näherte, bemerkte dieser den Mann, der im Kielwasser des Engländers schwamm: ein Kerl von hünenhafter Größe, breitschultrig und mit einem merkwürdig rollenden Gang, der ihm das Aussehen eines vor sich hinstampfenden Dampfers verlieh. Dagegen schien Breston die tänzelnde Grazie in Person zu sein. »Hallo, Less, wenn ich Sie so nennen darf. Wirklich nett, daß Sie noch da sind.« Breston und der Fremde hatten Willis jetzt erreicht. »Ich habe Ihnen hier jemanden mitgebracht, der Sie interessieren könnte. Scheint riesig scharf darauf zu sein, Sie kennenzulernen: Kurt Roßberg aus Kiel.«

Willis musterte den Deutschen mit einem kurzen Blick von unten und fand, daß er genauso unsympathisch aussah wie die SS-Offiziere in amerikanischen Hitler-Filmen: bullig, unbeholfen und irgendwie gleichermaßen stupide und gerissen. Roßberg war in einem Alter, das es wahrscheinlich machte, daß er im letzten Krieg gerade noch Soldat gewesen war. Vielleicht hatte er gegen die Amerikaner gekämpft, vielleicht gegen die Russen. Vielleicht war er tatsächlich ein Nazi gewesen. Jedenfalls sah er wie einer dieser ungehobelten »Krauts« aus, die Willis keineswegs besonders schätzte. Für einen Moment neigte er dazu, Breston den Einfall zu verübeln, ihm diesen Kerl hier anzuschleppen. Dann aber besann er sich auf seine beruflichen Pflichten und beschloß, das Kontaktgenie des Engländers zu nutzen.

»Freut mich«, sagte Willis etwas kurz angebunden und gab Roßberg die Hand. Ihm war, als würde seine Rechte in einen Schraubstock eingespannt. Roßberg sah ihn dabei mit großen blauen Augen an, und das war das erste, was Willis an diesem Mann angenehm überraschte.

»Roßberg arbeitet in unserem Metier«, sagte Breston vermittelnd. Er hatte das Stirnrunzeln Willis' bemerkt und bemühte sich, die Atmosphäre etwas aufzulockern. »Und obwohl ich Sie schon so lange kenne, Kurt«, fuhr er zu Roßberg gewandt fort, »weiß ich eigentlich gar nicht genau, was Sie machen.«
»Das frage ich mich auch manchmal«, brummte Roßberg mit tiefem Baß zurück. Und die drei lachten ein bißchen über diesen Ansatz zu einem Scherz.
Inzwischen begann sich der Stehkonvent auf dem Rasen aufzulösen.
Breston, Willis und Roßberg standen noch ein wenig beisammen, versuchten, das Gespräch auf unverfängliche Weise in Gang zu halten und beobachteten den allmählichen Aufbruch der Gäste.
»Wissen Sie was?« Breston hatte eine betont vergnügte Miene aufgesetzt. »Wir gehen jetzt hinüber in den Klub, essen eine Kleinigkeit und machen uns dann noch gemeinsam einen schönen Abend.«
»Keine schlechte Idee«, sagte Willis, obwohl er den Abend lieber zu Hause verbracht hätte. Aber eine innere Stimme mahnte ihn, die Spur nicht aufzugeben, die er soeben aufgenommen hatte.
»Dann fahre ich morgen früh nach Kiel. Muß schließlich vormittags wieder auf dem Bock sitzen«, fügte Roßberg hinzu. Außer dem Urheber schien keiner der drei Männer unbedingt Feuer und Flamme für diesen Plan zu sein. Willis hatte bis jetzt nur mitgekriegt, daß Roßberg irgend etwas mit Nachrichtenbeschaffung aus dem Ostblock zu tun hatte, und Roßberg glaubte, in Willis einen jener Partylöwen vor sich zu haben, die man in den Konsulaten so häufig antrifft. Keiner der beiden hielt bis jetzt besonders viel von dem anderen. Aber vielleicht war gerade das die beste Vor-

aussetzung für den feuchtfröhlichen Zug durch die Gemeinde, den die drei an jenem Abend unternahmen.
Die erste Station war, wie geplant, der Anglo-German-Club in der Nähe des Konsulats, ein überaus gediegenes Restaurant. Während die drei bei einer guten Flasche Medoc ihr Châteaubriand verzehrten, begannen sich Willis und Roßberg allmählich anzuwärmen. Vielleicht war es die Überraschung darüber, daß es ging, die sie dabei beflügelte.
Der Amerikaner erfuhr, daß der Deutsche für einen der drei Bonner Geheimdienste, für den Bundesnachrichtendienst, arbeitete, der für die Beschaffung von Informationen aus dem Ausland und für die Gegenspionage zuständig war. Und obwohl die DDR für die Bundesrepublik kein Ausland darstellte, war sie als Moskaus wichtigster Satellit Aufklärungsschwerpunkt des BND.
Nach einer zweiten Flasche Rotspon beschlossen die drei, mit dem Taxi auf die Reeperbahn zu fahren, jener »sündigsten Meile der Welt«, wie sich das Hamburger Vergnügungsviertel im Stadtteil St. Pauli nicht ohne heimlichen Stolz nennt. Den Anstoß dafür hatte unfreiwillig Willis gegeben, als er unvorsichtigerweise gestand, er habe das Nachtjackenviertel bisher nur bei Tage gesehen.
»Bei Tage«, wieherte Breston. »Das ist ja ungefähr so, als würden Sie das Empire State Building bei Nebel besteigen, um sich New York anzusehen.« Willis konnte sich dieser Logik nicht ganz verschließen, und während er sich von Brestons Lachen anstecken ließ, merkte er, daß sein Widerstand gegen die Verführungskünste des Engländers dahinschmolz wie Schnee in der Märzsonne.
Auch Roßberg schien allmählich aufzutauen. Beim Stichwort St. Pauli wirkte er geradezu elektrisiert. Die drei machten auf der Großen Freiheit einige Striptease-Lokale unsicher und landeten schließlich in der Gaststätte »Zillertal«.

Bei bayerischer Blasmusik floß das Bier dort in Strömen. Roßberg bestellte bei dem Dirigenten das Lied »Amerika, Amerika«. Und in seinem schon nicht mehr ganz nüchternen Zustand wurde Willis von den beiden auf die Bühne geschoben, wo er das Lederhosen-Orchester dirigieren mußte.
Der Gipfel des Glücks war erreicht, als die Kapelle »Auf der Reeperbahn nachts um halb eins« spielte. Die drei sangen das Lied, das einst Hans Albers so unverkennbar intoniert hatte, auf ihre Weise mit, schunkelten im Takt mit den anderen Gästen und tranken anschließend Brüderschaft. »Bob«, stellte sich Breston vor.
»Kurt«, sagte Roßberg.
»Less«, ergänzte Willis.
Lachend schlugen sie sich gegenseitig auf die Schultern und stießen mit ihren Bierkrügen an. Roßberg aber rief dröhnend in die Fröhlichkeit hinein: »Ihr Anglo-Amerikaner habt's gut. Ihr duzt euch ja sowieso schon. Aber ich muß echt umlernen.«

An diese Szene mußte sich Willis blitzartig erinnern, als er jetzt Kurt Roßbergs Telefonnummer wählte. Seit jenem gemeinsamen Besäufnis auf der Reeperbahn hatte er verschiedentlich dienstlich Kontakt mit Breston und Roßberg gehabt. Zwei- oder dreimal waren sie auch miteinander essen gegangen, aber ein Rest von Distanz war zwischen dem Amerikaner und dem Deutschen immer geblieben. Nicht, daß Willis Roßberg direkt mißtraute. Er hatte von ihm bereits mehrfach Hinweise bekommen, die sich als wertvoll und richtig erwiesen hatten, aber Roßberg war immer bemüht gewesen, seine Kontakte und Beziehungen im dunkeln zu lassen.

Irgendwie hatte Willis ein flaues Gefühl, als er im Hörer das Rufzeichen vernahm. Aber in Kiel meldete sich niemand.

Willis lag bereits im Bett und blätterte in der »New York Times«, als das Telefon klingelte. Er hörte, wie es in dem Nebenapparat, der auf seinem Nachttisch stand, leise knackte, und schloß daraus, daß seine Frau unten abgenommen hatte. Der Hauptanschluß befand sich im Flur.
Kurz darauf steckte seine Frau Joan den Kopf zur Schlafzimmertür herein. »Für dich, Schatz. Ein gewisser Carey Jones aus Heidelberg. Hoffentlich ist es nichts Ärgerliches. Ich will nur noch die Küche aufräumen und komme dann herauf zu dir.« Ihre Stimme klang irgendwie leicht gepreßt. Willis hatte sich inzwischen aus dem Bett gewälzt. Er liebte diese späten Störungen aus dienstlichem Anlaß gar nicht. Zuerst dachte er daran, daß Carey Junggeselle war. Wahrscheinlich hatte der wieder einmal nichts zu tun und rief aus lauter Langeweile seine Freunde an.
Andererseits durfte Willis einen solchen Anruf natürlich nicht ignorieren. Immerhin war Carey Jones G-2-Offizier, Nachrichtenoffizier der 7. US-Armee. Die dreihunderttausend amerikanischen Soldaten, die überwiegend im Südwesten der Bundesrepublik stationiert waren, bildeten den Kern der NATO-Landstreitkräfte und damit die vorderste Linie der westlichen Verteidigung auf dem europäischen Kontinent. Willis hatte während des Tages zweimal mit Jones wegen des Ostberliner Hubschrauberfluges telefoniert, ihm aber nicht weiterhelfen können, weil er Roßberg nicht erreichte. Wenn Jones zu so später Stunde noch einmal anrief, mußte es also etwas Wichtiges oder Dringendes sein.
Dieser Gedanke aber verdroß Willis noch mehr. Denn für

den Fall, daß Jones ihm etwas mitteilen wollte, was unter eine der Geheimhaltungsstufen fiel, hatte Willis sein Geheimtelefon zu benutzen. Und das stand nicht bei ihm zu Hause, sondern im Generalkonsulat – eine Viertelstunde Autofahrt entfernt. Willis war also keineswegs gut gelaunt, als er sich in den Stuhl neben dem Telefon fallen ließ.
»Hallo, Carey, du hast wohl wieder mal nichts zu tun. Oder was verschafft mir die Ehre zu dieser Stunde?« Willis' Stimme hörte sich nicht gerade fröhlich an. »Hallo Less, tut mir leid, daß ich dir so spät noch einmal auf die Bude rücken muß. Aber sie lassen mir keine Ruhe hier. Und da dachte ich, warum sollst *du* sie haben?«
Willis war zu Scherzen dieser Art nicht aufgelegt. Ziemlich bissig gab er zurück: »Ich dachte schon, die Leute von der ›Ostberliner CIA‹ sind mit ihren Hubschraubern soeben bei dir gelandet und zwingen dich jetzt, alle Amerikaner aus dem Bett zu klingeln, um unsere Verteidigungskraft zu schwächen.«
»Scheint eher umgekehrt zu sein, Less. Deshalb rufe ich dich an, und ich glaube, es ist besser, wenn du jetzt dein rotes Telefon nimmst.«
Das Geheimtelefon, das im Chiffrierraum des Generalkonsulats stand, war zwar schwarz, aber Willis wußte jetzt, was er auf Jones' Stichwort hin zu tun hatte. Und das fand er gar nicht lustig.
»Okay, Carey, ich komme ja schon. Halt nur noch für eine Viertelstunde die Luft an. Nein, besser für zwanzig Minuten. Muß mir erst noch die Hosen anziehen.«
Nachdem er sich angekleidet hatte, verabschiedete sich Willis von seiner Frau, die im Badezimmer gerade auf ihr Gesicht eine dicke Schicht Nachtcreme auftrug. »Daß sich die Frauen das antun müssen«, dachte er. Dann verließ er das kleine Mietshaus, das er mit seiner Familie seit einigen Jah-

ren in der Isestraße bewohnte, ging ein paar Schritte durch die laue Juninacht und stieg in seinen Volkswagen.

Die Isestraße verläuft quer zur Oderfelder Straße. Sie liegt in Hamburg 13, jenem Stadtviertel zwischen Universität und Alster, wo seit dem 19. Jahrhundert die feinen Leute wohnen. Hier gab es viele solcher Mietshäuser mit Sprossenfenstern und Stuckfassaden, in bunten Farben, dicht aneinandergebaut. Sie erinnerten Willis an Georgetown, jenen Teil Washingtons, in dem ebenfalls die feinen Leute wohnen. Und obwohl er dort nie zu diesen Leuten gehört hatte, erfüllte es ihn mit heimlichem Stolz, daß er es sich wenigstens in Deutschland leisten konnte, ihnen zum Verwechseln ähnlich zu sehen.

Willis bog schwungvoll in die Oderfelder Straße ein und war im Handumdrehen am Klosterstern, einem belebten Verkehrskreisel, von dem verschiedene vielbefahrene Straßen abzweigen. Aber zu dieser Nachtstunde – es mußte kurz vor Mitternacht sein – war kaum noch jemand unterwegs, so daß Willis nicht aufgehalten wurde. Er ließ sich durch den Kreisel wirbeln, als fahre er Karussell, bog dann schwungvoll in den Harvestehuder Weg ein und kreuzte den Mittelweg. Willis fuhr gern bei Nacht. Wegen des schwachen Verkehrs konnte man sich dann allerlei Mätzchen erlauben.

Der wachhabende Marinesoldat im Generalkonsulat hatte sich in den Raum neben der verglasten Pförtnerkabine zurückgezogen und beugte sich nur so weit vor, daß er durch die geöffnete Tür die Eingangshalle überblicken konnte. Willis sah es im Vorbeigehen, und er sah es nicht gern. Obwohl er selbst gerade um den verdienten Nachtschlaf gebracht wurde, beschloß er, diese kleine Unregelmäßigkeit zu übersehen.

Der Chiffrierraum mit den abhörsicheren Standleitungen

nach Bonn und Heidelberg lag im ersten Stock. Es war ein fensterloses Zimmer, das man erst nachträglich geschaffen hatte, indem man das Ende des oberen Flurs abtrennte. Dort stand auch die Codiermaschine. Mit ihrer Hilfe konnte das Konsulat besonders wichtige Botschaften ver- und entschlüsseln. Es kam nicht oft vor, daß sie benutzt wurde. Aber Willis fand es beruhigend, einen dieser komplizierten Apparate zu haben, die völlig unverständliche Texte und Zahlenkombinationen innerhalb kürzester Frist in lesbares Amerikanisch übersetzen konnten, als besäßen sie ein linguistisches Superhirn.

Das schwarze Telefon stand auf einem Schreibtisch an der Stirnseite des Raumes neben dem Codiergerät. Willis drückte die Heidelberg-Taste und wartete. Nach wenigen Sekunden brummte es rhythmisch in der Leitung. Am Apparat meldete sich der diensttuende G-2-Offizier der 7. US-Armee. Willis verlangte mit barscher Stimme, Carey Jones zu sprechen.

»Hey, Less! Da bist du ja, altes Haus.« Jones' Stimme klang, als wolle er sich mit Lester Willis über das letzte Baseballmatch unterhalten. Er war ein leidenschaftlicher Baseballspieler in der Armeemannschaft, während Willis das etwas behäbigere Tennis bevorzugte.

»Less, du kennst doch Ratzeburg.«

»Liegt etwa fünfzig Kilometer östlich von hier.«

»Okay, Less, und nun hör zu: Bei Ratzeburg an der innerdeutschen Grenze hat es heute in den späten Abendstunden einen rätselhaften Vorfall gegeben, kurz vor zehn Uhr. Wir wissen nicht, was es war, das den Turm umhaute, ich meine den Wachtturm, der da steht, ob es irgendein Zufall war oder ein geplantes Unternehmen, und wenn es geplant war, wer dieses Ereignis verursacht hat. Jedenfalls ist die Rede von einer Explosion, von einer gewaltigen Explosion. Muß ein ganz schöner Hammer gewesen sein, hat den Turm umgehauen wie nichts.«

»Den ganzen Turm?« Willis versuchte, die Mitteilung von Jones richtig einzuordnen und sie sich überhaupt erst einmal begreiflich zu machen. Solange er in Hamburg Dienst tat, und das waren nun schon fast fünf Jahre, hatte er von so einem Vorfall noch nie gehört. Unvermittelt fügte er hinzu: »Dann muß sich ja die Explosion auf DDR-Gebiet ereignet haben. Also keiner der üblichen Grenzzwischenfälle.«

»Sieht so aus, Less. Aber wir blicken da noch nicht ganz durch. Die Nachrichtenlage ist einfach noch zu unvollkommen. Wir erhielten eine Routinemeldung über den üblichen Kanal. Von Munition war darin die Rede, als wäre da irgend etwas in die Luft geflogen.«

»Munition?« Willis kam das sonderbar vor. Er konnte sich nicht vorstellen, woher soviel Munition in diesen Grenzabschnitt kam. Vielleicht waren ein paar von diesen verdammten Minen explodiert, mit denen die DDR ihre Leute daran hinderte, abzuhauen. Und irgend jemand hatte das in den falschen Hals gekriegt.

»Ist jemand dabei zu Schaden gekommen?«

»Weiß ich nicht, Less. Wie gesagt, wir gucken da noch nicht voll durch. Anscheinend hat die östliche Seite alles dicht gemacht. Sie haben bisher keine Verlautbarung herausgegeben. Wir kommen aber auch auf den üblichen Kanälen nicht nach Ost-Berlin durch. Scheint so etwas wie eine Nachrichtensperre zu sein.«

Willis kam das Ganze rätselhaft, aber nicht unbedingt beunruhigend vor. Grenze – Wachtturm – Explosion – Munition – Ost-Berlin – Nachrichtensperre – von dem, was Jones ihm gesagt hatte, spukten Stichworte in seinem Kopf herum wie die Bestandteile eines Mosaiks, das er noch nicht richtig zusammensetzen konnte.

»Okay, Carey, ich schau einmal nach. Mal sehen, ob ich etwas herausbekomme. Rufe dich später wieder an.«
Als Willis den Hörer auflegte, wurde ihm bewußt, daß er bereits während der letzten Minuten an Kurt Roßberg gedacht hatte. Kurt Roßberg aus Kiel. Wie das Leben so spielt! Heute mittag hatte er schon einmal mit dem Deutschen telefonieren wollen – wegen des Ostberliner Hubschrauberfluges –, ihn aber nicht erreicht. Vielleicht hatte er mehr Glück, wenn er es jetzt noch einmal versuchte.
Einen Augenblick lang überlegte Willis, wie er es am besten anfangen könne. Es war jetzt kurz nach Mitternacht. Nur wenn Kurt zu Hause war, würde jemand abnehmen. Der Deutsche war nämlich unverheiratet, ein Junggeselle aus Leidenschaft. Oder, so überlegte Willis weiter, sollte er nicht gleich die Nummer von Kurts Autotelefon wählen, auch auf die Gefahr hin, ihn bei einem Schäferstündchen zu stören. Denn Kurt war kein Kostverächter.
Instinktiv entschloß sich Willis zum zweiten Weg und hatte Glück. Mehr noch: Roßberg wußte alles und war bereits auf dem Weg nach Ratzeburg.
»Ja, Less, es handelt sich um den Wachtturm Neuhof, fünf Kilometer östlich von Ratzeburg. Die Explosion ereignete sich sechs Minuten vor zehn. Scheint einen ganz schönen Wumms gegeben zu haben. Jedenfalls soll der Turm flachliegen.«
Willis war verblüfft. »Du scheinst ja mal wieder das Gras wachsen zu hören. Wann hast du davon erfahren?«
»Genau vor einer Stunde, kurz nach elf Uhr. Habe mich sofort in den Wagen geschwungen und bin losgebraust. Bin jetzt kurz vor Lübeck auf der B 206. Vielleicht noch eine halbe Stunde bis zum Ort des Geschehens. Rufe dich später wieder an.«
Einen Augenblick überlegte Willis, ob er wirklich das

Gespräch beenden sollte. Roßberg schien es sehr eilig zu haben.
»He, Kurt, wie kam denn das Ganze heraus? Ich meine, woher hast du Wind bekommen?«
Einige Sekunden lang hörte man nur das Rauschen des Autos in der Leitung.
»Ein Pilot der PANAM hat die Explosion von oben gesehen. War gerade auf dem letzten Flug von Berlin nach Hamburg. Machte Meldung an den Tower in Fuhlsbüttel.«
Roßberg ließ offen, wie er davon erfahren hatte, und das beunruhigte Willis. Ihm kam die Geschichte nicht ganz geheuer vor. Seit wann hatte Kurt so gute Beziehungen zu den Fluglotsen in Hamburg, daß sie es ihm erzählten, wenn irgendein PANAM-Pilot einen Lichtschein an der innerdeutschen Grenze sah? Mehr konnte man ja nicht wahrnehmen, wenn man eine Explosion aus so großer Höhe erblickte. Oder wollte ihm Kurt bloß einen Bären aufbinden?
Willis spürte, wie in ihm wieder das alte Mißtrauen aufstieg. Aber er beschloß, nicht zurückzufragen und dadurch seinerseits den Argwohn Roßbergs zu wecken. Tatsache war, daß er im Moment offenbar weniger als dieser Deutsche wußte, daß er aber über ihn im Laufe der Zeit noch mehr erfahren würde. Willis brauchte diese Informationen, um sich ein Bild zu machen. Er brauchte Kurt Roßberg. Deshalb verabschiedete er sich von ihm und hängte ein.
Eine Stunde später rief Roßberg noch einmal bei Willis an, der inzwischen nach Hause zurückgekehrt und wieder ins Bett gegangen war. Was er erzählte, klang beruhigend und relativ nichtssagend. Er bestätigte Willis ausdrücklich: »Es gibt an der innerdeutschen Grenze keine Spannungssituation!« Die DDR sei momentan vollauf mit sich selbst beschäftigt, und der Bundesgrenzschutz werde sich mit Sicherheit vernünftig verhalten. Im Laufe des Gesprächs war

auch von irgendwelchen Hamburger Studenten die Rede, aber auch über diesen Aspekt wußte Roßberg angeblich nichts Genaues. Noch nichts Genaues. Er würde die Nacht über am Ort des Geschehens bleiben und weiter recherchieren.
Als sie das Gespräch beendet hatten, überlegte Willis, ob er sich noch einmal in das Konsulat begeben sollte, um Jones über das Geheimtelefon anzurufen. Aber was gab es schon groß an Geheimnissen zu berichten, was über das hinausging, was ihm Roßberg schon im Konsulat erzählt und was er, Willis, postwendend nach Heidelberg weitergegeben hatte? Schließlich war drüben nur ein Wachtturm umgefallen. Eine politische oder militärische Verwicklung der Vereinigten Staaten von Amerika schien sich nicht einmal abzuzeichnen. Willis begnügte sich damit, Jones über sein Privattelefon gewissermaßen Entwarnung zu geben und sich wieder aufs Ohr zu legen.
Neben ihm lag, während er sich dies alles noch einmal durch den Kopf gehen ließ, seine Frau Joan. Sie atmete tief im Schlaf. Fast zwanzig Jahre lang waren sie nun schon miteinander verheiratet, alles in allem eine glückliche Zeit. Einen Augenblick lang dachte Willis daran, Joan zu wecken und ihr von den Vorgängen bei Ratzeburg zu erzählen. Aber seine Gedanken verwirrten sich. Er schloß die Augen und schlief ein.

3. Ein dicker Fisch

Lagebericht

a) Allgemeines:

Ratzeburg ist eine Kreisstadt mit ca. 13 000 Einwohnern im Südostzipfel Schleswig-Holsteins, dem nördlichsten Land der Bundesrepublik Deutschland. Die Stadt liegt 40 km östlich von Hamburg zwischen Ostsee und Elbe am Ratzeburger See. Dieser erstreckt sich in nordsüdlicher Richtung und wird durch die Wakenitz gespeist, die in die Ostsee mündet. Wenige km weiter westlich verläuft der Elbe-Lübeck-Kanal. Er ist begrenzt schiffbar und verbindet die Ostsee über die Elbe mit der Nordsee und mit dem innerdeutschen Wasserstraßennetz.

Der Ratzeburger See ist mit 14 qkm einer der größten Seen Schleswig-Holsteins. Er ist von Wäldern und Feldern umgeben und dient den Hamburgern als Naherholungsgebiet. Sein Südende teilt die Stadt Ratzeburg praktisch in drei Teile: Der Stadtteil St. Georgsberg liegt am südwestlichen Ufer. Von dort führt eine Straßenbrücke auf die sog. Dominsel mit der größten romanischen Backsteinkirche Norddeutschlands und einer bekannten Ruderakademie. Der eigentliche Stadtkern, mit der Dominsel ebenfalls durch eine Straßenbrücke verbunden, liegt auf dem südöstlichen Ufer. Von dort sind es 1,5 km Luftlinie bis zur deutschen Demarkationslinie. Näher an dieser Linie liegen die Ortschaften Bäk und Mechow, die ebenfalls zu Ratzeburg gehören.

b) Demarkationslinie:

Die Demarkationslinie läuft aus nördlicher Richtung kommend am Ostufer der Wakenitz auf das Nordostufer des Ratzeburger Sees zu. Sie führt durch den sog. Kammer Bruch an den Ortschaften Utrecht und Campow, die auf DDR-Territorium liegen, etwa 2 km weit direkt am östlichen Seeufer entlang. Dann knickt sie fast rechtwinkelig in östlicher, wenig später südöstlicher Richtung ab – in Richtung Oberlauf Elbe. Auf diese Weise entsteht ein fast gleichschenkliges Dreieck. Es wird im Westen durch den Ratzeburger See, im Osten und Norden durch die DDR begrenzt. Im Süden verläuft in west-östlicher Richtung die B 208 durch Ratzeburg hindurch, das sich mit seinem Ostteil gleichsam auf der Basis des gleichschenkligen Dreiecks befindet. Die B 208 trifft etwa 3 km östlich von Ratzeburg-Stadtmitte auf die deutsche Demarkationslinie (nahe Culpiner See). Dort gibt es keinen (rpt.: keinen) Grenzübergang. Die nächsten Grenzübergänge befinden sich, von Ratzeburg aus gesehen, in nördlicher Richtung bei Lübeck-Schlutup an der Ostsee und in südöstlicher Richtung bei Lauenburg-Schnackenburg an der Elbe.

c) Explosionsort Neuhof:

Die Explosion der vergangenen Nacht ereignete sich bei dem Flecken Neuhof, ca. 3 km in nördlicher Richtung von Ratzeburg-Stadtmitte entfernt. Neuhof liegt auf dem Territorium der DDR hart an der Demarkationslinie und ist daher unbewohnt. Das gegenüberliegende Territorium der Bundesrepublik Deutschland ist – bis auf ein Gehöft (Inhaber: Hermann Rothmann) – ebenfalls unbewohnt. Die nächste größere Ortschaft auf dem Territorium der DDR heißt Schlagsdorf (ca. 1,5 km von Neuhof entfernt). Die Gegend von Neuhof ist leicht hügelig, waldig und sumpfig. Sie ist von mehreren Wasserläufen durchzogen und eignet sich wenig als militärisches Operationsgebiet. Größere Einheiten der Nationalen Volksarmee und der Roten Armee sind in der Nähe nicht stationiert. Sie müßten

aus dem Raum Schönberg-Schwerin (Entfernung bis Neuhof ca. 20–40 km) herangeführt werden.
Neuhof liegt an dem Abschnitt der Demarkationslinie, der knapp 1 km westlich im rechten Winkel vom Ratzeburger See abknickt und knapp 1 km südöstlich im stumpfen Winkel auf den Mechower See trifft. Wie Neuhof befindet sich der See ebenfalls auf dem Territorium der DDR. Unmittelbar südlich von Neuhof liegt auf dem Territorium der Bundesrepublik Deutschland der Mechower Forst.

d) Ablauf der Ereignisse:
Die Explosion ereignete sich um 21.54 Uhr MEZ auf dem Territorium der DDR unmittelbar neben dem Wachtturm Neuhof, so daß dieser umstürzte. Über die Ursache ist bis zur Stunde nichts bekannt. Es scheint sich um einen Unglücksfall zu handeln. Ob Menschen dabei zu Schaden kamen, ist nicht bekannt. Ein Teil der Grenzanlagen wurde erheblich beschädigt bzw. zerstört.
Die Meldung erfolgte auf üblichem Wege über die Polizei Ratzeburg / BGS. Das Gebiet um Neuhof wurde kurze Zeit nach dem Vorfall von Einheiten der DDR-Grenztruppen abgeriegelt. Auf westlicher Seite ging gegenüber Neuhof vorsorglich eine Einheit des BGS in Stellung. Zwischenfälle ereigneten sich in diesem Zusammenhang nicht. Ein Spannungszustand scheint gegenwärtig nicht zu bestehen.

e) Folgerungen / Rechtsgrundlagen:
Es ist damit zu rechnen, daß der Schaden an den DDR-Grenzbefestigungen im Laufe des heutigen Tages behoben sein wird. Obwohl der Vorgang ohne Beispiel ist, ergeben sich zur Stunde keine unmittelbaren Rückwirkungen auf die Sicherheit der Streitkräfte der USA. Vorsorglich wurde der G-2 der 7. US-Armee / Heidelberg eingeschaltet. Eine laufende Beobachtung der Vorgänge im Raum Ratzeburg ist sichergestellt.
Die Demarkationslinie gilt als vorläufige Grenze zwischen den bei-

den deutschen Teilstaaten. Sie hat keine völkerrechtliche Qualität. Ihr Verlauf wurde durch das Londoner Protokoll der vier Mächte vom 12. 12. 1944 und durch eine Vereinbarung zwischen den Regierungen der Bundesrepublik Deutschland und der DDR vom 29. 11. 1978 festgesetzt. Zuständig sind in Bonn

- *das Bundeskanzleramt*
- *das Bundesministerium für innerdeutsche Beziehungen*
- *das Bundesinnenministerium (für den BGS),*

sofern die Vorbehaltsrechte der Alliierten nicht berührt sind. Dafür gibt es bis zur Stunde keine Anhaltspunkte.

Stand: 8.00 Uhr MEZ *gez. Thompson*

Thomas Roichmann schob das Papier und die dazugehörige Karte befriedigt zur Seite, kippte seinen Schreibtischsessel leicht nach hinten und stocherte sich mit dem Streichholz genüßlich die Reste seines Frühstücks aus den Zähnen. Das also war der erste zusammenfassende Lagebericht der Ereignisse der vergangenen Nacht. Thompson hatte, nein, er, Thomas Roichmann hatte wieder einmal ganze Arbeit geleistet. Mit so etwas konnte er sich beim Botschafter sehen lassen. Narrensicher, absolut narrensicher. Auch der größte Schwachkopf konnte sich jetzt etwas darunter vorstellen.

Roichmann hatte keinen Grund, über seine Vorgesetzten besonders vorteilhaft zu denken. Seit er vor zehn Jahren nach Bonn gekommen war, hatte er eine ganze Reihe von Botschaftern miterlebt. Sie alle waren irgendwie die Freunde des jeweils amtierenden Präsidenten gewesen. Und weil die Präsidenten der USA während des letzten Jahrzehnts häufiger gewechselt hatten, hatten auch die amerikanischen Botschafter in der Hauptstadt der Bundesrepublik Deutschland häufiger gewechselt.

Mit seinem jetzigen Chef, Arthur Frank Burns, einem einflußreichen Wirtschaftsprofessor aus New York, war Roichmann sehr zufrieden. Der war jedenfalls mit erheblichen Vorkenntnissen nach Deutschland gekommen, konnte etwas Deutsch und hatte das Zeug, dazuzulernen – vorausgesetzt, daß man ihm in Washington genug Zeit dazu ließ, bevor man ihn wieder versetzte. Einer seiner Vorgänger war ein Kaufmann aus Milwaukee gewesen, ein netter Kerl übrigens, mit einer unbezähmbaren Vorliebe für badischen Wein. Aber er hatte nicht einmal gewußt, wo das Ruhrgebiet liegt, von Kenntnissen der Landessprache ganz zu schweigen.

Roichmann war ein smarter Endvierziger, verheiratet mit einer gutaussehenden Architektin, ohne Kinder. Er stammte aus New Jersey an der amerikanischen Ostküste, hatte ein Harvard-Diplom in Jura und war der Sicherheitsberater des amerikanischen Botschafters in der Bundesrepublik. Offiziell unterstand er dem Militärattaché und damit dem amerikanischen Verteidigungsministerium. Aber das war nur die Lesart für die deutschen Behörden. Denn den höheren Rängen innerhalb der Botschaft war klar, daß Roichmann für das CIC arbeitete, das Counter Intelligence Corps, also für den Spionageabwehrdienst der amerikanischen Streitkräfte. Die anderen ahnten es mehr, als daß sie es wußten.

Er selbst hielt sich in seinem Fach für den Allergrößten. Zwar hatte er seinerzeit wirklich wichtige Ereignisse wie den 17. Juni 1953 oder den Ungarn-Aufstand 1956, den Berliner Mauerbau von 1961 oder den Prager Frühling 1968 verpaßt, aber diesmal hatte er, seit ihn Carey Jones gegen ein Uhr morgens weckte, die ganze Nacht durchgearbeitet. Jetzt war er überzeugt, einem ganz großen Ding auf der Spur zu sein, einer »großen Herausforderung«, wie er es bei sich nannte, vielleicht der größten seiner ganzen bisherigen Karriere. Und er wußte: Ohne diese dicken Brocken, an denen er sich profilieren konnte, ließ sich der Durchbruch nicht schaffen. Der Durchbruch nach oben. Nach ganz oben. Und nichts Geringeres hatte Thomas Roichmann im Sinn.

Es war jetzt kurz nach acht, und er hatte die ganze Nacht hindurch telefoniert, recherchiert, kombiniert. Roichmann hatte wirklich allen Grund, mit sich zufrieden zu sein. Und natürlich mit Carey Jones, der ihn aus Heidelberg laufend mit den neuesten Nachrichten versorgt hatte. Ja, der gute Carey, das arme Schwein. Der saß da im Heidelberger Hauptquartier und machte die ganze Dreckarbeit für ihn, ohne eine Profilierungschance zu haben. Roichmann tat das irgendwie leid, aber sein Mitgefühl wich wachsendem Grimm, als er nun an Lester Willis in Hamburg denken mußte. Der hatte ihn sitzenlassen. Während er, Thomas Roichmann, und der gute Jones in Heidelberg sich diese lausige Nacht um die Ohren schlugen, um die Sicherheitsinteressen der Vereinigten Staaten von Amerika zu wahren, hatte dieser Lester Willis einfach gepennt.

Roichmann wollte sich gerade wieder darüber erregen, als das Telefon auf seinem Schreibtisch klingelte. Am anderen Ende der Leitung war wieder Carey Jones. Der G-2-Offizier hatte einen gesunden Menschenverstand und ein gut ausgebildetes analytisches Denkvermögen. Beides zusammen funktionierte wie ein Computer, der aus den gespeicherten Daten diejenigen auswählte, die nicht in den jeweils gegebenen Raster paßten. Entweder wurden diese Informationen dann so lange hin und her gewendet, bis sie sich in das vorhandene Bild einfügten, oder das ganze Bild wurde verändert und den neuen Informationen angepaßt. War es soweit, pflegte Jones zu sagen: »Das ist aber sehr verzwickt.«

Der G-2-Offizier hatte am Vortage von seinen Leuten in

Ost-Berlin erfahren, daß sich mehrere Agenten der Verwaltung Aufklärung der Nationalen Volksarmee per Hubschrauber auf eine Reise mit unbekanntem Ziel begeben hatten. Wenige Stunden später fiel dann an der deutsch-deutschen Grenze bei Ratzeburg unter rätselhaften Umständen dieser Wachtturm um. Die Sache mit dem Wachtturm war eine Information, die nicht in Jones' Bild von dem »Ostberliner CIA-Ausflug« paßte. Es war nicht einmal sicher, ob beide Vorgänge überhaupt irgend etwas miteinander zu tun hatten. Aber in Jones' Computer-Hirn klingelte es an einer bestimmten Stelle: »Das ist aber sehr verzwickt«, und zwar in dem Moment, als er an diesem Morgen von einem Berliner Informanten hörte, daß es bei der Explosion in Neuhof mehrere Tote gegeben habe, von denen einer besonders wichtig gewesen sei. Deshalb rief er Roichmann an.

»Tom, hör zu. Bei der Sache in Neuhof da, ich meine bei der Explosion, soll es Tote gegeben haben. Zur gleichen Zeit soll an dieser Stelle eine wichtige Person verschwunden sein. Vermutlich ist sie ebenfalls tot. Näheres weiß ich nicht. Nur soviel: Diese wichtige Person scheint mit dem DDR-Nachrichtendienst in Verbindung zu stehen. Aber von ihr fehlt merkwürdigerweise jede Spur. Als hätte sie sich in Luft aufgelöst. Deshalb wird die Aufregung in Ost-Berlin von Stunde zu Stunde größer. Nach ihrer Nervosität zu urteilen, scheinen sie irgendeinen Prominenten zu vermissen. Aber wenn es sich wirklich um einen so wichtigen Mann handelt, was, zum Teufel, hat er mitten in der Nacht bei diesem gottverlassenen Wachtturm zu suchen?«

Es war wirklich verzwickt: Jones jonglierte mit seinen Informationsbausteinen herum, vermochte sie aber nicht zu einem plausiblen Ganzen zusammenzusetzen.

Auch Roichmann war ratlos. Da hatten sie sich vergangene

Nacht sämtliche Beine ausgerissen, um ein halbwegs klares Bild von den Vorgängen dort oben bei Ratzeburg zu gewinnen, und Thompson hatte gerade dieses wirklich sehr nützliche Papier für den Botschafter abgeliefert, mit dem er, Roichmann, sich profilieren wollte – und nun kam das dazwischen. Aber noch während der CIC-Mann versuchte, seine Gedanken zu ordnen und auf den Punkt zu bringen, schoß es ihm durch den Kopf: »Das ist der Fisch, der ganz dicke Fisch. Um jeden Preis will ich den in mein Netz bekommen.«

In diesem Moment meldete sich Jones aus Heidelberg noch einmal: »Tom, in die Sache scheint mächtig Bewegung zu kommen. Ich höre soeben aus Berlin, dieser verschwundene Mr. Unbekannt soll ein vierundzwanzigjähriger Oberleutnant der DDR-Fernmeldetruppe sein. Kannst du dir einen Reim darauf machen? Seit wann ist ein Oberleutnant so wichtig, daß die sich in Ost-Berlin vor lauter Aufregung in die Hosen machen? Angeblich soll sogar das Politbüro zusammengetreten sein. Kannst du das mal gegenchekken?«

Allmählich erwachte Roichmann wieder aus der Erstarrung, in die ihn diese Mitteilungen versetzt hatten. Politbüro? Also doch politisch. Jetzt wurde eine Affäre daraus. Jetzt war er gefordert, er, Thomas Roichmann, Sicherheitsberater des US-Botschafters mit Harvard-Diplom.

»Weißt du wenigstens den Namen von diesem Mann, Carey? Handelt es sich vielleicht um einen Verwandten von irgendeinem dieser SED-Bonzen? Vielleicht hat er ein spezielles Know-how, das ihn für die DDR wichtig macht?« Roichmann fand selbst, daß seine Fragen nicht sonderlich originell waren.

»Nichts davon gehört. Habe schon zurückgefragt. Glaube, daß wir an dieser Sache noch eine Weile zu knacken haben.«

Jones' Stimme klang irgendwie beruhigend, als er auflegte.
Roichmann fiel ein, daß er ohne diesen Jones jetzt aufgeschmissen wäre. Wie sollte er herausfinden, wer von den Hunderten von Oberleutnants, die es in der Volksarmee gab, verschwunden war? Und wohin? Warum?
»Die Sache wird immer komplizierter«, sagte Jones, als er eine halbe Stunde später wieder anrief. »Da ist letzte Nacht nicht nur ein Oberleutnant verschwunden – da sind auch noch Studenten aufgetaucht.«
»Studenten?« Roichmann fuhr sich mit der rechten Hand über die Stirn und zweifelte, richtig gehört zu haben. »Auch am Wachtturm? Wo kamen die denn her?«
»Von Westen.«
»Von Westen? Mensch, Carey, ich glaube, du spinnst. Dir ist wohl die schlaflose Nacht nicht bekommen. Im nächsten Moment wirst du erzählen, der Präsident der Vereinigten Staaten sei soeben auf den Zinnen des Kreml gesehen worden.«
»Glaub mir, Tom«, sagte Jones am anderen Ende der Leitung in fast flehentlichem Ton, »ich blicke da auch nicht mehr voll durch. Aber die Studenten – ich glaube, es waren ungefähr zehn – tauchten auf westlicher Seite auf. Ja, bei Neuhof. Kurz vor der Explosion.«
Vor dem inneren Auge von Thomas Roichmann, der sonst eher ein cooler Typ war, begannen die Bilder zu kreisen. Ein junger Mann tauchte auf, in der Uniform eines Oberleutnants, und wurde plötzlich – bäng! – durch eine Explosion in tausend Stücke zerfetzt. Die Luft färbte sich rot, blutrot, und in den sich drehenden Nebeln waren plötzlich die Gestalten von zehn jungen Männern zu sehen, als habe sich der zerfetzte Oberleutnant verzehnfacht. Vielleicht lag es an der langen und schlaflosen Nacht, Roichmann befiel ein

Schwindelgefühl. Von weitem hörte er wieder die Stimme von Jones.

»... ins Bein geschossen.«

»Wie? Sag das noch mal! Dem einen Studenten ins Bein geschossen?« Mit einem Schlag war Roichmann wieder hellwach. »Dann hat es da oben ja eine richtige Schießerei gegeben, einen Grenzzwischenfall mit Verwundeten und Toten. Mensch, Carey, das ist doch ein dickes Ei.«

»Ja, die haben auf den einen Studenten geschossen, und der hat dann zurückgeschossen. Und dann fiel, wenn ich es richtig sehe, der Wachtturm um.«

»Zurückgeschossen? Seit wann laufen denn die Studenten mit Kanonen herum, wenn es nicht gerade Baader-Meinhof-Leute sind?«

»Weiß ich aus hundertprozentig sicherer Quelle, Tom, kannst du mir glauben. Hast du denn schon Reaktionen aus Bonn?«

»Aus Bonn? Ja, haben die denn schon in Bonn protestiert?«

»Weiß ich nicht, Tom, aber vielleicht kümmerst du dich mal darum. Ist schließlich nicht mein Bier.«

Siedend heiß fiel es Roichmann ein: Über die ganze Aufregung und das nächtliche Detektivspiel wegen der Explosion an der Grenze hatte er das Nächstliegende vergessen: Bonn. Wenn es wirklich stimmte, daß es da oben hüben und drüben eine Schießerei gegeben hatte, dann hatte die SED-Führung inzwischen bestimmt längst bei der Bundesregierung protestiert. Das ging bei denen ja immer sehr schnell. Und eine bessere Erklärung für ihren explodierten Wachtturm und den verschwundenen Oberleutnant als eine Provokation aus dem Westen konnten sie ja gar nicht haben.

Unbewußt rückte Roichmann enger an die Rückenlehne seines Schreibtischsessels und machte sich steif. Die DDR fiel in den Zuständigkeitsbereich des Bundeskanzleramts und des Innerdeutschen Ministeriums. Wenn die Sache wirklich so wichtig war und die SED inzwischen Vorstellungen erhoben hatte, dann sicher bei der ersten Adresse. Das verhieß mehr Öffentlichkeit.

In dem rostbraunen Gebäude am Bundeskanzlerplatz, das von weitem aussah, als wäre es wirklich vom Rost befallen, kannte Roichmann den Leiter des Deutschlandpolitischen Referats, Ministerialdirektor Pfleger. Ungeduldig drückte er den Knopf auf seiner Sprechanlage, der für die Verbindung mit seinem Vorzimmer sorgte.

»Ministerialdirektor Pfleger, Bundeskanzleramt, bitte.«

Während sich Frau Martens, seine Sekretärin, um einen Kontakt mit dem Bundeskanzleramt bemühte, schaute Roichmann nervös auf seine Uhr. Es war jetzt kurz vor neun. Wenn er Glück hatte, war Pfleger schon im Büro.

Der Sprechapparat neben ihm gab einen Summton von sich. Frau Martens hatte offensichtlich die Verbindung hergestellt.

»Hier Roichmann, amerikanische Botschaft, Bonn. Kann ich Herrn Ministerialdirektor Pfleger sprechen?«

Am anderen Ende der Leitung erklang eine weibliche Stimme: »Einen Augenblick bitte, Herr Roichmann, ich verbinde.«

Es knackte in der Leitung.

»Hier Pfleger.«

»Hier Roichmann. Guten Morgen, Herr Pfleger. Ich hoffe, es geht Ihnen gut?«

»Kann nicht klagen. Und Ihnen?«

»Danke, nach *dieser* Nacht.«

»Sie haben die Nacht durchgefeiert?«

»Man kann es auch so nennen. Aber nein, im Ernst, wir hatten ein kleines Problem. An der innerdeutschen Grenze, oben bei Ratzeburg, ist etwas passiert. Ein Grenzzwischenfall. Wir hörten von einer Schießerei. Es soll dabei Tote gegeben haben. Angeblich ist auch ein Wachtturm explodiert.«

Für mehrere Sekunden schien es Pfleger die Sprache zu verschlagen. Dann kam seine Stimme mit Entschiedenheit zurück: »Ich habe den letzten Grenzlagebericht noch nicht erhalten. Sind Sie ganz sicher? Kann es sich da nicht um einen Irrtum handeln? In Ratzeburg, sagten Sie?«

Roichmann war wie vor den Kopf geschlagen. Wieder begannen die Bilder vor seinem inneren Auge zu kreisen. Er rieb sich die Augen, als hätte er geträumt.

»Ein Irrtum ist ausgeschlossen, Herr Pfleger, wirklich ausgeschlossen. Wir haben das aus absolut sicherer Quelle.« Er antwortete mechanisch wie ein Sprechautomat. Dann ließ er den Hörer sinken und legte auf. Es war unfaßbar: In Ost-Berlin standen sie kopf, aber die in Bonn hatten noch nichts davon gehört. Irgend etwas stimmte hier nicht. Roichmann beschlich ein ungutes Gefühl.

4. Gruß aus dem Krankenhaus

Willis kam kurz nach neun ins Büro. Trotz der verhältnismäßig kurzen Nacht fühlte er sich recht ausgeruht, und Joan hatte ihm auch einen extra starken Kaffee gemacht. Er blickte auf die Alster und reckte sich. Jemand klopfte an die Tür. Es war einer der Hausboten.

»Hier, für Sie.«

Willis nahm den braunen gepolsterten Briefumschlag entgegen – DIN C 5, ohne Absender – und riß ihn auf. Zum Vorschein kam eine Minitonbandkassette, wie man sie bei Taschendiktiergeräten benutzt. Daran hing ein Zettel: GRUSS AUS DEM KRANKENHAUS MÖLLN – KURT.

Zunächst war Willis geneigt, das Ganze für einen Scherz zu halten. Zur Kontrolle rief er in der Pförtnerloge an. Ja, der Brief war vor einer Viertelstunde abgegeben worden. Nein, der Mann, der ihn überbrachte, war nicht breitschulterig und groß, eher klein und dick gewesen.

Eine Viertelstunde später hatte sich Willis den passenden Rekorder besorgt, um die Kassette abzuspielen. Er setzte sich, legte die Beine auf den Schreibtisch und stützte erwartungsvoll sein Kinn auf seine linke Hand. Was er zu hören bekam, war zweifelsfrei Roßbergs Stimme. Die andere Stimme kannte er nicht. Sie schien einem jüngeren Mann zu gehören.

»Wie geht es Ihnen?«

»Danke, recht gut.«
»Haben Sie Schmerzen?«
»Im Moment nicht.«
»Ich hoffe, es ist nichts Ernstes.«
»Die Ärzte sagten, es sei wahrscheinlich nur eine Fleischwunde. Vorsorglich haben sie das Bein geröntgt.«
»Hatten Sie schon Besuch?«
»Ja, hier war jemand von der Polizei. Ich glaube, es war so 'ne Art Verhör. Der tat so, als hätten wir ein Staatsverbrechen begangen.«
»Habt ihr ja auch!«
So begann das Zwiegespräch. Der junge Mann rollte das »R« sehr stark. Er sprach ohne Befangenheit. Roßberg schien ihn zu kennen.
»Fangen wir also noch einmal an, Herr Hirschmeier. Sie wissen, dies ist eher ein privates Gespräch. Sie müssen es nicht führen, obwohl ich ein dienstliches Interesse nicht leugnen kann.«
»Ja, ja, ich weiß. Es ist schon gut – Sie sind um meine Sicherheit besorgt. Was kann ich Ihnen schon groß erzählen?« Die Stimme des jungen Mannes klang resigniert.
»Wie es gewesen ist.«
»Na gut. Also. Wir hatten da gestern unsere Feier im Segelklub. Wir haben ganz schön einen gebechert. Anschließend . . .«
»Entschuldigung. Wo liegt dieser Klub?«
»In Ratzeburg, am See. Eigentlich bin ich ja in einem Hamburger Klub. Aber einer unserer Segelfreunde hatte meine Kommilitonen und mich nach Ratzeburg eingeladen. Das Bootshaus dort ist gemütlicher als unseres.«
»Gut, fahren Sie fort.«
»Naja, eben, gegen zehn fuhren wir los. Ich will nicht gerade sagen, daß wir betrunken waren. Aber wir hatten ganz

schön zugelangt, jeder so an die sieben, acht Biere und die dazugehörigen Körner. Wir hatten, will ich mal sagen, einen in der Krone. Aber fahruntüchtig waren wir nicht.« Der junge Mann machte eine Pause. »Jedenfalls fühlte ich mich noch recht fit.«

»Das ist immer so«, warf Roßberg ein. »Jeder Betrunkene glaubt, er sei nüchtern, nur die anderen seien besoffen.«

Wieder entstand eine kurze Pause.

Willis konzentrierte sich mit zunehmendem Interesse auf das kleine Gerät. In diesem Augenblick klingelte das Telefon. Am Apparat war Carey Jones. Er überschüttete Willis mit Vorwürfen wegen der vergangenen Nacht. Der Angegriffene wehrte sich nur schwach. Er hatte an diesem Morgen keine Lust, sich zu streiten. Er stritt sich sowieso nicht gern. Er fand diese Zänkerei überflüssig.

»Ist ja alles schön und gut, Carey, aber warum regst du dich so auf?«

»Weil ich es einfach nicht fair finde, daß wir hier die ganze Arbeit machen, und du horchst derweil an der Matratze.«

»Nun gut, Carey, tut mir leid. Aber was gibt es denn nun Neues?«

Jones berichtete von den zusätzlichen Vorfällen der vergangenen Nacht: von dem verschwundenen DDR-Oberleutnant, von den Studenten, die plötzlich im Raum Neuhof aufgetaucht waren, kurz bevor die Explosion erfolgte, von der Aufregung in Ost-Berlin. Das Politbüro tagte noch immer. Über die Studenten wußte man in Heidelberg noch nichts Genaues, was Willis mit einer gewissen Genugtuung erfüllte. Denn es war abzusehen, daß er hier mehr erfahren würde. Er konnte sich gewiß in einer halben Stunde für Carey Jones' »unfreiwillige Nachtwache« revanchieren, wenn er erst einmal das Band bis zum Ende abgehört hatte.

Etwas ungeduldig unterbrach Willis daher seinen Ge-

sprächspartner: »Und der Oberleutnant, wißt ihr denn über den etwas mehr?«
»Scheint ein ziemlich hochkarätiger Spezialist zu sein – für Elektronik oder Elektrotechnik oder so. Mit Verdienstmedaille von Onkel Erich persönlich. Dabei ist Hirschmeier erst vierundzwanzig Jahre alt . . .«
»Hirschmeier?« Willis schien es, als habe er diesen Namen soeben auf dem Tonband gehört.
»Ja, Hirschmeier, Hans Joachim mit Vornamen.« Jones hatte alle Mühe, mit den deutschen Namen zurechtzukommen. »Hirschmeier« hörte sich bei ihm wie »Hörtschmair« an, und »Hans Joachim« war kaum zu verstehen. Es klang eher, als müsse Jones niesen. »Hatte möglicherweise mit der Entwicklung einer neuen elektronischen Waffe zu tun. Anders ist ja die ganze Aufregung nicht zu verstehen . . .«
»Augenblick mal, Carey«, Willis war Jones ins Wort gefallen und ließ das Band zurücklaufen. Gleich mußte die Stelle kommen, an welcher der Name fiel. Halt, hier war Kurts Stimme, hier die Pause und hier wieder Kurt:
»Fangen wir also noch einmal an, Herr Hirschmeier.«
Der Name war klar zu verstehen. Hirschmeier – wie der Oberleutnant aus der DDR. Auch Willis fiel es schwer, den Namen auszusprechen. Wie viele Hirschmeiers gab es? Konnte eine Verwechslung vorliegen? Waren sie miteinander verwandt? Kurt, der Teufelskerl, redete auf dem Band offenbar mit einem dieser Studenten. Unter ihnen mußte sich ein Hirschmeier befinden.
Willis drückte die Stoptaste des Kassettenrekorders und nahm das Telefongespräch mit Jones wieder auf.
»Du, Carey, entschuldige, wenn ich unterbreche. Ich bekomme hier gerade ein Zeichen. Soll mal eben zum Chef. Ruf' dich später wieder an.« Bevor er mit Jones weitersprach, das fühlte Willis deutlich, mußte er dieses Tonband

bis zum Schluß hören. Dann würde er klüger sein, klüger als Carey Jones.

». . . Betrunkene glaubt, er sei nüchtern, nur die anderen seien besoffen.«

Hier war sie wieder, Kurts tiefe Stimme. Willis mußte an dieser Stelle lächeln: Jones wird mich für betrunken halten, wenn ich ihm von dieser Namensgleichheit erzähle, dachte er. Nach einer kleinen Pause war wieder die Stimme des jungen Mannes zu hören, Hirschmeiers Stimme. Sie klang hart mit dem rollenden »R«.

»Wir setzten uns also in die Autos und fuhren los.«

»Warum fuhren Sie Richtung Grenze, in den Wald?«

»Ach Gott, warum schon. Wir wollten einfach die Hauptstraße vermeiden. Wir wollten natürlich nicht von der Polizei geschnappt werden in diesem Zustand.«

»Wer hatte die Idee?« In Kurts Stimme schien ein Unterton von Schärfe zu liegen, eine gewisse Ungeduld.

»Weiß ich nicht mehr. Vielleicht ich, vielleicht einer meiner Freunde. Warum ist denn das so wichtig?«

Eine kurze Pause trat ein.

»Naja, ich weiß schon. *Okay.* Wir fuhren also in diesen Wald. Und unterwegs hatte Jan, ich meine, einer meiner Freunde, der bei mir hinten im Wagen saß, die Idee, noch bei diesem Rothmann vorbeizuschauen. Also, ihn aus dem Bett zu klingeln, denn der schlief ja wahrscheinlich schon. Wir wollten da unseren Nachdurst löschen.«

»Weiter.«

»Ja, und dann ist es eben passiert. Wir kamen vom Weg ab und landeten an der Grenze.«

»Warum merkten Sie nicht, daß Sie vom Weg abkamen? Vom Weg bis zur Wiese und von da bis zum Zaun, das ist ja etwas mehr als ein Katzensprung.«

»Wissen Sie, das ging alles so schnell. Wir hatten ja einen

ziemlichen Zahn drauf. Das habe ich gar nicht richtig gemerkt. Schließlich hatte der Wagen keine Bodenhaftung mehr, ich konnte auf der Wiese nicht mehr bremsen, und schon saßen wir fest.«

»Kinder sollten eben doch nicht so schnelle Autos fahren.« Willis hörte die Ironie in Roßbergs Stimme. »Haben Sie denn das Schild ›Halt! Zonengrenze!‹ gar nicht bemerkt? Wenn ich mich nicht irre, steht da eine ganze Menge von diesen Schildern im Wald herum.«

Der Student schwieg.

»Und noch eins. Wie kamen Sie denn gerade auf diesen Rothmann – mitten in der Nacht?«

»Rothmann? Den kennen wir eben, das heißt, mein Freund kennt den. Der wohnt ja in Ratzeburg.«

»Sie sagen: Ihr Freund. Wenn es Ihr Freund ist, dann haben Sie den doch sicher öfter besucht. Wenn Sie ihn öfter besucht haben, dann kennen Sie auch die Gegend um Ratzeburg. Wenn Sie aber die Gegend um Ratzeburg kennen – warum haben Sie sich dann verfahren?«

Willis gefiel es, wie Roßberg den Studenten in die Enge trieb.

»Was heißt kennen?« Der Stimme war keine Unsicherheit anzumerken. »Wie man eine Gegend eben kennt. In dem Winkel dahinten bin ich auf alle Fälle noch nie gewesen. Das ist ja am Arsch der Welt, und ich sagte Ihnen ja schon: Wir hatten einen ganz schönen Zahn drauf.«

Willis fand, daß das recht überzeugend klang.

Roßberg hüllte sich in Schweigen. Nach einer Weile fuhr er fort: »Und dann haben Sie geschossen.«

»Ich geschossen? Die haben doch zuerst geschossen. Wir standen da noch ziemlich ratlos auf der Wiese herum, da haben die geschossen. Wenn Jan nicht eine Sekunde früher zur Seite getreten wäre – wir hatten gerade versucht, den

Wagen anzuschieben –, hätte es ihn erwischt. Das ist doch Wahnsinn, oder nicht? So haben sie nur den Scheinwerfer getroffen. Der ist nun im Eimer, aber das macht ja nichts – ich meine, im Vergleich.«

»Noch einmal ganz genau, Herr Hirschmeier: Sie kamen von der Straße, das heißt vom Weg ab und fuhren auf die Wiese. Wie ging es dann weiter?«

Der Student schien zu überlegen. »Nun, wie ich schon sagte. Wir gerieten auf die Wiese. So ein Auto läßt sich ja gar nicht mehr steuern, wenn das mit hoher Geschwindigkeit passiert. Und ehe ich mich versah, saßen wir fest – aufgefahren. Wie mit einem Schlag. Ich hatte den Erdhügel erst im letzten Moment gesehen. Gott sei Dank hatte ich den Gurt um.«

»Sie saßen also im doppelten Sinne fest. Und dann?«

»Und dann? Die Scheinwerfer waren ja nach oben gerichtet. Sie zeigten genau auf den Metallgitterzaun. Im Hintergrund konnte ich sogar schwach den Wachtturm erkennen.« Der Student legte eine Pause ein und sagte dann leise: »Und da wußte ich natürlich Bescheid.«

»Sie wollen also allen Ernstes behaupten, Sie hätten bis zu diesem Zeitpunkt gar nicht gewußt, wie nahe Sie der Grenze waren? Herr Hirschmeier! Das können Sie erzählen, wem Sie wollen, mir aber nicht. Das glaube ich Ihnen einfach nicht.«

Willis versuchte, sich die Gesichter von Roßberg und Hirschmeier vorzustellen.

»Tut mir leid, Herr Roßberg, ich sagte Ihnen ja schon: Ich wußte es nicht. Wirklich nicht.«

»Lassen wir diesen Punkt mal auf sich beruhen. Sie saßen fest, sahen die Grenze und – nun, was haben Sie in dieser Sekunde gedacht?«

»Gedacht? Eigentlich gar nichts. Sie haben so was ja wahrscheinlich noch nicht erlebt, aber ich kann Ihnen sagen. Wir hatten doch eben erst dem Klubhaus den Rücken gekehrt, waren in einer Mordsstimmung und hatten doch zudem einen gehoben. Und dann saßen wir plötzlich in der Scheiße. Da denkt man dann nicht mehr viel.«

»Leuchtet mir ein«, sagte Roßberg. Seine Stimme klang ganz ruhig. »Aber eine Sache verstehe ich nicht. Sie saßen fest und standen da auf der Wiese herum. Gut, zuerst haben Sie sich nichts weiter gedacht. Die Überraschung, der Schreck und so, leuchtet mir ein, schließlich hatten Sie eben eine Art Unfall gehabt. Aber irgendwann müssen Sie ja mit dem Nachdenken wieder angefangen haben. Wann war das?«

»Wir kamen ja gar nicht mehr zum Nachdenken! Zuerst bekamen wir ein mieses Gefühl, klar, die Grenze, der Wachtturm, alles so nah, das Auto womöglich im Eimer. Wir waren ja gerade dabei, uns wieder zu berappeln, da fiel schon der Schuß, der Schuß von der anderen Seite. Wir kamen ja gar nicht mehr zum Nachdenken.«

»Woher hatten Sie das Gewehr?« Willis fand, die Frage klang, als habe Roßberg sie abgeschossen.

»Das Gewehr? Sie meinen das Gewehr? Das Gewehr gehört einem Freund, genauer seinem Vater.«

»Also mußte der Freund es Ihnen geben.«

»Ja, das heißt, ich habe es mir genommen. Aber das ist es ja: Das weiß ich ja alles gar nicht mehr so genau. Ich war ja vollkommen durcheinander.«

»Strengen Sie sich an, erinnern Sie sich, möglichst genau.«

»Ja, das war so: Ich hatte Angst. Nach dem Schuß auf Jan hatte ich einfach Angst. Ich hatte Angst, daß sie als nächstes mich anvisieren und abknallen würden. Wir waren für die ja im Scheinwerferlicht astrein zu sehen. Ich hatte schon vor-

her einen Riesenschrecken bekommen, als ich da plötzlich so nah an der Grenze gelandet war. Aber nach dem Schuß, ja, nach dem Schuß, glaube ich, bin ich richtig in Panik geraten. Ich hab' mir das Gewehr genommen und habe geschossen. Ich habe zurückgeschossen.«
»Wollten Sie jemanden da drüben treffen? Ich meine töten? War es ein gezielter Schuß?«
»Gezielter Schuß eigentlich nicht. Ich habe nicht weiter gezielt.«
»Wollten Sie töten?«
»Töten?«
Willis stellte sich vor, wie es jetzt in dem Studenten arbeitete.
Nach einer Weile sagte Hirschmeier: »Töten – töten wollte ich eigentlich nicht. Andererseits – wenn es so gekommen wäre, ich glaube, im Moment wäre es mir egal gewesen.«
»Also haben Sie doch nachgedacht!« Roßbergs Stimme klang triumphierend. »Sogar recht gründlich nachgedacht.«
»Ach, das sind doch Überlegungen, die man erst hinterher anstellt. Im Moment hatte ich eine Riesenwut. Wenn ich jemanden getötet hätte – es wäre eine reine Affekthandlung gewesen, halb aus Versehen. Ich konnte ja in der Dunkelheit gar nicht richtig zielen.«
»Gut, lassen wir das. Aber sagen Sie mir noch eins: Fährt Ihr Freund immer mit einem Gewehr herum? Hat er es immer bei sich?«
»Immer natürlich nicht. Ich weiß nicht, wann und wie oft. Es gehört ja nicht ihm, sondern seinem Vater. Der ist ein begeisterter Jäger.«
»Und noch eins. Wieso können Sie sich als Student eigentlich einen Porsche leisten? Ist ja nicht gerade ein billiger Wagen. Wie lange haben Sie den eigentlich schon?«

Roßberg schien mit seinen Fragen irgendeinen Zweck zu verfolgen, irgendein Ziel; nur erkannte es Willis nicht.
»Den Porsche? Ich weiß wirklich nicht, was das soll. Das hat mich heute nacht schon die Ratzeburger Polizei gefragt – als wäre ich ein Automarder. Nein. Sie haben übrigens meinen Freunden und mir eine Blutprobe abgenommen.«
»Lenken Sie nicht ab! Seit wann haben Sie den Wagen?«
»Seit drei Monaten.«
»Und woher haben Sie das Geld?«
»Selbst verdient. Ich habe einfach so lange gejobbt, bis ich das Geld zusammen hatte. Ich mag schnelle Autos. Das ist mein Hobby. Außerdem ist das ja nun wirklich kein fabrikneuer Wagen mehr. Baujahr 1969 und vier Besitzer.«
»Kehren wir noch einmal zur Grenze zurück. Was passierte, nachdem Sie gefeuert haben?«
»Da wurde ich von einem Schuß getroffen. Und dann flog der Wachtturm in die Luft. Das kam beides fast gleichzeitig; wie auf einen Schlag.«
»Das möchte ich noch etwas genauer hören. Sie hatten also das Gewehr von diesem – wie heißt er noch einmal, Ihr Freund?«
»Wolfgang, Wolfgang Fries.«
»Sie hatten also das Gewehr von diesem Fries, beziehungsweise von dessen Vater in der Hand. Haben Sie einfach abgedrückt, sozusagen aus der Hüfte geschossen? Oder wie?«
»Nein. Ich habe richtig angelegt.«
»Also doch gezielt.«
»Nein, nicht richtig gezielt, sondern nur angelegt.«
»Wo haben Sie das Schießen gelernt?«
Willis fand, daß aus dem Gespräch, das die beiden führten, in den letzten Abschnitten eine Art Verhör geworden war. Roßbergs Stimme nahm einen amtlichen Charakter an.

»Bei der Bundeswehr. Schließlich habe ich dem Vaterland gedient und meinen Wehrdienst abgeleistet. Schön blöd von mir.«

»Was war das übrigens für ein Gewehr? Ich meine: Was für ein Typ?«

»Weiß ich nicht. Irgend so eine Knarre mit *einem* Lauf, wie sie die Jäger haben. Ich kenne mich da nicht so aus.«

»Ist also nicht Ihr Hobby, ich meine, Waffen?«

»Nein.«

»Gut. Also, Sie legten an und drückten ab. Was passierte da?«

»Ja, es gab so einen merkwürdigen Ton.«

»Einen Ton? Was für einen Ton?«

»Ja, ich schoß, und es gab einen Ton, so ein seltsames Sirren.«

»Vom Turm da drüben oder woher?«

»Ja, vom Turm da drüben. Könnte ein Querschläger gewesen sein.«

»Ein Querschläger? Möglich. Was passierte dann?«

»Ja, was passierte dann? Lassen Sie mich überlegen, bitte. Es ist alles so schwierig, so konfus. Ja, ich glaube, dann kam die Explosion. Und fast gleichzeitig traf mich der Schuß. Im Grunde waren es mehrere Explosionen.« Der Student schien zu schwanken, in welcher Reihenfolge er die Ereignisse ansetzen sollte.

»Es waren also im Grunde mehrere Explosionen, sagen Sie. Wie viele? In welchen Abständen?«

Hirschmeier schwieg. Willis machte die Spannung nervös.

»Ja, mehrere Explosionen. Ja, ganz langsam dämmert es mir jetzt, da wir darüber sprechen. Es ist wie ein zerschnittener Film, den ich richtig zusammensetzen muß, damit die Szenenfolge wieder stimmt. Ja, so war es, ich erinnere mich jetzt ganz genau. Zuerst fuhr unten rechts unter dem Turm eine Stichflamme hervor . . .«

»Eine Stichflamme? Ihre Farbe, Länge, gab's einen Knall?«

»Ja, es gab einen mächtigen Knall. Als ob mein Schuß tausendmal verstärkt aus den Wäldern zurückhallte.«

»Und die Farbe der Stichflamme?«

»Bläulich . . . weiß, ja, ich glaube bläulichweiß.«

»Und nun weiter. Wo kam die Stichflamme her? Schlug sie aus dem Fuß des Turms oder war sie nur in der Nähe?«

»Schwer zu sagen, vielleicht eher aus dem Fuß. Es kann aber genausogut fünf Meter weiter rechts vom Turm gewesen sein. Genau weiß ich nur, daß es rechts war.«

»Ja, und dann weiter, wie ging es weiter?«

»Während ich diese Stichflamme sah und den Knall hörte, sah ich unter dem Turm den Blitz. Genau unter dem Turm, der war viel, viel heller, als die Stichflamme gewesen war. Etwa gleichzeitig sah ich dahinter die Bäume aufflammen, aber vielleicht war es auch nur der Widerschein. Als der Blitz kam, war ja die ganze Gegend für Sekunden taghell erleuchtet, wie in Silber getaucht, und ich war natürlich vollkommen geblendet. Schon möglich, daß ich mir das mit dem Wald nur einbilde. Jedenfalls wurde ich zur gleichen Zeit von der Kugel getroffen und außer Gefecht gesetzt.«

»Sie hörten also den Knall gar nicht mehr und haben auch die Druckwelle nicht mehr gespürt?«

»Ja, Sie haben recht, den Knall habe ich nicht mehr gehört. Auch die Druckwelle habe ich nicht mehr mitgekriegt, da lag ich wahrscheinlich schon flach. Ich wachte erst wieder auf, als ich am Waldrand im Gras zwischen meinen Freunden lag. Zehn Minuten später kam ja auch schon die Polizei. Was in der Zwischenzeit passiert ist, haben doch sicher meine Freunde schon ausgesagt.«

An dieser Stelle verstummte das Tonband mit einem leichten Knacken. Willis war enttäuscht. Er hätte gern gewußt, wie es nun weiterging. Er wollte das Gerät gerade ausschalten, als wieder etwas zu hören war. Offenbar hatten Roßberg und dieser Hirschmeier nur eine Gesprächspause eingelegt.
»Ja, Herr Hirschmeier, das sieht gar nicht gut aus für Sie.« Willis fand Roßbergs Stimme grob und brutal.
»Zunächst einmal Trunkenheit am Steuer. Bei sieben bis acht Bieren und ebenso vielen Schnäpsen haben Sie mehr als null Komma acht Promille gehabt, wahrscheinlich sogar bedeutend mehr. Das kann Ihnen die Polizei nachweisen, auch wenn sie die Blutprobe erst eine Stunde später nahm. – Außerdem«, fuhr Roßberg fort, nachdem er Luft geholt hatte, »haben Sie nicht nur unerlaubten Gebrauch von einer Schußwaffe gemacht – Sie haben ja keinen Waffenschein –, sondern sich auch in verschiedener anderer Hinsicht gegen Strafbestimmungen vergangen, und zwar sowohl gegen Strafbestimmungen der Bundesrepublik als auch gegen Strafbestimmungen der DDR.«
Willis hörte ein trotziges »Wieso?« aus dem Hintergrund.
»Nun tun Sie nicht so wie ein ahnungsloser Engel. Haben Sie nicht studiert? Was war es noch?«
»Erziehungswissenschaften.«
»Na also, sehen Sie. Und bei Ihrem Intelligenzquotienten wollen Sie mir erzählen, Sie hätten gar nicht gewußt, wie nah Sie an der Grenze waren, als Sie vom Bootshaus wegfuhren, dazu noch in die Richtung zu diesem Bauern Rothmann.«
»Aber ich sagte Ihnen doch schon, Herr Roßberg, ich kenne diesen Rothmann gar nicht.«
»Möglich. Aber da einer Ihrer besten Freunde in Ratzeburg wohnt und Sie ihn des öfteren besucht haben, kannten Sie

sich in dieser Gegend aus. Außerdem sind Sie Segler und haben selbst schon auf dem Ratzeburger See gesegelt. Da kennt man den Grenzverlauf ungefähr.«

»Stimmt nicht, Herr Roßberg. Um den habe ich mich nie gekümmert.«

»Gut, nehmen wir einmal an, das glaubt Ihnen das Gericht. Was es Ihnen nicht glaubt, ist, daß Sie behaupten, Sie hätten gar nicht gewußt, was Sie taten, als Sie Ihren Schuß abgaben. Das wäre eine reine Affekthandlung gewesen, Sie hätten gewissermaßen einfach drauflos geballert. Das glaubt Ihnen doch kein Mensch! Außerdem haben Ihre Freunde gesehen, wie Sie angelegt, wie Sie gezielt haben. Ihre Freunde werden vor Gericht als Zeugen aussagen müssen. Damit kommen Sie nicht durch, Hirschmeier, bilden Sie sich das bloß nicht ein! Schließlich haben Sie mir gegenüber die Wahrheit gesagt. Das werde ich dem Gericht unter Eid bezeugen.«

»Was habe ich gesagt? Sie drehen mir ja das Wort im Munde um. Auf Ihre Frage, ob ich gezielt geschossen hätte, habe ich doch ausdrücklich geantwortet, daß ich nur angelegt, aber nicht gezielt habe. Es stimmt einfach nicht, was Sie sagen, Herr Roßberg!«

»Wem wird das Gericht wohl glauben, lieber Herr Hirschmeier? Ihnen oder mir? Da kauft sich ein ehemaliger Bundeswehrsoldat drei Monate vor der Tat einen schnellen Wagen, lädt sich zur Tarnung ein paar Freunde ein, von denen zufällig einer – natürlich rein zufällig – ein Gewehr bei sich hat und macht eine nächtliche Spritztour an die Grenze. Hält sich an keine Verbotsschilder, fährt einfach auf die Wiese vor den Zaun und baut sich dort vor den Vopos auf.«

»Aber, Herr Roßberg, das ist doch . . .«

»Mensch, Hirschmeier, das war doch eine klare Provokati-

on. Die hatten doch recht, als sie auf Sie schossen. Jedenfalls nach den Gesetzen, die sie drüben haben, in der DDR. Was sollten die denn anderes machen, als Sie mit Ihren Autos direkt auf die Grenze zusteuerten? Das sah doch ganz klar nach einem Angriff aus. Da mußten die doch zur Waffe greifen. Das war doch schon beinahe Notwehr. Und aus Ihrem späteren Verhalten ergibt sich ja auch ganz klar, daß Sie nur einen Grund haben wollten, um zurückzuschießen. Sie wollten eben nur einen Vorwand haben. Sie wollten die DDR – vorsätzlich oder aus einer Bierlaune heraus, das tut hier gar nichts zur Sache – eindeutig provozieren. Und damit haben Sie auch gegen die Sicherheitsbestimmungen der Bundesrepublik Deutschland verstoßen, die ein solches Verhalten im Grenzgebiet verbieten.«
Hirschmeier sagte jetzt gar nichts mehr.
»Aber das ist noch längst nicht alles, Herr Hirschmeier. Das dickste Ende kommt noch – vor Gericht. Was Sie getan haben, ist, bei Licht gesehen, versuchter Mord. Sie haben auf einen Angehörigen der DDR-Grenztruppen gezielt, um ihn zu erschießen. Das ist vorsätzlich versuchter Mord. Und darauf stehen langjährige Freiheitsstrafen – hüben wie drüben. Sie werden Ihren Prozeß hier bekommen, das ist klar, denn die DDR wird unter diesen Umständen Ihre Verurteilung verlangen. Und nachdem Sie auf dieser Seite der Grenze den schwersten Zwischenfall seit Jahren verursacht haben, weiß ich nicht, wie die in Bonn darüber denken.«
»Aber, Herr Roßberg, das ist doch . . .«
An dieser Stelle machte es im Rekorder »knack«, und Willis hörte nur noch ein gleichmäßiges Rauschen. Er fand Roßbergs Argumentation übertrieben, aber überzeugend. Irgendwie kam sie ihm jedoch zu glatt vor. Er ließ das Tonband zur Sicherheit noch eine Weile weiterlaufen. Dann stellte er es ab.

Pöseldorf liegt da, wo Hamburg am feinsten ist. Das Viertel zwischen Alster und Rothenbaumchaussee befindet sich im Stadtteil Hamburg 13, wurde auf Anregung und mit dem Geld eines reichen Antiquitätenhändlers stilgerecht renoviert und besteht aus einer Ansammlung teurer Wohnungen, exquisiter Läden und erlesener Restaurants. Der »Pöseldorfer Biergarten« liegt in der Milchstraße, schräg gegenüber vom Edelfriseur Castell und gleich nebenan von Jil Sander, der ungekrönten Modekönigin der Hamburger Schickeria. Hier, sagt man, ist die »Mitte des Geschehens«.

Willis und Roßberg hatten sich zum Essen verabredet. Sie saßen unter der hohen Kastanie im Schatten der Mittagssonne draußen auf der Terrasse und tauschten die Erfahrungen und Erkenntnisse der letzten vierundzwanzig Stunden miteinander aus. Roßberg war gerade aus Mölln zurückgekehrt. Er hatte in der vergangenen Nacht kaum geschlafen und sah infolgedessen etwas grau im Gesicht aus. Willis bedankte sich für die Überlassung des Tonbandes. Er fühlte sich von Roßberg gut informiert und wirkte gegen alle Gewohnheit aufgekratzt. »Scheint ein ziemlich harter Brocken zu sein, dieser Hirschmeier. Nennen wir ihn Hirschmeier-West, damit wir ihn nicht mit dem Hirschmeier-Ost verwechseln. Aber schließlich wurde er doch ganz klein.«

Willis schnitt sich ein saftiges Stück von seinem Steak ab und tunkte es in die Sauce béarnaise. Das Essen mundete ihm. Außerdem war es nicht zu teuer.

Roßberg gab nur einen grunzenden Laut von sich, während er eine Fuhre Salat in sich hineinschob. Er hatte seit dem Vorabend nichts mehr gegessen und sichtlich einen Bärenhunger. Dann wischte er sich mit der Serviette, die er mit beiden Händen zum Munde führte, die Reste der Salatsoße ab und schaute Willis mit großen blauen Augen an. Wenn

man genau hinsah, konnte man im Augenbogen die Streßfältchen erkennen.
»Ach, der – das ist doch ein kleiner Fisch.«
Willis war überrascht. Hatte nicht Roßberg dem Studenten mit wünschenswerter Deutlichkeit sein Sündenregister vorgehalten?
»Glaubst du nicht an versuchten Mord?«
»I wo, bewahre.« Roßberg lachte kurz auf. Es war ein mokantes Lachen, das hinten aus dem Rachen kam. Er zündete sich eine Zigarette an.
»Und die absichtliche Verletzung des Grenzzaunes, das Gewehr, die Provokation?« Willis versuchte zu erfassen, was in seinem Gesprächspartner vorging. Der Amerikaner sah sich wieder einmal in einer Lage, in der es ihm schwerfiel, diesen Deutschen zu durchschauen.
»Es ist alles so, wie der Hirschmeier es dargestellt hat. Die Vernehmung seiner Freunde hat das gleiche Bild ergeben. Ich wollte ihn doch nur ein bißchen schrecken.«
»Ein bißchen schrecken? War es denn nur ein Bluff?« Willis verstand nicht, welchen Zweck Roßberg damit verfolgte. Außerdem empfand er es rückschauend als unfair, einem Verletzten, der vielleicht wirklich noch unter Schockwirkung stand, erst so zuzusetzen und das Ganze hinterher als bloßen Scherz abzutun.
»Mach keine Witze, Kurt«, sagte Willis daher. Es sollte scherzhaft klingen. Aber es klang ernster als beabsichtigt. Roßberg hatte sich in seinem Stuhl zurückgelehnt, die Arme über der Brust verschränkt und die Augen geschlossen. Die Sonne warf durch das dichte Blattwerk der Kastanie ein Netz aus Licht und Schatten auf sein Gesicht. Es wirkte wie gesiebt.
»Ich mache keine Witze«, sagte Roßberg. Er hielt die Augen geschlossen, während er weitersprach. »Im Gegenteil, die

Lage ist bitterernst. Aber wir brauchen den Hirschmeier. Ich mußte ihn mir gefügig machen.«
In der nächsten halben Stunde erfuhr Willis nun, was er nicht auf dem Tonband hatte hören können: den Hintergrund für das Zwiegespräch zwischen Roßberg und Hirschmeier im Möllner Krankenhaus und das Motiv für den Einschüchterungsversuch des BND-Mannes.
Das Gehöft des Bauern Rothmann war nicht nur ein landwirtschaftliches Anwesen, sondern auch ein Horchposten des Bundesnachrichtendienstes, in dem zahlreiche elektronische Geräte installiert waren. Es gab viele solcher *black boxes* an der eintausenddreihundertachtunddreißig Kilometer langen Grenze zwischen den beiden Teilen Deutschlands. Sie hatten eine Reichweite von jeweils mehreren hundert Metern. Im Jargon der westdeutschen Geheimdienstler hießen sie »Konfektschachteln«. Diese Geräte hatten in der vergangenen Nacht routinemäßig alle Geräusche im Raum Neuhof aufgezeichnet. Außerdem hatte man den lebhaften Funkverkehr auf der DDR-Seite abgehört und erfahren, daß es mehrere Todesopfer gab.
Die Schallaufzeichnungen wurden auf Diagrammen in Sekundenschnelle zerlegt, so daß sich der Zeitablauf jedes Grenzzwischenfalls rekonstruieren ließ. Anhand der langen Millimeterpapierstreifen hatte Roßberg das Geschehen der letzten Nacht analysiert: Die Linien, die der Schreiber aufgezeichnet hatte, wiesen an zwei Stellen charakteristische Zacken auf. Das waren die beiden Explosionen – erst die kleinere mit der kleineren Zacke, dann die gewaltige Explosion, die auf dem Papierstreifen als sackartige Ausbuchtung abzulesen war. Davor erhoben sich zwei feinere Nadelspitzen. Das war der Schußwechsel, den sich die DDR-Soldaten und Hirschmeier über die Grenze hinweg geliefert hatten. Die Geräusche der an- und abfahrenden Autos wa-

ren dagegen nur als wolkenähnliche Konturen am unteren Rande des Diagramms zu sehen.
Danach stand also fest: Auf den Schuß der DDR-Grenzer war der Schuß Hirschmeiers erfolgt; die zwei Explosionen schlossen sich daran an. Unklar war, ob zwischen diesen einzelnen Ereignissen irgendein Kausalzusammenhang bestand. Darüber sagten die Horchgeräte natürlich nichts aus.
Aber noch etwas stand für Roßberg fest: Er ging davon aus, daß die DDR-Grenzsoldaten den Grenzraum westlich vom Metallgitterzaun mit Restlichtverstärkern überwachten. Zumal, wenn sich eine Reihe von Autos unbekannter Herkunft mit hoher Fahrt quer über die Wiese der Staatsgrenze näherte, was sicher nicht jede Nacht vorkam. Deshalb hatten die Grenzwachen der DDR mit an Sicherheit grenzender Wahrscheinlichkeit mitgekriegt, was auf der Wiese geschehen war, nachdem sich Hirschmeiers Wagen dort festgefahren hatte. Vermutlich hatten sie den Studenten und dessen Freunde sogar mit Hilfe einer Infrarot-Kamera fotografiert.
Damit hätte die östliche Seite ein Beweisstück ersten Ranges besessen. Mit dessen Hilfe konnte sie behaupten: »Militante Rechtsextremisten greifen die DDR an.« Roßberg hörte schon im voraus die Mischung aus Empörung und Anklage, die solche Verlautbarungen zu kennzeichnen pflegten. Die Wahrscheinlichkeit, daß Ost-Berlin eine solche Erklärung herausgeben würde, hielt er deshalb für groß, weil man auf diese Weise die Explosion eines Wachtturms und den Tod einiger Soldaten der Nationalen Volksarmee an der Staatsgrenze am besten erklären konnte.
Damit geriet Hans Joachim Hirschmeier, ein junger Mann von dreiundzwanzig Jahren, soeben examinierter Student der Erziehungswissenschaften an der Universität Hamburg,

in eine überaus gefährliche Lage. Er drohte ins Schußfeld einer DDR-Kampagne gegen »revanchistische, militaristische und imperialistische Kräfte der BRD« zu geraten, die zu erwarten war. Und Hirschmeier war der einzige, der diese Kampagne widerlegen konnte. Mit anderen Worten: Er war der Kronzeuge der westlichen Verteidigung, mit dessen Hilfe sich Bonn gegen die Angriffe aus dem Osten wappnen mußte. Damit wurde Hirschmeier zu einer Schlüsselfigur der nächtlichen Affäre, zu einer *very important person.*

Die DDR könnte versuchen, seiner habhaft zu werden. Deshalb mußte Roßberg Hirschmeier schützen. Alle seine Drohgebärden gegenüber dem Studenten hatten nur dem einen Zweck gedient, dem jungen Mann den nötigen Respekt vor seinem Beschützer einzuflößen und ihn von der Notwendigkeit einer Kooperation mit dem Bundesnachrichtendienst zu überzeugen.

Nur ein Punkt in dieser Argumentation war noch offen; für Roßberg der wichtigste Punkt an der ganzen Sache, und der beschäftigte ihn jetzt, an diesem Junimittag auf der Terrasse in Hamburg-Pöseldorf, am meisten: Wenn alles so war, wie er sich das vorstellte und wie er es für Hirschmeier befürchtete – warum hatten die DDR-Grenzsoldaten den Studenten nicht gleich an Ort und Stelle erschossen? Warum haben sie diesen Kronzeugen der westlichen Verteidigung nicht kurzerhand und gezielt aus dem Weg geräumt? Die Gelegenheit war günstig gewesen. Aber hatten sie überhaupt auf Hirschmeier geschossen?

An dieser Stelle seines Gesprächs mit Willis holte Roßberg die Brieftasche aus der Brusttasche seiner Windbluse, die er seit Beginn dieses Abenteuers in der vergangenen Nacht nicht mehr ausgezogen hatte. In der Brieftasche lag – oben auf den Euroschecks – ein mehrfach gefaltetes Papier. Es war das akustische Diagramm.

»Hier, schau mal genau hin«, Roßberg breitete den Streifen auf dem buntgewürfelten Tischtuch aus, strich ihn mit der flachen Hand glatt und schob ihn etwas weiter zu Willis hin. »Merkst du was?«
Der Deutsche schaute den Amerikaner erwartungsvoll an. Willis versuchte, sich in dem Gewirr der Linien zurechtzufinden.
»Sieh mal hier«, Roßberg fuhr die beiden schwachen Nadelspitzen ab, »das sind die beiden Schüsse.« Die zweite Spitze lag vor der ersten Explosion und war um einige Millimeter höher als die erste Spitze, weil sich Hirschmeier beim Schießen näher an den Horchgeräten in Bauer Rothmanns Hof befunden hatte.
»Wo ist der Schuß, der Hirschmeier getroffen hat?« Unwillkürlich hatte Willis diese Frage gestellt. Sie drängte sich förmlich auf.
»Ja, Less, das ist es. Hätten die DDR-Grenzer nämlich auf Hirschmeier geschossen, wie er glaubt, müßte auf dem Diagramm etwas davon zu sehen sein. Eine dritte Nadelspitze fehlt.«
»Tatsächlich«, sagte Willis und legte den Kopf etwas schiefer, um den Papierstreifen noch genauer betrachten zu können. Besonders interessierte ihn die sackartige Ausbuchtung, welche die zweite Explosion markierte.
»Könnte es nicht sein, Kurt«, warf Willis ein, »daß hier nur deshalb nichts zu sehen ist, weil der dritte Gewehrschuß von dem gewaltigen Explosionsgeräusch akustisch überlagert, sozusagen verschluckt wurde?«
Roßberg warf Willis einen kurzen, schnellen Blick aus den Augenwinkeln zu. Er nickte. »Könnte sein, Less, könnte sein. Schließlich haben wir nur diesen einen Schreiber. Aber wir haben in unserer Neuhofer ›Konfektschachtel‹ noch eine andere Köstlichkeit, nämlich einen Frequenzmesser,

der die Anzahl der akustischen Schwingungen pro Sekunde angibt. Und die Frequenzen eines Gewehrschusses und einer Explosion sind völlig verschiedener Natur. Das ist ein Unterschied wie Tag und Nacht.«
Und damit holte Roßberg noch einen Zettel aus seiner Brieftasche heraus. Er mußte aufpassen, daß ihm das wertvolle Beweisstück nicht davonflog, denn eine kleine sommerliche Brise wehte von der Alster herauf.
»Du siehst, Less, es gibt nur diese eine tiefe Frequenz, sonst ist auf dem Meßblatt nichts zu sehen.« Triumphierend hielt Roßberg das weiße Papier in die Luft.
»Ja, Kurt. Aber das kaputte Bein. Hirschmeier wurde doch am Bein verletzt. Wie willst du dir das erklären?«
Roßberg bestellte sich noch ein Bier, während Willis lieber einen Kaffee nahm. Die Kellnerin war gerade wieder vorbeigekommen. In einer Ecke des Biergartens hatte sich ein Kreis von laut debattierenden Studenten niedergelassen.
»Lieber Less, das ist ganz einfach.« Roßberg wühlte tief in seiner linken Hosentasche. Er förderte eine Streichholzschachtel zutage. »Hirschmeier wurde nicht von einem Geschoß getroffen, sondern von einem Splitter. Hier ist er. Ich habe ihn mir sofort besorgt.« Und er hielt ein kleines, schwarzes Partikelchen zwischen Daumen und Zeigefinger hoch, als handle es sich um ein seltenes Insekt.
Willis rückte auf seinem Stuhl vor, um den Fremdkörper aus größerer Nähe zu untersuchen. »Darf ich mal sehen?«
Roßberg ließ das scharfrandige Metallstück mit spitzen Fingern in die Mulde fallen, die Willis mit seiner rechten Hand gebildet hatte. Der Splitter hatte für seine geringen Ausmaße ein erstaunliches Gewicht.
Zwischen den beiden Männern trat eine kleine Pause ein, in der Willis das Metallstück von allen Seiten aufmerksam betrachtete. »Könnte durch die zweite Detonation herüberge-

flogen sein. Vielleicht ein Stück vom Turm, von der Stahlkonstruktion, als sie zerbarst.«
»Könnte sein, Less, könnte sein«, entgegnete Roßberg. Er sprach wie im Traum und hielt die Augen wieder geschlossen. »Aber wer gibt uns die Sicherheit, daß es wirklich so war? Es könnte ja auch ein Hinweis darauf sein, was die Explosion verursachte, nicht nur ein Hinweis auf das, was von ihr verursacht wurde.«
Willis verstand die sprachliche Verzwicktheit, die dieser Satz enthielt, nicht sogleich. Das ärgerte ihn etwas. Deutsch war eine schwere Sprache, das wußte er. Aber obwohl er sie recht passabel beherrschte, liebte er es nicht, wenn die Deutschen in seiner Gegenwart in Rätseln sprachen. Andererseits hatte er im Moment nicht die Courage, noch einmal nachzufragen. Die Vorstellung, daß ihn Roßberg für schwer von Begriff halten könne, war ihm unerträglich.
Der Deutsche war inzwischen aufgestanden und hielt dem Amerikaner zum Abschied seine rechte Pranke hin.
»Adieu, Less, leb' wohl! Du wirst von mir hören, wenn ich was Neues habe. Muß mich jetzt erst einmal hinlegen. Und nachher gehe ich vielleicht noch schwimmen. Was für meine Gesundheit tun.«
Roßberg lächelte wie ein großer Junge und schüttelte Willis die Hand. Der sah ihm nachdenklich nach, als der Deutsche sich die Treppe hinunterschob und im Gewühl der Milchstraße verschwand.

5. Ein Professor erinnert sich

Richard Hirschmeier, Professor der Politikwissenschaft an der Technischen Universität Braunschweig, hatte an diesem schönen Junimorgen eigentlich schon früh nach Hamburg aufbrechen wollen. Er hatte vor, an der Party teilzunehmen, mit der sein Sohn abends das eben bestandene Examen feiern wollte. Am Nachmittag standen noch ein paar Einkäufe auf seinem Programm. Aber dann war er doch nicht vor halb neun von zu Hause fortgekommen.

Hirschmeier lenkte den Wagen bedächtig über die Autobahn. Wie immer bei längeren Fahrten hatte er – leise, damit er nebenbei seinen eigenen Gedanken nachhängen konnte – das Autoradio eingestellt. Obwohl Hirschmeier beim Nachdenken über seine Vergangenheit viele bittere Erinnerungen weckte, überdachte er doch gern die Entwicklung seines Sohns, den er, seit er Witwer war, allein aufgezogen hatte. Er würde sich nun eine Anstellung als Lehrer suchen müssen, und Hirschmeier stellte befriedigt fest, daß sein Sohn jetzt endgültig in seine Fußstapfen trat. Obwohl Hirschmeier der Nachrichtensprecherin, als ihre monotone Stimme aus dem Lautsprecher klang, routinemäßig etwas mehr Aufmerksamkeit schenkte, konnte er wegen des Lärms eines vorbeidonnernden Lastzugs nicht viel mehr als die Worte »innerdeutsche Grenze« und »Explosion« verstehen. Irgend etwas war an dieser Grenze passiert. Wahrscheinlich

hatte eine explodierende Mine wieder einmal einem Flüchtling das Leben gekostet.
Es war jetzt kurz nach elf, und Hirschmeier näherte sich mit seinem Mittelklassewagen Hamburg. Auf beiden Seiten der Fahrbahn erstreckten sich bis zum Horizont Felder. Einzelne Waldstücke versetzten die hellgrün leuchtende Flur mit dunklen Tupfern. Dazwischen leuchteten die Rapsfelder in sattem Gelb, und das wogende Korn wuchs der Reife entgegen. Hirschmeier freute sich an der strotzenden Natur so naiv wie ein Kind und mußte dabei, wie so oft, an seine eigene Kindheit denken.
Wie lange war das schon her! Und wieviel hatte sich seitdem ereignet! Aber die Gewohnheiten der Menschen hier und in seiner Heimat hatten sich nicht geändert. Sie würden, wenn sich der Herbst näherte, den Raps schneiden, das Korn mähen und später die Rüben ausgraben. Trotz der Industrialisierung, die Deutschland seit den dreißiger Jahren neben allem anderen erlebt hatte, war es eben immer noch über weite Strecken ein erstaunlich agrarisches Land.
Hirschmeier hatte das Schiebedach geöffnet und überließ seine Stirn, die das zunehmende Alter gelichtet hatte, dem Spiel von Sonne und Wind. Wenn er den Kopf etwas nach hinten legte, konnte er über sich den blauen Himmel sehen, und dann fühlte er sich der Ewigkeit ein Stückchen näher. Seiner Meinung nach sollte ein Wissenschaftler, der sich ja mit einem so unsteten Stoff wie der Politik befaßt, immer auf besonders gutem Fuß mit der Ewigkeit stehen.
Er war jetzt schon über zweieinhalb Stunden ohne Pause unterwegs und beschloß, sich wegen des sonnigen Wetters einen kleinen Abstecher zu gönnen. Die wichtigsten Einkäufe würde er immer noch erledigen können. Er fuhr in Hamburg-Harburg von der Autobahn ab, durchquerte die eintönigen Arbeiterviertel in Richtung Westen, fuhr dann

die Straße nach Buxtehude und bog nach etlichen Kilometern nach Cranz ab.
Zwar war die Kirschblüte im Alten Land längst vorbei, jene große Attraktion dieser Gegend, die jedes Jahr wieder Hunderttausende von Menschen anzog. Aber Hirschmeier kannte einen ruhigen Winkel unmittelbar an der Elbe von einem früheren Ausflug in diese stille Gegend. Von diesem Platz aus hatte man auf das gegenüberliegende Nordufer, genauer auf den dort liegenden Villenvorort Blankenese, einen großartigen Blick, und man konnte die Schiffe unterhalb der Silhouette des Süllberges vorüberziehen sehen.
Hirschmeier war mit dem Auto so weit wie möglich über einen holprigen Weidepfad an die Elbe herangefahren, stieg aus und legte die letzte Strecke bis zum Fluß zu Fuß zurück. Es war mittäglich warm, fast zu warm. Die Hummeln summten im Gras, und die Disteln hatten ihre Blüten schon halb geöffnet. Die Wiesen waren mit Gänseblümchen übersät.
Die Arme hinter dem Kopf verschränkt, blickte der Fünfzigjährige einem Dampfer nach, der langsam dem Meer entgegenstrebte. Die Elbe war hier vielleicht fünf Kilometer breit. Man hatte sie nach der großen Flutkatastrophe von 1962 neu eingedeicht – nicht immer mit günstigem Effekt, wie Hirschmeier wußte. Denn wenn im Herbst und Frühjahr die Sturmfluten kamen, wenn der Orkan von Westen her das Wasser in den Elbetrichter hineindrückte, staute sich der Strom höher auf als früher und setzte nun öfter Teile der Hamburger Innenstadt unter Wasser.
Die Naturgewalten hatten der Stadt von jeher zugesetzt, und sie hatte sich dennoch zu wehren gewußt. Aber wehrlos war sie in jener Julinacht vor nun bald vierzig Jahren gewesen, als englische Lancaster-Bomber tonnenweise Bomben über Hamburg abluden und die Millionenstadt zu achtzig

Prozent zerstörten. Denn gegen die Luftangriffe der Alliierten im Zweiten Weltkrieg hatte es ja nicht so etwas wie Deiche gegeben, und die Luftabwehr war viel zu schwach gewesen – geradezu lachhaft schwach.
Hirschmeier stammte nicht aus Hamburg, er stammte aus Berlin. Aber er konnte sich genauso wie jeder, der damals in der Elbmetropole gelebt hatte, an die schweren Luftangriffe der Westmächte auf die damalige Reichshauptstadt erinnern. Und diese Erinnerung wurde heraufbeschworen, als er über sich im Himmelsblau den Kondensstreifen einer Maschine sah, die sich in nordöstlicher Richtung auf den Flughafen Hamburg-Fuhlsbüttel zu bewegte. Es sind mitunter geringfügige Anlässe, die eine vage Erinnerung zu einem intensiven Nacherleben verdichten. Das kann ein Duft, ein Geräusch, das kann ein bestimmter Anblick sein. Hirschmeier sah das Flugzeug, vermutlich eine Verkehrsmaschine, oben am Himmel seine Bahn ziehen. So hoch oben, so unerreichbar fern, metallisch in der Sonne glänzend wie ein Diamant, hinter sich die unschuldig weißen Kondenswölkchen wie an einer Perlenschnur aufgereiht – und er lag hier unten, arglos und wehrlos. Ja, so war es seinerzeit auch gewesen, nur daß damals die weißen Kondensstreifen für Millionen seiner Landsleute Tod und Verderben bedeuteten. Und daß sie ihn, den elfjährigen Schüler, um ein Haar mit in den Orkus gerissen hätten, damals, vor rund vierzig Jahren, bei den Luftangriffen auf Berlin.

Hirschmeiers wohnten damals in Schöneweide, einem kleinen Ort an der Spree, an der Stadtgrenze von Berlin. Außer den wenigen Häusern und den Straßen, die in die benachbarte Reichshauptstadt führten, gab es an dieser Stelle nur noch den Fluß und den Wald. Von den Flußschiffen, welche

die Spree hinauf- und hinunterfuhren, konnte man die Dampfpfeifen hören, deren Ton der Wind herübertrug.
Die meisten Häuser in Schöneweide waren einstöckig und weiß getüncht. Sie hatten fast alle schwarze Schindeldächer. Der Ort war kaum ein Stadtteil, geschweige denn ein Städtchen, und zählte nicht viel mehr als zwölfhundert Einwohner. Auch wenn es auf das Zentrum von Berlin noch so viele Bomben regnete, glaubten die Menschen in Schöneweide nicht, daß ihr Ort einmal das Ziel eines Angriffs werden könnte. Es gab doch so viele Einrichtungen und Fabriken im Land, die kriegswichtig waren.
Das Stadtgebiet von Berlin war seit einem ersten Angriff am 31. August 1943 wiederholt von der englischen und amerikanischen Luftwaffe bombardiert worden. Und das schreckliche Grollen der Explosionen war bis nach Schöneweide gedrungen. Wenn ein starker Nordwestwind wehte, kam zusammen mit Rauch eine große Menge weißer Asche geflogen und bedeckte die Baumwipfel und die Dächer der Häuser wie ein seltsamer Schnee.
An einem Junitag im Jahre 1944 waren Richard und Heinz Hirschmeier soeben aus der Schule nach Hause gekommen. Durch das Fenster im ersten Stock sahen sie, wie sich kurz nach dem Angriffsalarm Dutzende von Focke-Wulf-190-Abfangjägern über Berlin formierten und Richtung Norden davonflogen. Dann hörte man das Grollen von Detonationen, welche die Erde erbeben ließen. Wie ferner Donner rollten die Schüsse der Flak. Dann fielen einem Schwarm exotischer Vögel gleich die feindlichen Bomber über der Stadt ein.
Sie kamen in beträchtlicher Höhe schnell heran und warfen ihre tödliche Last vor allem auf Amtsgebäude und Fabrikviertel, auf Rangierbahnhöfe und Benzinlager. Eine der Maschinen zog schwarzen Rauch hinter sich her und verlor lau-

fend an Höhe. Sie drehte nach Norden ab, Richtung Ostsee, wo Gerüchten zufolge schon alliierte U-Boote warteten, um die Besatzung aufzunehmen.
Plötzlich löste sich ein anderes Flugzeug aus dem Pulk. Es wendete um einhundertachtzig Grad und kam direkt auf Schöneweide zu. Vielleicht wollte es auch nur sein Gewicht verringern, denn plötzlich löste sich vor den erschreckten Augen der Brüder unter ihr ein schwarzer Punkt, der mit zunehmender Geschwindigkeit der Erde entgegensauste. Es war eine Bombe, eine einzelne Bombe, die sich aus der verirrten Maschine nach Schöneweide verirrte.
Die beiden Jungen spürten den Schlag. Er ließ die Dielen erzittern, auf denen sie standen. Durch den Luftdruck gingen im Haus ein paar Fenster zu Bruch. Gleichzeitig war der Höllenlärm der Detonation zu hören – ein trockenes, hohles Krachen, das die Welt zu verschlucken schien. Wie gebannt hatten die beiden Jungen nach draußen gestarrt. Sie wichen erst jetzt entsetzt vom Fenster zurück.
Die Bombe hatte ein Geschäftshaus getroffen und Teile des Daches mit unvorstellbarer Wucht in die Luft geschleudert. In diesem Inferno konnte man kein Wort mehr verstehen, aber man hörte Erwachsene und Kinder weinen und schreien. Dichter schwarzer Rauch begann emporzusteigen.
Während sich alle beeilten, die Überlebenden aus dem Haus und dem verschütteten Keller zu retten und das Feuer, das auf das benachbarte Gebäude überzugreifen drohte, zu löschen, näherte sich Berlin eine zweite Angriffswelle, und dann drang das Grollen der nächsten Explosionen aus der Ferne herüber. Während der folgenden dreißig Minuten griffen B-17F-Bomber das schon halbzerstörte und gelähmte Stadtzentrum an. Bereits zehn Minuten nach dieser zweiten rollte die dritte Bomberwelle an, die jetzt – als hätten die

Piloten vorausgesehen, daß der Widerstand der Luftabwehr zusammengebrochen war – sogar ohne Jägerschutz auszukommen schien.

Das Haus der Familie Hirschmeier lag einige hundert Meter vom Fluß entfernt am Rande des Waldes. Kaum war der Knall der verirrten Bombe verhallt gewesen, hatten die Brüder vor Angst zu schreien begonnen. Die Mutter war die Treppe hinauf gelaufen, um sie in ihre Arme zu nehmen und zu trösten. Ihr war selber bange, und mit klopfendem Herzen hörte sie von ferne das Rumoren der Detonationen. Unheimlich heulte es aus der Stadt herüber wie ein klagender Todeswind.

Dann besann sie sich, daß sie den Nachbarn helfen mußte, und sie sagte zum Dienstmädchen: »Anneliese, komm mit! Nimm das hier!«

Sie drückte dem Mädchen ein Bündel mit Tüchern und Mullbinden in die Hand. Sie selbst lief zum Schuppen in den Garten, um die Schaufel zu holen.

Die Brüder faßten sich wieder und aßen einen Keks, den ihnen Anneliese zugesteckt hatte. Der Bombenangriff, dessen Zeugen sie soeben gewesen waren, saß ihnen noch in den Knochen und machte ihre Knie weich. Vorsichtig schlich Richard mit dem kleineren Heinz im Schlepptau trotzdem noch einmal zum Fenster des elterlichen Schlafzimmers. Von hier aus konnten sie den Weg, der am Haus vorbeiführte, überblicken. Sie würden auf diese Weise schon von weitem sehen, wenn Vater, der noch in der Schule war, oder Mutter zurückkehrten. Aber vorerst wurden ihre Blicke von einem ganz anderen Ereignis abgelenkt: Berlin brannte. Und es sah so aus, als würde der Rauch der Stadt im Widerschein des Riesenfeuers selbst hell brennen. Manchmal sprühten Feuerfunken wie riesige Gischtfontänen in den Himmel; dann war ein Gebäude zusammengefallen.

Würde der Vater aus diesem fürchterlichen Feuer überhaupt heil zurückkehren? Das war die Frage, die Richard und Heinz am meisten beschäftigte. Er war wie jeden Morgen zur Arbeit in die Stadt gefahren. Die beiden Brüder dachten an ihn, sprachen aber nicht miteinander. Sie ängstigten sich. Richard ertappte sich, wie er dastand und leise betete. Das hatte er noch nie getan.

»Richard, ist das nicht Vati?« rief Heinz. Er hatte den Mann, der da hinten angeradelt kam, als erster gesehen. Vater leitete eine Volksschule im Stadtteil Treptow. Seit die Luftangriffe zunahmen und die S-Bahn immer unregelmäßiger fuhr, stand er gewöhnlich eineinhalb Stunden früher auf und machte den weiten Weg mit dem Fahrrad.

»Auch wenn er schnell fährt, kann er noch nicht dasein«, meinte Richard. Die Vermutung seines kleineren Bruders kam ihm albern vor. Typisch Heinz – nie konnte er es abwarten.

Inzwischen war der Mann näher gekommen.

»Mensch, Richard, das ist doch Vati! Vati! Vati!« schrie Heinz und rannte so schnell die Treppe hinunter und aus dem Haus, daß Richard ihm kaum folgen konnte.

Vater Hirschmeier war inzwischen abgestiegen. Er sah fürchterlich aus: vollkommen verrußt, Gesicht und Hände ganz schwarz, das Haar in dreckigen Strähnen in der Stirn. Die beiden Jungen schnupperten den Brandgeruch in seinem Mantel, als er sie in die Arme schloß.

»Wo ist Mutti?«

Heinz und Richard sahen den flehenden Ausdruck in den Augen ihres Vaters. Sie wußten es selbst nicht genau und erzählten, was in den letzten Minuten vorgefallen war. Hirschmeier atmete auf. Er hatte den Luftangriff in einem Keller abgewartet. Als er sich Schöneweide näherte, war ihm aufgefallen, daß es dort brannte. Seitdem hatte ihn die

Frage gequält, ob es sein Haus war und ob seine Familie überhaupt noch lebte. Glücklich drückte er jetzt seine beiden Söhne noch einmal an sich.

»So, nun kommt erst einmal.« Hirschmeier hatte sich wieder gefaßt und schob das Rad durch das Gartentor.

Da in Schöneweide der Strom ausgefallen war, konnte man im Haus kaum die Hand vor den Augen sehen. Es war merkwürdig dunkel geworden. Viel dunkler als sonst an einem Abend im Juni. Hirschmeier steckte die überall bereitstehenden Kerzen an.

Nachdem sich Hirschmeier gewaschen hatte, kehrten seine Frau und Anneliese von ihrem Rettungseinsatz zurück.

Da Richard an diesem Tag Geburtstag hatte, mußte er mit Heinz das Wohnzimmer verlassen, damit Mutter und Vater die bescheidene Bescherung vorbereiten konnten. Im fünften Kriegsjahr durfte Richard zwar keinen Geschenkesegen erwarten, aber seine Eltern ließen es sich nicht nehmen, die kleine Feier mit beschränkten Mitteln auszurichten: Es wurden so viele Kerzen auf dem buntbemalten Holzring angezündet, wie er jetzt Jahre zählte, also elf. Und neben die Vase mit den frischgeschnittenen Margeriten und Vergißmeinnicht wurden zwei Päckchen auf den weißgedeckten Tisch gestellt, ein kleines und ein großes.

Aber bevor Richard auspacken durfte, wurde erst einmal »Hoch soll er leben« gesungen.

Richard öffnete zuerst das kleine Päckchen, das eine Lupe enthielt.

»Für deine mineralogischen Studien.« Hirschmeier strich seinem Sohn durch den dichten Schopf. Der Junge freute sich.

»Und das ist von mir«, krähte Heinz dazwischen. Erst jetzt entdeckte Richard die Löcher, die in dem größeren Paket waren. Näher betrachtet, handelte es sich gar nicht um ein

Paket, sondern um einen Pappkarton, aus dem seltsame Geräusche drangen.
»Ein Igel!«
Richard war ganz außer sich, als er das kleine stachelige Wesen sah. Er hatte sich in der Ecke seiner provisorischen Behausung zusammengerollt und atmete kaum merklich. Heinz warf sich voller Stolz in die Brust. Er konnte gerade noch sagen: »Für dich gefangen, im Garten«, als die Sirenen erneut aufheulten und die Unterhaltung wie mit dem Messer abschnitten.
»In den Keller«, rief Hirschmeier. Er trieb die Kinder vor sich her, während seine Frau die Mappe mit den Dokumenten vom Schreibtisch nahm. Anneliese war bereits in die Küche vorausgeeilt, um Essenssachen aus der Speisekammer zu holen und in eine Tasche zu packen. Frau Hirschmeier griff sich die Mäntel der Kinder, und ihr Mann stellte das Werkzeug bereit: Axt, Spaten, Schaufel, Eimer.
Aus Nordnordost hatten amerikanische Bomberverbände erneut Berlin angepeilt, um ihre todbringende Last abzuladen. Die meisten hatten wenig später nach Westen abgedreht. Ein Pulk von hundert Bombern hatte jedoch die Reichshauptstadt umflogen und griff hundert Kilometer südlich das Hydrierwerk Ruhland an. Wie immer bei solchen weiträumigen Operationen verirrten sich einige Maschinen. Andere Besatzungen verfehlten das eigentliche Zielgebiet und warfen ihre Bomben woanders ab, um ihren Flugzeugen für die Rückkehr unnötigen Ballast zu ersparen. Und so geschah es, daß auch der Vorort Schöneweide getroffen wurde.
Da überwiegend Brandbomben geworfen wurden, verwandelte sich Schöneweide bei diesem Manöver, das eigentlich ein Irrtum war, in ein Flammenmeer. Der Ortskern, der Wald, ja sogar streckenweise die Spree brannten lichterloh.

Die Brücke über den Fluß, über die viele verzweifelte Menschen nach Köpenick zu entkommen versuchten, war unpassierbar geworden. Man saß wie in einem riesigen Feuerofen fest.
Äste und Baumstümpfe flammten auf und ließen überall neue Feuer entstehen. Allmählich näherte sich die Feuerwand auch dem Hirschmeierschen Haus. Brennende Zweige, die herunterfielen, trugen das Feuer weiter in den Wald. Knisternd stoben die Funken hoch und setzten alles in Brand, was ihnen in den Weg kam.
Die Familie Hirschmeier hatte sich im Luftschutzkeller um eine Kerze versammelt. Richard hatte in fliegender Hast den Karton mit dem Igel in den Keller geschleppt. Er hatte ihn einfach nicht mehr losgelassen, als die Sirenen aufheulten und der Vater die Kinder die Treppe hinuntertrieb. Das possierliche Tierchen hatte zusammengerollt in seiner Ecke gelegen, als sei es fest entschlossen, sich von dem Höllenspektakel oben nicht stören zu lassen. Aber plötzlich setzte es sich auf, witterte mit dem feinen Näschen und begann, wie verrückt in seinem Pappgefängnis hin und her zu rennen.
Richard hatte den Deckel abgenommen, und alle guckten etwas ratlos auf das unruhige Tierchen hinab, als Anneliese plötzlich sagte: »Herr Hirschmeier, hier riecht es nach Feuer.«
Hirschmeier sprang auf, und während seine Frau noch verzweifelt hinter ihm her rief: »Nicht doch!« stürmte er die Kellertreppe hinauf. Kaum oben angekommen, war er auch schon wieder unten.
»Raus, wir müssen hier raus! Der Wald brennt. Alles zusammenpacken!«
Von der heftigen Bewegung und vor Aufregung war der Mann ganz atemlos geworden. Er klemmte sich so viele

Kleidungsstücke unter den Arm, wie er zusätzlich zu den Koffern noch tragen konnte, während Frau Hirschmeier und Anneliese die Reste der gemeinsamen Mahlzeit in die Tasche warfen. Dann bewegte sich der ganze Zug – Vater vorn, in der Mitte die Kinder, zum Schluß die Frauen – die Kellertreppe hinauf.

Der Rauch draußen vor der Tür und der Brandgeruch verrieten, daß das Feuer entmutigend nahe war. Das Geräusch der Baumstämme, die in der Hitze platzten, und das Heulen des Windes, der durch den Brand angefacht wurde, vermischten sich zu einer schrillen Sinfonie.

»Ich denke, wir gehen am besten zum Fluß«, sagte Frau Hirschmeier.

»Aber das ist unmöglich«, erwiderte ihr Mann. Im Norden und Osten steht eine einzige Flammenwand. Nur Adlershof scheint noch sicher zu sein. Auch die Windrichtung ist günstig. Aber ich glaube, da sind noch mehr Leute in den Kellern, die noch nicht Bescheid wissen. Ich lauf' rasch zu ein, zwei Häusern hinüber. Wartet hier und bringt alles, was wir nicht mitnehmen können, in den Keller! Vielleicht können wir auf diese Weise etwas retten.«

Als Hirschmeier hinauslief, kam klingelnd der Bauer Werner aus der Nachbarschaft auf seinem Fahrrad angefahren. Er wischte sich den Schweiß von der Stirn und rief: »Herr Rektor, Sie haben es ja bemerkt. Gut, aber wir können nicht mehr zum Fluß. Nach Süden ist der Wald lichter. Wir versuchen, dort durchzukommen . . .«

»Wir gehen nach Adlershof«, entgegnete Hirschmeier. Der Rauch würgte ihn im Hals. »Ich will nur noch ein paar Nachbarn verständigen.«

»Ich komme mit.«

Die beiden Männer schwangen sich auf ihre Fahrräder und verschwanden im Dunst. Inzwischen begannen Anneliese

und die Mutter in fliegender Hast zwischen Eßzimmer und Keller hin und her zu rennen, um Porzellan und Silber in Sicherheit zu bringen. Der Wind wurde immer stärker. Alle Augenblicke veränderte er seine Richtung.
Hirschmeier kam zurück, stellte das Rad ab und lief wortlos ins Haus. Wie zu einer letzten Prüfung ging er noch einmal durch alle Räume. Schweratmend gab er seiner ängstlich unter der Haustür zusammengedrängten Familie ein Zeichen. Jeder ergriff das ihm zugedachte Marschgepäck. Dann ging es ab Richtung Adlershof. Ständig nach allen Seiten sichernd, schritt Hirschmeier mit festem Schritt voran. Mit der rechten Hand hielt er das große Bündel aus Koffern und Kleidern auf dem Gepäckträger fest, mit der linken steuerte er das Fahrrad. Dann kamen die Kinder mit ihren Rucksäcken. Heinz hatte auch noch seinen kleinen roten Kinderkoffer mitgenommen. Den Schluß bildeten wieder Frau Hirschmeier und Anneliese, die einen Handkarren mit den Essensvorräten und einigen Küchengeräten hinter sich herzogen.
Jeder Schritt, den die Familie Hirschmeier tat, entfernte sie mehr von dem brennenden Wald, aber auch von ihrem Haus, das ein Raub der Flammen wurde. Die fünf waren nicht die einzigen Menschen, die dieses letzte noch offene Schlupfloch aus Schöneweide nutzten. Sie trafen unterwegs auf Freunde, Nachbarn und Bekannte. Der ganze kleine Ort schien sich auf die Wanderschaft begeben zu haben. Und obwohl alles ruhig, fast schweigend vor sich ging, nur vom Knirschen der Räder im Sand und einem gelegentlichen Husten oder Kindergeschrei begleitet, war es doch eine überstürzte Flucht: ein großer, versprengter Treck, der einer ungewissen Zukunft entgegenzog.
Vater Hirschmeier hatte diesen Moment schon lange vorausgeahnt. Bis 1933 aktiver Sozialdemokrat, war er nie ein

Anhänger Hitlers gewesen. Bis 1938/39 gab es zwar Momente, in denen er versucht war, an einen Erfolg Hitlers zu glauben. Die militärische Besetzung des Rheinlandes, der Anschluß Österreichs, die »Heimkehr« des Sudetenlandes ins Reich: Hitler hatte alles gewagt und alles gewonnen, aber auch, wie es Hirschmeier schien, das ganze Vertrauen verloren. Es war ein bitterer Preis, den die Deutschen für seine Siege zahlen mußten. Er wurde gerade jetzt entrichtet, jetzt, da die Bomben der Engländer und Amerikaner auf Deutschland fielen und die russischen Armeen an der Ostfront vorwärts drangen.

Je näher die Fronten im Jahre 1944 rückten, desto sicherer wußte Hirschmeier, daß das Ende des Hitler-Staats näherkam. Nur ahnte er nicht, wie und wann es eintreten würde. Seit dem ersten großen Angriff auf Berlin am 31. August 1943, erst recht seit der großen Luftschlacht vom 24. März 1944, bei der sich die Alliierten mit über tausend abgeschossenen Flugzeugen eine blutige Nase holten, hatten sich Hirschmeier und seine Frau mit Plänen für eine eventuelle Flucht beschäftigt – für einen »Umzug«, wie sie es damals vor den Kindern nannten.

Der Bezugspunkt war dabei immer der Bauernhof gewesen, den Annelieses Eltern in Adlershof bewirtschafteten. Mit Anneliese, die ihnen als Pflichtjahrmädchen zugeteilt wurde, hatten die Hirschmeiers Glück gehabt: ein frisches, fleißiges und anständiges Mädchen von siebzehn Jahren, das sich auch mit den beiden Jungen sehr gut verstand. Außerdem stammte sie eben von einem Bauernhof – mit all den Vorteilen für die Speisekammer, die dieser Umstand den Hirschmeiers in der recht mageren Lebensmittelkartenzeit bescherte. Jedenfalls hatten sie sonntags immer noch regelmäßig ein gutes Stück Fleisch im Topf, dazu gelegentlich frische Eier, Brot, Butter, Wurst und Quark.

Herr Richter, Annelieses Vater, war ein rechtschaffener, etwas kantiger Brandenburger mit einem heiligen Respekt vor allem, was nach »studiert« aussah. Er war denn auch sofort einverstanden, als Hirschmeier bei einem Besuch im letzten Herbst nach der Kartoffelernte wegen einer »eventuellen Notunterkunft« anfragte.

Bei aller Trauer über das Verlorene und aller Angst vor dem Ungewissen begleitete die Hirschmeiers auf dem beschwerlichen Marsch durch den brennenden Wald nicht die schiere Hoffnungslosigkeit. Nachdem sie das Schlimmste hinter sich gebracht hatten, nahm Anneliese sogar das Rad, um vorauszufahren und den Hirschmeiers mit einem Pferdewagen entgegenzukommen.

Ja, die guten Richters. Zuletzt waren sie alle zusammen – ohne die russischen Fremdarbeiter – vierzehn Personen auf dem Hof gewesen. Das Kriegsende, der sogenannte Zusammenbruch, und die anschließende Besetzung durch die Russen liefen in Adlershof glücklicherweise glimpflich ab. Es gab keine Plünderungen und keine Vergewaltigungen. Wahrscheinlich lag es daran, daß Richter »seine« Russen immer menschlich behandelt hatte, so daß die Rotarmisten sie praktisch mit Waffengewalt vom Hof in Richtung Heimat schicken mußten.

Und nach dem Krieg? Die Berliner Sozialdemokraten sammelten sich damals wieder, und es gab unter ihnen eine starke Gruppe, die mit den Kommunisten kooperieren wollte – in einer antifaschistischen Front, auf daß es nie wieder einen Hitler in Deutschland gebe. Hirschmeier hatte sich sofort wieder der Partei zur Verfügung gestellt und war dem Vereinigungsgedanken gegenüber von vornherein aufgeschlossen. In dem von der sowjetischen Militäradministration und der »Gruppe Ulbricht« betriebenen Zusammenschluß von SPD und KPD zur SED sah er die Chance, aus

diesem sozialistischen Deutschland auch ein einiges Deutschland zu machen.
»Um dieses Land wieder aufzubauen, geht es nicht an, die Regierung von einer Minderheit bestimmen zu lassen. Zur Verwirklichung des Wiederaufbaus muß der Wille des ganzen Volkes dahinterstehen. Man wird auch die Meinung jener sechzig Millionen hören müssen, die im westlichen Teil Deutschlands leben.«
Richard Hirschmeier, der damals noch keine vierzehn Jahre alt gewesen war, konnte sich noch gut an diese Sätze seines Vaters erinnern. Vater hatte sich oft in diesem Sinne geäußert, darin steckte sozusagen sein politisches Vermächtnis.
Richard Hirschmeier, der Wissenschaftler, der sich schon damals für Politik zu interessieren begonnen hatte, erinnerte sich auch noch an andere Einzelheiten, während er da an der Elbe im warmen Grase saß. An das Kommen und Gehen auf Richters Hof, an die nächtlichen Diskussionen in der verrauchten Küche, an die Geheimnistuerei, mit der manche wichtige Besprechung in der guten Stube umgeben wurde, wo die Häkeldeckchen auf den Armlehnen der Polstersessel lagen. Angeblich soll sogar Walter Ulbricht bei einer dieser Besprechungen dabeigewesen sein. Vater war damals in der Schulverwaltung des Ostsektors tätig gewesen und arbeitete an der sozialistischen Bildungsreform, als eines Tages – es muß im Februar 1947 gewesen sein – das Bestürzende geschah: Auf dem Hof hielt ein amerikanischer Jeep, dem ein russischer Offizier und zwei russische Soldaten, das Gewehr im Anschlag, entstiegen. Sie kamen grußlos herein, und während die beiden Rotarmisten unter der Küchentür Aufstellung nahmen, verlas der Offizier – übrigens in fließendem Deutsch – den Haftbefehl.
Hirschmeier erinnerte sich genau dieses schicksalhaften

Moments. Vater zog seine Strickjacke an, nahm den Wintermantel vom Haken, legte seinen beiden Söhnen die Hand auf den Kopf und sagte: »Habt keine Angst, ich bin bald zurück. Macht Mutti keinen Kummer.«
Dann ging er in aufrechter Haltung, links und rechts von den beiden Soldaten flankiert, die Steintreppe vor dem Haus hinunter. Der Offizier war bereits vorausgegangen und hielt ihm mit vorbildlicher Haltung die Autotür auf. Vater stieg in den Jeep. Er kam nie wieder zurück.
Richard Hirschmeier richtete sich etwas mühsam auf. Sein Rücken war vom Sitzen steif geworden. Er blickte auf den breiten Strom. Ja, damals hatte sich sein Leben einschneidend geändert. So gründlich, wie es im geteilten Deutschland oft geschah, wo die Grenze viele Familien auseinanderriß. Er war damals zu seinem Onkel nach Braunschweig gekommen, während Bruder Heinz bei der Mutter blieb.
Das Ganze war nur als vorübergehende Trennung gedacht gewesen, als Entlastung für die Mutter. Aber aus der vorübergehenden Lösung war dann ein Dauerzustand geworden, aus dem Provisorium etwas Definitives. Die Teilung Deutschlands hatte sich verfestigt und damit auch die Trennung der Familie Hirschmeier.
Auf dem Fluß ließen zwei Frachter ihre Hörner dröhnen. Richard Hirschmeier wurde aus seinen Gedanken gerissen, erhob sich und machte sich auf den Weg zu seinem Wagen.

Eine dreiviertel Stunde später traf Richard Hirschmeier vor dem Studentenheim seines Sohnes ein, einem Neubau im Stadtteil Eppendorf.
Er stieg die Treppe hinauf: Zimmer dreihundertzehn, dritter Stock. Hans Joachim wartete sicher schon auf ihn. Hirschmeier klopfte leicht an die Tür und wollte sie in demselben

Augenblick öffnen, aber sie war verschlossen. Er drückte die Klinke noch einmal herunter, aber erfolglos.

»Hans Joachim, ich bin's, Vater«, rief er mit gedämpfter Stimme. Aus einem der benachbarten Zimmer drang leise Radiomusik an sein Ohr. Könnte es sein, daß der Junge schlief und das Klopfen nicht hörte? Im Zimmer herrschte Stille. Hirschmeier schaute sich hilfesuchend um. Gerade wollte er noch einmal, diesmal etwas energischer an die Tür klopfen, als er gegen das helle Fenster am Ende des dunklen Flurs eine männliche Gestalt auf sich zukommen sah.

Der Mann, ein Durchschnittstyp mit offenem Hemd, war offenbar kein Student. Er fragte den Professor mit ausdrucksloser Stimme: »Professor Hirschmeier?«

»Ja.« Die Stimme des Professors klang unsicher, fast ängstlich.

»Großkopf ist mein Name. Es ist wegen Ihrem Sohn.«

Hirschmeier zuckte zusammen. Vielleicht war es auch nur wegen der fragwürdigen Grammatik, der sich dieser Mann bediente.

»Ja, was ist? Was ist mit meinem Sohn?« Hirschmeier verstand den Zusammenhang nicht.

»Ihr Sohn möchte Sie gern sprechen.«

»Mein Sohn? Mich? Ja, warum kann er das nicht?«

»Ja, es ist so«, der andere kam ins Stocken.

Hirschmeier wurde ungeduldig. Er fuhr den Mann an: »Ist was passiert? So reden Sie doch!«

»Ja, es ist so ... eigentlich ... Nun, Ihr Sohn ... er wartet auf Sie.«

»Ja, wo denn? Was ist denn um Himmels willen passiert?«

Hirschmeier wurde von einer ungewissen Angst gepackt.

»Nichts, Herr Professor, es ist nichts passiert.« Der andere hatte den Faden noch immer nicht gefunden. Jetzt straffte er sich und fügte hinzu: »Er ist bei uns. Wir brauchen seine

Aussagen für unsere Ermittlungen, und ich habe den Auftrag, Sie zu ihm zu bringen.«

»Was heißt das: ›bei uns‹, ›Aussagen‹, ›Ermittlungen‹?«

Der Mann ging schweigend neben Hirschmeier zum Fahrstuhl und hielt ihm die schwere Stahltür auf. »Das werden Sie gleich erfahren, Herr Professor Hirschmeier.« Großkopf zog die Fahrstuhltür hinter sich zu. »Ich bin nicht befugt, mit Ihnen darüber zu sprechen.«

6. Was eine Konfektschachtel verrät

Nachdem er den Anruf erhalten hatte, verließ Willis das Konsulat, setzte sich in seinen Volkswagen und fuhr die Alsteruferstraße Richtung Lombardsbrücke hinunter. Eigentlich stand ihm für Dienstfahrten ein Wagen der Fahrbereitschaft zur Verfügung. Aber Roßberg hatte ausdrücklich um einen unauffälligen Besuch gebeten.

Während Willis unter der Eisenbahnbrücke hindurchfuhr, die den Hamburger Hauptbahnhof mit dem Dammtorbahnhof verbindet, und dann links zur Lombardsbrücke einbog, dachte er daran, wie merkwürdig es war, daß er Roßbergs Büro noch nie gesehen hatte. Sie kannten sich nun schon drei Jahre. Aber immer hatten sie sich in irgendwelchen Lokalen getroffen, ein- oder zweimal auch in Wohnungen, von denen Willis das Gefühl hatte, daß sie gewissen Damen aus Roßbergs weitläufiger Bekanntschaft gehörten. Auch dieses Mal hatte ihm Roßberg eine obskure Privatadresse gegeben.

Willis bog vor dem Hauptbahnhof wieder links ab und fädelte sich in die Lange Reihe ein, ein nicht gerade feiner Straßenzug im Stadtteil St. Georg, der sich mit seinen schmuddeligen Lokalen und zweitklassigen Nutten vergeblich bemühte, St. Pauli Konkurrenz zu machen.

Das Haus, das Willis kurz darauf betrat, gehörte zu jenen Gebäuden, die den Feuerstürmen der Bombennächte stand-

gehalten hatten. Die pockennarbige Stuckfassade hätte längst einen neuen Anstrich verdient, und im Treppenhaus roch es beängstigend nach Bohnerwachs. Willis erklomm den fünften Stock, wo das Tageslicht trübe von oben durch eine verschmutzte Glaskuppel in das Treppenhaus einfiel. Er klingelte an der Wohnungstür. Das Namensschild über dem Klingelknopf war blind.
Roßberg öffnete, nur mit Hose und offenem Hemd bekleidet. Die Hemdsärmel hatte er hochgekrempelt. Er bat Willis mit einer einladenden Geste herein. Der Amerikaner nahm einen endlosen Flur wahr, der sich in undurchdringlichem Dunkel verlor und von dem mehrere Türen abgingen. An der schäbigen Garderobe hängte er seine Jacke auf. Dann wurde er in ein Wohnzimmer dirigiert.
Auf einem unförmigen Sofa, das vor einer Glasvitrine stand, saß ein älterer Mann. Erwartungsvoll hatte er sein Gesicht der Tür zugewandt. Roßberg stellte Willis dem Unbekannten vor. »Herr Professor Hirschmeier, ein Bekannter von mir, Herr Willis.«
Willis und der Professor sahen einander verdutzt an.
»Professor Hirschmeier ist der Vater des Studenten«, fügte Roßberg hinzu, um Willis die nötige Aufklärung zu geben.
Der Professor war ein großer, stattlicher Mann mit graumeliertem Haar und einer Goldrandbrille. Sein Blick wirkte freundlich, auch wenn er im Moment etwas unsicher war. Insgesamt machte er auf Willis einen vertrauenerweckenden Eindruck.
»Less, ich habe dem Professor das Wichtigste gesagt. Er wird jetzt in das hiesige Bundeswehr-Krankenhaus fahren, um seinen Sohn zu sehen.«
»Ich denke, der liegt in Mölln?« Willis war diese Frage vor lauter Überraschung herausgerutscht.

»Er wurde inzwischen hierher verlegt. Das ist ja auch für Sie viel bequemer, nicht wahr, Herr Professor?«
Richard Hirschmeier nickte zustimmend.
»Und denken Sie bitte an unsere Verabredung. Anderenfalls gefährden Sie Ihren Sohn.«
Der Professor hatte sich bei diesen Worten erhoben und knüpfte das Jackett seines grauen Sommeranzuges zu. Er wurde von Roßberg zur Tür geführt. Als er an Willis vorbeiging, machte er eine leichte formelle Verbeugung.
Nachdem Roßberg den Professor draußen verabschiedet hatte, kam er wieder herein. Er schien gut in Schwung zu sein. Wahrscheinlich war er nachmittags beim Schwimmen gewesen, wie er es beim Mittagessen angekündigt hatte.
»Die Sache mit dem Bundeswehr-Krankenhaus hat dich wohl ein bißchen überrascht.« Roßberg setzte die Unterhaltung mit Willis so übergangslos fort, als habe sich der Professor in Luft aufgelöst.
»Wir haben ihn heute vormittag von Mölln dorthin verlegt. Das ist besser für ihn.«
Willis verstand den Zusammenhang immer noch nicht, außerdem überlegte er, wo Roßberg wohl den Vater aufgetrieben hatte.
»Ach, den haben wir im Studentenheim seines Sohnes aufgegabelt«, antwortete der Deutsche auf die entsprechende Frage des Amerikaners. »Der wollte mit seinem Sohn das bestandene Examen feiern. Übrigens, Less, wir haben diesem Hans Joachim Hirschmeier inzwischen einen Decknamen verpaßt. Er heißt jetzt sicherheitshalber Johannes Herbst.«
Willis warf Roßberg einen fragenden Blick zu. Er ließ sich in einen Sessel fallen. Im Zimmer war es warm und stickig.
»Und deshalb hast du mich hierher gebeten?«
»Indirekt ja. Die Sache hat nämlich einen ernsten Hinter-

grund. Und darüber wollte ich mit dir sprechen. Es gibt inzwischen Anzeichen dafür, daß die DDR dem jungen Mann den Grenzzwischenfall anlasten will und daß sie seinen Namen kennt. Inzwischen hat sie sogar bereits versucht, durch einen Mittelsmann mit ihm Kontakt aufzunehmen, und zwar in Mölln.«

Willis blickte Roßberg erwartungsvoll an, der mit über der Brust verschränkten Armen langsam im Zimmer auf und ab ging, während er weitersprach.

»Das war in der vergangenen Nacht, nachdem ich mit ihm gesprochen hatte. Ein Mann, seiner Stimme nach ein junger Mann, rief im Krankenhaus an und wollte ihn sprechen. Er fragte bei der Telefonvermittlung einfach ganz dreist nach ihm und nannte Hans Joachim Hirschmeier dabei beim Namen, völlig korrekt, Vor- und Zunamen. Wir haben die Telefonistin später danach gefragt. Natürlich wies sie den Anrufer darauf hin, daß ein Besuch nicht in Frage komme, es sei ja mitten in der Nacht. Ich nehme auch gar nicht an, daß der Anrufer das ernstlich vorhatte. Wahrscheinlich wollte er uns nur zeigen, daß die andere Seite Hirschmeier kennt, daß sie seinen Namen herausgefunden hat, daß sie ihm auf der Spur ist. Vorsichtshalber habe ich daher veranlaßt, daß Hirschmeier – ich meine Johannes Herbst – bewacht wird und in das Bundeswehr-Krankenhaus kam. Möglicherweise lass' ich ihn noch einmal verlegen, wenn sich das als notwendig erweisen sollte.«

»Und diese Verabredung mit dem Professor, von der du gesprochen hast?« Willis konnte sein altes Mißtrauen nur schwer unterdrücken.

»Ja«, Roßberg lachte kurz auf. »Der muß seinen Sohn nun Johannes nennen und darf sich dabei nicht verplappern. Daran wollte ich ihn zum Schluß nur noch einmal erinnern.«

Willis dachte einen Augenblick nach und hielt es dann für den rechten Zeitpunkt, Roßberg in Erstaunen zu versetzen. Schließlich wollte er nicht der einzige sein, der stets im dunkeln von Überraschung zu Überraschung tappte.
»Dann müßt ihr den zweiten Hans Joachim Hirschmeier auch in Johannes Herbst umtaufen.«
»Den zweiten? Verstehe ich nicht.«
Willis weidete sich an der Verstörung, die offensichtlich von Roßberg Besitz ergriff.
»Ja, mein lieber Kurt, das ist ganz einfach«, sagte Willis leicht herablassend. »Der, den sie in der DDR suchen, der Oberleutnant, heißt nämlich genauso.«
»Was sagst du da? Genauso?«
Roßberg war mit einem Ruck stehengeblieben. Willis meinte, durch seine Stirn hindurch die Gehirnzellen mit äußerster Anstrengung arbeiten zu sehen.
»Ja, genauso. Das haben unsere G-2-Leute in Heidelberg aus absolut sicherer Quelle. Freilich, einen Reim können sie sich ebenfalls nicht darauf machen.«
Im Gespräch zwischen den beiden Männern trat eine längere Pause ein. Sie versuchten, ihre Gedanken zu ordnen und auf den neuesten Stand zu bringen. Von unten hörte man das dumpfe Brausen des Verkehrs.
Dann brach Willis als erster die Stille: »Wahrscheinlich haben die da drüben ihren Mann einfach mit unserem Hirschmeier verwechselt.« Er sagte das so leichthin, war es doch das erste und einfachste Argument, das ihm einfiel, um die Beziehung zwischen der rätselhaften Namensgleichheit und dem Interesse der DDR an Hirschmeier zu erklären.
Roßberg hatte sich inzwischen eine Zigarette angezündet und sich seitwärts auf die Armlehne des Sofas gesetzt. Er ließ die Hände zwischen den auseinandergestellten Beinen baumeln und brütete mit gesenktem Kopf vor sich hin.

»Mit anderen Worten, du meinst, die DDR sucht Hirschmeier nicht, weil sie in ihm den Verursacher der Explosion sieht, sondern weil sie ihn irrtümlicherweise für ihren verschwundenen Oberleutnant hält?« fragte er nach einer Weile.

Willis nickte überzeugt. Eine andere Erklärung, die ebenso einleuchtete, konnte es seiner Meinung nach gar nicht geben.

Roßberg vertiefte sich wieder in seine Gedanken. Dann erhob er sich und nahm seine Wanderung wieder auf.

»Möglich, Less, möglich. Aber nicht wahrscheinlich. Wenn es so wäre, wie du sagst, müßte es ja in unserem Informationsnetz irgendwo eine undichte Stelle geben. Wie sonst hätten die da drüben so schnell wissen können, daß in Mölln ein Hans Joachim Hirschmeier lag.«

Willis zuckte die Achseln. Es war ja nur so eine Idee gewesen – jedenfalls besser als keine.

Aber Roßberg setzte nach. »Nein, völlig unmöglich, Less. Selbst Bundesgrenzschutz und Ratzeburger Polizei wußten ja zunächst nicht mehr, als daß es sich um Hamburger Studenten handelte. Außerdem waren es zehn Mann. Der Porschefahrer wurde sofort ins Krankenhaus Mölln eingeliefert, und zwar auf mein Geheiß.«

»Und Journalisten?«

»Nein, lieber Less, nein, nein. Als ich hinkam, war dort noch kein Mensch, kein Zeitungsreporter, kein Fernsehteam. Die Grenzschutzeinheit traf gerade erst ein. Aber ich beglückwünsche mich zu dem Einfall, ihn gleich in das Möllner und nicht erst in das Ratzeburger Krankenhaus eingeliefert zu haben. Wenn die da drüben so scharf auf ihn sind – aus welchen Gründen auch immer –, hätten sie ihn sich sonst vielleicht schon geholt. So haben wir einen Haken geschlagen und die DDR-Agenten kostbare Zeit verloren.«

»Wir sollten das Ganze noch einmal durchgehen, Kurt, und nachher mit diesem Professor sprechen.«
»Er will nach dem Krankenbesuch wieder hierherkommen. Die beiden Schlüsselfiguren beiderseits der Grenze sind zwei Männer mit absolut identischen Namen, und zudem gibt es, wie ich aus Bonn höre, noch immer keinen Protest der DDR wegen des Grenzzwischenfalls. Immerhin ist der jetzt schon achtzehn Stunden her.«
»Tatsächlich, noch immer kein Protest?« Willis hatte seit dem Vormittag keinen Kontakt mehr mit Heidelberg und Carey Jones gehabt. Deshalb wußte er auch nicht, ob etwas in Bonn gelaufen war. Nach einer kurzen Denkpause fiel ihm aber etwas anderes ein.
»Du, Kurt, auf deinem Band war etwas, was ich mir nicht erklären kann.«
»Was?«
»Es hat vielleicht mit dem Protest zu tun, der bisher ausgeblieben ist. Hirschmeier befand sich doch auf dem Territorium der Bundesrepublik, als er beschossen wurde. Eigentlich hätten die doch in Bonn gegen das Verhalten der DDR-Grenzer protestieren müssen. Und noch etwas: Der junge Mann hat einen Schuß auf den Wachtturm abgefeuert, ohne daß die von drüben zurückgeschossen haben. Dabei hätten sie sich doch in einer Lage befunden, in der sie einigermaßen berechtigt gewesen wären, den jungen Mann zu erschießen. Sie haben also gestern nacht keine konsequente Haltung eingenommen. Und nun haben sie noch immer nicht protestiert.« Dies alles war aus Willis nur so herausgesprudelt. Er machte eine kurze Pause, bevor er weitersprach.
»Betrachtet man das alles zusammen, so läßt sich eine gewisse Logik erkennen: Was, zum Teufel, hatten sie zu dieser Zeit Geheimnisvolles an der Grenze vor? Wohl etwas, was sie auf keinen Fall an die große Glocke hängen wollten.

Sie suchten zu verhindern, daß Hirschmeier und seine Freunde etwas zu sehen bekamen und haben dann, als die näher kamen, nur einen Warnschuß abgegeben, um sie abzuschrecken. Und auch als Hirschmeier zurückfeuerte, versuchten sie, das Ganze in Grenzen zu halten. Wahrscheinlich befürchteten sie, daß anderenfalls die Vorgänge an dieser Stelle der Grenze noch stärker interessieren könnten. Deswegen haben sie auch noch keinen Protest eingelegt, denn dann würde die Aufmerksamkeit der Medien erst recht geweckt. Man würde recherchieren, was es mit dieser Explosion auf sich hatte. Ich bin also sicher, Kurt, daß sie gestern an der Stelle bei Neuhof heimlich irgend etwas Wichtiges gemacht haben.«

Erschöpft hielt Willis ein. So lange hatte er in letzter Zeit nie zusammenhängend in Deutsch gesprochen.

Roßberg wiegte bedeutungsschwer den Kopf. »Könnte sein. Aber was hatten sie an der Grenze vor?«

»Sie hätten zum Beispiel neuentwickelte elektronische Überwachungsgeräte oder Waffen ausprobieren können.«

Willis fiel ein, daß dies auch die These von Jones gewesen war, weil dieser verschwundene Oberleutnant Hirschmeier ja angeblich Fachmann für Elektronik war.

Kurt zögerte einen Augenblick. Dann suchte er in seiner linken Hosentasche und holte die Streichholzschachtel mit dem Metallsplitter hervor. Er hielt ihn zwischen Daumen und Zeigefinger in die Höhe.

»Hier, Less, ist der Schlüssel. Der Splitter ist etwa acht Millimeter dick, einen Zentimeter breit und zwei Zentimeter lang. Über die Außenseite zieht sich eine leicht gekrümmte Kerbung.« Roßberg machte eine bedeutungsvolle Pause und zog die Augenbrauen hoch. Im Moment sah er aus wie ein überlebensgroßer Uhu. »Es ist der Splitter einer Erdmine. Wir haben ihn untersucht. Es handelt sich um eine PM-D-6.«

»Aber auf die sind die drüben doch so stolz!« Willis hatte sich unwillkürlich aus seinem Sessel erhoben.

»Ja, aber so muß es gewesen sein: Es sind viele Minen auf einmal explodiert. Daher der umgestürzte Wachtturm, daher die Toten. Sie wurden von den umherfliegenden Splittern getroffen. Aus der relativ hohen Zahl der Toten läßt sich wieder ableiten, daß gestern im Grenzabschnitt Neuhof eine ganz bestimmte Arbeit verrichtet wurde. Normalerweise tun ja nur wenige Grenzsoldaten an so einem Wachtturm Dienst. Laß uns die Sache noch einmal durchgehen, Schritt für Schritt. Nimm doch mal an, der Grenzzwischenfall hatte mit Hirschmeier-West gar nichts zu tun. Dann kann es doch nur so gewesen sein, daß die da drüben selbst die Explosion ausgelöst haben. Aber wodurch?«

Bei seinen letzten Worten war Roßberg an die Glasvitrine gegangen. Er zog unter ihr eine Schublade heraus und entnahm ihr einen Aktendeckel. »Schau einmal her, Less, hier sind noch einmal alle Aufzeichnungen aus unserer *black box.*«

Roßberg fischte einen ganz bestimmten Bogen heraus, ein großformatiges, vielfach gefaltetes Millimeterpapier. Willis konnte darauf schwarze und rote wellenförmige Linien erkennen. Sie erinnerten an die Datenaufzeichnung eines Barometers.

»Fangen wir an, Less. Unter unseren Instrumenten in den ›Konfektschachteln‹ haben wir auch Geräte zum Messen von Oberflächenwellen. Sie funktionieren ähnlich wie die Meßgeräte für Erdbebenwellen, wie Seismographen. Es sind äußerst sensible Geräte. Sie nehmen Bewegungen in der Erdoberfläche bis zu einer Tiefe von achtzig Zentimetern wahr. Im äußersten Fall können sie sogar die Schritte von Rehen mit einem Körpergewicht von nur fünfzig Kilogramm in einer Entfernung bis zu zehn Metern registrieren. Diese schwarze Linie in der oberen Hälfte ist die Aufzeichnung des Oberflächenwellenmessers. Die rote Linie zeigt graphisch die vom gleichgeschalteten Audiometer erfaßten Geräusche. Die vorgedruckten millimeterbreiten senkrechten Striche teilen jeweils eine Sekunde ab. Diese sepiabraunen kennzeichnen jede zehnte Sekunde und der dickere Strich hier jede Minute. Insgesamt wird von dieser Aufzeichnung der kritische Zeitraum von einundzwanzig Uhr vierunddreißig bis zweiundzwanzig Uhr vier erfaßt, genau eine halbe Stunde. Einundzwanzig Uhr vierundfünfzig erfolgte die Explosion.«

Roßberg fuhr mit seinem rechten Zeigefinger über das Papier.

»Etwas von der Mitte entfernt rechts bildet die Geräuschaufzeichnung plötzlich eine rote Linie auf gleichbleibender Höhe. Sie ist acht Sekunden lang und beginnt um einundzwanzig Uhr vierundfünfzig. Dann geht sie in eine Schlangenlinie über und fällt sehr schnell ab. Die Linie des Seismographen steigt dagegen um einundzwanzig Uhr vierundfünfzig für zehn Sekunden in einer steilen Kurve an und fällt nach einigen Schwankungen von der siebzehnten Sekunde an wieder abrupt nach unten.«

Mit einem kurzen Seitenblick versuchte Roßberg zu erfassen, ob Willis ihm noch folgte. Der Amerikaner blickte gebannt auf das Papier.

»Zwischen der Aufzeichnung der Geräusche und der Erdbewegung bleibt also ein Unterschied von zwei Sekunden. Wenn man all diese Daten nun detailliert einem Computer eingibt, kann man berechnen, wie groß die Entfernung zwischen dem Gerät und der Geräuschquelle, in diesem Falle dem Explosionsherd war.«

Roßberg lehnte sich in seinen Sessel zurück.
»Nun, Less. Ist dir etwas aufgefallen?«
Willis sah sich den Bogen noch etwas genauer an. Gleich nach der Explosion war bei der Geräuschaufzeichnung nichts Auffallendes zu bemerken. Aber in der Aufzeichnung des Seismographen gab es ein ziemlich heftiges Auf und Ab. Vielleicht wurde Hans Joachim Hirschmeier da von seinen Freunden geholt und zum Auto gebracht.
»Du bist nicht an das Lesen dieser Darstellungen gewöhnt«, sagte Roßberg, »aber schau doch noch einmal auf dieses kleine Stück der seismographischen Messung, etwa acht, neun Sekunden *vor* der Explosion.«
»Da scheint es eine Erderschütterung gegeben zu haben, ausgelöst durch ein großes Gewicht«, sagte Willis, der sich allmählich hineinfand. »Anders als die Linie *nach* der Explosion, die in einer Kurve ansteigt, steigt diese hier linear an.«
»Okay, Less, vergleiche dieses Stück jetzt bitte mit dem Abschnitt, während dem Hirschmeier und seine Freunde etwa um einundzwanzig Uhr siebenundvierzig mit den Autos auf die Wiese unmittelbar an der Grenze fuhren. Das ist hier. Seltsam, doch die Linien ähneln sich. Hier erscheint aber gleichzeitig eine rote Geräuschkurve, die auf einen Autolärm hindeutet. Dagegen ist in dem Abschnitt acht, neun Sekunden vor der Explosion keine rote Geräuschkurve zu sehen. Es muß sich um eine schwere Masse von einigen hundert Kilo Gewicht handeln, die sich aus dem Wald in Richtung auf den Wachtturm zubewegte – ohne Geräusch, daß heißt ohne Motorenlärm, mit einer hohen Geschwindigkeit in einer ziemlich geraden Linie.«
Willis sah Roßberg mit großen Augen an. »Und als dieses Objekt den Kontrollturm erreichte, erfolgte die Explosion.«

»Genau. Deshalb bin ich überzeugt, daß es zwischen Hirschmeiers Schuß und der Explosion keinen unmittelbaren Kausalzusammenhang gibt. Das beweist diese Aufzeichnung.«
Roßberg hatte sich eine neue Zigarette angezündet. Er inhalierte den Rauch mit mörderisch tiefen Zügen.
»Die Seismographenanalyse besagt, daß diese Erderschütterungen erfahrungsgemäß von leichten Tanks, gepanzerten Patrouillenfahrzeugen, Raupenfahrzeugen und ähnlichem herrühren. Unverständlich ist nur, daß sich dieses unbekannte Objekt in einem dichtbewachsenen Gebiet mit einer Geschwindigkeit von etwa fünfzig Stundenkilometern vorwärts bewegt hat, ohne ein Motorengeräusch zu verursachen. Das verstehe ich nicht.«
»Könnte es vielleicht ein batteriebetriebenes Fahrzeug gewesen sein?« wandte Willis ein.
»Glaube ich nicht. Ist dir außerdem noch etwas aufgefallen?«
Willis überlegte, welche Bedeutung die rote Geräuschkurve vor einundzwanzig Uhr siebenundvierzig haben könnte, die sich in leichten Wellen hinzog. Das war kurz vor dem Eintreffen der Autos auf der Wiese. Willis schaute Roßberg fragend an. »Die Entfernung ist unbestimmt, aber es muß sich um einen leichten Gegenstand handeln, der oftmals ein Geräusch erzeugt. Gestern nacht gab es praktisch keinen Wind. Es ist ein sich in fast regelmäßigen Abständen wiederholendes Geräusch. Aber die Entfernung ist unbestimmt.«
»Du hast dich inzwischen an das Lesen dieser Graphiken gewöhnt«, antwortete Roßberg anerkennend. »Du triffst genau den Punkt, Less. Wie du hier siehst, gibt es nach der Explosion keine solchen Kurven mehr. Verfolgt man sie bis zum Ende, dann sieht man, daß sie gleich nach dem Eintref-

fen der jungen Leute aufhören. Es ist also wahrscheinlich kein natürliches, sondern ein von Menschen erzeugtes, ein künstliches Geräusch. Ich habe andere Daten zu Hilfe genommen, die auch von diesem Gerät stammen, um zu einem eindeutigen Ergebnis zu kommen. Der Schluß liegt nahe, daß die da drüben an den vergangenen Tagen stets den Sonnenuntergang abgewartet haben, um heimlich in der Erde zu buddeln. Das ist es nämlich: Sie graben an der Grenze die Erde auf. Und sie haben sehr viele Skrupel, uns das sehen zu lassen. Daher gehen sie möglichst geräuschlos vor. Immer, wenn sie beim Schaufeln auf einen Stein stießen, gab es in unseren Aufzeichnungen so eine kleine Hügellinie wie hier.«
Willis war wieder einmal über so viel Scharfsinn erstaunt, aber Roßberg ließ ihn gar nicht zur Besinnung kommen.
»Vor einem Jahr hatten sie schon einmal Minen ausgegraben. Die tauschten sie damals gegen die neuen PM-D-6-Modelle aus. Auch damals gingen sie so heimlich vor. Aber unsere Geräte zeichneten das auf, und daran erinnere ich mich jetzt. Als ich diese kleinen Hügellinien sah, war ich überzeugt, daß sie die neuen Minen aus der Erde holen.«
»Dann wäre also die Explosion auf die ausgegrabenen Minen zurückzuführen«, sagte Willis. »Aber warum haben sie diese PM-D-6 wieder ausgegraben, wenn sie sie erst im vorigen Jahr gegen die alten Minen ausgetauscht haben?«
»Das verstehe ich eben auch nicht. Das ist der schwache Punkt in meiner Argumentation. Es gibt zwei Gründe, die der gesunde Menschenverstand akzeptieren könnte. Der erste: Sie haben so gravierende Mängel am Mechanismus der neuen PM-D-6-Minen entdeckt, daß man sich zum Ausgraben entschlossen hat. Der zweite: Sie haben eine Mine entwickelt, die eben noch viel besser als die PM-D-6 ist.«

»Davon habe ich noch nichts gehört«, sagte Willis, der über die Waffenentwicklung im Warschauer Pakt sehr gut Bescheid wußte. »Aber ich werde das nochmals überprüfen. Wann haben sie drüben damit angefangen, die Erde aufzugraben?«

»Immer erst nach Sonnenuntergang, wenn es dunkel war. Offenbar wollten sie uns nicht wissen lassen, daß ihre Verteidigungskraft zeitweilig durch ein Minenproblem geschwächt . . .«

»Nein, nein«, unterbrach ihn Willis. »Ich meine, seit wie vielen Tagen machen sie das?«

»Ach so. Das weiß ich nicht genau.«

Roßberg hatte von zwei Möglichkeiten gesprochen, warum die DDR ihre Minen wieder ausbuddelte. Aber in Willis' Kopf dämmerte langsam eine ganz andere Begründung.

»Kurt, ist denn das gleiche Geräusch auch an anderen Abschnitten der Grenze festgestellt worden?«

»Das weiß ich noch nicht, Less.«

Willis setzte nach: »Und wenn es so wäre – wenn man die Daten von diesen Meßblättern vergleicht, könnte man doch feststellen, ob es sich überall an der Grenze um ähnliche Geräusche gehandelt hat?«

»Das könnte man.« Roßberg wußte nicht genau, worauf Willis nun hinauswollte.

»Du, Kurt, tu mir doch den Gefallen und laß das einmal checken, wenn es geht, gleich.«

»Wenn du meinst?« Auch Roßberg war jetzt gespannt, ob seine Minentheorie von anderen Meßstationen längs der Grenze bestätigt würde. Er ging in das Nebenzimmer, um mit der Zentrale des Bundesnachrichtendienstes in München-Pullach zu telefonieren und seine Daten durchzugeben.

Unterdessen arbeitete es in Willis' Kopf weiter. Wenn es

stimmte, daß die DDR nicht nur im Raum Ratzeburg, sondern auch an anderen Abschnitten der Grenze die PM-D-6-Minen wieder herausholte und wenn sie diese eventuell gar nicht durch neue ersetzte – dann, Willis stockte der Atem bei diesem Gedanken, dann konnte dies nur einen einzigen vernünftigen Grund haben: Die DDR, sprich der Warschauer Pakt, bereitete eine Invasion in die Bundesrepublik Deutschland vor. Der Gedanke war so absurd, daß Willis ihn zunächst gleich wieder fallen ließ.

Aber er verfolgte ihn doch weiter. Nach seinen Informationen konnte der Warschauer Pakt mit seinem gegenwärtigen Brennstoffvorrat zwanzig Prozent seiner neunhundertfünfundfünfzigtausend Mann Bodentruppen und fünfzehn Prozent seiner siebenundzwanzigtausendfünfhundert Panzer höchstens dreihundert Stunden in Bewegung halten. Da es eine noch größere Auszehrung seiner Treibstoffreserven befürchtete, hatte das Vereinigte Oberkommando der Warschauer-Pakt-Staaten im vorletzten wie im letzten Jahr gemeinsame Manöver nur auf dem Papier stattfinden lassen. Nicht zuletzt deshalb war seine Kampfstärke von Jahr zu Jahr gesunken und lag unter der Effizienz der NATO-Landstreitkräfte. Aus diesem Grunde war es unwahrscheinlich, daß die Sowjetunion jetzt einen Krieg mit der NATO und Amerika anfangen würde.

Bis zu diesem Punkt reichten Willis' Überlegungen, doch als Roßberg in das Zimmer zurückkehrte, gab er dem Gespräch eine andere Wendung: »Eure ›Konfektschachteln‹ sind wirklich eine feine Sache, Kurt. Wo waren wir stehengeblieben? Ach ja, die Minen. Wir nehmen also an, sie haben die Minen ausgegraben. Als Hirschmeier und seine Freunde aufmarschierten, bewiesen die DDR-Grenzer relativ kaltes Blut. Sie haben zwar den einen Schuß abgegeben, vielleicht war es ein fehlgegangener Warnschuß, aber sie

haben Hirschmeiers Schuß nicht erwidert. Sie wollten nicht, daß wir unser Augenmerk stärker auf Neuhof richten, als ihnen lieb war. Sie wollten nicht, daß wir durch diesen lächerlichen Zwischenfall mit den Studenten entdeckten, daß die DDR an dieser Stelle nur noch bedingt verteidigungsfähig war.«
Roßberg unterbrach Willis: »Aber warum? Warum haben sie es getan? Warum buddeln sie Minen aus, die sie erst vor kurzem verlegt haben? Und was hat dieser mysteriöse Oberleutnant damit zu tun? Warum heißen er *und* der Student Hirschmeier?«
»Und was war das, was einige hundert Kilo wog, mit hoher Geschwindigkeit näher kam, aber keinen Lärm machte? Warum ereignete sich, als dieses unbekannte Objekt den Wachtturm erreichte, die Explosion?«
Die beiden Männer waren ziemlich ratlos.
Noch während sie überlegten, kam Professor Hirschmeier aus dem Krankenhaus zurück. Seinem Sohn gehe es ausgezeichnet, ganz ausgezeichnet, es sei ja nur diese kleine Schramme am Knie gewesen, kaum der Rede wert. Am liebsten würde Hans Joachim das Krankenhaus sofort wieder verlassen. Aber er wisse ja, was auf dem Spiele stehe, und deshalb werde er den Anordnungen Folge leisten. Sein Sohn sei schließlich kein Selbstmörder. Ja, die Sache mit dem Decknamen habe er beachtet, sowohl bei der Begrüßung als auch beim Abschied. Nein, es habe Hans Joachim nicht überrascht.
An dieser Stelle schien es geraten, Hirschmeier nach seiner Theorie für die beiden gleichlautenden Vor- und Zunamen zu fragen. Willis übernahm den Part: »Professor, kennen Sie noch jemanden außer Ihrem Sohn, der Hans Joachim heißt, Hans Joachim Hirschmeier?«
Hirschmeier schien weder verstört noch überrascht von die-

ser Frage zu sein. Er wandte sich dem Amerikaner mit einem freundlichen Lächeln zu. »Einen kenne ich noch.«
»Sie kennen noch einen?« Willis und Roßberg sahen sich verdutzt an. »Soll das heißen, Professor, Sie kennen noch einen, der so heißt?«
Hirschmeier saß in sich versunken auf dem Sofa. Er betrachtete die beiden Männer, die sich vor Neugier nach vorne gebeugt hatten, wie von weitem. Er führte seine Kaffeetasse, ohne Zucker hinein getan zu haben, zum Mund. Dann, kurz vor den Lippen, setzte er sie wieder ab.
»Irgendwie scheint es ein Mißverständnis um diese beiden Hirschmeiers zu geben. Dieser andere Hans Joachim Hirschmeier hat mit Ihren Angelegenheiten sicher nichts zu tun. Es ist mein Vater. Bald nach dem Zusammenbruch hatte er Differenzen mit den Kommunisten. Er wurde von den Russen abgeholt. Ich habe ihn nie wieder gesehen. Das ist jetzt mehr als dreißig Jahre her. Als mein Sohn geboren wurde, erhielt er seinen Namen. Vermutlich ist mein Vater schon lange tot.«
War das wirklich alles? Willis und Roßberg warfen sich einen vielsagenden Blick zu.

7. Der »Flüchtling«

Es war nicht der Morgentau auf seinen Lippen gewesen, sondern der Impuls der wiederkehrenden Körperkräfte, der den Oberleutnant Hans Joachim Hirschmeier aus seiner tiefen Ohnmacht hatte erwachen lassen. Um ihn herum waren Nacht, Gras und Gebüsch gewesen. Aber er hatte nicht gewußt, wo er war. Und als er versuchte, sich umzuschauen, hatte er sich nicht bewegen können. Er war sich vorgekommen wie gelähmt.

Nachdem der Oberleutnant wieder für einige Sekunden sanft weggetreten war, roch er den seltsamen Geruch, der ihn umgab, wie nach Blut und verschmortem Öl. In der Nähe hörte er Motorengeräusche und auch Stimmen. Im ersten Moment wollte Angst in ihm aufkommen. Er wollte um Hilfe rufen und die Menschen auf sich aufmerksam machen, die offenbar nicht weit entfernt waren. Aber dann besann er sich. Er hielt den Atem an.

War er verletzt? Wenn er tief atmete, spürte er einen stechenden Schmerz, der sich von seinem linken Schulterblatt bis zum Brustbein hinzog. Vielleicht ein Rippenbruch. Er versuchte, ganz langsam seine Lage zu verändern und die linke Schulter anzuheben. Das verschaffte ihm eine gewisse Erleichterung.

Der Oberleutnant sah sich um. Er lag in einem Gebüsch. Durch die Zweige hindurch konnte er Lichter sehen, Lich-

ter, die sich bewegten. Da erinnerte er sich: Der Wachtturm, die Explosion, der Gefreite Klausen, der Schuß – der Auftrag. Vom Wachtturm war nichts mehr zu sehen. Aber da lag dieser brenzlige Geruch in der Luft. Wieder glaubte er, Blut zu riechen.
War er verletzt? Die Frage quälte ihn mehr als der undefinierbare Schmerz in seiner linken Seite. Er sah an sich hinunter. Die Hose der verdreckten Uniform war bis zum Knie aufgerissen. Die Beine waren aufgeschürft. Aber verletzt waren sie nicht. Er konnte sie bewegen. Sie kamen ihm nur etwas taub vor. Trotz der stechenden Schmerzen an der linken Seite erhob sich der Oberleutnant vorsichtig. Er konnte Männer mit Lampen sehen. Sie liefen durcheinander. Kein Zweifel, Grenzsoldaten. Sie räumten die Reste des zerfetzten Metallgitterzaunes weg und luden die Trümmer des Wachtturms auf einen Lastwagen. Auf westlicher Seite schien alles ruhig zu sein.
Er mußte zu einer Entscheidung kommen.
Das Blut pulsierte in seinem Hirn, und Hirschmeier merkte, daß die Fähigkeit, einen klaren Gedanken zu fassen, wiederkehrte. Er sah auf seine Uhr – sie war um einundzwanzig Uhr vierundfünfzig stehengeblieben. Nach seinem Gefühl konnte es noch nicht Mitternacht sein. In wenigen Stunden würde die Bresche, welche die Explosion in die Grenze geschlagen hatte, wieder geschlossen sein. Kaum anzunehmen, daß er sich zum Ratzeburger See würde durchschlagen können, ohne irgend jemandem in die Arme zu laufen. Wahrscheinlich hatten sie schon an der ganzen Staatsgrenze die höchste Alarmstufe gegeben.
Ohne ein Geräusch zu verursachen, zog sich der Oberleutnant noch etwas weiter in das Gebüsch zurück. Er mußte jetzt seinen ganzen Verstand zusammennehmen. Die Dunkelheit machte es ihm schwer, zu erkennen, was dahinten

am Waldrand auf westlicher Seite vorging. Über die Wiese her drang das klopfende Geräusch von Dieselmotoren an sein Ohr. Da schienen Lastkraftwagen ohne Licht zu fahren. Er hörte schlecht und konnte sie nicht sehen.

Von den jungen Leuten fehlte jede Spur. Sie hatten sich offenbar verdrückt. Da drohte wahrscheinlich keine Gefahr. Aber die Lastkraftwagen kamen Hirschmeier verdächtig vor. Sah ganz nach Bundesgrenzschutz aus. Wahrscheinlich wollten die sich mal wieder alles ganz genau aus der Nähe ansehen. Jedenfalls war der Weg in den Wald versperrt. Wer wußte, was denen noch einfallen würde. Er mußte sich sputen, wenn er seinen Auftrag ausführen wollte.

Klar, den Weg direkt über die Wiese konnte er nicht mehr nehmen. Schon auf der Brücke würden sie ihn sehen. Aber das Flüßchen, zum Glück gab es diesen Wasserlauf, der als Einschnitt quer durch die Wiese lief. Die Böschung würde ihm ideale Deckung geben, auch wenn er darauf achtgeben mußte, sich nicht zu weit aus dem Raum Neuhof zu entfernen. Zuerst mußte er aber die Grenze überwinden.

Der Luftdruck hatte den Metallgitterzaun hinweggefegt. Wie Spielzeug lagen die großen, steifen Drahtsegmente in der Gegend herum, teilweise zu schlangenähnlichen Gebilden mit bizarren Umrissen verbogen. Bei den zu Aufräumungsarbeiten eingesetzten Soldaten konnte es sich nur um ein Vorauskommando handeln. Zwanzig bis dreißig Mann machten sich gerade in einiger Entfernung zu schaffen. Offenbar fehlte es noch an einer strafferen Führung. Instinktiv tastete sich der Oberleutnant noch einmal ab. Den Schmerz in der linken Brusthälfte fühlte er unverändert. Vielleicht war er innerlich verletzt. Lungenquetschung? Er fuhr sich mit den Fingerspitzen über das Gesicht und spürte auf der Stirn eine Kruste. In der Dunkelheit konnte er an den Fingerkuppen keine Spur von Blut entdecken. Aber er

wagte nicht, an der handtellergroßen Stelle zu kratzen. Entweder war es eingetrockneter Dreck, oder es war verkrustetes Blut. Aber eine offene Wunde konnte er jetzt unter keinen Umständen gebrauchen.
Noch einmal sah Hirschmeier lauernd zu den arbeitenden Soldaten hinüber: Entfernung vielleicht fünfzig bis sechzig Meter. Auf dem Bauch rutschte er langsam aus dem Gebüsch und glitt über einen Sandstreifen hinweg auf die Grenze zu. Es tat höllisch weh. Wenn hier noch Minen lagen, dann hatte er Pech gehabt – dann war eben alles im Eimer, was jetzt noch am seidenen Faden hing. Er hatte sein Bestes gegeben. Er wußte, aus der Ferne würden sie ihn kaum von diesem Drahtwirrwarr unterscheiden können. Er griff mit beiden Händen in das zerbeulte Gitter, schob mit den Beinen nach und ließ sich auf der anderen Seite vorsichtig auf die Wiese fallen. Wahrscheinlich war er jetzt schon auf Westgebiet.
Die Grenzsoldaten hatten nichts gemerkt. Er hörte von weitem ihre gedämpften Stimmen. Die Geräusche der Dieselmotoren auf westlicher Seite waren verstummt. Eigentlich paradox, daß einem das erst auffiel, wenn man genau hinhörte. Aus seiner Froschperspektive war dem Oberleutnant der Blick auf den Waldsaum versperrt. Wenn er sich auf die angewinkelten Arme stützte und seinen Kopf über die sommerlich hohen Grasspitzen hinaus hob, vermochte er das nächtliche Dunkel mit dem bloßen Auge nicht zu durchdringen. Es tat außerdem weh, sich so zu strecken. Der Bauernhof von Rothmann fiel ihm ein. Dort in der Scheune könnte er die Nacht verbringen, sofern ihm der Weg nach Pogeez versperrt war.
Erschöpft blieb Hirschmeier im kühlen Gras liegen. Er streckte alle viere von sich. Das Herz schlug ihm wie rasend im Hals. Er war eben doch nicht ganz auf dem Damm, wozu

nun noch die nervliche Anspannung kam. Er überdachte seinen Auftrag. Aus seinem Verschwinden würden die Kreml-Fraktion und der Staatsratsvorsitzende ganz unterschiedliche Rückschlüsse ziehen. Sie würden ganz verschiedene Maßnahmen einleiten. Bis vor wenigen Stunden war alles nach Plan verlaufen. Die jüngsten Ereignisse zwangen ihn aber, vom vorgeschriebenen Weg abzuweichen.

Er kroch weiter durch das Gras dem Flüßlein zu. Da er wußte, daß er unverrichteter Dinge nicht in den Osten zurückkehren konnte, bedauerte er sich nicht wegen der Schwierigkeiten, in die er geraten war. Aber er befürchtete, daß sein komischer Feld-Wald-und-Wiesen-Ausflug dort allerhand Verwicklungen nach sich ziehen würde. Die ganze »Operation *domoj*« stand auf dem Spiel. Beziehungsweise, sie stand eben noch nicht auf dem Spiel. Sie würde morgen früh unerbittlich anlaufen.

Schuldgefühle und Selbstvorwürfe plagten ihn, wenn er an seine Funktion als Beauftragter des Staatsratsvorsitzenden dachte. Wie man es auch wendete, hier war er einfach unersetzbar. Noch einmal zogen vor seinem inneren Auge die Ereignisse der letzten Stunden vorüber. Hatte er einen Fehler gemacht? Gab es außer ihm jemanden, der die Explosion überlebt hatte? Als er daran dachte, fühlte er wieder den Schmerz in seiner Schulter und seiner Brust. Aber das Gefühl, möglicherweise als einziger mit dem Leben davongekommen zu sein, verlieh ihm eine unglaubliche Willenskraft.

Es war wahrscheinlich kurz vor oder nach Mitternacht, als er den Wasserlauf erreichte. Noch war die Abweichung vom vorgefaßten Zeitplan nicht gravierend. Eigentlich hätte er, solange es dunkel war, durch den Schacht in den Ratzeburger See eintauchen, bis Pogeez schwimmen und im dortigen

Bootshafen die Jacht mit dem schönen Namen »Poseidon« suchen sollen. Klang wie ein romantisches Unternehmen. In Wirklichkeit lagen dort westliche Kleidung und Schuhe für ihn bereit. Und statt eines Rendezvous mit einer schönen Frau war dort ein Treffen mit seinem Verbindungsmann Siegfried Drahws geplant; gegen siebzehn Uhr.

In der linken Schulter spürte er einen dumpfen Schmerz und beim Atmen in der Brust ein Stechen, als er sich in den Flußlauf hinunterließ. Das Wasser reichte ihm bis zum Bauch. Wenn er sich watend in aufrechter Stellung hielt, konnte er über die Böschung und Wiese hinweg den Waldsaum sehen. Dort schien alles wieder ruhig zu sein.

Vorsichtshalber hielt sich Hirschmeier gebückt und versuchte, beim langsamen Vorwärtsgehen jedes Plätschern zu vermeiden. Es war nicht ganz leicht, das Gleichgewicht zu halten und die Unebenheiten im Flußbett so auszugleichen, daß man nicht den Halt verlor und ein unfreiwilliges Bad nahm. Die Uniform des Oberleutnants hatte sich fast bis in die Höhe der Brusttaschen, in der er seine Dienstpistole verstaut hatte, mit Wasser vollgesogen. Er blieb stehen, um zu verschnaufen. Das Stechen im linken Brustkorb war stärker geworden. Er hatte das Bedürfnis, sich auszuruhen, sich auszustrecken und zu entspannen. Auch fühlte er, daß seine Kräfte nachließen. Lange würde es so nicht weitergehen.

Hirschmeier richtete sich im Schutz der Uferböschung vorsichtig auf. Er erkundete die Lage in Richtung Wald. Weil er dem Wasserlauf folgte, hatte er sich vom Waldrand ein wenig entfernt und dem Gehöft des Bauern Rothmann genähert. Die Arbeiten auf der östlichen Seite der Grenze schienen planmäßig weiterzugehen. Offenbar vermißte man ihn dort noch gar nicht.

Für den Oberleutnant gab es jetzt nur zwei Möglichkeiten: Er konnte versuchen, Pogeez bei Nacht zu erreichen. Das

würde einen mehrstündigen Fußmarsch bedeuten. Denn er mußte ja das ganze Südende des Ratzeburger Sees umrunden. Und dabei würde er, wenn er die Stadt nicht weiträumig umging, das Stadtgebiet durchqueren müssen – unvorstellbar in seinem Aufzug! Die nächstbeste Streifenbesatzung würde ihn anhalten und für mindestens vierundzwanzig Stunden einbuchten, weil er sich nicht ausweisen konnte. Sein Auftrag wäre dann endgültig gescheitert – mit allen unausdenkbaren Konsequenzen. Außerdem war nicht auszuschließen, daß er schon auf den ersten hundert Metern dieses Weges dem Grenzschutz in die Arme laufen würde.
Die Alternative bestand darin, die Nacht irgendwo in der Nähe von Rothmanns Hof abzuwarten, sich neue Kleider zu besorgen und morgen bei hellichtem Tage zu versuchen, Pogeez von Ratzeburg aus mit dem Dampfer zu erreichen.
Der Oberleutnant war sich klar, daß das seiner Erschöpfung entgegenkam. Aber er favorisierte diese Möglichkeit nicht aus Bequemlichkeit. Er konnte sie durchaus mit seinen Pflichten in Einklang bringen. Der Zeitfaktor bildete kein ernsthaftes Hindernis. Er brauchte ja den Bootshafen nicht unbedingt nachts zu erreichen. Er würde auf diese Weise frische Kräfte sammeln können und das Risiko einer Entdeckung niedriger halten.
Vorausgesetzt, er fand vorher die passenden Kleider. Aber woher nehmen, wenn nicht stehlen? Hirschmeier spähte nach dem Bauernhaus. Er mußte zugeben, daß es seine Phantasie beschäftigt hatte, seit er hier auf der westlichen Seite der Grenze stand. In dem Haus schien alles ruhig zu sein. Er sah kein Licht. Die Leute hatten wohl auch keinen Hund. Jedenfalls hatte bis jetzt keiner Laut gegeben. Notfalls würde er den Bauern mit der vorgehaltenen Waffe zur Herausgabe der Kleider zwingen. Aber während seine Hand nach der Dienstpistole tastete, verwarf Hirschmeier

diesen Gedanken. Dann hätte er die Sympathien des Bauern verspielt, diesen vielleicht sogar davon überzeugt, daß es besser sei, die Polizei zu rufen. Jedenfalls hätte er dann keine Chance, zur Bootsanlegestelle zu gelangen.

Langsam stand sein Entschluß fest: Nein, er würde sich nicht auf das unwägbare Risiko eines Nachtmarsches einlassen. Er würde sich dem Bauern auch nicht als Emissär Honeckers zu erkennen geben. Nein, er würde vielmehr als DDR-Flüchtling auftreten: als Offizier der Nationalen Volksarmee, der die Gelegenheit eines Explosionsunglücks an der Grenze zur Flucht genutzt hatte. Er würde an das Mitgefühl und an die Hilfsbereitschaft des Bauern appellieren und damit sicher Erfolg haben.

Ein wenig erschrocken über die Kühnheit seines Vorhabens, schickte sich der Oberleutnant an, die Uferböschung zu erklimmen. Seine Beine waren vom langen Aufenthalt im Wasser etwas steif geworden. Er fror, als er sich am Wurzelgeflecht eines Baumes hochzog und der kühle Nachtwind ihn erfaßte. Doch schienen die Brustschmerzen inzwischen nachgelassen zu haben. Vielleicht war es die Hoffnung, die ihn beflügelte. Er konnte sich jedenfalls schon wieder ziemlich frei bewegen.

Als er das Gebüsch erreicht hatte, das den Garten des Bauern Rothmann begrenzte, setzte er sich unter die ausladenden Zweige und schaute zur Grenze hinüber. Wie nah sie war. Wie häßlich sie aussah. Es war noch keine Stunde her, daß er auf der anderen Seite der Barrikade gestanden hatte. Aber jetzt war er durch einen schicksalhaften Zufall hier im Westen, auf dem Territorium der Bundesrepublik. Nun würde er seinen Auftrag eben von diesem Platz aus ausführen.

Der Oberleutnant schlich sich zu dem Gehöft zurück. Es bestand aus einem Wohn- und Stallgebäude sowie einer

Scheune. Sein Ziel war die Scheune im Hintergrund; er wollte ein Dach über dem Kopf und etwas Heu oder Stroh, worauf er seine müden Glieder betten konnte. Hirschmeier fühlte sich hundemüde, seine Kräfte verließen ihn, er schleppte sich die letzten Meter nur noch mühsam voran.

Der Oberleutnant wachte davon auf, daß ihn jemand nicht unsanft, aber beharrlich an der Schulter rüttelte. Er sah ein paar Gummistiefel und eine grüne Arbeitshose. Sie gehörten zu einem älteren Mann, der vor ihm stand und auf ihn herabsah. Nicht unfreundlich, aber prüfend.

Es war inzwischen hell geworden, und es roch unverkennbar nach Schweinemist. Hirschmeier war etwas verwirrt und schüttelte den Kopf, als müsse er ein unsichtbares Netz loswerden. Er versuchte sich zu besinnen. Unzweifelhaft war dies hier der Bauernhof und das der dazugehörige Bauer. Ach ja, richtig, Rothmann. Und er war hier an der Schwelle der Scheune eingeschlafen. Er fand selbst, daß das keinen günstigen Eindruck machte. Er rappelte sich hastig auf.

»Nun, nun, langsam, junger Mann! Was suchen Sie denn auf meinem Hof? Sie kommen wohl von drüben?« Rothmann musterte Hirschmeier mit einem langen Blick von oben bis unten. »Wie sehen Sie denn aus? Haben wohl ordentlich was abgekriegt? Wie ist denn das bloß passiert gestern nacht?«

Rothmann hatte seine Hände tief in den Taschen vergraben und beugte sich etwas vor. Hirschmeier fühlte sich leicht verwirrt. So hatte er sich den Empfang nicht vorgestellt. Aber es fiel ihm nicht schwer, sich auf seine neue Rolle zu besinnen.

In groben Zügen berichtete er dem Landwirt über die Explosion und daß er dabei offenbar verletzt wurde, bevor er die Gelegenheit nutzen konnte, sich aus dem Staub zu machen.

Zur Bekräftigung seiner friedlichen Absichten hielt er ihm seine Pistole hin. Er entschuldigte sich für seinen Aufzug und gab sich, um Zeit zu gewinnen, etwas ratlos.
Rothmann bat ihn, mit in das Haus hineinzukommen. Seine Frau, eine rührende kleine Person, schien zuerst etwas mißtrauisch zu sein. Sie ließ sich dann aber von ihrem Mann bereden, dem unverhofften Gast erst einmal ein ordentliches Frühstück zu machen, mit Eiern und Speck. Inzwischen machte sich Hirschmeier unter Zuhilfenahme eines Stückes Seife, das man ihm in die Hand gedrückt hatte, über dem Küchenausguß frisch. Ein Spiegel hing hier leider nicht, so daß er sich nicht vergewissern konnte, was mit der Kruste auf seiner Stirn los war. Sie fühlte sich doch eher wie geronnenes Blut an, so daß Hirschmeier nur vorsichtig darüberwusch.
Als er sich oberflächlich gesäubert hatte, empfingen ihn die beiden Bauersleute mit einem Ausdruck der Besorgnis im Gesicht. Ob er sich denn nicht allzu arg verletzt habe, ob sie nicht lieber einen Arzt holen sollten. Hirschmeier winkte begütigend ab. Alles andere, nur keinen Arzt. Er bat um einen Spiegel. Erst jetzt sah er das verkrustete Blut auf seiner Stirn. Die vordere Haarpartie war verklebt. Da er aber keine Beschwerden hatte, mußte es sich wohl um eine harmlose Verwundung handeln.
»Ja, Flüchtlinge haben wir hier früher öfter gehabt. Aber noch keinen Soldaten.«
Rothmann hatte sich neben Hirschmeier gesetzt. Er fing wieder zu reden an, während seine Frau danebenstand und der Oberleutnant sich über das dampfende Frühstück hermachte.
»Aber das ist schon lange her, bevor sie hier die Grenze dichtmachten. Seitdem ist hier niemand mehr rübergekommen.«

Hirschmeier wurde nicht müde, seine Freude über die gelungene Flucht zu äußern. Er pries das Glück, daß er gerade in dieser Explosionsnacht Dienst an der Grenze gehabt hatte. »Aber jetzt«, schloß er bündig an, »jetzt muß ich sehen, wie es weitergeht.«
Er blickte den Bauern fragend an. Rothmann hob langsam Augenbrauen und Schultern und ließ sie ebenso langsam wieder sinken. Er schien von schlichterem Gemüt zu sein.
»Ja«, sagte er gedehnt, »das weiß ich ja nun auch nicht. Davon verstehe ich nichts. Was meinst du, Martha, muß der junge Mann nicht erst einmal auf die Polizei?«
Auch Frau Rothmann wußte keinen rechten Rat. Hirschmeier versuchte, der Situation das Peinliche zu nehmen: »Natürlich muß ich erst einmal zur Polizei. Wo soll ich schließlich sonst um politisches Asyl bitten.«
»Ja, Sie da drüben haben es schwer«, sagte Rothmann treuherzig. »Das ist wohl mitunter kaum auszuhalten. Bei der Explosion haben Sie ja mehr Glück als Verstand gehabt, oder?«
Er maß Hirschmeier wieder mit einem langen Blick. In diesem Moment brachte Martha Rothmann das Gespräch auf die Kleidung.
»Hermann, meinst du nicht, daß sich der junge Mann erst einmal etwas Ordentliches anziehen sollte, bevor ihr auf die Behörde geht? Hast du nicht noch eine Hose, die du ihm leihen kannst?«
Hirschmeier machte eine abwehrende Handbewegung. Er wußte, daß er sich das jetzt leisten konnte. »Ach, lassen Sie nur. Nachher glauben die mir gar nicht, daß ich von drüben bin.« Er lachte. Es klang sogar echt. Aber Rothmann war bereits aufgestanden, um in ein anderes Zimmer zu gehen. »Will mal sehen, was ich da habe«, sagte er auf dem Wege zur Tür.

Nach einer Weile kehrte er mit einer Hose zurück, die er am Bund hochhob und zwischen beiden Fäusten spannte, um seiner Frau und Hirschmeier einen Begriff von der Weite zu geben. Rothmann war für sein Alter schlank. Hirschmeier sah da keine Probleme. Wortreich bekundete er seinen Dank.

Nachdem Hirschmeier die Hosen gewechselt hatte – sofern man die zerfetzten Beinkleider seiner Uniform noch so nennen konnte –, wurde er wieder auf die Küchenbank genötigt. Er mußte seine ganze Geschichte noch einmal erzählen. Frau Rothmann taute sichtlich auf. Sie zerfloß fast vor Mitgefühl.

Am späten Vormittag brachen Rothmann und Hirschmeier auf. Der Oberleutnant der Nationalen Volksarmee bot einen wunderlichen Anblick, als er in den alten Mercedes Diesel des Bauern stieg: Unten herum war er Zivilist, oben aber trug er nach wie vor die erdbraune Uniformjacke mit den Achselstücken und Kragenspiegeln. Frau Rothmann fand sein Aussehen glücklicherweise auch nicht vorteilhaft.

»So können Sie doch nicht fahren, junger Mann!« rief sie ihm von der Haustür aus nach. »So nicht. Da lacht sie ja jeder aus! Warten Sie, ich hole Ihnen noch schnell eine Jacke.«

Sie holte das Kleidungsstück, eine alte Joppe aus Lodenstoff, die ihr Mann offenbar nicht mehr brauchte, und legte sie Hirschmeier, der bereits im Wagen saß, fürsorglich um die Schultern. Er warf ihr von unten einen dankbaren Blick zu.

»Danke, vielen Dank«, sagte er.

»Nun lassen Sie's man gut sein«, brummelte Rothmann hinter dem Lenkrad, glühte den Diesel vor und ließ die Maschine an.

»Und viel Glück«, rief Frau Rothmann. Es schien, als habe sie den »Flüchtling« richtig in ihr Herz geschlossen. Lang-

sam rollte der Wagen auf das Hoftor zu, während Hirschmeier heftig winkte. Auf der Fahrt in die Stadt beschäftigte ihn schon ein anderes Problem. Wie konnte er sich der polizeilichen Anmeldung entziehen? Voraussetzung dafür war, daß er Rothmann rechtzeitig abschüttelte. Theoretisch ließ sich dieses Problem aber nicht lösen. Also beschloß Hirschmeier, noch einige Zeit abzuwarten und die Dinge auf sich zukommen zu lassen.
Wie sich im Laufe der Fahrt herausstellte, war Rothmann gar nicht darauf erpicht, den »Flüchtling« auf das Amt zu begleiten. Er hatte schon genug mit diesem Bundesnachrichtendienst zu tun, der »die Frechheit besessen hatte«, wie sich Rothmann ausdrückte, eine seiner Feldscheunen mit Beschlag zu belegen.
»Bundesnachrichtendienst?« Hirschmeier durchzuckte ein kalter Blitz, als der Bauer im Laufe des Gespräches das Wort fallenließ. Es wirkte ganz fremd und ungewohnt aus dem Mund dieses schlichten Mannes. Und auf einmal sehr gefährlich.
»Och, eigentlich darf ich ja gar nicht darüber sprechen,« sagte Rothmann gedehnt. Er war etwas verlegen. Die Fahrerei schien seine ganze Aufmerksamkeit in Anspruch zu nehmen. »Es ist nur wegen der Scheune. Sie haben meine Feldscheune gepachtet, weil sie von da aus die Grenze bekieken. Jetzt kann ich es Ihnen ja sagen, wo Sie von drüben weggelaufen sind. Sie haben die Scheune gepachtet, aber da ist niemals ein Mensch. Oder nur ganz selten. Und viel zahlen tun sie auch nicht. Dabei könnte ich die Scheune gut brauchen.«
Hirschmeier atmete auf. So konnte nur jemand sprechen, der kein Agent des BND war – oder ein ganz ausgefuchster. Gleich würde er es genauer wissen.
Die beiden Männer hatten sich inzwischen darauf geeinigt,

nicht zur Polizei, sondern zum Ratzeburger Rathaus zu fahren. Hirschmeier wollte sich auf dem Ordnungsamt melden, wie er Rothmann vorschlug. Dahinter stand nicht nur die Absicht, der Polizei aus dem Weg zu gehen, sondern auch die Erwartung, daß es sich beim Rathaus um ein größeres Gebäude handeln müsse. Das würde Hirschmeiers Versuch erleichtern, sich unauffällig aus dem Staub zu machen.

Rothmann hielt vor dem Rathaus an und verabschiedete sich von dem »Flüchtling«: »Na, denn machen Sie's man gut, junger Mann.«

Er nahm Hirschmeiers Hand und schüttelte sie lange und herzlich.

»Vielen Dank«, antwortete Hirschmeier artig. »Haben Sie vielen Dank! Sie haben mir wirklich weitergeholfen. Was hätte ich ohne Sie gemacht?«

Wie um seine Hilfsbedürftigkeit zu unterstreichen, griff sich der Offizier an die Stirn. Seine Fingerkuppen ertasteten die Kruste.

»Ach, lassen Sie man«, sagte Rothmann etwas unbeholfen. »Nicht weiter der Rede wert. Und schreiben Sie uns mal, was aus Ihnen geworden ist!«

Hirschmeier stieg aus. Er beugte sich noch einmal hinunter und winkte Rothmann mit einer Handbewegung durch das Wagenfenster zu.

Der Bauer gab geräuschvoll Gas und verschwand um die nächste Ecke.

Da stand er nun, mitten in Ratzeburg. In geliehener Jacke und Hose, unrasiert. Aber niemand würde ihn als Oberleutnant der NVA erkennen, wenn er nur die Jacke zugeknöpft hielt.

Die Uhr über der Kreissparkasse zeigte kurz vor elf. Spätestens in sechs Stunden mußte er in Pogeez sein.

Hirschmeier gab sich einen Ruck. Er ging auf das Rathaus zu, um die Toilette zu benutzen. Er brauchte einen Ort, wo er unbeobachtet war. Zuerst mußte er das Westgeld aus seinem Brustbeutel holen. Danach würde er zur Dampferanlegestelle gehen und das nächste Schiff nach Pogeez nehmen.

8. Die Parabel vom Fuhrmann und den Pferden

Nach dem Essen wurde der Tisch abgeräumt und das befleckte Tischtuch durch ein neues ersetzt. Roßberg, Willis und Professor Hirschmeier saßen in einem Lokal an der Trostbrücke, das noch ganz den Stil und die Atmosphäre der alten Hafenstadt Hamburg bewahrt hatte. Nur waren die alten Petroleumlampen inzwischen mit modernen Glühbirnen bestückt. Etwas unterhalb des Straßenniveaus gelegen, führten ein paar Stufen in dieses Spezialitätenrestaurant hinab. Zum Zeichen dafür, daß es hier Meeresfrüchte aller Arten und Preisklassen gab, zierte ein gemalter Krebs die dunkelbraune Eingangstür. Die Ober in diesem Lokal, das bereits seit dem 19. Jahrhundert bestand, verständigten sich durch diskrete Winke. Besonders zuvorkommend war der Service in den Séparées, in denen überwiegend Geschäftsleute saßen, um in lockerer Atmosphäre die wichtigsten Abschlüsse zu tätigen.

Roßberg bevorzugte diesen Rahmen. Man tat sich, was die äußeren Umstände anging, keinen Zwang an – außer dem, das silberne Besteck zum Munde zu führen –, und trotzdem drang kein Wort nach draußen an unbefugte Ohren. Außerdem gab es in dieser Gegend nach achtzehn Uhr genügend Parkplätze, und Roßberg war bereits so häufig hiergewesen, daß er den von ihm bevorzugten Wein nach dem Essen schon nicht mehr gesondert bestellen mußte.

An diesem Abend war es natürlich etwas anderes, weil er Gäste mitgebracht hatte. Er winkte einen der Ober heran und sagte, indem er sich Hirschmeier zuwandte: »Besonders gut ist hier der Blanc de Blanc, Herr Professor. Aber wenn Sie etwas anderes vorziehen, in diesem Weinkeller gibt es nichts, was es nicht gibt.«
»Nein, danke«, sagte Hirschmeier. »Ich werde auch Blanc de Blanc trinken.«
Roßberg gab die Bestellung auf. Willis bestellte sich einen Bourbon-Soda.
Hirschmeier hatte den beiden während des Essens seine Geschichte erzählt. Wie sein Vater von Soldaten der sowjetischen Besatzungsarmee abgeführt worden war. Wie er später nach Celle gekommen und dort bei seinem Onkel aufgewachsen war.
Als er Hirschmeiers leeres Glas mit dem leicht moussierenden Blanc de Blanc auffüllte, fragte Roßberg: »Und Sie haben keinen Ihrer Familienangehörigen später wiedergesehen?«
»So ist es. Ich habe niemanden mehr getroffen. Ich schrieb natürlich meiner Mutter, gelegentlich auch meinem Bruder. Aber die Korrespondenz riß ab, als meine Mutter und mein Bruder den Hof der Richters verlassen mußten.«
Der Professor hielt inne. Er schien ganz in seine Erinnerungen versunken zu sein. Er hatte den Blick gesenkt. Dann blickte er wieder auf und fuhr fort:
»Aber dennoch bin ich nicht ganz ohne Nachricht über meine Familie geblieben. Es war 1950. Ich war schon einige Zeit im Westen. Mir ging es gut. Ich war gerade siebzehn. Seit einem Jahr gab es die beiden deutschen Teilstaaten, die Bundesrepublik und die DDR. Die deutsche Teilung hatte sich verfestigt. Ich hatte Angst, nie wieder in den Osten zu können. Aber ich wollte meine Mutter wiedersehen.«

Hirschmeier unterbrach sich wieder und blickte den Amerikaner an.
»Mr. Willis, ist Ihnen das ›Flüchtlingshilfswerk‹ bekannt?«
Willis machte ein vielsagendes-nichtssagendes Gesicht und rückte auf seinem Stuhl hin und her.
»Flüchtlingen, denen es gelungen war, über die Grenze zu kommen«, fuhr Hirschmeier fort, »stand diese Organisation hilfreich zur Seite. Sie war keine Einrichtung der Regierung. Aber gleich nach der Teilung in Ost und West hatte die Regierung für die Gründung dieser Institution gesorgt. Sie fing die aus dem Osten kommenden Menschen auf. Bis zu jenem unvergessenen 13. August 1961, als in Berlin die Mauer errichtet wurde, flüchteten fast vier Millionen Menschen von Ost- nach Westdeutschland, die meisten über Berlin, um von dort aus auf dem Luftweg weiter nach Westdeutschland zu gelangen. Sie kamen so an, wie sie abgereist waren. Sie besaßen kein Bett, keine Arbeit, kein einziges Dokument. Von dem Tag an, an dem sie in Frankfurt ankamen, mußten sie mit Essen, Kleidung und Unterkunft versorgt werden.«
Hirschmeier machte eine bedeutungsvolle Pause.
»Damals besaß das Flüchtlingshilfswerk in Frankfurt eine ausgediente Kaserne, die ausgebrannt war, die man aber wieder so weit zusammengeflickt hatte, daß es wenigstens nicht hineinregnete. Die Flüchtlinge wurden in Bussen vom Flughafen zu dieser Kaserne gefahren, wo man sie medizinisch untersuchte und impfte. Danach gab es eine Erholungspause, dann wurden sie einer Befragung unterzogen. Die mit dieser Befragung Beauftragten waren Angehörige des Geheimdienstes, vermute ich. Manchmal dauerte die Befragung eine Stunde. Aber bei den meisten endete sie schon nach zehn Minuten. Mit den Hunderten von Men-

schen, die täglich hereinkamen, glich die Kaserne eher einem Markt oder einem Umschlagplatz – einem Hafen.«
»Sie scheinen diese Institution aber genau zu kennen«, fragte Roßberg.
»Ich habe dort einmal fünf Tage verbracht.«
Wieder machte Hirschmeier eine kurze Pause. Er nippte an seinem Glas.
»Ich hatte gehört, daß man in dieser Kaserne, in der Flüchtlinge aus allen Ostgebieten zusammenkamen, mit einigem Glück etwas über die eigenen Angehörigen erfahren konnte. Da ich es damals vor Heimweh nicht mehr aushielt, fuhr ich ohne die Erlaubnis meines Onkels nach Frankfurt. Eine Angestellte, die mit solchen Wünschen offensichtlich schon vertraut war, gab mir dort gleich eine vorläufige Besuchserlaubnis und schickte mich in einen bestimmten Raum.
Es war ein größerer Raum, in den die Flüchtlinge nach ihrer Befragung kamen, um auf den nächsten Schritt der langwierigen Aufnahmeprozedur zu warten. In einer Ecke stand ein amerikanischer Kaffeeautomat, damals noch eine Kostbarkeit. Daneben hing ein Schild mit der Aufschrift ›Selbstbedienung‹. Daran erinnere ich mich noch heute ganz genau. Die Flüchtlinge bildeten vor dem Automaten kleine Gruppen, holten sich Kaffee in Pappbechern und sprachen leise miteinander. Auf ihren Gesichtern stand abwechselnd die Erleichterung darüber, daß ihnen die Flucht gelungen war, und die Sorge über eine ungewisse Zukunft.«
Jetzt nahm Hirschmeier einen tiefen Schluck, bevor er weitersprach.
»Weshalb mir die Angestellte gleich einen vorläufigen Passierschein ausgestellt hatte, verstand ich erst, als ich den Raum betrat. Entlang der Wände standen viele Menschen, junge und alte, Männer und Frauen. Sie hofften wie ich auf

Nachricht über ihre nächsten Angehörigen. Alte Männer in Rollstühlen, junge Frauen. Ihre Zahl übertraf bei weitem die der Flüchtlinge, die in der Mitte des Zimmers an Tischen saßen. Es waren sicherlich mehr als fünfzig Menschen, die an den Wänden standen. Sie hatten ihren Familiennamen und ihren Heimatort auf Schilder geschrieben und hielten diese vor ihre Brust – in der Hoffnung, einer der Flüchtlinge würde den Namen wiedererkennen und Auskunft geben. Auch ich erhielt Bleistift und Pappe, malte mein Schild und stellte mich damit zu den anderen an die Wand.«

Der Professor hatte seine beiden Zuhörer jetzt völlig in seinen Bann gezogen.

»Natürlich hatte ich die feste Absicht, so lange dort stehen zu bleiben, bis ich etwas über meinen Vater, meine Mutter oder meinen jüngeren Bruder erfahren hätte. Ich hielt die ersten zwei, drei Tage eisern durch. Wenn auch jeden Tag fünfhundert oder sechshundert Flüchtlinge hier durchkamen, so war die Zahl derjenigen, die überhaupt etwas von meiner Familie wissen konnten, doch herzzerreißend klein. Tag für Tag stand ich dort, aber schließlich verzagte ich und begann mir einzureden, ich hätte nie Glück in solchen Dingen gehabt. Schließlich tröstete ich mich mit dem glücklichen Naturell meines jüngeren Bruders Heinz, dem es eines Tages sicher gelingen würde, mich wiederzufinden.«

Hirschmeier blickte versonnen in sein Weinglas, das er die ganze Zeit in der rechten Hand gedreht hatte.

»Ich glaube, es war am fünften Tag so gegen Nachmittag. Eine Gruppe von Flüchtlingen trat aus der Tür an der rechten Seite. Die Menschen gingen einzeln, aber in dichter Folge an uns vorbei, um die Namen auf den Schildern zu lesen. Sie waren ja neu im Westen und suchten Bekannte und Verwandte. Ein Mann mittleren Alters kehrte nach ein paar Schritten um und las nochmals das Schild auf meiner Brust.

Jähe Hoffnung brach in mir auf.
›Sind Sie jemand von den Hirschmeiers, die nahe der Stubenrauch-Brücke in Schöneweide lebten?‹ fragte mich der Mann. Er zeigte auf mein Schild und blickte mich an. In Gedanken daran, daß es sicherlich viele Verwandte von den Schulkindern geben mußte, die mein Vater früher unterrichtete, hatte ich über den Familiennamen geschrieben: ›Früher Rektor der Volksschule.‹ Der Mann sagte: ›Ick komme aus der jleichen Jejend, aber ick habe ihn nie jesprochen. Ick kenne ihn bloß vom Sehen und hab auch mal was über ihn jehört.‹
›Ich bin sein Sohn, Richard Hirschmeier‹, warf ich ein. ›Ich lebe jetzt in Westdeutschland und weiß nicht, wo meine Familie ist.‹ Der Mann schien ein Arbeiter zu sein. Er deutete mit dem Kinn auf die Stühle und Tische. Ich folgte ihm und wir setzten uns. Er zog seinen Stuhl herum und warf sich darauf. Dann fing er etwas konfus an zu sprechen.
›Wat soll ick Ihnen sagen. Ick weeß nich viel über den Herrn Rektor. Ick weeß nur, was ick von den Leuten so jehört habe. Ick heiße Rudolf Kleber und hatte ein Schiff auf der Spree.‹
Wir schüttelten uns die Hände, und ich kam erneut auf mein Anliegen zu sprechen.
›Kennen Sie meine Mutter?‹
›Nee, ick hab Ihnen doch schon jesagt, ick habe sie mal jesehen, aber jekannt hab ick sie nicht. Ick weiß man bloß, was ich über sie jehört habe.‹
›Was haben Sie denn gehört?‹
›Nachdem man den Herrn Rektor mitjenommen hatte, wurde auch seine Frau verhaftet.‹
Mir war, als hätte mich ein Hammerschlag mitten auf den Kopf getroffen. Mir drohten die Sinne zu schwinden. Ich hatte bis dahin geglaubt, daß meine Mutter mit meinem

Bruder Heinz immer noch bei Anneliese, Verzeihung, ich meine, auf dem Hof der Richters lebte, und daß mein Vater und ich eines Tages dorthin zurückkehren würden.
›Was sagen Sie? Meine Mutter wurde ebenfalls verhaftet? Wann ist denn das passiert?‹
Ich führte mich so unbedacht auf, daß der Spreeschiffer die Geduld zu verlieren drohte.
›Junger Mann, ick weeß es doch ooch nicht, ob das stimmt. Ick hab es doch bloß jehört, daß et drei Monate nach der Festnahme vom Herrn Rektor war. Oder auch nur zwei.‹
Damit war ich so klug wie vorher.
›Wurden Vater und Mutter denn nicht wieder entlassen?‹
›Nee, nee, hab ick nich jehört. Von denen, die als Politische mitjenommen wurden, kam ja keener zurück. Und dazu jehörte wohl auch der Herr Rektor.‹
›Und mein Bruder? Was wurde aus meinem Bruder? Wissen Sie, wo er geblieben ist?‹
›Ick weeß bloß, die Familie mußte woanders hin‹, sagte er. Das Mädchen, er meinte Anneliese Richter, sei in eine Knopffabrik gekommen, als Arbeiterin. ›Ick weeß das, weil viele Frauen dorthin gingen.‹
›Aber mein Bruder?‹
›Weeß ick nich‹, war die Antwort. ›Ick hab Ihnen doch schon jesacht, ick kenne alles bloß vom Hörensagen, aber von Ihrem Bruder hab ich nix gehört.‹«
Ohne Hirschmeier ein einziges Mal zu unterbrechen, hatten Roßberg und Willis betroffen zugehört. Und da sie keine passenden Worte fanden, saßen sie schweigend da. Aber Willis, der inzwischen auch zum Wein übergewechselt hatte, war offenbar schon leicht angetrunken und stellte eine leichtsinnige Frage.
»Professor, wenn Sie all diese bitteren Erfahrungen an Ihren Sohn weitergegeben haben, kann ich mir vorstellen, daß er

nicht gerade freundliche Absichten gegenüber dem Osten hegt.«

»Meinen Sie, daß er ohne Grund von sich aus nach dem Wachtturm geschossen hat?« fragte Hirschmeier rasch mit ärgerlichem Unterton zurück. »Wenn Sie wüßten! Ich habe mir oft Vorwürfe gemacht, daß mein Sohn so unpolitisch ist.«

»Nicht nur Ihr Sohn«, schaltete sich Roßberg ein, um den Gelehrten zu beruhigen. »Wir haben alle Studenten, die gestern mit im Wald waren, nach politischen Motiven gefragt. Keiner war aus solchen Gründen dabei.«

Hirschmeier griff nach seinem Glas und führte es zum Mund. Er trank es in einem Zug aus, stellte es zurück auf den Tisch und blickte durch die scharfen Brillengläser Willis geradewegs ins Gesicht.

»Mister Willis, ich wollte schon lange einen Amerikaner, wenn ich ihn in freundschaftlicher Atmosphäre treffen sollte, etwas fragen. Darf ich Ihnen aus beruflichem Interesse eine Frage stellen?«

»Was ist es denn? Aber bitte.«

»Wie denken Sie über das politische Konzept Ihres Präsidenten Reagan gegenüber der Sowjetunion und Osteuropa? Mich interessiert nur Ihre ganz persönliche Meinung, Mister Willis.«

»Wenn Sie mich so direkt fragen, Professor«, antwortete Willis, »dann muß ich Ihnen sagen, daß mich Ihre Frage unvorbereitet trifft. Schließlich bin ich kein Fachmann auf diesem Gebiet. Aber ich würde doch zumindest sagen, daß sie ein Erfolg ist. Wenn die Pferde, die einen Wagen ziehen, auseinanderstreben, ist der Fuhrmann so damit beschäftigt, sie zusammenzuhalten, daß er die Fahrtrichtung nicht mehr frei bestimmen kann. Unsere Sender in München, ›Radio Liberty‹ und ›Radio Freies Europa‹, verfolgen zur Zeit be-

sonders intensiv den Zweck, die Pferde scheu zu machen.«
Willis setzte sich etwas aufrechter hin. Seine Stimme nahm unwillkürlich amtlichen Charakter an.
»Die russisch gesprochenen Sendungen in ›Radio Liberty‹ werden bekanntlich in die Sowjetunion ausgestrahlt. So wichtige Ereignisse wie die Ausweisung oder Verurteilung von Schriftstellern, die Flucht von hohen Militärs und Beamten in den Westen, Flugzeugabstürze, Unfälle und Unruhen erfahren die Russen oft erst, wenn sie ›Radio Liberty‹ einschalten. Das finde ich gut. So bleibt die russische Bevölkerung wenigstens ungefähr auf dem laufenden. Dasselbe gilt für das übrige Osteuropa, wohin diese Sender ja auch ausstrahlen.«
Obgleich sein Gegenüber so eifrig versuchte, die ihm gestellte Frage zu beantworten, schien Hirschmeier gar nicht zuzuhören. Vorübergehend hatte sich seine Stirn unmutig in Falten gelegt. Auf seinem Gesicht lag zuletzt ein eisiger Zug. Willis hielt in seiner Erläuterung inne, als er das bemerkte. Er versuchte, mit einem schnellen Seitenblick auf Roßberg zu erfassen, wie der andere Deutsche darüber dachte. Aber der schien gelangweilt mit seinem Weinglas zu spielen.
Nach längerer Zeit brach Hirschmeier das Schweigen und murmelte, als habe er die Existenz der beiden anderen ganz vergessen: »Bitte, lieber Mr. Willis, nehmen Sie es mir nicht übel. Aber Sie reden an der Hauptsache vorbei. Die Hauptsache ist doch, daß die Ostpolitik Ihres früheren Präsidenten Carter und die Ihres jetzigen Präsidenten Reagan auf ganz entgegengesetzten Prinzipien beruhen. Während Carters Ostpolitik auf dem Prinzip der Entspannung beruhte, scheint die Ostpolitik Reagans auf dem Prinzip der Spannung zu beruhen. Daß sich die Außenpolitik eines Landes

wie den Vereinigten Staaten von Amerika innerhalb kürzester Zeit um einhundertachtzig Grad dreht, wurde überall auf der Welt kritisiert.«

»Vergessen Sie nicht, Professor«, entgegnete Willis, »die Sowjets haben inzwischen Afghanistan überfallen und die gefährlichen SS-20-Raketen aufgestellt. Sie haben sich als äußerst aggressive Macht entpuppt. Sie haben die Entspannungspolitik unmöglich gemacht.«

Hirschmeier blickte in sein leeres Glas, das er leicht geneigt hatte, als wolle er ihm bis auf den Grund schauen.

»Über die Gründe für das Ende der Entspannungspolitik werden Russen und Amerikaner sicher nie einer Meinung sein. Aber das sollten wir jetzt einmal beiseite lassen, Mr. Willis. Sie sagten vorhin, der Lenker eines Fuhrwerks könne nicht so fahren, wie er will, wenn die Pferde dahin laufen, wohin sie gerade wollen, und er alle Hände voll zu tun hat, sie zu bändigen. Das ist ein treffender Vergleich für die Lage der Sowjetunion heute. Aber was folgt daraus?«

Die Gläser der drei Männer waren nun leer. Roßberg verteilte den noch in der Flasche verbliebenen Rest des Blanc de Blanc und rief den Ober herbei, um eine weitere Flasche zu bestellen. Hirschmeier wartete ab, bis der Ober neu eingeschenkt hatte, und fuhr dann fort.

»Inzwischen hat der Westen dem Expansionsstreben der Sowjetunion Grenzen gesetzt, indem er gegenüber dem gesamten Ostblock einen Handels- und Finanzboykott verhängte. ›Eine Quarantäne‹ wird das von Ihrem Präsidenten genannt. Während es uns hier im Westen an nichts fehlt, von der selbstverschuldeten Arbeitslosigkeit und Staatsverschuldung abgesehen, ist der russische Fuhrmann gezwungen, seine Knute immer wilder über dem Rücken seiner osteuropäischen Pferde zu schwingen. Sonst säße sein Karren sehr bald fest.«

Hirschmeier blickte Willis ziemlich kritisch an, als würde er in ihm den Stellvertreter aller Amerikaner sehen. Willis arbeitete zwar im Generalkonsulat, aber er fühlte sich von Hirschmeier zu Unrecht angeklagt.
»Professor, was Amerika betrifft, so hat es gar kein Interesse daran, die Zugtiere scheu zu machen. Sie werden ganz von selber wild, wie die jüngsten Ereignisse in Polen beweisen. Schließlich hat der russische Fuhrmann, um im Bilde zu bleiben, den polnischen Rössern nicht genug zu fressen und zu saufen gegeben. Deshalb entstand die Gewerkschaftsbewegung ›Solidarität‹. Wenn die Kommunisten den Menschen heute in Polen verbieten, eine freie Gewerkschaft zu gründen, wenn Tausende von unschuldigen Menschen dort in den Gefängnissen sitzen, dann werden Sie es doch sicher meiner Regierung nicht verübeln, wenn sie für die Unverletzlichkeit der Menschenrechte in Polen eintritt.«
Der Ober hatte inzwischen auf Roßbergs Bestellung hin die zweite Flasche Blanc de Blanc gebracht, entkorkt und die Gläser nachgefüllt. Willis beobachtete, wie die Bläschen vom kristallenen Grund seines Glases hochperlten. Er hatte den Eindruck, daß er in dem nächtlichen Disput mit dem Professor allmählich Oberwasser erhielt.
»Im Prinzip ist gegen die Menschenrechtspolitik Ihres Landes sicher nichts einzuwenden«, sagte Hirschmeier, indem er es vermied, den Amerikaner anzusehen. »Was aber die praktische Außenpolitik angeht, so erlauben Sie bitte, daß ich dahinter ein Fragezeichen mache. Wie sieht denn die Behauptung Ihres Präsidenten aus, er werde der Unterdrükkung der Menschenrechte durch die Sowjets entgegentreten, wo er auf sie stößt? Wie sieht sie praktisch aus? Ich will es Ihnen sagen, Mister Willis, ich will es Ihnen in Ihren eigenen Worten sagen. Ihr Präsident wendet sich an den so-

wjetischen Fuhrmann und herrscht ihn an: ›Laß gefälligst die Pferde in deinem Gespann in Ruhe! Du solltest ihnen endlich die Freiheit geben!‹ Und was flüstert der amerikanische Präsident den Pferden ins Ohr? ›Schüttelt das Joch ab, macht euch frei!‹ Wie paßt das zusammen? Sicher ist beides Teil einer amerikanischen Gesamtstrategie. Aber das wird doch nur zur Folge haben, daß der sowjetische Fuhrmann die Zügel noch fester packt, daß er die Pferde noch härter an die Kandare nimmt, daß es zu einer noch größeren Unterdrückung im Ostblock kommt.«

Hirschmeiers Vorwürfe weckten in Willis den Wunsch, etwas zur Verteidigung seines Landes einzuwerfen: »Mag sein, daß Amerika die Menschenrechte manchmal lediglich als klugen Schachzug seiner Außenpolitik einsetzt. Aber ihre Aufnahme in unsere Außenpolitik ist vor allem deshalb geschehen, weil die Mehrheit der Amerikaner die Menschenrechte als unveräußerlichen Anspruch aller Menschen betrachtet, also auch jener Menschen, die heute unter dem Kommunismus leben.«

Ganz abweichend von seiner sonstigen Haltung hatte Willis diesmal sehr nachdrücklich gesprochen. Hirschmeier besänftigte ihn, als müsse er einen Streit schlichten.

»Nun, nun, Mister Willis. Es mag sein, daß ich mich zu stark echauffiert habe, als ich über die Außenpolitik Ihres Landes sprach. Wenn es so war, dann bitte ich um Entschuldigung. Es geschah nur, weil ich Ihnen meine Gefühle klarmachen wollte. Es schmerzt mich einfach, daß ein Drittel meines Volkes von uns abgeschnitten ist und daß dieses Drittel unter einem Gesellschaftssystem leidet, das es nicht will, und daß dieses Leiden nun durch Appelle von außen vergrößert wird, die das Gegenteil von dem zum Ergebnis haben werden, was sie zu bezwecken vorgeben.«

»Ich glaube«, fuhr der Professor dann fort, indem er seine

Hände flach auf den Tisch legte, »daß sich unsere unterschiedlichen Standpunkte wie das Verhältnis zwischen Arzt und Patient darstellen lassen. Ihr Land ist ein freundlicher, wissender Arzt mit starken Armen; ein ernsthafter Arzt. Er eilt sogar mitten in der Nacht zu seinen Patienten, auch wenn er gar nicht gerufen wurde. Er ist ein einwandfreier Arzt, gegen den kein Patient etwas haben könnte. Aber die Schmerzen kann er nicht mit seinen Patienten teilen. Es wäre auch ein Fehler, das von einem Arzt zu verlangen. Wahrscheinlich habe ich den Schmerz zu stark verspürt und deshalb besonders kritisch argumentiert.«
»Aber Herr Professor«, antwortete Willis begütigend. Ihm gefiel die Offenheit des Mannes, der trotzdem bemüht war, jede Schärfe zu vermeiden. »Meinen Sie, daß die Außenpolitik meines Landes in der mehr oder weniger erfolgreichen Verteilung von Vitaminpillen bestehen und daß die Forderung nach Achtung der Menschenrechte nichts weiter als eine Aufforderung zur Morgengymnastik sein sollte?«
Roßberg lachte. Er mischte sich ein, weil er ein Mißverständnis befürchtete.
»Ich glaube, Less, du hast den Vergleich des Professors nicht ganz verstanden. Was er mit dem Arzt meinte, der seinen Patienten zur Hilfe eilt, das sind die Hilfstruppen, die Amerika für den Fall entsendet, daß die Truppen des Warschauer Paktes in Westeuropa einfallen. Jedermann weiß, daß die in Europa stationierten GIs für den Ernstfall nicht ausreichen. Bis wir also wieder festen Boden unter den Füßen hätten und einen Gegenangriff einleiten könnten, wäre bereits unser ganzes Land ein einziger Kriegsschauplatz.«
Roßberg sah Willis mit einem prüfenden Blick an.
»Wenn wir den Feind dann in einem Gegenschlag zurückdrängen, würde die Kriegswalze unser Land zum zweiten

Mal überrollen. Und wenn die NATO den Sieg erringen will, dann müßte sie es mit Mitteln tun, die es uns Deutschen schwermachen würden, uns über diesen Sieg zu freuen. Immerhin könnte sich ja der Einsatz zumindest von taktischen Atomwaffen als unumgänglich erweisen – aus der Sicht der Militärs.«

Während Roßberg weitersprach, blickte er Willis nach wie vor fest in die Augen.

»Du erinnerst dich an das Strategiepapier RRM-10 eures Präsidenten. Es wurde ja neulich durch eine Indiskretion bekannt. Danach sollten die Menschenverluste der Verbündeten im Kriegsfalle gering gehalten werden. Das bedeutet im Klartext: Zeitweiliger Rückzug, bis die Amerikaner über ihren ›Big Lift‹ die nötigen Reserven herangeführt haben. Für die Menschen hier ist diese Aussicht zu einem Riesenproblem geworden. Es hat in weiten Kreisen zu einer großen Verunsicherung geführt. Sie geht weit über das hinaus, was du dir vorstellen kannst.«

Roßberg schaute nun den Professor an, als warte er auf dessen Einverständnis. Aber aus irgendwelchen Gründen zögerte Hirschmeier noch mit seiner Antwort.

»Nun ja, bis zu einem gewissen Punkt haben Sie recht«, sagte er dann bedächtig. »Was meinen Vergleich betrifft, so ist Ihre Interpretation richtig. Es tut mir leid, daß ich Mister Willis so unvorbereitet so unangenehme Dinge sagen muß. Aber der wesentliche Punkt liegt woanders. Er liegt da, wo der Arzt seinem Patienten Mittel verabreicht, die dessen Krankheit verschlimmern, anstatt sie zu heilen. Die größte Krankheit Europas und Deutschlands ist ohne Zweifel die Teilung. Sie ist durch und durch ungesund. Der Handels- und Finanzboykott, den der Westen über den Ostblock verhängte, macht die Teilung unerträglich. Sie wurde durch die ›Quarantäne‹ so verschärft, daß sie einen Präventivangriff des Warschauer Paktes wahrscheinlich macht. Soll ich Ihnen auch sagen warum?«

Der Professor setzte sich auf seinem Stuhl zurecht und zupfte an seinen Manschetten. Roßberg und Willis blickten ihn erwartungsvoll an, tauschten unsichere Blicke miteinander aus. Was hatte der Professor vor? Hirschmeier, nun ganz der Gelehrte, ließ seine Blicke ruhig lächelnd über seine beiden Gesprächspartner schweifen, als habe er Studenten im Hörsaal vor sich. Er räusperte sich.

»Vielleicht wissen Sie nicht, was die moderne Politikwissenschaft zu leisten vermag. Aber nimmt man die Maßstäbe der Gruppenpsychologie hinzu und bedenkt man weiter, welche Wirkungen die amerikanischen Menschenrechtsappelle auf die hungernden Menschen im Ostblock haben, dann kommt man als Analytiker zu dem Schluß, daß es so nicht mehr lange weitergehen kann.«

Als wolle er seine Zuhörer etwas zu Atem kommen lassen, machte Hirschmeier eine kurze Pause. Was er sagte, hörte sich so an, als spreche er nicht zum erstenmal darüber. Der ganze Mann machte einen integren, selbstsicheren und überzeugenden Eindruck.

Die Weingläser auf dem Tisch waren warm und der Wein darin schal geworden. Roßberg holte die Flasche aus dem Kübel und wollte neu einschenken, aber Hirschmeier legte die Hand auf sein Glas.

»Die moderne Politikwissenschaft kann für die nahe Zukunft durchaus exakte Prognosen stellen. Natürlich, je näher diese Zukunft liegt, desto wahrscheinlicher ist es, daß unsere Prognose zutrifft. Wir haben die Psychologie der Führungsgruppen in den sechs Warschauer-Pakt-Staaten genau untersucht, um die Frage zu klären, ob eine Invasion des Warschauer Paktes denkbar ist. Und wenn ja, wann sie eintreten wird. Die Antwort unserer Computer lautete: Ja, eine Invasion ist denkbar. Und: Sie findet in nächster Zukunft statt.«

Willis und Roßberg waren unruhig geworden. Sie mißtrauten den Computer-Berechnungen des Professors. Roßberg versuchte es mit etwas Ironie.

»In nächster Zukunft, Herr Professor? Morgen oder übermorgen? Vielleicht können Sie sogar die Uhrzeit nennen?«

Der Professor lächelte Roßberg freundlich an und entgegnete ungerührt:» ›Nächste Zukunft‹ bedeutet, würde ich sagen, einen Tag bis ein Jahr. Sie wundern sich, Herr Roßberg, aber es ist durchaus möglich, eine so relativ präzise Aussage zu machen.«

Ein Angriff des Warschauer Paktes? Morgen oder in einem Jahr? Das war kaum zu glauben. Aber Roßberg fielen die merkwürdigen Aufzeichnungen auf seinen Meßblättern ein.

Da wandte sich Willis abrupt an ihn: »Kurt, die Sache, von der du meintest, du bekämst bis morgen früh Nachricht, glaubst du nicht, du könntest schon jetzt etwas erfahren?«

Roßberg schaute den Amerikaner überrascht an. Willis hatte hastig und in amerikanischer Sprache gesprochen, obgleich dies dem Professor gegenüber unhöflich war.

»Ach, du meinst meinen Anruf in München?« Er blickte auf die Uhr. »Es ist jetzt halb elf. Ich gehe mal eben telefonieren.«

Willis und der Professor blieben zurück und versuchten, das Gespräch in unverfängliche Bahnen zu lenken. Nach einer Weile kam Roßberg zurück. In München-Pullach waren sie immer noch dabei, die akustischen und seismologischen Messungen an der innerdeutschen Grenze auszuwerten. Es hatte lange gedauert, bis sämtliche Daten vorlagen.

In Willis' Kopf arbeitete es jetzt fieberhaft. Wenn sie die Minen entlang der ganzen Grenze ausgruben, planten sie offenbar doch einen Überfall. Dennoch glaubte er nicht daran, daß sich die Armeen des Warschauer Paktes mit ihren insgesamt fünf Komma zwei Millionen Mann zu diesem Zeitpunkt anschickten, den Westen zu überrennen. Davon hätten die westlichen Abwehrdienste längst Wind bekommen.

»Meine Herren«, ließ sich der Professor wieder vernehmen. »Unser Computer kam zwar zu dem Ergebnis, in nächster Zeit stehe ein Angriff des Warschauer Paktes bevor. Aber das bedeutet nicht, daß wir unter dieser Prämisse einen Präventivkrieg der NATO gegen den Warschauer Pakt vorschlagen – nach dem Motto: Angriff ist die beste Verteidigung. Bitte, übersehen Sie das nicht! Obwohl es die sicherste Methode wäre, Deutschland vor den Verheerungen eines neuen Krieges zu bewahren, steht so etwas nicht in unserer Macht. In Wahrheit sind wir auch gar nicht darauf angewiesen. Denn im Falle eines sowjetischen Angriffs können wir uns auf bestimmte Entwicklungen im Ostblock verlassen, die einen solchen Angriff wiederum unwahrscheinlich machen. Oder anders gesagt: Ein Angriff im Westen bedeutet im Osten Revolution.«

»Ich verstehe«, entgegnete Roßberg. »Ein, zwei Stunden nach Beginn des Krieges werden in Polen und der Tschechoslowakei die Regierungen gestürzt. Die Volksarmeen jagen die Russen davon. . .«

»Ja, so ungefähr«, fiel der Professor ein. »Die Gefahr eines Umsturzes im Innern macht einen Angriff nach außen bis zu einem gewissen Grade unwahrscheinlich. Wohlgemerkt, bis zu einem gewissen Grade, nämlich nur so lange, wie der Kreml seine Entscheidungen nach rationalen Kriterien trifft. Das war bisher der Fall. Seit dem westlichen Handels-

und Finanzboykott aber ist die Lage im Ostblock gekennzeichnet durch ein hohes Maß an Irrationalität. Nicht nur die Russen, auch die von ihnen beherrschten Völker Osteuropas stehen heute praktisch mit dem Rücken zur Wand. Und das wird wahrscheinlich furchtbare Folgen haben.«
»Herr Roßberg, hier ist ein Gespräch für Sie.« Der Geschäftsführer war hinter dem Tisch aufgetaucht. In seinem schwarzen Jackett und der dezent gestreiften Hose sah er wie ein Staatsmann aus. Er verbeugte sich leicht. »Man sagt, es sei dringend.«
Der Geschäftsführer hatte seinen Satz noch nicht beendet, da war Roßberg schon aufgesprungen. Hirschmeier rückte mit dem Stuhl noch etwas näher an den Tisch heran, damit der BND-Mann ungehindert vorbei konnte.
Es war noch keine Minute vergangen, da kam er schon wieder zurück. In seinen Augen sah der Professor das Feuer brennen.
»Es sieht so aus, als müßte ich noch eine kleine Nachtschicht einlegen«, sagte Roßberg und legte die Serviette auf den Tisch. »Es tut mir leid, Herr Professor, aber ich muß mich sofort verabschieden. Wir werden das interessante Gespräch an dieser Stelle abbrechen müssen.«
Auch Willis hatte sich erhoben. Hirschmeier spürte, daß die beiden Männer unter höchster Anspannung standen. Er machte keinen Versuch, sie noch länger aufzuhalten.
Als die drei das Restaurant verließen, es war kurz vor Mitternacht, ergriff Roßberg noch einmal das Wort.
»Ich hoffe, wir haben bald Gelegenheit, unsere Unterhaltung fortzusetzen. Aber ich muß Sie jetzt doch noch etwas fragen, Herr Professor. Ihr Computer hat die Wahrscheinlichkeit errechnet, daß eine Invasion des Warschauer Paktes kurz bevorsteht. Könnten Sie mir die Gründe, auf denen sein Urteil beruht, klipp und klar nennen?«

»Nun, unser Computer hat über einhundertfünfzig Gründe dafür zusammengetragen. Aber ich will nur die vier wichtigsten nennen. Erstens: Der starke Druck, unter dem die sowjetische Wirtschaft steht. Ich sagte Ihnen bereits, daß der Warenverkehr im COMECON-Bereich hauptsächlich in Naturalien abgewickelt wird. Problematisch ist aber das Defizit, das die Ostblockländer in ihrem Handel mit dem Westen haben. Die dort auftretenden Löcher muß die Sowjetunion mit Krediten stopfen, mit Geld also, das sie sich wiederum im Westen borgt. Diese letzte und verzweifelte Möglichkeit hat der Westen den Russen neuerdings durch seinen Handels- und Finanzboykott abgeschnitten. Zweitens: Die Entfremdung zwischen den Menschen drüben und den kommunistischen Machthabern nimmt zu. Im Grunde ist dies im Augenblick das allergrößte Problem für die Sowjets in ihrem ganzen Machtbereich. Unsere demoskopischen Erkenntnisse sind alarmierend. Die revolutionäre Utopie des Kommunismus ist erloschen, die ökonomischen Kräfte sind verbraucht, die Hoffnung auf ein menschenwürdiges Leben ist verflogen. Was also hält die Menschen noch im sowjetischen Machtbereich? Einzig die militärische Macht der Roten Armee. Der dritte Grund steht mit dem ersten und mit dem zweiten in einem engen Zusammenhang: Das Wirtschaftswachstum ist negativ, und gleichzeitig steigen die Militärausgaben. Die Schere klafft immer weiter auseinander, mit zunehmender Geschwindigkeit. Es gab Zeiten, da hat die sowjetische Führung gehofft, das irgendwie wieder ausbügeln zu können. Stichwort: Amerika einholen oder sogar überholen, Sie erinnern sich? In gewisser Weise gemahnt die Lage der Sowjetunion von heute an die Lage Deutschlands vor dem letzten Krieg. Die kolossale Aufrüstung trieb damals die Krise des Regimes voran. Aber ohne starke Rüstung hätte sich das Dritte Reich nach Hitlers Überzeugung selbst aufgegeben. In einer ähnlichen Klemme steht heute die sowjetische Führung. Schließlich der vierte Grund: Die starke Abnahme der Rohölproduktion aufgrund der riesigen Fehler bei der Prospektion in Sibirien und des amerikanischen Technologie-Boykotts. Die Ölproduktion in Baku und an anderen Orten ist fast völlig zum Erliegen gekommen. Bis die Ölquellen dort wieder sprudeln, dürfte noch eine Menge Wasser ins Kaspische Meer fließen. Ohne Öl aber keine Panzer, ohne Panzer kein Krieg – kein Krieg, den man gewinnen kann.«

Die drei hatten inzwischen den gepflasterten Fußweg erreicht. Er war fast menschenleer. Die Hamburger City wirkte bei Nacht wie ausgestorben. Hirschmeier dachte: wie damals beim Luftalarm. Willis und Roßberg hatten den Professor in die Mitte genommen. Sie gingen langsam zum Parkplatz hinüber, wo ihre Wagen standen.

Willis hatte noch immer das Gefühl, daß es Widersprüche in Hirschmeiers Argumentation gab. Etwas boshaft fragte er ihn deshalb: »Aber, Herr Professor, ist es nicht doch ziemlich seltsam, was Sie sich da zurechtgelegt haben? Sie selbst sagen, die Sowjetunion fordere keinen Gegner heraus, der stärker ist als sie selbst. Sie sei nicht aggressiv, solange sie damit rechnen könne, irgendwann einmal stärker als ihr Gegner zu sein. Und trotzdem schlägt sie jetzt zu?«

Hirschmeier hüllte sich eine Weile in Schweigen. Die drei Männer gingen im Gleichschritt. In nachdenklichem Ton sagte schließlich der Professor: »Grundsätzlich haben Sie recht, Mister Willis. Aber gerade weil die Lage der Sowjets so desolat ist, muß Moskau jetzt die Auseinandersetzung mit dem Westen suchen – jetzt oder nie. Verstehen Sie? Und je länger die Sowjets warten, desto schlechter werden die Bedingungen bei ihnen. Das ist den Leuten im Kreml voll bewußt. Wenn sie jetzt – jetzt, da ein Erfolg vielleicht noch

möglich ist – nicht mit aller Kraft, mit aller Energie und Härte den Kampf mit dem Westen suchen, werden sie keine Gelegenheit mehr dazu haben, zumindest keine Gelegenheit, die ihnen etwas bringt.« Hirschmeier zwinkerte mit dem linken Auge, als habe er einen kleinen Sieg errungen. »Verstehen Sie, Mister Willis?«
Die drei Männer gingen weiter, bis sie bei ihren Autos ankamen. Der Tau hatte die Karosserien benetzt. Roßberg sagte dem Professor, er würde dessen Sohn morgen früh wahrscheinlich in ein anderes Krankenhaus verlegen lassen, nach Ochsenzoll. Das sei zwar eine psychiatrische Klinik, aber sie habe den Vorzug, daß kein Mensch Johannes Herbst dort suchen werde. Roßberg sagte wirklich Johannes Herbst.
Der Professor bedankte sich noch einmal für alles, was Roßberg für seinen Sohn getan habe, und für die Einladung zum Abendessen. Als er im Auto saß und sich zum Abfahren vorbereitete, kurbelte er das Seitenfenster herunter und rief mit einem listigen Gesichtsausdruck noch einmal die beiden Männer herbei, die auf Roßbergs Wagen zusteuerten. Willis hatte seinen Volkswagen in der Langen Reihe stehengelassen.
»Herr Roßberg, Mister Willis! Entschuldigen Sie. Vielleicht haben Sie noch diesen Augenblick Zeit. Ich möchte nur noch eines sagen: Vergessen Sie nicht, daß die Krise Moskau dazu zwingt, den Westen anzugreifen, morgen oder in einem Jahr.«
»Ja, ja!« sagte Roßberg. Der Professor kam ihm plötzlich lächerlich vor, wie er da mit listiger Miene aus dem Autofenster heraus den Versuch unternahm, den Gang der Geschichte vorherzusagen. Trotz aller Computer war er schließlich kein Professor Allwissend. Andererseits – was er aus München gehört hatte, machte Roßberg unruhig. Er

mußte sich endgültig Klarheit verschaffen und hatte jetzt wirklich keine Zeit mehr für wissenschaftliche Kinkerlitzchen.
»Leben Sie wohl, Herr Professor!« Roßberg schlug mit der flachen Hand auf das Autodach.
»Das gleiche für Sie. Es war wirklich ein sehr interessanter Abend.« Hirschmeier gab Gas und fuhr langsam auf die Straße.
Während sie den verschwindenden Rücklichtern nachsahen, sagte Willis: »Der Abend scheint ihm wirklich Spaß gemacht zu haben.« Er winkte hinter Hirschmeier her.
Roßbergs Gesicht hatte sich versteinert. »Nicht überall«, sagte er mit tonloser Stimme. »Sie haben die Minen nicht überall ausgebuddelt.« Er zeigte mit dem Kinn in Richtung auf sein Auto. »Laß uns dort weiterreden.«
Roßberg und Willis setzten sich in den schwarzen Mercedes. Die Scheiben waren beschlagen, und man konnte nicht hinaussehen.
»Was ist denn los, Kurt? Was heißt ›nicht überall‹? Wenn sie die Minen nicht an der ganzen Grenze entlang ausgraben, sondern nur hier und da, dann ist doch alles in Ordnung.«
»Was heißt ›hier und da‹? Es heißt: an zehn einzelnen Stellen zwischen Lübeck und Hof. Vor einer Woche haben sie überall gleichzeitig damit angefangen und gestern gegen Mitternacht haben sie überall gleichzeitig wieder damit aufgehört.«
»Was sind das für zehn Orte?«
»Die Arbeiten fanden überwiegend in der Nähe von Orten statt, wo wichtige Verkehrsverbindungen bestehen oder vor der Teilung bestanden.«
Roßberg holte aus seiner Hemdtasche einen Zettel hervor und reichte ihn Willis.
Es stand eine Handvoll Ortsnamen darauf. Einige waren

Willis bekannt. Es waren genau jene, von denen das NATO-Strategiepapier und die Berichte über die NATO-Stabsrahmenübungen »Wintex« angenommen hatten, daß über sie die Invasionsrouten des Warschauer Paktes führen würden. Willis war elektrisiert. Roßberg dagegen brütete vor sich hin.

»Wie ist es mit der Grenze zur Tschechoslowakei?«

»Dort nicht. Aber wir lassen das noch einmal prüfen.«

Eine furchtbare Gefaßtheit stieg in Willis auf – wie bei einem Delinquenten, der soeben sein Todesurteil vernommen hat. Nun war es also soweit. Nun konnte die Möglichkeit nicht mehr geleugnet werden. Nun gab es wirklich ernste Anzeichen dafür, daß das eintreten würde, was jeder Mensch seit dem Zweiten Weltkrieg Jahr für Jahr in einem entfernten Winkel seines Kopfes gedacht, aber gleich wieder in einen noch entfernteren Winkel verdrängt hatte: Der Dritte Weltkrieg stand vor der Tür. Die Prognosen des Professors schienen offenbar nur allzu exakt zu sein.

Sie saßen schweigend nebeneinander. Roßberg bot Willis eine Zigarette an. Ganz gegen seine Gewohnheit akzeptierte sie der Amerikaner. Der Deutsche gab ihm Feuer und zündete auch sich eine an.

»Ganz schön, der Hüter eines so süßen Geheimnisses zu sein.« Roßberg versuchte es mit Galgenhumor. »Ich glaube, wir müssen etwas tun.«

Er ließ den Motor an und gab Gas. Willis sah auf das Leuchtzifferblatt der Uhr am Armaturenbrett. Mitternacht war eben vorbei.

9. Das Treffen auf der »Poseidon« und anderswo

Der Fußweg ging dort, wo die Straßenbeleuchtung aufhörte, in einen Holzsteg über. Von hier bis zum Boot waren es etwa zwanzig Meter, so daß die Kabine vollkommen im Dunkeln lag. Hirschmeier erwachte aus einem tiefen Schlummer und sah auf seine Armbanduhr. Ach ja – sie war stehengeblieben und zeigte noch immer auf einundzwanzig Uhr vierundfünfzig. Es waren also seit der Explosion und seinem unplanmäßigen Grenzübergang an die vierundzwanzig Stunden vergangen. Aber er war trotzdem einigermaßen pünktlich zur Stelle gewesen. Die nächsten Stunden würden die Entscheidung bringen.

Von Zeit zu Zeit drangen die Stimmen junger Leute an sein Ohr. Ihre Schritte klapperten über die Holzbretter des Bootssteges. Er horchte auf ihre angeregten und heiteren Stimmen. Nur sein V-Mann war noch immer nicht gekommen.

Hirschmeier hatte das Boot unauffällig betreten können. Es lag an seinem vorbestimmten Platz. Auch die Schiebetür zur Kabine war – wie vorgesehen – nicht verschlossen. Als Hirschmeier dem Plan gemäß zunächst seine Kleidung und Schuhe wechseln wollte, konnte er, so gründlich er auch die Kabine absuchte, keinen Ersatz entdecken. Er war aber sicher, daß er sich in dem Schiff nicht geirrt hatte. Hinten am Heck, vorne am Bug und noch einmal unübersehbar am Eingang zur Kabine stand der Name in schwarzen Lettern: POSEIDON.

Schon das Fehlen der vorgesehenen Kleidung ließ Hirschmeier an der Vertrauenswürdigkeit seines Verbindungsmannes Siegfried Drahws zweifeln. Daß der Mann zudem nicht pünktlich war, erweckte in Hirschmeier das Vorgefühl eines Fehlschlages. Andererseits hatte das Boot tatsächlich am vorgesehenen Ort gelegen, und auch die Tür war unverschlossen gewesen. Das machte Hirschmeier wieder etwas Mut. Er versuchte, fest daran zu glauben, daß der Mann noch kommen würde. Alles andere war unausdenkbar.

Eine leichte Brise aus Nordost ließ das Schiff dümpeln. Auf der Koje ausgestreckt, spürte Hirschmeier noch immer den stechenden Schmerz in seiner Schulter. Er krümmte sich etwas und drehte sich zur Seite. So konnte er es besser aushalten. Seine Aufmerksamkeit konzentrierte sich ganz auf die Geräusche um das Boot herum.

Als er die Augen schloß, standen die Ereignisse der letzten Nacht wieder klar vor seinen Augen. Er sah sich, als betrachte er eine fremde Person, in einem schwarzen Kampfschwimmeranzug in den dunklen See eintauchen. Auch was danach geschah, hatte sich in allen seinen Phasen seinem Gedächtnis eingebrannt: Der nervöse Gesichtsausdruck des Unteroffiziers, der schweigend vor sich hinarbeitende Minensuchtrupp, das kindliche Gesicht des Gefreiten Klausen, die glühenden Augen der Kaninchen im Restlichtverstärker, die an Glühwürmchen erinnernde Autokolonne im Wald gegenüber, der Aufmarsch der jungen Leute auf der Wiese, die Schüsse, die Explosion – dies alles stand lebendig vor seinen Augen. Auch die Gummistiefel des Bauern Rothmann, dessen liebe, kleine Frau, das Rathaus in Ratzeburg. Hirschmeier entspannte sich. Bis hierhin war doch alles recht gut gegangen.

Er wußte nicht, wie lange er schon vor sich hingeträumt hatte, als eine plötzliche Bö das Boot etwas von der Kaimauer wegtrieb. Die Ankerleine spannte sich. Durch die »Poseidon« ging ein Ruck. Hirschmeier schreckte hoch, versank dann aber wieder langsam in Halbschlaf.

Es war ja kaum fünfzehn Tage her, daß er plötzlich zu Honecker gerufen worden war. Es kam ihm auch jetzt noch wie ein Märchen vor, ein gefährliches Märchen, daß einem Alptraum glich.

Am Ende des einstündigen Gesprächs hatte er sich einverstanden erklärt. Ja, er wollte diese gefahrvolle und entscheidende Aufgabe übernehmen. Er wollte sie auch zu Ende führen. Der Staatsratsvorsitzende hatte ihn mit seinen scharfen Augen hinter der spiegelnden Hornbrille fixiert und gesagt:

»Das Gelingen oder Mißlingen dieser schwierigen und wichtigen Aufgabe, die Sie soeben übernommen haben, ist – ich übertreibe nicht – ein historisches Ereignis. Es wird über Sein oder Nichtsein unseres Volkes entscheiden. Deshalb müssen Sie, bis Sie Ihren Auftrag abgeschlossen haben, alle subjektiven Regungen als Individuum beiseite schieben. Sie müssen alles daransetzen, den Auftrag durchzuführen.«

Hirschmeier hatte zwar nicht alles verstanden, was Honekker gesagt hatte, aber das mit dem »historischen Ereignis« war haftengeblieben. Wohl denn, so würde er Geschichte machen, obwohl er daran zweifelte, daß er dafür geschaffen war. Je länger der Mann ausblieb, mit dem er verabredet war, desto bohrender wurden seine Zweifel.

Mit seiner Aufgabe im Institut für Flugelektronik war es anders gewesen. Dabei hatte er sich immer sehr wohl gefühlt.

Das Institut lag im Bereich des Flugplatzes Jüterbog, der Heimatbasis der Luftstaffel 101, rund sechzig Kilometer in südwestlicher Richtung von Berlin entfernt. Dort hatte er die neue Lenkelektronik für Flugkörper entwickelt und seit einem Jahr experimentell erprobt. Vor drei Monaten, bei den Frühjahrsmanövern, war nach der Vorführung des Prototyps beschlossen worden, das Gerät in Serie zu bauen.

Der Flugkörper wog nicht mehr als fünfhundert Kilo und folgte den Signalen eines Senders. Er hatte eine Reichweite von zweihundert Kilometern und flog sein Ziel in tausend Meter Höhe an, um auf den letzten Kilometern in einen Gleitflug überzugehen. Hirschmeiers ursprüngliches Ziel war die Erfindung eines Instruments gewesen, das sich zur Rettung der Besatzungen von havarierten Schiffen oder Flugzeugen an Orten eignete, die für Rettungsmannschaften schwer zugänglich waren, etwa im Packeis oder im Dschungel. Das Gerät sollte in der Lage sein, Hilfsgüter zu transportieren und, ferngesteuert, zielgenau bei den Überlebenden abzusetzen.

Diese Gleiter waren fünf Meter lang, hatten eine Flügelspannweite von sechs Metern und bestanden größtenteils aus Glasfiber, Holz und Nylon. Seit man bei den Manövern gesehen hatte, daß diese Flugkörper in der Lage waren, das Radarnetz zu unterfliegen, hatte man beschlossen, sie für militärische Zwecke einzusetzen.

In ihrem schwarzen Überzug erinnerten die Gleiter an seltsame Vögel. Sie erhielten deshalb den Decknamen »Amsel«. Nachdem man beschlossen hatte, die »Amsel« als Transporter für leichtes Kriegsmaterial einzusetzen, erhielt Hirschmeier den Auftrag, das Gerät bis zur Serienreife weiterzuentwickeln. Es sollte in der Lage sein, sein Ziel mit einer Abweichung von weniger als zehn Metern zu treffen.

Dafür war es notwendig, die Wellenlängen bestimmter

Chips sowohl im Sende- als auch im Empfangsgerät genau aufeinander abzustimmen. Dazu waren Bauteile aus einem identischen Kristall – zur gleichen Zeit und unter den gleichen Bedingungen gefertigt – notwendig. Hirschmeier hatte diese Neuerung erstmalig eingeführt, und der Erfolg gab ihm recht.

In der zweiten Februarhälfte, also vor knapp vier Monaten, hatten die regionalen Kommandos des Warschauer Paktes eine streng geheime Botschaft des Moskauer Oberkommandos erhalten. Die regionalen Befehlshaber wurden darin zu einer eiligen Sitzung in die sowjetische Hauptstadt eingeladen. Da die Frist überaus kurz war, zögerten die Befehlshaber der meisten Pakt-Staaten, dieser Einladung Folge zu leisten. Aber die Haltung des Kreml war unerbittlich, ja, man war nicht einmal mit der geringsten Verschiebung einverstanden. Und dann brachten die Militärs nach fünftägiger Sitzung aus der schneeverwehten Hauptstadt der Sowjetunion den Plan für das gemeinsame Manöver »Operation *domoj*« nach Hause.

Obwohl die KSZE-Schlußakte von Helsinki vorsah, daß die Supermächte zur Vermeidung von Mißverständnissen ihre Manöverpläne wenigstens in groben Umrissen der Gegenseite beizeiten bekanntmachten, und obwohl die Konferenzteilnehmer die Zusicherung ausgetauscht hatten, daß Beobachter wechselseitig an den Übungen teilnehmen konnten, war diese Verabredung schon bei den großen Manövern, welche die Pakt-Staaten 1980 in der DDR abhielten, nicht mehr eingehalten worden. Auch zu der jetzt geplanten »Operation *domoj*« hatte man im Kreml gegenüber dem Warschauer Pakt lediglich bemerkt, man sei diesmal entschlossen, dem Westen nicht einmal eine nachrichtliche Mitteilung über den Beginn des Manövers zuzuleiten.

Zur Begründung hieß es: Grundlage des Manövers sei die

Annahme eines plötzlichen Überfalls der NATO auf das Vertragsgebiet. Dabei sollte der Alarmplan jedes einzelnen Pakt-Staates überprüft werden, nicht die kollektive Kommandostruktur. Diese feine Unterscheidung erlaubte es Moskau, die »Operation *domoj*« als eine Serie nationaler Stabsübungen, nicht aber als Manöver des Warschauer Paktes einzustufen und somit eine Meldepflicht gegenüber dem Westen zu bestreiten.

Der Beginn der Übungen war auf den 1. Juni angesetzt worden – und zwar nach Maßgabe einer Feindlage, die der Kreml erst kurz zuvor bekanntgeben würde, um den Überraschungseffekt sicherzustellen. Bis dahin, so hatte man Hirschmeier in Jüterbog gesagt, müßten mindestens dreißig Prototypen der »Amsel« einsatzbereit sein. Er war bis zuletzt zwischen dem Hersteller der Ausrüstungsteile, der Produktionsstätte für die Gleiter selbst und dem militärischen Erprobungsgelände hin- und hergehetzt.

Überraschenderweise war es dann bereits Mitte Juni geworden, und die Manöver hatten noch immer nicht begonnen. Nicht einmal eine Begründung für diese Verzögerung wurde gegeben. Am Tag, an dem die Vorbereitungen für das »Amsel«-Projekt abgeschlossen waren, erhielt Hirschmeier den Befehl, in einem Vortrag vor ausgewählten Technikoffizieren Einbau und Anwendung der identischen Kristalle zu erläutern. Dazu mußte er nach Dannenwalde in das Schulungszentrum der Nationalen Volksarmee (NVA) reisen, rund sechzig Kilometer nördlich von Berlin.

Hirschmeier hatte nach der strengen Eingangskontrolle zahlreiche voll ausgerüstete Soldaten passiert. Sie schoben hier offensichtlich Tag und Nacht Wache. Der Oberleutnant war tief beeindruckt vom Ausmaß der Sicherheitsvorkehrungen. Schließlich stand er vor dem Schulungszentrum, einer Stahlbetonkonstruktion mit flachem Dach, ganz und gar dunkelgrün gestrichen; sozusagen nicht schön, aber selten. In den Ästen der Kastanie, die auf der Grünfläche vor dem Eingang stand, tummelte sich ein dunkelbraunes Eichhörnchen. Dies war das einzige, was Hirschmeier in dieser Umgebung einladend fand.

Als er das Gebäude betrat, fiel ihm die Stille auf. Es war so ruhig wie in einem Krankenhaus. Wieder mußte er eine Ausweiskontrolle passieren. Dann wurde er von einem Gefreiten zum Aufzug geführt. Wie der Geschoßplan im Fahrstuhl zeigte, lag der größte Teil des Gebäudes unter der Erde. Hirschmeier mußte ins vierte Kellergeschoß. Im Seminarraum, einem fensterlosen, kahlen, hell erleuchteten Kubus, hatten sich bereits sechzig Offiziere versammelt. Sie trugen alle Uniform. Es war die technische Intelligenz der NVA.

Auf dem Tisch vor dem Referentenpult standen zahlreiche kleinformatige Sender und Empfänger. Hirschmeier war überrascht, denn er entdeckte einige amerikanische Fabrikate darunter. Er konnte sich zu diesem Zeitpunkt noch keinen Reim darauf machen, warum es so viele waren. In seinem Referat, das etwa fünfzig Minuten dauerte, erläuterte er ausführlich die Problematik der identischen Kristalle und die Frage, wie die Reichweite der Steuerungsgeräte durch eine entsprechende Selektion und Kombination der Bausteine potenziert werden könne. Mit Hilfe eines Taglichtschreibers warf er die wichtigsten Diagramme an die Wand. Eine kurze Diskussion schloß sich an.

Während die Offiziere nach der Veranstaltung auf den Flur hinaus drängten, bemerkte Hirschmeier einen jungen Mann, der sich im Hintergrund hielt.

Kaum hatte der letzte Zuhörer den Raum verlassen, trat er auf Hirschmeier zu und sagte: »Oberleutnant Karl Ritter, Kommando Luftstreitkräfte Eggersdorf.«

Hirschmeier gefiel das junge, offene Gesicht. »Ja, bitte, was gibt's?«
»Der Genosse Generalleutnant Leonhard möchte Sie noch heute abend sprechen.« Hirschmeier war dieser Name nicht unbekannt. Leonhard war im Kommando Luftstreitkräfte für Versorgungs- und Organisationsfragen im Bodenbereich zuständig. Er hatte Hirschmeiers Experimente nach Kräften mit NVA-Geldern gefördert, obwohl das »Amsel«-Projekt rein verwaltungsmäßig dem militärischen Nachrichtendienst unterstand, der Verwaltung Aufklärung. Hirschmeier wußte, daß ihm der Generalleutnant gewogen war.
»Wo kann ich ihn treffen?«
»Sagen Sie bitte Ihrem Fahrer, er möchte Sie auf der Rückfahrt nach Berlin an der Südostecke des Tierparks Friedrichsfelde aussteigen lassen. Sie werden dort erwartet.«
Hirschmeier war erstaunt über diesen Treffpunkt. Aber als er verwundert fragte, was diese Verabredung zu bedeuten habe, wurde der freundliche Oberleutnant ungewöhnlich wortkarg. Er habe dem, was er eben gesagt habe, nichts hinzuzufügen, war seine Antwort. Die beiden jungen Offiziere gingen schweigend zur Tür und verabschiedeten sich.
Hirschmeier war mit einem Wagen der Fahrbereitschaft von Jüterbog nach Dannenwalde gefahren. Er kannte den Fahrer, einen jungen, unbedarften Mann, der, ohne lange zu fragen, alles ausführte, was man ihm befahl, gut. Während der Wagen über die nächtliche Landstraße zurück nach Berlin fuhr, war Hirschmeier mit seinen Gedanken schon bei Leonhard. Was mochte der Generalleutnant von ihm wollen?
Kaum hatte der Wagen den Tierpark erreicht, sagte Hirschmeier zu dem Fahrer, neben dem er saß: »Ach, Genosse Prosotzki, ich habe noch etwas Dringendes zu erledigen. Set-

zen Sie mich doch bitte dahinten ab.« Und weil der Fahrer etwas irritiert guckte, fügte der Oberleutnant augenzwinkernd hinzu: »Sie wissen doch, Genosse, im Dunkeln ist gut munkeln.«

Prosotzki grinste breit und tippte mit dem ausgestreckten Zeigefinger seiner rechten Hand zum Gruße an seinen Mützenschirm. Der Wagen hatte die Südostecke des Tierparks erreicht. Hirschmeier stieg aus und sah den Schlußlichtern nach, als neben ihm mit knirschenden Reifen eine schwarze Limousine hielt. Es kam ihm vor, als sei sie lautlos herangerollt.

Die hintere rechte Tür wurde von innen aufgemacht, und Hirschmeier hörte aus dem Fond die Stimme Leonhards. Sie klang verändert.

»Kommen Sie, Hirschmeier, steigen Sie ein!«

Der Oberleutnant ließ sich auf den Rücksitz fallen und betrachtete Leonhard mit einem prüfenden Blick. Der sonst so freundliche und zugängliche Mann schien unter einer starken Anspannung zu stehen. Er schaute starr geradeaus, und man konnte das mahlende Spiel seiner Kiefermuskeln sehen.

Auf die zögernde Frage, was dies zu bedeuten habe, erhielt Hirschmeier eine kurze Antwort.

»Das werde ich Ihnen erklären, wenn wir da angekommen sind, wo wir jetzt hinfahren.«

Um die Atmosphäre etwas aufzulockern und den jungen Oberleutnant neben sich nicht allzusehr zu verunsichern, fügte Leonhard jedoch im persönlichen Ton hinzu: »Haben Sie heute vorgesungen?«

»Ja, ich komme gerade aus Dannenwalde. Ich glaube, es war ein Erfolg. Man konnte es an den Fragen erkennen . . . Nur, daß wir über so viele amerikanische Kleinsender verfügen, hat mich doch ein wenig überrascht.«

Der Generalleutnant hatte sich längst wieder von Hirschmeier abgewandt und blickte am Fahrer vorbei nach vorn in die Dunkelheit. Die Antwort interessierte ihn offenbar nicht. Es war eine rhetorische Frage gewesen. Der Wagen fuhr mit hoher Geschwindigkeit durch das nächtliche Ost-Berlin nach Norden in Richtung Autobahnring. Hirschmeier war etwas beklommen zumute. Würde es auf dem Berliner Ring Richtung Norden oder Westen gehen? Kaum hatten sie die Autobahn erreicht, jagte der Wagen Richtung Norden davon, Richtung Stettin. Hirschmeier konnte sich auf das alles keinen Reim machen. Nach einer Weile versuchte er, das lähmende Schweigen im Wagen zu durchbrechen. »Wie konnten Sie wissen, daß ich pünktlich am Tierpark eintreffe?« fragte er Leonhard.
Leonhard lächelte zum erstenmal, seit sie zusammen waren. Er warf Hirschmeier einen amüsierten Blick zu.
»Das haben wir diesem Herrn hier zu verdanken.« Er tippte dem Fahrer von hinten leicht auf die rechte Schulter. Dieser wandte sich kurz zu Hirschmeier um.
»Oh, Genosse Oberleutnant. Ich bin überrascht!« Hirschmeier erkannte Ritter sofort wieder, obwohl er mit der Mütze, die er jetzt aufhatte, leicht verändert aussah.
»Ja, Genosse Oberleutnant, da staunen Sie. Alles eine Frage der Berechnung. Wir sind Ihnen einfach von Dannenwalde nach Berlin gefolgt.«
Hirschmeier wurde allmählich etwas bange zumute. Was hatte es mit diesem konspirativen Gehabe auf sich? Worauf lief das alles hinaus? Da er nicht damit rechnete, auf eine entsprechende Frage eine befriedigende Antwort zu erhalten, verkroch er sich gewissermaßen in seine Uniform und beschloß, die Dinge, die ihn erwarteten, auf sich zukommen zu lassen. Was konnte er auch anderes tun, als unterwegs Augen und Ohren offenhalten?

Der Wagen fuhr mit hoher Geschwindigkeit eine knappe halbe Stunde Richtung Norden und bog bei der Abfahrt Finowfurt ab. Dann ging es auf einer Landstraße weiter. Die Gegend war hügelig. Hirschmeier sah am Straßenrand Birken im Scheinwerferlicht aufleuchten.
An einer Kreuzung hielt der Wagen endlich an. Hirschmeier sah, wie ihn Ritter im Rückspiegel beobachtete. Leonhard beugte sich leicht zu ihm hinüber und sagte: »Wir wollen Ihnen keine Unannehmlichkeiten machen, Genosse Oberleutnant. Aber würden Sie Ihre Augen jetzt bitte mit diesem Tuch verbinden?«
Hirschmeier traute seinen Ohren nicht. Und er traute auch seinen Augen nicht, als er sah, daß Leonhard tatsächlich eine schwarze Binde aus seiner Tasche zog. Erst jetzt bemerkte Hirschmeier, daß der Generalleutnant im Mantel neben ihm saß, als würde er mit schlechtem Wetter rechnen, obwohl es eine schöne Juninacht war.
»Es ist leider ein dienstlicher Befehl.«
Leonhard hatte tatsächlich »leider« gesagt. Hirschmeier faßte sich, und da er dem Generalleutnant aufgrund mehrjähriger dienstlicher Kontakte persönlich Vertrauen schenkte, beschloß er, den Befehl zu befolgen, sich in das offenbar Unvermeidliche zu schicken. Instinktiv spähte er noch einmal durch das Fenster nach draußen, während er die Binde ergriff, sie langsam entfaltete und zum Kopf führte. Als wolle er sich merken, wo das Unvermeidliche geschah. Aber er sah nur die Nacht und ein paar Birken.
»Glauben Sie nicht, daß wir Ihnen etwas antun wollen.« Leonhard lachte etwas gekünsteit. »Aber Sie werden den Grund dafür bald verstehen.«
Hirschmeier hatte die ganze Zeit nichts gesagt. Jetzt legte er sich das zusammengefaltete schwarze Tuch über die Augen; es war aus kühler Seide. Er band es mit einem kur-

zen, entschlossenen Ruck fest. Sein einziger Kommentar: »Befehl ausgeführt.«

»Danke, Genosse Oberleutnant«, sagte Leonhard sehr förmlich.

Ritter ließ den Sechs-Zylinder-Motor aufbrausen, der während der ganzen Zeit weitergelaufen war, und fuhr wieder weiter.

»Wie in Abrahams Schoß«, dachte Hirschmeier und lehnte seinen Kopf zurück. Die Kopfstütze gab ihm Halt. Ihr weißer Bezug kühlte seinen Nacken.

Weil er nichts sehen konnte, konzentrierte sich Hirschmeier auf seine restlichen vier Sinne. Er nahm jede Bewegung des Wagens wahr. Sie waren zunächst an der Kreuzung rechts abgebogen und fuhren nun immer weiter in nördlicher Richtung. Ritter schien ordentlich auf die Tube zu drücken. Hirschmeier hatte mitunter Mühe, sich in den unvermuteten Kurven aufrecht zu halten. Eine leichte Übelkeit schnürte ihm die Kehle zu.

Es waren vielleicht fünfzehn Minuten vergangen, als der Wagen von der Landstraße links abbog und nach kurzem Rumpeln auf einem offenbar mit Schlaglöchern übersäten Weg anhielt. Vermutlich wurden von einem Posten irgendwelche Papiere verlangt. Dann schaukelte der Wagen weiter. Die Reifen knirschten über Kies. Dann hielt die Limousine wieder an.

»So, Genosse Oberleutnant, Sie können die Binde abnehmen.« Hirschmeier hörte Leonhards beruhigende Stimme. »Wir sind jetzt da.«

Hirschmeier war einen Augenblick von der weißen Wand geblendet, die das Licht der Scheinwerfer zurückwarf. Sie hatten offensichtlich dicht vor einem Haus gehalten. Die Tür auf seiner Seite wurde von außen geöffnet. Er sah im Aussteigen die Soldaten, den Fernmeldewagen mit der langen Peilantenne und im Hintergrund ein paar Staatslimousinen. Während er von einem Posten um den Wagen herum zum Hauseingang geleitet wurde, bemerkte Hirschmeier, daß er auch in solch einem schwarzglänzenden Ungetüm gesessen hatte. Die Umgebung kam ihm wie eine Mischung aus Schloß und Feldlager vor. Man ließ ihm keine Zeit, zur Besinnung zu kommen, sondern drängte den jungen Oberleutnant durch die Tür und quer durch eine größere Eingangshalle, in der Soldaten an Schreibtischen arbeiteten, in Richtung einer Treppe. Hirschmeier registrierte erst das Parkett, dann den weichen, dicken Teppich unter seinen Füßen, während er zwischen Leonhard und Ritter zügig die Treppe hinaufstieg.

Das alles hatte sich schweigend vollzogen, wenn man von den flüchtigen Bemerkungen absah, mit welchen der eine oder andere entgegenkommende Offizier den kleinen Trupp begrüßte. Vor einer Tür im ersten Stock – Hirschmeier sah etwas ratlos den langen Korridor hinauf und hinunter, das Ganze glich eher einem Hotel – hielten sie an. Leonhard klopfte leise. Ein Offizier steckte den Kopf durch den sich öffnenden Türspalt heraus und sagte: »Ist er schon da? Ah, ja, ich sehe. Bitte, einen Moment!«

Hirschmeier kam sich plötzlich sehr wichtig vor. Er wurde hier offenbar erwartet. Er fühlte sich irgendwie emporgehoben, als würde er schweben. War das alles ein Traum?

In diesem Moment öffnete der Offizier wieder die Tür, diesmal ganz weit, und bat die drei Offiziere herein. Hirschmeier betrat hinter Leonhard und vor Ritter einen kleinen Durchlaß, hinter dem wiederum eine Tür offenstand, die in einen größeren Raum führte. Angenehmes Licht, das eine Stehlampe spendete, empfing ihn, als er das Zimmer betrat. Er registrierte flüchtig hohe Bücherwände und eine Polstergruppe im Hintergrund.

Vom geblümten Sofa hatte sich ein massiger Mann erhoben. Offenbar ein höherer Offizier. Am Fenster seitlich daneben stand im Halbdunkel ein mittelgroßer, schlanker Mann mit weißem Haar. Er drehte sich jetzt langsam um. Hirschmeier blieb, wie vom Donner gerührt, stehen. Von weitem hörte er die Meldung der Ordonnanz:
»Genosse Staatsratsvorsitzender, Generalleutnant Leonhard, Oberleutnant Hirschmeier, Oberleutnant Ritter.«
Es war niemand anderes als Erich Honecker, der ihm nun, freundlich lächelnd, mit ausgestreckter Hand entgegenkam.
Erst jetzt erkannte Hirschmeier auch General Werner Orgass, den »Vater der Nationalen Volksarmee«, wie sie ihn alle nannten. Er nahm unwillkürlich militärische Haltung an. Wie war er da nur hineingeraten?
»Lassen Sie nur, Genosse Hirschmeier«, sagte Honecker, indem er Hirschmeier mit einem Handschlag begrüßte. »Wir sind hier ganz unter uns. Ich möchte Sie General Orgass vorstellen.« Die beiden Männer wechselten einen flüchtigen Händedruck.
Honecker wandte sich an Leonhard und Ritter, die hinter Hirschmeier Aufstellung genommen hatten. »Vielen Dank, meine Herren. Vielleicht lassen Sie uns jetzt erst einmal allein. Wir sehen uns später.«
Dann faßte der Staatsratsvorsitzende Hirschmeier am Oberarm und ging mit ihm langsam auf die Polstergruppe zu.
»Genosse Oberleutnant, ich habe Sie herbitten lassen, weil ich eine wichtige Sache mit Ihnen besprechen will.« Hirschmeier registrierte mit wachen Sinnen den verbindlichen Ton. Es hatte ihn beeindruckt, daß Leonhard und Ritter den Staatsratsvorsitzenden so gut kannten. Irgendwie schienen alle diese Menschen zusammenzugehören. Irgend etwas

verband sie miteinander. Hirschmeier beschlich sogar das Gefühl von etwas Ungesetzlichem, mit dem der Staatsratsvorsitzende und der »Vater der Armee« in Verbindung zu stehen schienen.
»General Orgass kennen Sie.« Honecker hatte sich inzwischen gesetzt und bedeutete Hirschmeier mit einer einladenden Handbewegung, ein Gleiches zu tun. Orgass hockte auf dem Sofa wie eine dicke, braune Kröte. Dabei sah er eigentlich ganz gemütlich aus.
»Was möchten Sie trinken? Dürfen wir Ihnen sonst etwas anbieten? Sie haben einen weiten Weg hinter sich.«
Hirschmeier war wirklich beeindruckt, wie freundlich und selbstverständlich Honecker mit ihm sprach. Das hatte er nicht erwartet. Er bestellte bei der Ordonnanz mit der weißen Jacke einen Orangensaft.
»Nun, nun«, sagte Honecker. »Nicht so bescheiden. Vielleicht fangen wir mit einem Cognac an.«
Hirschmeier verneigte sich leicht und fügte sich.
Die Ordonnanz brachte drei Cognacschwenker auf einem silbernen Tablett. Man hatte es sicher schon vorbereitet. Die drei Männer prosteten sich wortlos zu.
»Fliegt denn die ›Amsel‹?« Orgass lächelte Hirschmeier freundlich an.
»Ja. Wir können die Terminpläne einhalten; das heißt, wenn die Kristalle rechtzeitig kommen.«
Der General nickte vor sich hin. Er sah aus, als brüte er etwas aus, so kugelig saß er da.
Honecker sah Hirschmeier prüfend an, als wolle er ihn taxieren. Seine Augen wirkten milder als auf dem Fernsehschirm. Für einen Augenblick trat eine beklemmende Stille ein.
»Nun, Genosse Hirschmeier«, Honecker wählte wieder die etwas ungezwungenere Anredeform. »Sie werden fragen,

warum das alles. Ja, warum haben wir Sie hierher gebeten? Eine berechtigte Frage, die eine Antwort verdient.«
Honecker machte eine Pause und blickte auf seinen Cognacschwenker hinunter, der zwischen den Knien in seinen Händen ruhte.
»Nun, wir beide kennen uns ja schon«, sagte er dann unvermittelt, indem er Hirschmeier wieder anblickte.
Erst jetzt fiel es dem Oberleutnant ein: Jüterbog vor zwei Jahren! Nach der Erfindung der neuartigen Lenkelektronik, die dann zur »Amsel« führte. Honecker hatte ihn damals zusammen mit anderen Technikoffizieren mit einer Medaille ausgezeichnet. Eine Routinehandlung, der Hirschmeier damals keine weitere Bedeutung beigemessen hatte. Ihm fiel auf, daß Honecker jeden zweiten Satz mit »nun« einleitete, unverkennbar ein Zeichen dafür, daß auch der Staatsratsvorsitzende gewisse Schwierigkeiten hatte, die ungewohnte Situation zu meistern.
»Inzwischen ist einige Zeit vergangen. Nun, ich hoffe, Sie sind mit der ›Amsel‹ weitergekommen.«
»Ja«, sagte Hirschmeier. »Sie geht zur Zeit in Serie.«
General Orgass hob sein Glas und prostete Hirschmeier wortlos zu. Offenbar wollte er die Stimmung auflockern.
»Aber wir kennen uns schon länger.« Honecker lächelte leicht verschmitzt. Oder war es ein tückisches Lächeln? Hirschmeier wußte nicht so recht, worauf der Staatsratsvorsitzende hinauswollte. Er hatte ihn, den Oberleutnant, doch sicher nicht zu sich gerufen, um eine Zufallsbekanntschaft aufzufrischen. Nach den Soldaten im Hof, dem Meldewagen und dem übrigen militärischen Betrieb zu urteilen, schien sich doch etwas ganz anderes abzuspielen. Sah das alles nicht nach einem Manöver aus? Warum rückte Honekker nicht endlich mit der Sprache heraus?
»Aber nur indirekt«, fuhr Honecker fort. »Genauer kannte

ich Ihren Großvater, den Rektor Hans Joachim Hirschmeier. Sie tragen ja seinen Namen. Er war einmal ein politischer Freund von uns.«
Hirschmeier nickte, war aber verblüfft. Daß der Großvater, ein gestandener Sozialdemokrat, nach 1945 mit den Kommunisten kooperiert hatte, um das Leben im zerstörten Berlin wieder in Gang zu bringen, wußte er natürlich. Das hatte ihm sein Vater erzählt, nicht aber, daß Großvater Honecker gekannt hatte.
»Ich war damals ja selbst noch ein relativ junger Mann.« Honecker blickte versonnen vor sich hin. »Wir haben seinerzeit zusammengearbeitet, Kommunisten und Sozialdemokraten, aus Sorge um Deutschland, aus gemeinsamer Sorge. Daraus ist dann die Sozialistische Einheitspartei entstanden – ein notwendiger Schritt.«
Ja, und Großvater war tot, von den Russen abgeholt, verhungert oder liquidiert. Hirschmeier mußte an dieses trübe Kapitel denken, das Teil seiner Familiengeschichte war.
»Leider haben sich unsere Wege dann getrennt. Ihr Großvater fand kein schönes Ende. Ich weiß selbst nicht genau, was aus ihm geworden ist.«
Die Töne, die der Staatsratsvorsitzende anschlug, ließen Hirschmeier aufhorchen. Sie stimmten ihn freundlich.
»Aber daß Sie Ihre Eltern verloren haben, hat keine politischen Gründe.« Honecker erhob sich und trat eine kleine Wanderung durch das Zimmer an. »Ihre Eltern sind mit dem Auto verunglückt, soviel ich weiß. Auch kein schöner Tod.« Er sagte es mit leiser Stimme.
Hirschmeier wunderte sich über die detaillierte Kenntnis seiner Familiengeschichte, die Honecker an den Tag legte. Andererseits sollte ihn das nicht so erstaunen. Klar, daß so ein Mann sich informieren ließ, bevor er mit einem einfachen Oberleutnant zusammentraf.

»Nun, wir sind ziemlich gut über Sie im Bilde, zum Teil natürlich aus persönlichem Interesse. Mir fiel Ihr Name auf, als ich damals in Jüterbog, oder wo es war, die Ehrenliste überflog. Schließlich war mir der Name Hirschmeier aus der Vergangenheit bekannt, auch wenn ich selbst an den berühmten Treffen auf dem Richter-Hof nicht teilgenommen habe, damals in der guten Stube.« Honecker blieb neben Hirschmeier stehen. »Und Namen, die ich mir einmal merke, vergesse ich nicht. Wir haben Sie seither ein bißchen im Auge behalten.«
Er ließ offen, wen er mit »wir« meinte. Orgass lächelte ermutigend vom Sofa herüber. Hirschmeier wußte noch immer nicht, worauf das Ganze hinaussollte.
»Ihr Großvater hatte ein sehr ansprechendes Wesen. Herzlich, aufrecht, zuverlässig. Ich hoffe, der Enkel hat davon etwas geerbt. Als Sozialdemokrat hatte er natürlich andere politische Ansichten als wir Kommunisten. Aber das war damals ganz normal. Immerhin besaß auch Ihr Großvater jenes humanistische Menschenbild und jenen revolutionären Gerechtigkeitssinn, mit dem wir das neue Deutschland aufgebaut haben. Schade, daß er so enden mußte.«
Der Staatsratsvorsitzende schien eine Art Selbstgespräch zu führen. Hirschmeier fand, daß er viel älter als auf den Fotos aussah.
»Nun, ich will auf den Kern der Sache zu sprechen kommen. Die Sache, um derentwillen Sie hier sind.«
Honecker ließ sich wieder in seinem Sessel nieder. Es schien ihm einige Mühe zu machen, die Knie zu beugen. Er zog die Bügelfalten seines dunklen Anzugs glatt.
»Sie sind hier auf Schloß Hubertusstock am Werbellinsee, einer Erholungsstätte für die Führungskader unserer Partei. Sie werden fragen, warum Sie hier sind.«
Hirschmeier dachte, nun ist er wieder da, wo er schon vor

fünf Minuten gewesen war. Warum streicht er um die Sache herum wie die Katze um den heißen Brei?
In diesem Moment klopfte es an die Tür. Es war ein leises Pochen. Der Offizier, der sich dort als Zerberus betätigte, schaute herein. »Entschuldigen Sie bitte, Genosse Staatsratsvorsitzender. Genosse General, Major Glockmann möchte Sie gern sprechen.«
Orgass wuchtete sich vom Sofa hoch. Er hatte Mühe, den nötigen Schwung so zu dosieren, daß er hochkam und sich dabei nicht gleichzeitig auf die marmorne Tischplatte stützen mußte. Schwerfällig ging er zur Tür, zog sie hinter sich halb zu und führte eine kurze Unterhaltung in gedämpftem Ton. Honecker beobachtete die Szene gespannt.
Als der General wieder zur Sitzgruppe zurückkehrte, lag ein triumphierender Zug auf seinem Gesicht.
»Gute Nachricht, Erich, gute Nachricht. Generalmajor D. und Major S. haben sich ebenfalls auf unsere Seite gestellt. Damit hat sich unsere Position entscheidend verstärkt.«
Honecker nickte zufrieden. »Das heißt, die zweite Front steht jetzt ganz unter unserem Einfluß.«
»Genau«, sagte Orgass. »Jetzt müssen wir auch die erste knacken.«
Hirschmeier versuchte fieberhaft, dahinterzukommen, was es mit all dem auf sich haben konnte. Er kannte nur einen »Generalmajor D.«. Der führte die Jagdfliegerdivision in Neubrandenburg. Aber was hieß hier »zweite Front«? Ein furchtbarer Verdacht kam in Hirschmeier auf wie ein Nebel, der die Klarheit seines Denkens bedrohte.
»Nun, Genosse Hirschmeier, Sie sehen, was hier los ist. Ein Kommen und ein Gehen. Man kann kaum ein paar Worte miteinander wechseln, ohne gestört zu werden. Ich will aber nun ohne Umschweife auf den Punkt zu sprechen kommen, um den es geht.«

Honecker richtete sich in seinem Sessel auf und faßte Hirschmeier mit leicht zusammengekniffenen Lidern ins Auge.
»Die Deutsche Demokratische Republik steht an einem kritischen Punkt ihrer Entwicklung. Sind Sie bereit, in meinem Namen einen bestimmten Auftrag auszuführen?«
Hirschmeier merkte, wie seine Pulsfrequenz ruckartig hochschnellte. Er geriet ins Schwitzen. Orgass glotzte ihn mit großen Augen an.
»Wenn Sie mich *so* fragen . . .?« Etwas kläglich blieb das Ende des Satzes, den Hirschmeier fast tonlos ausgesprochen hatte, in der Luft hängen. Der Oberleutnant war verwirrt. Es trat eine lähmende Pause ein.
»Nun?« fragte Honecker. Seine Stimme war ohne jede Schärfe.
Hirschmeier gab sich einen Ruck. »Selbstverständlich, Herr Staatsratsvorsitzender.«
»Es ist kein Befehl, es ist eine Bitte«, ließ sich Orgass vernehmen. Er hatte einen angenehmen Baß, der Hirschmeier irgendwie beruhigte.
»General Orgass und ich, wir sind alte Freunde. Wir haben lange überlegt, wen wir mit dieser Aufgabe betrauen könnten. Sie ist nicht ganz einfach. Wir beiden haben uns für Sie entschieden. Es ist eine gute Gelegenheit für Sie, sich auszuzeichnen.«
Der Schweiß floß Hirschmeier in breiten Bächen den Rükken hinab. Aber er merkte, daß er allmählich wieder Boden unter die Füße bekam. Trotzdem ahnte er nicht, was man von ihm wollte.
»Ich werde mein Bestes tun«, sagte er leise.
»Unsere Republik steht, wie ich schon sagte, an einem kritischen Punkt ihrer Entwicklung. Es ist, als stünden wir alle vor einer Hängebrücke, die über einen Abgrund führt und

über die wir hinüber müssen, ohne aber zu wissen, ob sie hält.« Honecker sprach flüssig und mit gedämpfter Stimme.

»Ihre Aufgabe besteht darin, die Zuverlässigkeit dieser Brücke zu erkunden. Vielleicht kann man es so ausdrükken.« Orgass nickte heftig, als wolle er Honecker dazu ermuntern, weiterzusprechen.

»Nun, ich werde Sie jetzt kurz in die Lage einweisen. Das Nähere wird Ihnen Generalleutnant Leonhard nachher sagen. Er steht auf unserer Seite.« Honecker räusperte sich. »Genosse Hirschmeier, Sie haben von der bevorstehenden ›Operation *domoj*‹ gehört, der ›Operation Heimkehr‹, wie wir sagen.«

Hirschmeier nickte tapfer. Er wußte immer noch nicht genau, worum es ging.

»Sie wird als Serie nationaler Stabsrahmenübungen seit Februar in Moskau vorbereitet. Sie sollte eigentlich am 1. Juni beginnen, wurde aber immer wieder verschoben. Wir wissen jetzt, daß sie Ende des Monats anrollen soll.«

Hirschmeier fand an dieser Mitteilung nichts Besonderes. Er wußte, daß das Manöver bevorstand. Um so unvorbereiteter traf ihn Honeckers nächster Satz.

»In Wirklichkeit handelt es sich um einen Angriff des Warschauer Paktes aus dem Stand, um eine Überraschungsinvasion in die BRD. Das wird unweigerlich einen Weltkrieg auslösen.«

Mit Verwunderung bemerkte Hirschmeier, daß man solch ungeheuerliche Dinge sagen und anhören konnte, ohne sogleich tot umzufallen. Unwillkürlich entfuhr es ihm: »Das gibt's doch nicht!«

Honecker lächelte vielsagend. General Orgass schien sich in Gedanken mit etwas anderem zu beschäftigen; er starrte an die Decke.

»Doch, das gibt's«, fuhr der Staatsratsvorsitzende fort. Das Lächeln entwich aus seinem Gesicht wie der Lebenssaft aus einem Baum. Hirschmeier fiel auf, wie alt Honecker plötzlich aussah, alt und gebeugt.
Da schaltete sich Orgass wieder ein: »Wir konnten es zunächst auch nicht glauben, bis wir durch unsere Agenten in Moskau Beweise erhielten: die ausgefertigten und terminierten, aber noch nicht unterschriebenen Angriffsbefehle.«
»Unsere Agenten in Moskau?« Hirschmeier verstand die Welt nicht mehr. Seit wann bespitzelten sich die sozialistischen Bruderstaaten gegenseitig?
»Unsere sowjetischen Genossen haben natürlich auch ihre Leute bei uns hier im Apparat sitzen. Daran muß man sich nicht stören.« Honecker hatte wieder das Wort ergriffen. »Es ist sogar lebenswichtig. Denn wenn wir nicht die Absichten unseres wichtigsten Verbündeten kennen, können wir nicht beurteilen, ob sie uns schaden oder nützen.«
Das leuchtete Hirschmeier ein. Er nickte.
»Wir hier, das heißt der verantwortliche Teil der Spitzen von Partei, Staat und Nationaler Volksarmee, halten die ›Operation *domoj*‹ für lebensgefährlich – sofern sie mehr ist als eine Serie von Stabsrahmenübungen. Ein Angriff auf die BRD ist so eine schwere Herausforderung an den Westen, daß er sie nicht tatenlos hinnehmen kann. Er wird zurückschlagen. Ein neuer Weltkrieg auf deutschem Boden gefährdet aber unsere Republik.«
Honecker hatte sich vorgebeugt, um aufzustehen. Er ging langsam auf Hirschmeier zu, der sich, wie von einer heimlichen Kraft angetrieben, ebenfalls erhob.
»Um es mit einem Satz zu sagen: Ein neuer Weltkrieg ist das Ende Deutschlands.«
Die beiden Männer standen sich jetzt auf Handbreite ge-

genüber und sahen sich einen Augenblick lang schweigend an. Aus dieser Nähe wirkte Honecker auf Hirschmeier wie ein besorgter Lehrer oder wie ein nachdenklicher Handwerker. Seine Augen waren wie hinter einem Schleier verborgen.

»Leider sieht man das nicht überall so.« Honecker wandte sich ab und nahm seine Wanderung wieder auf. General Orgass rekelte sich unruhig auf dem Sofa. Er schien wegen seiner Leibesfülle nicht bequem zu sitzen.

»Damit Sie wissen, worum es bei Ihrem Auftrag geht, muß ich Ihnen das etwas näher erklären. Nun, zwischen der Führung der Union der Sozialistischen Sowjetrepubliken und der Führung der Deutschen Demokratischen Republik gibt es gewisse Meinungsverschiedenheiten, was die Einschätzung der internationalen Lage angeht. Während wir die ›Operation *domoj*‹ für lebensgefährlich halten, wird sie von der sowjetischen Führung für lebenswichtig gehalten.«

Honecker war am anderen Ende des Raumes angelangt. Er schaute beiläufig aus dem Fenster, dann wandte er sich wieder um und trat den Rückweg an.

»Sie wissen, Genosse Hirschmeier, daß die Lage der Sowjetunion aus verschiedenen Gründen kritisch ist. Ich brauche Ihnen das nicht weiter zu erklären.«

Der Staatsratsvorsitzende näherte sich jetzt wieder dem Oberleutnant und blieb vor ihm stehen. Sein Blick war fest auf Hirschmeier gerichtet.

»Aber – und das macht die Lage so kompliziert – nicht alle Mitglieder der Führung von Partei, Staat und Volksarmee in unserer Republik teilen die Lageeinschätzung der verantwortlichen Kräfte in Politbüro und Zentralkomitee. Sie lassen es an der nötigen Solidarität mit den Interessen der werktätigen Massen fehlen.«

Hirschmeier war überrascht. Von der kritischen Lage der sowjetischen Wirtschaft hatte er einiges gehört, vor allem von Nachbarn, die das West-Fernsehen empfingen. Aber von Meinungsverschiedenheiten innerhalb der politischen Führung seines Landes hatte er noch nie etwas gehört. Das war ihm völlig neu. Wenn er sich auch nicht sonderlich für Politik interessierte, hier war es natürlich etwas anderes, hier ging es offensichtlich um die Frage Frieden oder Krieg.

»Kurzum, Genosse Hirschmeier, es gibt in unserer Deutschen Demokratischen Republik eine kleine Gruppe von Unverantwortlichen – sektiererische, konterrevolutionäre Elemente –, die im Begriff ist, die sozialistischen Errungenschaften unseres Vaterlandes durch eine Politik des Abenteuers und eines falschverstandenen Internationalismus leichtfertig aufs Spiel zu setzen.«

Es klang fast wie eine politische Rede, was Honecker sagte, obwohl der Staatsratsvorsitzende nach wie vor mit gedämpfter Stimme sprach. Er war vollkommen ruhig, unterstrich nur einige Formulierungen mit knappen Handbewegungen.

»Diese Gruppe von Abweichlern stellt die Interessen einer sozialistischen Brudernation höher als die Interessen unseres sozialistischen Vaterlandes.« Hier machte Honecker eine bedeutungsvolle Pause. Dann fügte er mit Nachdruck hinzu: »Wir nennen sie daher ›Kreml-Fraktion‹.«

Nach Jahren der Indoktrination schien es Hirschmeier bei diesen Sätzen, als stürze sein ganzes politisches Weltbild zusammen. Es war nicht übermäßig differenziert. Hatte man ihm nicht immer erzählt, daß die Bruderschaft zwischen der Deutschen Demokratischen Republik und der Sowjetunion, der sogenannte Proletarische Internationalismus, über alles ging?

»Die Bezeichnung wird Sie vielleicht etwas überraschen.« Honecker lächelte dünn. Er bedeutete Hirschmeier mit einer

Handbewegung, wieder Platz zu nehmen, und steuerte auf seinen eigenen Sessel zu. »Aber es kann Situationen im Leben der Völker geben, da steht das Interesse einer sozialistischen Nation höher als das Prinzip des Proletarischen Internationalismus. Darauf hat schon Lenin hingewiesen. Ja, es kann Augenblicke geben, da wird das Prinzip des Proletarischen Internationalismus nur durch die Wahrung der Interessen der sozialistischen Nationen erfüllt. Ein solcher Augenblick ist jetzt gekommen.«

Orgass nickte wieder eifrig. Er hatte den auf und ab wandernden Staatsratsvorsitzenden unablässig mit seinen Blikken verfolgt und ließ ihn auch jetzt nicht aus den Augen. Es war, als wolle er sich am Gesicht seines Freundes festsaugen.

»Sehen Sie«, der Staatsratsvorsitzende sprach nun frei und fest. Die innere Spannung schien von ihm gewichen zu sein. »Ein Krieg zwischen der NATO und dem Warschauer Pakt liegt weder im Interesse unserer Republik noch im eigentlichen Interesse der Sowjetunion. Ein solcher Krieg ist allein schon aufgrund der riesigen wirtschaftlichen Reserven der Vereinigten Staaten von Amerika von uns nicht zu gewinnen, schon gar nicht unter dem gegenwärtigen Präsidenten, der nicht zögern würde, Atomwaffen einzusetzen. Ein solcher Krieg würde sämtliche sozialistischen Errungenschaften beseitigen, die wir seit der Oktoberrevolution von 1917, seit Lenin und Stalin in der Sowjetunion und in unserer Republik aufgebaut haben. Ein solcher Krieg würde aber insbesondere die Existenz Deutschlands auslöschen einschließlich des geschichtlich am weitesten fortgeschrittenen Teiles. Es wäre ein blanker Widersinn, einen solchen Krieg zu führen. Er kann auch nicht im wohlverstandenen Interesse der Sowjetunion liegen.«

Zum erstenmal in dieser langen Unterredung schien der

Staatsratsvorsitzende seine etwas steife Förmlichkeit abzustreifen. Er sprach jetzt mit dem Feuer innerer Überzeugung, ohne freilich die Beherrschung aufzugeben.
»Wir, das heißt die verantwortlichen Kräfte in der Führung der Sozialistischen Einheitspartei, der Nationalen Volksarmee und der Staatsorganisation«, Honecker blickte zu Orgass hinüber, »sind daher entschlossen, die sozialistischen Errungenschaften in der Deutschen Demokratischen Republik und in der Sowjetunion zu retten, indem wir die Fackel des Proletarischen Internationalismus im Geiste Lenins und Stalins vorübergehend in Verwahrung nehmen – gewissermaßen stellvertretend für unsere Brüder und Schwestern in der Sowjetunion. Wir werden also an der geplanten ›Operation Heimkehr‹ nicht teilnehmen. Und wir werden die ›Kreml-Fraktion‹ in unseren Reihen ausschalten.«
Bei diesen letzten Worten hatte sich Honecker wieder erhoben. Hirschmeier war tief beeindruckt. Er fand, daß es keine überzeugendere Lösung gab, wollte man nicht sehenden Auges in die Katastrophe laufen.
»Sie werden verstehen, Genosse Hirschmeier, daß es nicht ganz einfach ist, sich der ›Operation Heimkehr‹ zu entziehen. Schließlich sind die Streitkräfte unserer Republik in vielfältiger Beziehung mit der militärischen Organisation des Warschauer Paktes verquickt. Die verantwortlichen Kräfte der Partei- und Staatsführung der Deutschen Demokratischen Republik sind daher im Einvernehmen mit der Führung der NVA entschlossen, einen besonderen Weg zu gehen, und dabei haben wir Ihnen eine wichtige Aufgabe zugedacht.«
Hirschmeier fühlte, wie sich sein Pulsschlag noch einmal beschleunigte, dann aber ergriff eine ruhige Entschlossenheit von ihm Besitz. Er würde tun, was man von ihm verlangte.

»Bevor ich Ihnen diesen Auftrag erläutere, muß ich Sie zu absolutem Gehorsam und zu absoluter Verschwiegenheit verpflichten, Genosse Oberleutnant. Sie stehen jetzt unter dem obersten Gesetz dieser Deutschen Demokratischen Republik und ihrer unveräußerlichen Prinzipien. Sind Sie bereit?«

»Ja.«

»Ich danke Ihnen. Damit ernenne ich Sie zu meinem persönlichen Sonderemissär. Sie werden dem Bundeskanzler der BRD, Herrn Helmut Schmidt, zu einem bestimmten Zeitpunkt eine persönliche Botschaft von mir überbringen.« Er legte eine kleine Pause ein, als würde er überlegen, und sagte dann: »Vielleicht ist das der Passierschein für die Hängebrücke.«

Honecker drückte Hirschmeier die Hand.

»Genosse Hirschmeier, Sie sind sich hoffentlich der hohen Verpflichtung bewußt, die Sie soeben übernommen haben. Sie machen sich damit um unser sozialistisches Vaterland verdient. Um das ganze Deutschland. Ich setze hohe Erwartungen in Sie. Vor allem vertraue ich darauf, daß Sie den Auftrag mit allem Pflichteifer, notfalls unter Einsatz Ihres Lebens, vollständig, pünktlich und ordnungsgemäß ausführen.« Honecker senkte seine Stimme, die zuletzt etwas lauter und eindringlicher geworden war, und setzte ein gewinnendes Lächeln auf. »Es ist eine große persönliche Chance für Sie, Genosse Hirschmeier. Sie können Geschichte machen.« Und nach einer kurzen Pause, in der er den Oberleutnant ruhig und forschend betrachtete, fügte er hinzu: »Haben Sie noch irgendwelche Fragen«?

Hirschmeier war, als erwache er aus einem tiefen Traum. Er schüttelte die Erstarrung ab, die ihn in den letzten Minuten befallen hatte. Seine Gegenfrage klang etwas hilflos.

»Wann soll es denn sein . . . und wie . . . und wo?«

»Sie fragen nach dem Wo, Wie und Wann«, antwortete ihm General Orgass. »Verständlich, aber schwer zu sagen. Das hängt von den Moskauer Entscheidungen ab. Wie gesagt, die Angriffsbefehle sind noch nicht unterzeichnet. Wir rechnen mit Ende Juni. Wir denken, daß die Übergabe der Botschaft des Genossen Honecker an Bundeskanzler Schmidt kurz vor Beginn der ›Operation Heimkehr‹, nicht später als sechs Stunden zuvor erfolgen sollte. Sie müssen deshalb kurzfristig einsatzbereit sein. Ihr Führungsoffizier ist Generalleutnant Leonhard vom Kommando Luftstreitkräfte Eggersdorf. Verbindungsoffizier ist Oberleutnant Ritter – Sie kennen ihn ja.« General Orgass führte die Faust zum Mund und hüstelte. Dann sagte er: »Ihr Projekt ›Amsel‹ wird mit sofortiger Wirkung der Jagdfliegerdivision Neubrandenburg unterstellt, die von Generalmajor Dennewitz befehligt wird. Genosse Leonhard, Genosse Ritter und Genosse Dennewitz werden in Ihren Auftrag eingeweiht. Gegenüber jedem anderen Genossen haben Sie absolutes Stillschweigen zu bewahren.« Orgass hüstelte. Er hatte seine Jovialität vollkommen abgelegt und kehrte nun den Befehlshaber heraus. »Außer gegenüber dem Staatsratsvorsitzenden, natürlich, und mir«, setzte er hinzu, als hätte das noch einer besonderen Erwähnung bedurft.
Bis zu diesem Augenblick hatte Honecker den Weisungen des Generals schweigend zugehört. Jetzt legte er seinem Freund beschwichtigend die Hand auf den Arm und sagte: »Ich glaube, wir sollten dem Genossen Hirschmeier die Hintergründe erklären. Hören Sie. Das Projekt ›Amsel‹ wird deshalb einem Divisionskommandeur unterstellt, weil seine Durchführung im Bereich der Verwaltung Aufklärung nicht mehr gewährleistet ist. Wie Sie ja wissen, sollen mit Hilfe der Flugkörper im Kriegsfall Waffen und Sprengmittel an unsere Agenten in der BRD weitergeleitet werden, da-

mit diese hinter den Linien der NATO mit Sabotageakten und Sprengstoffanschlägen Verwirrung stiften. Daran sind wir aber unter den gegebenen Umständen nicht interessiert. In Anbetracht meiner persönlichen Botschaft an den Bundeskanzler könnte das von den Behörden der BRD, vor allem von der Bundesregierung und den Bonner Parteien, falsch verstanden werden. Da sich die unverantwortlichen Elemente der ›Kreml-Fraktion‹ überall eingeschlichen haben, sitzen sie auch in der Verwaltung Aufklärung, die ja für das ›Amsel‹-Projekt bisher zuständig war. Diese Zuständigkeit habe ich ihr ab heute entzogen. Außerdem haben wir die Serienproduktion nach Magdeburg verlegt. Dort ist sie vor unbefugten Händen sicher. Ohne den Zugriff auf den Flugkörper ist die Zielplanung der Verwaltung Aufklärung praktisch wertlos.«
Honecker setzte wieder sein dünnes Lächeln auf. Sobald das Gespräch auf operative Einzelheiten gekommen war, vor allem auf das Projekt »Amsel«, hatte sich Oberleutnant Hirschmeier wieder auf vertrauterem Boden gefühlt. Aber zu vieles war ihm noch unklar. Er hielt die Zeit für gegeben, ein paar Fragen zu stellen – vor allem danach, wie die Kontaktaufnahme zwischen ihm und diesem Bundeskanzler Schmidt eigentlich stattfinden sollte.
»Soll sie in Bonn erfolgen?«
»Auch das wissen wir noch nicht genau«, sagte General Orgass. »Das hängt von den Plänen Schmidts ab. Wir wissen, daß er sich Ende Juni auf jeden Fall in der BRD aufhalten wird. Das heißt, Sie brauchen ihm nicht ins Ausland nachzureisen.« Orgass' Miene wurde etwas freundlicher. »Aber wir wissen noch nicht definitiv, ob er dann bereits Urlaub am Brahmsee macht – der liegt in der Nähe von Hamburg, nördlich, glaube ich – oder ob er noch in Bonn ist. Das hängt von der endgültigen Terminierung der ›Operation Heim-

kehr‹ sowie von der internationalen Lage ab. Sie müssen sich auf beide Möglichkeiten einstellen.«
»Auf jeden Fall ist es entscheidend«, mischte sich Honecker ein, »daß Sie meine Botschaft einem Herrn aus der engsten Umgebung Schmidts aushändigen. Aus der Ära Guillaume haben wir noch Kontakte zum Bundeskanzleramt. Wir werden Ihnen zum gegebenen Zeitpunkt eine geeignete Person nennen.«
»Die Einzelheiten Ihres Einsatzes«, sagte Orgass, »besprechen Sie bitte mit Generalleutnant Leonhard, Ihrem künftigen Dienstvorgesetzten beim Kommando Luftstreitkräfte Eggersdorf. Haben Sie bei der Jagdfliegerdivision Neubrandenburg Probleme mit dem Projekt ›Amsel‹, wenden Sie sich an Generalmajor Dennewitz.«
»Ja, und die Botschaft, ich meine, die Botschaft, die ich überbringen soll?« Hirschmeier war von dem organisatorischen Aufwand etwas verwirrt. Offenbar war die »Kreml-Fraktion« doch nicht so klein.
»Die werden wir Ihnen rechtzeitig zukommen lassen.« Honecker lächelte und hatte dabei erstmals seine Zähne entblößt. Es sollte wohl ein aufmunterndes Lächeln sein.
Orgass war inzwischen zur Tür gegangen. Honecker drückte Hirschmeier lange die Hand.
»Machen Sie's gut, Genosse Hirschmeier! Sie tragen jetzt eine große Verantwortung für die Deutsche Demokratische Republik, für unser sozialistisches Vaterland, für Deutschland.« Er nickte leutselig mit dem Kopf.
Hirschmeier hatte noch einmal Haltung angenommen, grüßte militärisch und verließ das Zimmer. Eine Ordonnanz nahm ihn im Vorraum in Empfang.
Wenig später saß er im Erdgeschoß Generalleutnant Leonhard gegenüber. Allmählich rundete sich sein Bild. Er sollte über eine Agentenschleuse im Ratzeburger See in die Bun-

desrepublik eingeschleust werden und sich auf einer Jacht namens »Poseidon« im Bootshafen von Pogeez einfinden, wo ihn ein V-Mann mit westlicher Zivilkleidung erwarten würde.
Die Botschaft Honeckers würde ihm entweder Leonhard persönlich aushändigen oder durch Ritter überbringen lassen. Bis dahin würde Hirschmeier in Eggersdorf stationiert sein, wo er sich unauffällig zur Verfügung halten konnte. Besondere Verhaltensregeln wurden ihm, da er nicht verheiratet war, nicht auferlegt.
Was Hirschmeier jedoch am meisten interessierte, erfuhr er nicht: Den Inhalt von Honeckers Botschaft an Schmidt. Möglich, daß der auch Leonhard nicht bekannt war, nicht einmal dem Sinne nach. Auch der Zweck seines Kurierdienstes wurde ihm nur in Umrissen klar. Wahrscheinlich sagte man ihm absichtlich nicht die volle Wahrheit. Denn was er nicht wußte, das konnte er auch nicht preisgeben – eine einleuchtende Logik, die Hirschmeier aber aus persönlichen Gründen als unbefriedigend empfand.
Offenbar ging es darum, dem Kanzler der BRD ein bestimmtes Signal zu übermitteln, das ihn über die Haltung des Staatsratsvorsitzenden zur »Operation Heimkehr« informieren sollte. Ein Signal »auf Leben oder Tod«, wie sich Leonhard etwas pathetisch ausdrückte. Schließlich gehörten die beiden deutschen Staaten zwei gegensätzlichen Gesellschafts-, Wirtschafts- und Bündnissystemen an. Und Honecker hatte nichts davon gesagt, daß sich das ändern würde. Wie sollte es auch! Vor allem aber: Wodurch konnte die Bundesrepublik dazu beitragen, daß sich die Deutsche Demokratische Republik einer Teilnahme an der »Operation Heimkehr« entzog?
Als sie bei diesem Punkt ihres Gespräches angekommen waren, zog Leonhard ein Notizbuch aus der Tasche, dessen

hinterer Teil einen kleinen Atlas enthielt. Eine der Landkarten im Westentaschenformat zeigte die politische Gliederung Europas vom Atlantik bis zum Ural, also einschließlich eines Teiles von Rußland. Nur Amerika war nicht darauf.

»Sehen Sie sich die Karte an, Hirschmeier!« Dem Oberleutnant gefiel die unkomplizierte Art Leonhards. »Können Sie sich das nicht denken?«

Hirschmeier betrachtete die Karte. Die beiden Paktsysteme stießen in Deutschland aufeinander. Es würde das künftige Schlachtfeld abgeben – oder einen Puffer.

»Meinen Sie wirklich?« Hirschmeier wagte Leonhard gar nicht anzuschauen, so verwegen kam ihm der Gedanke vor. Aber nach dem, was er in der letzten Stunde erlebt, was er von Honecker und Orgass gehört hatte, hielt er jetzt fast alles für möglich.

»Das wäre ja kaum auszudenken.« Schon der Gedanke daran schien absurd – und doch war es die vernünftigste Sache der Welt.

Leonhard hatte das Notizbuch wieder eingesteckt.

»Wenn sich die Deutsche Demokratische Republik und die BRD aus der kommenden Auseinandersetzung heraushalten, findet sie nicht mehr statt – sozusagen mangels Masse. Oder meinen Sie, daß sich Amerikaner und Russen auf deutschem Boden gegenseitig bekriegen – gegen den Willen der Deutschen?«

Hirschmeier starrte Leonhard entgeistert an. Ob das, was der Generalleutnant da sagte, möglich oder unmöglich war, realistisch oder undurchführbar, konnte er im Moment nicht übersehen. Aber der Grundgedanke leuchtete ihm ein. Wenn die Deutschen nicht mitmachten, fand der nächste Weltkrieg nicht statt – wenigstens nicht auf deutschem Boden.

»Aber wie können sich die beiden deutschen Staaten ihren

Bündnispflichten entziehen, wenn Russen und Amerikaner auf der Erfüllung dieser Pflichten bestehen?«

Der Generalleutnant zuckte mit den Achseln. Er war von Natur aus skeptisch. Außerdem war er selbst nicht über alles informiert.

»Das weiß ich auch nicht genau«, sagte er gedehnt. »Lassen wir den Honecker und den Schmidt nur erst einmal machen.«

Die nächsten vierzehn Tage hatte Hirschmeier dann beim Kommando Luftstreitkräfte in Eggersdorf verbracht, einem Ort zwischen Berlin und Strausberg. In Strausberg residierte die Verwaltung Aufklärung. Wenn es stimmte, daß die »Kreml-Fraktion« dort wirklich einen starken Rückhalt besaß, lagen zwischen Eggersdorf und diesem Ort nicht nur ein paar Kilometer, sondern Welten. In Eggersdorf wurde jedenfalls ziemlich ungeniert an Plänen gearbeitet, die darauf abzielten, die Luftstreitkräfte der DDR möglichst schnell wieder aus der »Operation Heimkehr« herauszuziehen. Dem sollten die Land- und Seestreitkräfte folgen.

In der Eggersdorfer Kaserne hatte man dem jungen Oberleutnant ein Zimmer gleich neben den Diensträumen des Generalleutnants Leonhard angewiesen, der für die fliegertechnischen Bataillone und für Versorgungseinrichtungen der Bodenorganisation zuständig war. Offiziell war Hirschmeier mit Organisationsplänen für das Projekt »Amsel« befaßt, aber die meiste Zeit verbrachte er damit, sich über die Gegebenheiten in der Bundesrepublik zu informieren, was ihm im Ernstfall ein möglichst reibungsloses Vorankommen gewährleisten sollte. Einmal war er auch beim Kommando der Grenztruppen, um Näheres über die Gegebenheiten im Raum Neuhof-Ratzeburg-Pogeez zu erfahren.

Dann klingelte eines Tages in seinem Zimmer das Telefon.

Am Apparat war Ritter. In dem ziemlich belanglosen Gespräch, das sich um gewisse Mängel der Büroausstattung drehte, fiel beiläufig auch eine Bemerkung Ritters über »Briefklammern«. Das war das verabredete Stichwort. Hirschmeier wußte, was die Stunde geschlagen hatte. Er hatte sich inzwischen an seine Rolle als Geheimnisträger und als persönlicher Sonderemissär des Staatsratsvorsitzenden gewöhnt. Wenn man nicht gerade daran dachte, merkte man davon ja im Alltagstrott nicht viel. Nur daß an seiner Mission praktisch das Schicksal von Millionen Menschen hängen sollte, wollte ihm nicht in den Kopf. Ein solcher Gedanke hätte ihn überfordert, hätte ihn um den Schlaf gebracht, ja möglicherweise sogar in den Wahnsinn getrieben. Ein gnädiger Mechanismus seiner Psyche hatte diesen Gedanken verdrängt.

Hirschmeier hatte Befehl, sich auf das Stichwort Ritters hin sofort zur ersten Jagdfliegerdivision in Neubrandenburg zu begeben. Dort würden ihm die Botschaft Honeckers an Schmidt und nähere Weisungen ausgehändigt werden. Von dort aus sollte auch sein Weitertransport an die Staatsgrenze erfolgen; dies alles unter dem Vorwand dringender Vorarbeiten für das »Amsel«-Projekt.

Als Hirschmeier das nüchterne Vorzimmer von Generalmajor Dennewitz betrat, wurde er bereits erwartet. Ritter unterhielt sich gerade mit einem der Schreibsoldaten. Als er Hirschmeier bemerkte, begrüßte er ihn mit großer Herzlichkeit. Die beiden jungen Männer, keiner älter als fünfundzwanzig, unverheiratet und ganz von ihrer Aufgabe in Anspruch genommen, empfanden eine große Sympathie füreinander. Sie betraten das Zimmer des Generalmajors und schlossen die Tür fest hinter sich.

Der General, ein Mittfünfziger von sportlicher und kraftvoller Erscheinung, begrüßte die beiden jungen Offiziere

mit Handschlag. Er hielt nicht viel von übertriebener Förmlichkeit, vor allem dann nicht, wenn es um wichtige Dinge ging. Die drei nahmen in der Besprechungsecke Platz, die aus einem hölzernen Tisch und drei ebensolchen Stühlen bestand. Ihre Unbequemlichkeit wurde von einer mit grünem Kunststoff überzogenen Polsterung gemildert. Ritter hatte eine schmale Aktenmappe auf den Tisch gelegt, der er jetzt mit einer gewissen Feierlichkeit einen größeren braunen Umschlag entnahm. Mit dem Zeigefinger riß er das Kuvert auf. Zum Vorschein kam eine Art Gehänge, das von ferne an einen Brustbeutel erinnerte. Er hatte das Format eines normalen Briefumschlags und hing an einer Kette.
Wortlos schob Ritter den Gegenstand über den Tisch. Er schien aus Plastikmaterial zu sein.
»Das ist das Corpus delicti.« Dennewitz griff sich das taschenähnliche Behältnis und hielt es gegen das Licht. »Der Brief scheint eingeschweißt zu sein.«
Tatsächlich hatte die undurchsichtige Plastikhülle dort, wo man den Inhalt vermuten konnte, eine hellere Färbung. Die Ränder, an denen die Kette befestigt war, schienen fest versiegelt.
»Das Ganze ist eben wasserdicht«, versuchte Hirschmeier zu scherzen. Warum konnte es nicht ein einfacher Briefumschlag sein? Schließlich würde er ja einen Kampfschwimmeranzug tragen.
Ritter war vor Erregung blaß. »Ich habe Nachricht vom Genossen Orgass: Die Angriffsbefehle trafen gestern terminiert und unterzeichnet in Ost-Berlin ein. Angriffsbeginn: 30. Juni, 4 Uhr früh, durch überraschende Vorstöße aus dem Stand. Als erstes wird West-Berlin genommen, gleichsam als Pfand. Die Botschaft, Genosse Hirschmeier, muß am Abend vorher, spätestens um zweiundzwanzig Uhr, beim Bundeskanzler sein.«

Hirschmeier war hellwach. Er wunderte sich nur, daß er nicht einmal einen Anflug von Panik empfand. »Wo wird sich der Bundeskanzler dann aufhalten?«

»Schmidt nimmt am Nachmittag am Festakt anläßlich einer europäischen Konferenz der Stromversorgungsunternehmen teil. In der Bonner Beethovenhalle. Anschließend ist Pressekonferenz, dann Empfang. Der Empfang beginnt um neunzehn Uhr dreißig. Schmidt hat sein Kommen zugesagt. Bis dahin müßten Sie die Botschaft längst losgeworden sein.«

»Losgeworden? Aber wie? Wem soll ich sie denn übergeben?« Jetzt wurde auch Hirschmeier ein wenig nervös.

»Wir haben drei Kontakte für Sie vorbereitet. Der eine ist der Deutschlandpolitische Referent im Bundeskanzleramt, Ministerialdirektor Christoph Pfleger, Nummer zwei ein Mann aus dem Bundespresseamt namens Markus Kröger und der dritte jemand aus dem Parteivorstand der SPD – den Namen habe ich im Moment vergessen. Verzeihen Sie, es steht alles hier drin.«

Ritter holte aus seiner Mappe eine schmale Akte, die er Hirschmeier übergab. Der überzeugte sich mit einem kurzen Blick, daß alles Wichtige vorhanden war. Vor allem die Fotos, gute Fotos. Ohne die wäre er aufgeschmissen.

»Diese drei Kontaktpersonen wissen nur ganz allgemein Bescheid, daß sie am 29. Juni sehr wichtigen Besuch aus Ost-Berlin erhalten werden, der den Bundeskanzler interessieren wird. Wie man das eben so macht, ohne zuviel zu verraten. Ich kenne mich da auch nicht so aus. Besonders wurde der Kanzlerreferent Pfleger vorgewarnt. Er ist Ihr eigentlicher Kontaktmann. Er hält sich an diesem Abend bereit, um Sie in seiner Wohnung zu empfangen. Es steht alles in Ihrer Akte. Sie sollten sie lieber vernichten, sobald Sie sich ihren Inhalt eingeprägt haben.«

Generalmajor Dennewitz hatte das Gespräch aufmerksam verfolgt. »Welche Befehle wurden für die organisatorische und technische Durchführung der Aktion gegeben?«
Ritter holte eine andere Akte aus seiner Mappe. Er überreichte Dennewitz die Papiere. Der Generalmajor setzte sich seine Brille auf und vertiefte sich in das Studium der Akte.
»In Kürze«, fuhr Ritter, an Hirschmeier gewandt, fort, »ist der Ablauf folgender: Einstieg in den See bei Dunkelheit am 27. Juni nach zweiundzwanzig Uhr. In Pogeez auf der ›Poseidon‹ treffen Sie am nächsten Tag gegen siebzehn Uhr unseren V-Mann Siegfried Drahws mit westlichen Klamotten. Weiterfahrt mit Drahws per Auto nach Hamburg, wo Sie übernachten. Am nächsten Morgen mit dem Intercity nach Bonn, alles wie besprochen. Das Zimmer in der Hotelpension ist bereits unter Ihrem Namen gemietet.«
Hirschmeier atmete erleichtert auf. Seit den letzten Vorbesprechungen mit Leonhard hatte sich nichts geändert.
Der Generalmajor erhob sich und schob mit den Kniekehlen energisch seinen Stuhl zurück. »Genossen, an die Arbeit. Der Krieg steht vor der Tür!«
Ritter und Hirschmeier antworteten mit einem nervösen Lachen. Die Anspannung, unter der die drei Männer standen, war jetzt beinahe mit Händen zu greifen.
»Halt, einen Moment.« Hirschmeier war noch etwas Wichtiges eingefallen. »Was geschieht, wenn der Angriff in allerletzter Minute abgeblasen wird?«
»Steht alles in Ihrer Mappe.« Ritter legte Hirschmeier beruhigend seine Rechte auf die Schulter. »Sie werden in Ihrem Bonner Hotelzimmer ein Radio mit einem Kurzwellensender vorfinden. Wir stehen also bis kurz vor Ihrer Kontaktaufnahme miteinander in Verbindung. Die Mobilmachungspläne der ersten Stufe laufen ab 29. Juni, sechs Uhr,

die der zweiten ab vierzehn Uhr. Ab zwanzig Uhr ist eigentlich kaum noch etwas zu machen, weil da in Berlin schon kleinere Aktionen stattfinden. Wenn Sie Pfleger treffen, tickt die Bombe, und niemand kann sie dann noch entschärfen.« Ritter senkte den Blick. Dann setzte er hinzu: »Außer Honecker und Schmidt, vielleicht.«

10. Die Genossen im Westen

Das Boot schaukelte sanft. Die Wärme in der Koje tat Hirschmeier gut. Draußen war alles ruhig. Es mochte auf Mitternacht zugehen. Wo blieb nur dieser Siegfried Drahws? Er wurde unruhig. Irgendwie mußte er ja nach Hamburg kommen, um am nächsten Morgen den Intercity nach Bonn zu kriegen. Am Abend wollte er dann Pfleger den Brief Honeckers übergeben, vor Beginn der »Operation Heimkehr« – spätestens sechs Stunden zuvor. In etwas mehr als vierundzwanzig Stunden würde sie anlaufen. Er hatte nicht mehr viel Zeit.
Hirschmeier hatte sich inzwischen erhoben und war zum Eisschrank gegangen. Er hatte Durst. Er fand eine Cola-Dose, öffnete sie und ließ das Getränk in seine Kehle schäumen. Diese Dose noch – dann mußte er weiter. Er mußte die Initiative ergreifen, sich auf eigene Füße stellen, den Auftrag eben auf sich allein gestellt ausführen, wenn dieser Drahws nicht kam.
Noch während er sich am Eisschrank zu schaffen machte, schlug draußen auf dem Parkplatz hinter dem Steg eine Autotür. Im Laufschritt näherte sich jemand dem Boot, sprang herüber und schob die Kajütentür auf.
»Hallo, da sind Sie ja«, sagte ein junger Mann in Jeans und Polohemd und zwängte sich durch den Spalt herein. »Ich bin Siegfried Drahws. *Sorry,* aber ich hatte eine Panne.«

Hirschmeier musterte sein Gegenüber mit einer gewissen Skepsis. Einer von diesen typischen Westlern: Bart, Nickelbrille und Wuschelhaar, vermutlich ein Student. Und dem sollte er sich anvertrauen? »Hirschmeier«, sagte er und reichte Drahws zögernd die Hand. »Am besten sollten wir gleich losfahren, damit ich mich noch ein bißchen aufs Ohr hauen kann.«

»Dann fahren wir gleich über Schwarzenbek. Die Klamotten kriegen Sie in Hamburg.« Drahws hatte sich schon wieder zum Gehen gewandt. Er schien keinerlei Fragen zu haben und nicht einmal Lust, hier mitten in der Nacht einen wildfremden Menschen abzuholen. Wahrscheinlich hatte man ihm gar nicht gesagt, wie wichtig sein Fahrgast war.

Drahws fuhr einen nagelneuen weißen Opel Rekord. Hirschmeier wunderte sich: So neu und schon eine Panne? Sie hatten auf den Vordersitzen Platz genommen. Das Armaturenbrett war schwarz überzogen. Die Instrumente leuchteten in einem matten Grün. Es war jetzt genau vierundzwanzig Uhr. Diese Autos – wenn es im Westen nicht diese Autos gäbe, wenn nicht jeder ein Auto hätte, wenn man nicht jedes x-beliebige Auto zu jedem x-beliebigen Zeitpunkt kaufen könnte, wäre der Westen nur halb so attraktiv, dachte Hirschmeier. Drahws fuhr auf der B 207 über Buchholz, Einhaus, Ratzeburg am Westufer des Sees entlang. Zu dieser späten Stunde war der Verkehr hier gleich Null. Die nächste größere Stadt war Mölln, die Stadt Till Eulenspiegels. Das hatte sich Hirschmeier angelesen. Die Strecke war kurvenreich und hügelig – ähnlich wie ein paar Kilometer weiter östlich bei Werbellin.

Drahws betrachtete seinen Fahrgast verstohlen von der Seite. Sah merkwürdig aus; hatte auf der Stirn einen dunklen Fleck. Das konnte eine frische Narbe sein. Dazu die merkwürdige Lodenjoppe und die Schlotterhosen; unrasiert war er auch. Drahws hatte heute mittag den Anruf bekommen. Einer der Genossen hatte ihm gesagt, er solle gegen siebzehn Uhr diesen Typen vom Ratzeburger See abholen. Es sei irgendwie dringend und unheimlich wichtig, vor allem für die DKP. Aber dann hatten sie ihn wieder angerufen und gesagt, er solle erst später losfahren – da wären noch verschiedene Dinge unklar, und er solle sagen, falls der Typ dann schon da sei, er habe eine Panne gehabt.

Drahws studierte im achten Semester politische Wissenschaften. Vor drei Jahren war er der DKP beigetreten, um etwas für die Arbeiterklasse zu tun und für alle Unterdrückten dieser Erde. Er haßte die Reichen und die Großen am Schalthebel der Macht, vielleicht, weil er aus der sogenannten unterprivilegierten Schicht stammte, einer Arbeiterfamilie aus Hamburg-Barmbek. Jedenfalls fand er alles maßlos »beschissen«. Karl Marx und Friedrich Engels, von denen er viel gehört, aber wenig gelesen hatte, waren seine politischen Leitbilder.

In Bergedorf, wo die B 207 auf die B 5 trifft, erreichte der Wagen das Hamburger Stadtgebiet. Nun ging es auf einer Schnellstraße zügig voran bis in die Innenstadt. Drahws fuhr ständig schneller als die erlaubten sechzig Stundenkilometer, die Eiffestraße entlang, am Hauptbahnhof vorbei, über die Ost-West-Achse Richtung Altona. Er schien ein sicherer Fahrer zu sein, und Hirschmeier bedauerte es, daß er so wenig von Hamburg sah.

In Ottensen verlor sich die Fahrt in einem Gewirr winkeliger Straßen, die durch einen älteren Stadtteil führten.

»So, hier ist Mottenburg«, sagte Drahws. Er lächelte gewinnend. Die beiden hatten unterwegs so gut wie gar nicht miteinander gesprochen. Hirschmeier schätzte Drahws auf Mitte Zwanzig, etwa so alt, wie er selbst war. Aber was hatten sie sonst miteinander gemeinsam?

Der Wagen kam vor einem älteren Mietshaus zum Stehen. Im Parterre war ein Firmenschild SCHUHSALON.
»Hier ist es«, sagte Drahws und hielt an. Hirschmeier war gespannt, wo er, völlig übermüdet, heute nacht würde schlafen können. Sie kletterten die alte Stiege hinauf. Es war stockdunkel im Haus. Oben klingelte Drahws an einer Tür. Sie wurde sofort von innen geöffnet, als habe man auf das Zeichen gewartet.
Das Ganze schien ein Büro zu sein, oder war es doch eine Wohnung? Die Möbel in dem Zimmer, das Hirschmeier vom Eingang aus einsehen konnte, deuteten auf eine Wohnung hin: ein Eßtisch, vier Stühle, eine Anrichte, Blumenvase, Tassen hinter Vitrinenglas. Andererseits stand im Flur ein Aktenschrank. Eine Neonröhre brannte hoch und kalt an der Decke.
Der nichtssagende Mann, der ihnen geöffnet hatte, schien kein Bewohner dieser Behausung zu sein. Er wirkte fremd in ihr, wie ein Pförtner. Er deutete mit einer scheuen Handbewegung auf eine Tür schräg gegenüber, die geschlossen war. Er fragte Hirschmeier nicht einmal, ob er die Jacke ablegen wolle. Drahws verzog sich in eines der Zimmer.
Eine gewisse Befangenheit überkam den Oberleutnant. Er machte einen Schritt in Richtung auf die geschlossene Tür und drückte die Klinke hinunter. Als er eintrat, erhoben sich hinter einem großen, runden, leeren Tisch, den eine tiefhängende Lampe beleuchtete, zwei Männer. Er konnte zunächst nur ihre Bauchpartien sehen. Die Konturen ihrer Oberkörper und ihre Gesichter verloren sich im Halbdunkel des Schattens, den der breite Lampenschirm warf. Jetzt traten die beiden aus dem Schatten hervor.
Der eine, groß und hager, mit eingefallenem Gesicht, trug einen beigefarbenen Rollkragenpulli und eine Glencheck-Hose, kein Jackett. Der andere Mann war kleiner, etwas kor-

pulent, nicht unsympathisch. Er trug einen Anzug und ein offenes Sporthemd. Er kam mit ausgestreckter Hand auf Hirschmeier zu.

»Willkommen, Genosse Hirschmeier. Wir haben schon auf dich gewartet.« Und mit einem listigen Lächeln fügte er hinzu, indem er die Stimme dämpfte: »Wir haben es schon gehört, morgen geht's los.«

Hirschmeier blieb wie angewurzelt stehen. Die verschiedensten Gedanken schwirrten durch seinen Kopf, verdichteten sich zu bestimmten Kombinationen, die im nächsten Moment wieder von neuen Gedanken umgestoßen wurden. Ihn befiel ein Gefühl der Angst. »Morgen geht's los« – was sollte das bedeuten? Wußten diese beiden Männer von der anlaufenden »Operation Heimkehr«? Wer hatte ihnen davon erzählt? Woher kannten sie den Termin, wenn ihn die DDR-Führung wie ein Staatsgeheimnis hütete?

»Einen Teil der Sachen haben wir ja schon bekommen«, sagte der hagere Mann. Er stand wieder im Halbschatten der Lampe. Seine Stimme klang rauh und außerordentlich kühl. »Aber die zweite Lieferung kam hier nicht an.«

Hirschmeiers Augen gingen von einem zum anderen. Er versuchte, die beiden Männer einzuschätzen. Er wußte von ihnen lediglich, daß sie für den Staatssicherheitsdienst der DDR arbeiteten. Mehr hatte Leonhard nicht gesagt. Aber auf wessen Seite standen sie? Mit »Sachen« konnten sie nur die Sprengmittel und Flugblätter meinen, die einen Tag vor Angriffsbeginn per »Amsel« an die DDR-Agenten in der Bundesrepublik abgehen sollten, damit sie hinter den feindlichen Linien die vorgesehenen Objekte zerstören und die Bevölkerung aufklären konnten. Die Zielplanung hatte bei der Verwaltung Aufklärung gelegen. Aber die Ausführung war ihr ja von Honecker entzogen worden und damit auch der Serienbau. Flogen die »Amseln« trotzdem?

Dies alles hatte sich Hirschmeier in wenigen Sekunden überlegt. Der kleine Dicke schüttelte ihm herzlich die Hand. Sie gaben sich sozialistische Bruderküsse auf beide Wangen. Zögernd kam jetzt der hagere Mann mit dem Rollkragenpulli um den Tisch herum. Auch er gab Hirschmeier die Hand, blieb aber auf Distanz.
»Zarscheidt«, sagte er, um sich vorzustellen. Es klang etwas formell. »Und das ist der Genosse Kronenbaum.« Er guckte den Dicken dabei nicht einmal an.
»Was war denn bei euch gestern los?« Der, der sich Zarscheidt nannte, blickte Hirschmeier lauernd an.
»Was soll denn los gewesen sein?«
»Nun, die Sache mit dem Wachtturm?«
»Ach, das. Du meinst die Explosion?«
Der Hagere schaute Hirschmeier weiter prüfend an. Er nickte.
»Ich weiß es auch nicht.« Hirschmeier zuckte mit den Schultern.
»Wir hörten heute morgen, da sei eine ›Amsel‹ dagegen gebrummt.«
Hirschmeier durchzuckte ein eisiger Schrecken. Wieso »Amsel«? Wieso dagegengebrummt? Hatte man die Flugkörper doch auf die Reise geschickt? Wer und warum?
»Irgend etwas stimmt da doch nicht«, sagte jetzt Kronenbaum. »Man muß doch von euch zumindest erwarten können, daß ihr die Dinger technisch beherrscht; daß sie hier ankommen. Wie konnte das denn bloß passieren?«
Hirschmeier zuckte wieder mit den Schultern. Es war nicht nur gespielte Hilflosigkeit.
»Ich meine, eigentlich sind diese Dinger doch programmiert, oder?« Zarscheidt schaute Hirschmeier wieder prüfend an.
Wenn die beiden V-Leute seinen Namen kannten, wußten

sie wahrscheinlich auch, daß er der maßgebliche Mann des »Amsel«-Projekts war. Trotzdem beschloß Hirschmeier, seine abwartende Haltung nicht aufzugeben. »Eigentlich sind sie programmiert«, sagte er. »Aber sie können auch über Sender gesteuert werden.«

»So«, sagte Zarscheidt nur. Er ging wieder an seinen Platz hinter dem Tisch zurück und setzte sich. Im Schein der Lampe konnte Hirschmeier sehen, wie großporig seine Gesichtshaut war. Außerdem hatte er eine Glatze.

»Wer sitzt denn am Sender?«

»Meines Wissens die Verwaltung Aufklärung.«

»Und wer da?«

»Das, Genosse Zarscheidt, weiß ich auch nicht so genau. Das ist, soviel ich weiß, auch geheim.«

»Ja, aber man muß doch von den Genossen in der Verwaltung Aufklärung erwarten, daß sie wenigstens ihr Handwerk beherrschen«, sagte Kronenbaum. Er machte ein ganz bekümmertes Gesicht. »Wir kommen doch dadurch in die allergrößten Schwierigkeiten.«

»Ja«, fügte Zarscheidt gelassen hinzu. »Wir können unseren Auftrag wahrscheinlich nicht mehr ordnungsgemäß ausführen. Vor allem nicht schnell genug.«

»Welchen Auftrag?« Hirschmeier erkannte die Chance, die Gesprächsführung an sich zu reißen und mehr über diese beiden zu erfahren.

»Maschen«, sagte Zarscheidt.

»Maschen?« Hirschmeier hatte diesen seltsamen Namen noch nie gehört. »Wer oder was ist Maschen?«

»Maschen? Europas größter Rangierbahnhof. Neun Kilometer südlich von Hamburg. Eine halbe Stunde von hier über die Autobahn. Täglich können dort bis zu zwölftausend Güterwagen rangiert werden. Wir haben den Auftrag, Maschen lahmzulegen.«

»Ich verstehe«, sagte Hirschmeier. Ihm leuchtete die strategische Bedeutung von Maschen ein. Aber wer, zum Teufel, hatte ihnen den Auftrag gegeben?
»Was heißt lahmlegen?«
»Zerstören. Die wichtigsten Stellwerke zerstören. Dann hat es die NATO mit ihrem Nachschub schwer. Wenigstens hier im Norden.«
»Und wann?«
»Ja, wann? Wir müssen uns nun zusätzlichen Sprengstoff auf dem freien Markt besorgen. Die Ladung einer ›Amsel‹ reicht nicht aus. Ihr hattet uns zwei ›Amseln‹ versprochen.«
»Was heißt ›ihr‹? Mich mußt du davon ausnehmen, Genosse Zarscheidt«, sagte Hirschmeier. »Ich habe mit der Zielplanung und Steuerung nichts zu tun.« Er sagte nicht einmal die Unwahrheit. Er versuchte auf diese Weise, die Hintermänner der beiden Agenten herauszubekommen. Immerhin schienen sie ihm so weit zu vertrauen, daß sie ihn mit ihren Schwierigkeiten vertraut machten. Hirschmeier wollte das ausnutzen, um dem eigentlichen Kern näher zu kommen: Was wußten Zarscheidt und Kronenbaum von seiner Geheimmission? Und standen sie auf seiten der »Kreml-Fraktion«?
»Ist ja schon gut«, sagte Kronenbaum. »Man darf sich wohl auch mal aufregen. Im entscheidenden Moment klappt wieder mal nichts.« Er wischte sich mit einem großen Taschentuch die Stirn, als ob er schwitzen würde, warum nur . . .
»Die Sache mit dem Wachtturm macht einen doch stutzig«, sagte Zarscheidt. Er nahm aus der vor ihm liegenden Pakkung eine Zigarette, zündete sie mit seinem Feuerzeug an und hielt sie mit dem Mundstück Hirschmeier entgegen.
»Rauchst du?«
»Nein, danke.«

Es trat eine kleine Pause ein.
»Wieso stutzig?«
»Na, stell dir das doch mal vor, Genosse Hirschmeier – da schießt man den eigenen Wachtturm ab!« Zarscheidt schüttelte den Kopf. Versonnen sah er den dünnen Rauchfahnen nach, die von der brennenden Zigarette aufstiegen. »Das muß doch ein Vollidiot gewesen sein, der da am Sender saß.«
»Und überhaupt«, fiel Kronenbaum ein. »Wir haben seit gestern morgen den Eindruck, daß irgend etwas nicht stimmt.«
»Was?«
»Im Funkverkehr.«
Wieder trat eine kleine Pause ein. Zarscheidt ergriff das Wort. »So, und du bist also auf dem Wege nach Bonn?« Er schaute Hirschmeier wieder prüfend von unten an. Der Rauch schien dicht an seinen Augen vorbeizuziehen, weshalb er sie leicht zusammenkniff.
»Ja, in ein paar Stunden, mit dem Intercity. Am frühen Nachmittag muß ich dort sein.«
Die drei Männer schwiegen. Es war nicht üblich, sich gegenseitig über den Inhalt seiner Aufträge zu informieren, aber Zarscheidt und Kronenbaum hatten ja schon von ihrem erzählt.
»Darf man fragen, worum es sich handelt?«
Hirschmeier hatte diese Frage erwartet. Er hatte sie schon seit ein paar Minuten erwartet. Er versuchte sie abzuwehren. »Ihr wißt es doch, Genossen – geheim!«
»Na, uns kannst du es doch ruhig erzählen«, drängte Kronenbaum.
Hirschmeier registrierte das Kribbeln in seiner Magengegend. Er wußte, daß er sich jetzt auf hauchdünnem Eis bewegte. »Ich muß zur russischen Botschaft nach Rolands-

eck.« Hirschmeier wunderte sich, wie glatt ihm diese Lüge von den Lippen kam. »Worum es sich im Detail handelt, weiß ich auch nicht genau.«
»Ah, der Kurier des Zaren«, sagte Zarscheidt. Er lächelte ironisch. »Da wirst du aber kaum in dem Zeug auftauchen können, das du jetzt anhast. Die würden dich für einen Strauchdieb halten.«
»Deshalb bin ich ja hier«, sagte Hirschmeier und versuchte, sich keine Unsicherheit anmerken zu lassen. »Wo sind die Klamotten?«
Kronenbaum ging in ein Nebenzimmer. Er kam mit einem Kleiderbündel über dem Arm zurück. Es schien sich um einen leichten Mantel, einen grauen Anzug, Oberwäsche und ein paar schwarze Halbschuhe zu handeln. Die Schuhe hatte Kronenbaum in der Hand. Er hielt Hirschmeier die Sachen wortlos entgegen.
»Wir haben dir ein Hotelzimmer in der Nachbarschaft reserviert«, sagte Zarscheidt, während Hirschmeier die Kleidung entgegennahm. Er erhob sich. »Willst du dich nicht umziehen, bevor wir hinübergehen?«
Hirschmeier nestelte am Kragen seiner Lodenjoppe. Er versuchte, ihn unauffällig zuzuhalten. Daß Zarscheidt und Kronenbaum seine Uniformjacke sahen, zu der die Hosen vom Bauern Rothmann so gar nicht paßten, schien ihm ein unvertretbares Risiko zu sein. Ein solcher Anblick würde unweigerlich neue Fragen auslösen. Das mußte er vermeiden.
»Ich hoffe, es ist kein Grandhotel.«
»Nein, so eine kleine Hotelpension, gleich um die Ecke«, sagte Kronenbaum.
»Na, dann kann ich auch so hinübergehen. Lege mich sowieso gleich hin. Vielen Dank. Bin hundemüde.«
»Wie du willst, Genosse Hirschmeier«, sagte Zarscheidt.

»Aber deine alten Sachen. Was machst du morgen früh mit diesen alten Sachen?«
»Die bringe ich dann vorbei«, antwortete Hirschmeier.
»Geht leider nicht. Morgen früh ist noch niemand hier.«
»Dann nehme ich sie eben mit nach Bonn«, scherzte Hirschmeier. Die Kleiderfrage kam ihm gefährlich vor. Er wollte sie möglichst rasch abschließen. »Vielleicht habt ihr so etwas wie eine Plastiktüte.« Kronenbaum ging wieder in das Nebenzimmer und kam mit einer Plastiktüte zurück. Sie stammte von einem Konfektionshaus.
Die drei Männer gingen hinaus auf den Flur und verabschiedeten sich voneinander.
»Wann geht dein Zug?«
»Um sieben Uhr fünfunddreißig ab Hauptbahnhof.«
»Gut. Drahws wird da sein und dich abholen. Du kannst ihm dann die Tüte geben«, sagte Zarscheidt. Die Zigarette, die er sich noch im Zimmer angesteckt hatte, behielt er dabei im Mundwinkel. Sie tanzte bei jeder Bewegung seiner Lippen auf und ab.
»Dann sehen wir uns morgen nicht mehr?« Hirschmeier sah Zarscheidt an. Er fand ihn ausgesprochen unsympathisch.
»Nein. Genosse Kronenbaum wird dich hinüberbringen.« Zarscheidts Blick heftete sich auf Hirschmeiers hochgeschlossenen Kragen. »Ganz schön zugeknöpft, Genosse Hirschmeier«, sagte er. Es waren seine letzten Worte.
Die Hotelpension »Weißes Pferd« war ein drittklassiges Etablissement. Der Nachtportier begrüßte Hirschmeier mit müder Übellaunigkeit. Hirschmeier erhielt den Schlüssel für das Zimmer siebzehn im ersten Stock. Er begab sich sofort hinauf, nachdem er sich von Kronenbaum verabschiedet hatte.
Es handelte sich um ein von einer trüben Deckenlampe be-

leuchtetes, düsteres Einzelzimmer mit fließend kaltem Wasser. Hirschmeier warf sich vor Erschöpfung rücklings aufs Bett.
Die Begegnung mit den beiden V-Leuten gab ihm zu denken. Hatte er alles richtig gemacht? Die Sache mit der russischen Botschaft war natürlich eine Notlüge gewesen, aber gleichzeitig ein Test. Hätten Zarscheidt und Kronenbaum, von denen der erste zweifellos der intelligentere war, Näheres von Hirschmeiers Auftrag gewußt, hätten sie irgendwie reagiert – wenigstens durch eine Veränderung ihres Gesichtsausdrucks. Hirschmeier hatte genau auf Kronenbaum geachtet, als er das mit der Botschaft sagte. Kronenbaum war der emotionalere Typ. Er hätte bestimmt mit der Wimper gezuckt, hätte er Hirschmeiers Lüge durchschaut. Aber es war auch nicht auszuschließen, daß Zarscheidt mehr wußte als Kronenbaum.
Und was hatte die Sache mit der »Amsel« zu bedeuten? Wer hatte sie gestartet? Vermutlich die Verwaltung Aufklärung – wer sonst. Also mußte die »Kreml-Fraktion« in der Verwaltung Aufklärung auch Macht genug haben, sich den Anordnungen Honeckers zu widersetzen. Der Staatsratsvorsitzende wollte doch vermeiden, daß die Bevölkerung der Bundesrepublik nach dem Anlaufen der »Operation Heimkehr« durch Anschläge auf öffentliche Einrichtungen zusätzlich beunruhigt wurde.
Die Gefahr war auch keineswegs gebannt, denn die erste »Amsel« hatte ja Zarscheidt und Kronenbaum erreicht. Offenbar war die Verwaltung Aufklärung aber bei der Ausführung ihres Vorhabens so behindert worden, daß die zweite »Amsel« ihr Ziel verfehlte ... und den Wachtturm Neuhof traf. Den Wachtturm, unter dem sich gerade er befunden hatte – er, Oberleutnant Hans Joachim Hirschmeier, der technische Leiter des »Amsel«-Projekts.

Bei diesem Gedanken mußte Hirschmeier unwillkürlich lachen. Was für ein Zufall! Was für ein grotesker Zufall! Es war also kein Querschläger von dem Schuß, den die jungen Leute drüben abgegeben hatten, sondern eine seiner gehätschelten »Amseln« gewesen, die diese Wahnsinnsexplosion verursacht und ihn so überraschend in die Bundesrepublik Deutschland befördert hatte.
Aber der Funkkontakt? Hirschmeiers Lachen erstarb bei diesem Gedanken. Irgend etwas stimme nicht im Funkverkehr, hatte Kronenbaum gesagt. Normalerweise standen die Agenten des Staatssicherheitsdienstes mit ihrem Ministerium in Ost-Berlin in Verbindung. Die »Amsel«-Geschichte setzte aber auch einen Kontakt mit der Verwaltung Aufklärung voraus. Schließlich mußten die Agenten ja vorgewarnt werden, damit sie die Flugkörper an den dafür vorgesehenen Landeplätzen bergen konnten.
Hirschmeier wußte, Generalleutnant Leonhard, sein Führungsoffizier in Eggersdorf, hatte die beiden Hamburger über Mittelsmänner im Ministerium für Staatssicherheit anweisen lassen, ihn in Pogeez abholen zu lassen und ihm auf dem Weg nach Bonn weiterzuhelfen. Natürlich ohne Angabe von Gründen. Zarscheidt und Kronenbaum wußten demnach offiziell nichts von seinem Geheimauftrag. Aber sie standen ja mit der Verwaltung Aufklärung in Verbindung, die in der Hand der »Kreml-Fraktion« war. Aus diesem Sachverhalt ergaben sich zwei beunruhigende Fragen: Hatte die »Kreml-Fraktion« von seiner Sondermission schon Wind bekommen? Und hatte sie Zarscheidt und Kronenbaum schon etwas davon wissen lassen?
Wenn beides zutraf, hing das Weitere davon ab, wie sich Zarscheidt und Kronenbaum – eventuell auf Anweisung der »Kreml-Fraktion« – jetzt verhalten würden. Das Benehmen Zarscheidts fand Hirschmeier äußerst merkwürdig. So

überaus ironisch und distanziert. Warum hatte er das Gespräch abgebogen, als Kronenbaum die Unregelmäßigkeiten im Funkverkehr erwähnte? Was sollte der hintergründige Satz »So, und du bist also auf dem Wege nach Bonn?« oder die spöttische Bemerkung über den »Kurier des Zaren«? Und die Anspielung auf den hochgeschlossenen Jakkenkragen? Was wußte Zarscheidt? Stand er auf der Seite der »Kreml-Fraktion«?
Hirschmeier hatte sich wieder erhoben. Die Gedanken ließen ihn nicht zur Ruhe kommen. Er spürte das unbestimmte Gefühl einer Gefahr. Sie schien von Zarscheidt auszugehen. Sicher wußte er mehr, als er zu erkennen gab. Außerdem – was hinderte Zarscheidt daran, noch in dieser Nacht mit der Verwaltung Aufklärung in Verbindung zu treten und sich zu vergewissern, was es mit diesem Hirschmeier auf sich hatte? In der DDR gab es Machtkämpfe, soviel war Hirschmeier klar. Und je länger er darüber nachdachte, desto wahrscheinlicher war es für ihn, daß Zarscheidt und Kronenbaum auf der anderen Seite standen.
Als er im Licht der Neonröhre, die über dem Waschbecken brannte, seine Kleider abstreifte, sah er den Bluterguß. Der bläuliche Schatten zog sich über seine linke Schulter hin. Offensichtlich hatte er eine starke Prellung erlitten, als ihn die Explosion zu Boden warf. Die Schmerzen spürte er noch immer.
Er hatte es seinerzeit, als man ihn über seine Mission unterrichtete, für einen Fehler gehalten, daß man ihn unbemerkt über die »grüne Grenze« bei Ratzeburg schickte. Aber man hatte keine andere Wahl gehabt. Offenbar rechneten Honecker und seine Leute damit, daß es zur Unterbrechung des Reiseverkehrs zwischen der DDR und der Bundesrepublik kommen würde, wenn die »Operation Heimkehr« anlief und sich der politische und militärische Spannungszu-

stand verschärfte. Dies hätte seine Mission blockieren können.
Aber jetzt sah er deutlich, was der halboffizielle Weg für Gefahren barg. Natürlich verfügte die DDR in der Bundesrepublik nur über diesen einen Agentenapparat, der dem Staatssicherheitsdienst unterstand. Leonhard hatte also Zarscheidt und Kronenbaum mit seiner Betreuung beauftragen müssen. Auch hier gab es keine Alternative.
Als großen, weißen Fleck sah er den Brief Honeckers auf seiner Brust. Dieser Brief mußte noch heute den Kanzler erreichen. Auf Tod oder Leben, hatte man ihm gesagt, und Hirschmeier war wirklich bereit, alles zu geben. Der Gedanke an den Krieg ängstigte ihn nun nicht mehr besonders. Er würde ihn kaum verhindern können. Das war Sache der Politik. Aber ihn beschäftigte die Sorge um das Scheitern seiner Mission. Wenn jetzt *noch* etwas schiefging, dazu noch durch seine eigene Unachtsamkeit, würde er es sich nie verzeihen können. Er mußte wachsam sein, umsichtig, entschlossen. Bis jetzt hatte er Glück gehabt. Aber die Begegnung mit Zarscheidt und Kronenbaum konnte von entscheidender, ja schicksalhafter Bedeutung sein.
Wie ein Automat hatte er inzwischen die längst fällige Rasur nachgeholt und sich umgekleidet. Der Anzug, das Hemd, die Krawatte standen ihm gut. Die Schuhe paßten. Einen so schicken Trenchcoat hatte er noch nie besessen. Er war Berufssoldat, Oberleutnant und Junggeselle, hatte kaum Zeit fürs Privatleben. Damals, vor drei Jahren in Bulgarien am Schwarzen Meer, als er da Urlaub machte, die kleine Susanne aus Leipzig, die hatte ihm gefallen. Das waren wunderschöne vierzehn Tage, aber für Susanne war es nur ein Urlaubsflirt . . . Aus und vorbei. Er flüchtete wieder in seinen Beruf als technischer Offizier, der ihn völlig ausfüllte. Aber so auf Dauer ohne Frau?

Wenigstens war er jetzt endlich die Uniformjacke los. Und die Hosen von Bauer Rothmann. Er stopfte die Kleidungsstücke in die Plastiktüte. Zufällig sah er aus dem Fenster auf die beleuchtete Straße hinunter. Seine Augen weiteten sich vor Schreck. Da unten hielt ein weißer Opel Rekord. Der Wagen von Siegfried Drahws! Zarscheidt und Drahws stiegen aus.
Mit eiligen Schritten gingen sie zum Hoteleingang. Hirschmeier faßte nach seiner Dienstpistole. Er hatte sie sich in den Hosenbund gesteckt. Notfalls würde er sich den Weg freischießen.
Auf dem Weg zur Treppe hörte er schon die Geräusche von der Eingangstür im Erdgeschoß. Hirschmeier wich zurück. Auf Zehenspitzen lief er so schnell und so geräuschlos wie möglich den Flur entlang. Das »Weiße Pferd« war ein alter und winkliger Kasten. Hinter einem Mauervorsprung fand er Deckung.
Von hier aus sah er, wie Zarscheidt und Drahws raschen Schrittes zu seinem Zimmer gingen. Sie machten vor der Tür halt. Sie klopften. Als niemand antwortete, drückte Zarscheidt auf die Klinke. Und als das nichts nützte, weil Hirschmeier von außen abgeschlossen hatte, warf sich Drahws gegen die Tür. Vergeblich. Eindringlich rief Zarscheidt: »Genosse Hirschmeier, mach doch auf!«
Der Oberleutnant hatte abgewartet, bis die beiden Stasi-Agenten intensiv mit der Tür beschäftigt waren. Lautlos und mit der Pistole im Anschlag trat er hinter dem Mauervorsprung hervor. Ohne Zarscheidt und Drahws aus den Augen zu lassen, bewegte er sich langsam auf die beiden Männer zu.
»Genosse Hirschmeier, mach keinen Mist!« Zarscheidt drückte sich mit dem Rücken an die Wand. Seine Hände griffen zitternd ins Leere. Drahws, der sich gerade mit der

linken Schulter gegen die Tür stemmte, blieb wie zur Salzsäule erstarrt in dieser Stellung stehen.
»Macht keine Umstände«, zischte Hirschmeier, »sonst mache ich von der Waffe Gebrauch.« Ohne die beiden Agenten aus den Augen zu lassen, schloß er sein Zimmer wieder auf. Er stieß Drahws und Zarscheidt hinein. Sie waren noch immer so verblüfft, daß sie sich nicht wehrten. Hirschmeier schloß in Sekundenschnelle das Zimmer ab und stürzte zum Ausgang.

11. Die Bombe tickt

Als erstes tickerte an diesem Morgen gegen vier Uhr dreißig eine dpa-Meldung über die Fernschreiber der Redaktionen. Sie berichtete von auffälligen Bewegungen der sowjetischen Pazifikflotte gegenüber der japanischen Küste. Am russisch-chinesischen Grenzfluß Ussuri fanden, wie aus militärischen Kreisen Tokios verlautete, größere Manöver der russischen Truppen statt.

Um sechs Uhr mitteleuropäischer Zeit, in Moskau war es bereits sieben Uhr, machten die westdeutschen Rundfunkanstalten ihre Frühnachrichten mit der sogenannten »Moskauer Erklärung« auf. Danach hatten die Partei- und Staatschefs des Warschauer Paktes am Vorabend im Kreml die NATO des »heimtückischen Angriffs« auf den Weltfrieden bezichtigt. Vor allem wurde als »unerträgliche Provokation« kritisiert, daß die Westmächte auf Veranlassung von Präsident Reagan neuerdings ihren gesamten Handels- und Kapitalverkehr mit dem Ostblock eingestellt hatten.

Gegen acht Uhr beschäftigte sich die »kleine Lage« im Bonner Bundeskanzleramt mit noch unbestätigten Berichten über angebliche Truppenbewegungen in Weißrußland und Ostpolen. Von den Fernstraßen rund um Berlin wurde ein ungewöhnlich starker Lastkraftwagenverkehr gemeldet. Angeblich stand eine Schließung aller Grenzübergänge in der geteilten Stadt für die Mittagsstunden bevor.

West-Berlin mit seinen eins Komma neun Millionen Einwohnern saß wie ein kapitalistischer Pfahl im kommunistischen Fleisch der DDR. Es war ein Fremdkörper, der im sozialen Gewebe der DDR gewisse Entzündungen verursachte. Seine Entfernung würde den unablässigen Besucherstrom aus dem Westen kappen, die glorifizierende Berichterstattung der »Bild«-Zeitung über diese »Insel der Freiheit« beenden und den Vorhang vor einem Schaufenster zuziehen, dessen verschwenderische Ausstattung auf den gesamten Ostblock provozierend wirkte. Ein vom Osten besetztes West-Berlin war auch ein willkommenes Faustpfand für Verhandlungen mit dem Westen.

Die strategische Schwäche West-Berlins bestand darin, daß es, wenigstens einhundertdreißig Kilometer von der Ostgrenze der Bundesrepublik entfernt, mitten in der DDR lag. Es gab zwar gewisse Abkommen zwischen Ost und West über die Sicherung der Zufahrtswege zu Lande, zu Wasser und in der Luft. Sie sollten zusammen mit den Anwesenheitsrechten der Amerikaner, Engländer und Franzosen die Lebensfähigkeit West-Berlins garantieren. Aber jeder Vertrag ist am Ende nur ein Fetzen Papier, wenn eine der vertragschließenden Parteien nicht mehr bereit ist, ihn zu respektieren. Und die Westmächte waren mit ihren symbolischen Truppenkontingenten, die sie in West-Berlin unterhielten, im Ernstfall nicht in der Lage, die Teilstadt vor dem Zugriff der russischen Armee und der Nationalen Volksarmee wirksam zu schützen.

An diesem vorletzten Tag des Juni herrschte makelloses Hochsommerwetter über der Mark Brandenburg. Bei Temperaturen von vierundzwanzig Grad Celsius war es schwach windig. Für den späten Nachmittag hatte der Wetterbericht gelegentliche Wärmegewitter angekündigt. Wie immer zu dieser Jahreszeit erreichte der Reiseverkehr neue

Spitzenwerte. Auch auf dem Kurfürstendamm wimmelte es schon am späten Vormittag von Menschen. Und die Teilnehmer der Stadtrundfahrt »Berliner Bär« bemerkten nichts Ungewöhnliches, als ihr Bus gegen elf Uhr in den sowjetischen Sektor hinüberwechselte.

Zwei Mitglieder der US-Militärmission verbrachten den Vormittag damit, in den östlichen Randbezirken Berlins herumzufahren, um die sowjetischen Absichten auszukundschaften. In den letzten Tagen hatte die politische Spannung zwischen Ost und West so zugenommen, daß militärische Gewaltaktionen gegen West-Berlin nicht mehr ganz auszuschließen waren. Das einzige, was die Amerikaner bemerkten, war ein Konvoi der Nationalen Volksarmee, der auf dem Berliner Ring in Richtung Westen fuhr, und eine behelfsmäßige Pontonbrücke, die sowjetische Pioniere über einen Nebenfluß der Havel geschlagen hatten. Über die hohen Mauern, welche die sowjetischen Kasernen im Weichbild Berlins umgaben, konnten die Kundschafter nicht blicken. Doch schien es ihnen, als seien weniger Sowjets als sonst in den Straßen zu sehen.

Gegen dreizehn Uhr erhielt das Polizeirevier in der Stralsunder Straße den Anruf eines besorgten Bürgers: Er höre aus dem benachbarten Ost-Sektor seit einer Stunde das unablässige Dröhnen von Panzermotoren. Ob man der Sache nicht einmal nachgehen könne? Ein Ehepaar aus Freudenstadt im Schwarzwald, das Verwandte in Ostdeutschland besucht hatte, wurde etwa zur gleichen Zeit auf der Verbindungsstraße 10 zwischen Neu-Fahrland und Potsdam von einer Streife der sowjetischen Militärpolizei angehalten. Ein Offizier bedeutete den beiden älteren Leuten ebenso höflich wie bestimmt, daß sie ihre Fahrt bis auf weiteres zu unterbrechen hätten.

Um vierzehn Uhr erhielt in Schwerin die 8. Motorisierte

Schützendivision Marschbefehl. Mit ihren merkwürdig flachen Stahlhelmen, feldmarschmäßig gepackten Tornistern und Kalaschnikow-Maschinenpistolen saßen die jungen Soldaten auf ihren Mannschaftswagen auf. Außerdem wurden große Mengen Stacheldrahtrollen aufgeladen. Ihr Bestimmungsort war Berlin.

Um fünfzehn Uhr kam der AP-Korrespondent Russell Long in sein Büro an der Budapester Straße, um ein paar Meldungen abzusetzen. Er hatte den Vormittag im benachbarten Hilton-Hotel damit verbracht, das »Neue Deutschland« und einige andere Ostberliner Zeitungen zu studieren. Das Interview, das SED-Chef Honecker am Vorabend im Kreml gegeben hatte, nahm fast die ganze Frontseite ein, mit einem Umlauf auf der Seite zwei. Long versuchte, das Parteichinesisch, in dem viel von der »Verwahrung des proletarischen Internationalismus durch die sozialistischen Brudernationen« die Rede war, in ein lesbares Amerikanisch zu übertragen. Ein sonst als gut informiert geltender Kollege der polnischen Nachrichtenagentur PAP hatte Long an der Hotelbar außerdem den Wink gegeben: Es würde sich lohnen, heute abend nach Staaken zu fahren.

Gegen sechzehn Uhr klingelte im Vorzimmer des Regierenden Bürgermeisters, der im Schöneberger Rathaus residierte, das Telefon. Am anderen Ende der Leitung war Jochen Ewald, leitender Senatsdirektor des Verfassungsschutzes. Er sagte der Vorzimmerdame, Frau Kahlert, in gehetztem Ton, daß er Herrn von Weizsäcker eine dringende Mitteilung machen müsse. Frau Kahlert bedauerte, der Regierende Bürgermeister sei gerade in einer Sitzung mit den westalliierten Stadtkommandanten. Daraufhin ließ sich Ewald mit dem Vorzimmer von Weizsäckers Stellvertreter, Bürgermeister Heinrich Lummer, verbinden.

Lummer gehörte wie Weizsäcker der CDU an. Er galt als

entschiedener Anhänger von Ruhe und Ordnung. Bei den Straßenkrawallen um die Hausbesetzungen hatte sich der Senator für Inneres unter den Studenten der Freien Universität wegen des forschen Durchgreifens einen zweifelhaften Ruf erworben. Als er hörte, daß Ewald am Telefon sei, ließ er sich sofort verbinden. Der Senatsdirektor sagte mit kaum verhohlener Erregung: »Die erste Panzerkolonne wurde drüben gesichtet.«
Gegen siebzehn Uhr verkündete die Lautsprecherstimme im Bahnhof Zoo, der Zugverkehr von und nach der Bundesrepublik Deutschland, Skandinavien und Polen sowie der gesamte S-Bahn-Verkehr sei mit sofortiger Wirkung eingestellt. Als Grund wurden gewisse »Maßnahmen« der DDR-Reichsbahn angegeben. Die Reisenden, die auf den Bahnsteigen warteten, wurden aufgefordert, sich in der Bahnhofshalle einzufinden, um sich das Fahrgeld erstatten zu lassen. Man hoffe, ihnen dort Näheres über die Gründe mitteilen zu können.
Um achtzehn Uhr herrschte im Biergarten der Eckkneipe »Strammer Max« in Neukölln wieder einmal Hochbetrieb. Wie immer an so makellosen Sommerabenden hatten sich die Gäste um die viereckigen Gartentische versammelt. Winfried Zamkowski, der Wirt, kam mit dem Einschenken gar nicht so schnell nach, wie die Mollen bestellt wurden. Auch der Bulettenverzehr war Spitze. Da fuhr draußen langsam ein Lautsprecherwagen der Polizei vorbei. Die Passanten wurden mit betont ruhiger Stimme aufgefordert, sich auf dem kürzesten Wege nach Hause zu begeben und die Radio- beziehungsweise Fernsehgeräte einzuschalten.
Ab neunzehn Uhr hatten die Polizeibeamten in Staaken alle Hände voll zu tun, die Autofahrer unter Kontrolle zu halten. Vor zwei Stunden war am Kontrollpunkt per Fernschreiber

die amtliche Mitteilung eingetroffen, die DDR habe die Grenze in beiden Richtungen überall dichtgemacht. Vor einer Stunde war der Autoverkehr aus Richtung Bundesrepublik mit einem Schlage versiegt. Seitdem schwoll der Stau der wartenden Personen-, Lastkraftwagen und Autobusse, welche in die Bundesrepublik fahren wollten, von Minute zu Minute an. Er reichte schon fast bis in die Heerstraße hinunter. Vorne, beim Abfertigungsgebäude, kurz vor Beginn des Niemandslandes, spielten sich erregte Szenen ab. Einige Fernlastwagenfahrer drohten, die Grenzsperren der DDR mit Gewalt zu durchbrechen. Ein Kampfhubschrauber der US-Armee schwebte ein, unternahm aber nichts. Aus dem benachbarten Charlottenburg wurde Bereitschaftspolizei angefordert.

Schon um achtzehn Uhr hatte Bundeskanzler Helmut Schmidt per Telefon mit US-Präsident Ronald Reagan gesprochen. Die beiden Politiker waren sich einig, einer Annexion West-Berlins und allen weiteren Übergriffen des Warschauer Paktes mit Waffengewalt entgegenzutreten. Aus dem Raum Mecklenburg wurden beunruhigende Truppenbewegungen in Richtung auf den Dannenberger Zipfel gemeldet.

Der Bundeskanzler hatte um zehn Uhr vormittags alle Termine abgesagt. Das Bundeskabinett und die Fraktionen der Bundestagsparteien tagten praktisch in Permanenz. Um fünfzehn Uhr war in Brüssel der NATO-Ministerrat zusammengetreten, den der Bundesaußenminister Hans-Dietrich Genscher wegen der Bonner Entscheidungen vorzeitig verlassen mußte. Eine Panzerbrigade der 7. US-Armee befand sich gegen Abend auf der Autobahn im Anmarsch auf Helmstedt. An den Sektorengrenzen im geteilten Berlin gingen die Einheiten der westlichen Schutzmächte mit Panzern und schweren Waffen in Stellung.

Nach der Sitzung des Politbüros ließ sich SED-Chef Erich Honecker gegen sechzehn Uhr in seiner schwarzen Volvo-Limousine zurück in sein Büro als Staatsratsvorsitzender fahren. Als Honecker an diesem schönen Juninachmittag die Prachtstraße Unter den Linden kreuzte, die zum Brandenburger Tor führte, sah er die Sonne noch hoch am Himmel stehen. Die Doppelfunktion als Chef der Sozialistischen Einheitspartei Deutschlands und als Staatsoberhaupt der DDR verlieh dem gelernten Dachdecker aus Neunkirchen an der Saar zwar eine große Macht, aber soeben, bei der sechsstündigen Sitzung des Politbüros, dem Honecker seit 1958 angehörte, hatte er erleben müssen, wie begrenzt diese Macht war.

In seinem Büro, dessen nüchterne Zweckmäßigkeit an die Vorstandsetage eines westlichen Industriekonzerns erinnerte, warteten bereits General Werner Orgass und die Politbüromitglieder Willi Stoph, Paul Verner und Heinz Hoffmann auf Honecker. Ihnen allen war anzusehen, wieviel Nerven die Sitzung gekostet hatte.

»Die besseren Argumente setzen sich eben immer durch, Erich«, sagte Orgass mit seiner tiefen Stimme. Er war wie immer optimistisch.

»Das will ich nicht unbedingt sagen, Werner«, antwortete Honecker, der sich auf seinen Schreibtischsessel niedergelassen hatte. »Am Ende entscheiden die besseren Nerven.«

In der Sitzung des neunzehnköpfigen Politbüros waren die bestehenden Widersprüche und Konflikte innerhalb der SED voll zum Ausbruch gekommen. An der Zweckmäßigkeit und Erwünschtheit der anrollenden »Operation *domoj*« schieden sich die Geister. Eine besonders hitzige Diskussion hatte es um die Frage des Oberbefehls über die Nationale Volksarmee gegeben. Nun ging man die einzelnen Argumente noch einmal durch.

»Gar nicht daran zu deuteln, daß du den Oberbefehl hast, Erich, da war der Genosse Kindermann völlig schief gewikkelt«, sagte Paul Verner, zuständig für Sicherheitsfragen. »Schließlich bist du gleichzeitig Staatsratsvorsitzender und Vorsitzender des Nationalen Verteidigungsrates.«

»Obwohl wir den Begriff des Oberbefehlshabers nicht mehr verwenden«, warf Willi Stoph ein. Der ehemalige Maurer war der Vorsitzende des Ministerrates, der eigentlichen DDR-Regierung. Er hatte als Verteidigungsminister schon unter Honeckers Vorgänger Walter Ulbricht den Aufbau der Nationalen Volksarmee geleitet.

»Aber das sind doch alles nur Nebensächlichkeiten«, meinte Verteidigungsminister Heinz Hoffmann. »Im Grunde geht es doch um etwas ganz anderes: Es geht um die Frage der Macht.«

Honecker nagte nachdenklich an seiner Unterlippe. Seine Gesprächspartner wirkten so, als habe sie Hoffmanns Feststellung erschreckt.

»Natürlich, Heinz, du hast völlig recht«, sagte der SED-Vorsitzende. »Die wollen doch nur die Sache ins Zentralkomitee hinüberziehen. Sonst hat die ›Kreml-Fraktion‹ doch gar keine Chance.«

Tatsächlich bestand die Gefahr, daß derjenige Teil des Politbüros, der auf seiten der Sowjetunion stand und den Angriff auf den Westen befürwortete, sich selbständig machte und eigenmächtig das Zentralkomitee zusammenrief. Diesem Gremium gehörten etwa einhundertdreißig Vollmitglieder und fünfzig sogenannte Kandidaten an. Zwischen den Parteitagen war es das höchste Gremium der SED. Es hatte sogar das Recht, ein neues Politbüro zu wählen.

»Wie schätzt du die Stärkeverhältnisse ein?« Honecker hatte die Frage an Paul Verner gerichtet. Der gebürtige Chemnitzer gehörte dem Zentralkomitee bereits seit 1958 an.

Verner legte seine Stirn in Falten. »Um ehrlich zu sein, Erich, vielleicht fünfzig zu fünfzig. Wir dürfen uns da nichts vormachen.«
»Alles eine Frage der Psychologie«, sagte Orgass. »Am Ende kommt es auf den richtigen Ablauf an. Das wichtigste dabei ist, daß wir handeln, bevor der Oberbefehl an den Oberkommandierenden des Warschauer Paktes übergeht, also bevor der eigentliche Kriegsfall eintritt. Solange haben wir das Heft in der Hand.«
»Ja, Werner, das sagt sich so leicht«, meldete sich der bedächtige Willi Stoph zu Wort. »Solange der Kriegsfall nicht eingetreten ist, können wir eigentlich gar nichts machen. Solange müssen wir mitmachen, damit Moskau keinen Verdacht schöpft.«
»Und solange besteht die Gefahr, daß die ›Kreml-Fraktion‹ doch noch das Zentralkomitee einberuft«, sagte Honecker. »Und dann, liebe Freunde, gute Nacht.«
In diesem Augenblick summte das Telefon, das auf einem kleinen Schränkchen neben Honeckers Schreibtisch stand. Der Staatsratsvorsitzende nahm den Hörer ab.
»Bitte?«
Irgend jemand, den Honecker kannte, schien etwas des längeren und breiteren zu erzählen. Der SED-Chef lauschte wie erstarrt in das Telefon.
»Bist du sicher?«
Sein Gesprächspartner schien noch mehr auf dem Herzen zu haben.
»Aber das ist doch nicht die Möglichkeit!«
Honecker hängte ein und stand abrupt auf.
»Wir müssen uns auf Überraschungen gefaßt machen, Genossen, haltet euch fest. Ich höre eben: Die sowjetische Führung beabsichtigt, weder West-Berlin zu besetzen noch einen Angriff auf die BRD.«

Honecker machte eine wirkungsvolle Pause, Orgass setzte sich stöhnend auf einen Stuhl.

»Die Truppenkonzentrationen rund um Berlin gelten *uns*. Sie haben es erst einmal auf *uns* abgesehen.«

»Wir müssen sehen, daß wir von hier wegkommen«, sagte Verner in die Stille hinein. Er hatte schon im Spanischen Bürgerkrieg auf seiten der Internationalen Brigaden gekämpft und seitdem einen ausgeprägten Sinn für das Praktische.

»Oder über Rundfunk und Fernsehen an das Volk appellieren«, schlug Stoph mit betont ruhiger Stimme vor.

»Aber das bedeutet doch Bürgerkrieg!« Honecker war jetzt ziemlich erregt. Er ging stürmisch im Zimmer auf und ab.

»Ja, mein lieber Heinz, wo steht denn die Nationale Volksarmee? Es scheint, deine Stunde ist gekommen.« Werner Orgass sagte das ohne ironischen Unterton. Trotzdem klang es ein bißchen spitz.

Der Verteidigungsminister, ein ehemaliger Maschinenschlosser, der aus Mannheim stammte, hatte nach seiner Ausbildung an der sowjetischen Militärakademie ebenfalls im Spanischen Bürgerkrieg gekämpft. Nach Gründung der Nationalen Volksarmee war er 1956 Chef der NVA-Landstreitkräfte und Vertreter der DDR im Stab des Oberkommandos des Warschauer Paktes geworden. Obwohl gegen Honecker absolut loyal, galt er nicht als besonders großes politisches Licht.

»Schwer zu sagen«, sagte Hoffmann bedächtig. »Aber ich habe das Gefühl, daß unsere Position in der NVA nie ernstlich gefährdet war. Immerhin stehen der Staatsratsvorsitzende und der Vorsitzende des Ministerrates auf unserer Seite.«

»Der Meinung bin ich auch, Erich«, schloß sich Orgass an. »Wer ist denn diese ›Kreml-Fraktion‹? Wen haben die schon

auf ihrer Seite? Die paar lumpigen Leute aus der politischen Hauptverwaltung, die Verwaltung Aufklärung . . .«
». . . und Mielke, den darfst du nicht vergessen«, warf Stoph ein. Er spielte auf Erich Mielke an, den Chef des Staatssicherheitsdienstes der DDR. Dessen Position im Ostberliner Ränkespiel schien noch ungeklärt.
»Ach, Mielke – schließlich fragen wir noch, wo das ›Neue Deutschland‹ steht . . .«
». . . auch eine wichtige Frage. Du kannst doch so etwas nicht ohne die Massenmedien machen . . .«
»Kinders, das alles sind jetzt zweitrangige Fragen«, unterbrach Honecker den Disput zwischen Willi Stoph und Werner Orgass. »Entweder wir kapitulieren, oder wir entschließen uns zum Widerstand. Die Einzelheiten werden sich dann schon finden.«
Nach einer Pause setzte er hinzu: »Ich bin für Widerstand.«
Inzwischen hatte sich die Tür zum Vorzimmer einen Spalt geöffnet. Ein Referent schaute herein. »Ich glaube, Genosse Honecker, es eilt. Die Wagen stehen schon bereit.«
Honecker wandte sich zur Tür. Im Hinausgehen drehte er den Kopf zur Seite und setzte sein dünnes Lächeln auf. »Wer eine andere Perspektive hat, der kann ja hierbleiben.«
Stoph, Verner, Hoffmann und Orgass drängten hinterher.
Da es in unmittelbarer Umgebung des Gebäudes keine Landemöglichkeit gab, mußte sich die DDR-Führungsgruppe mit dem Wagen in die Spandauer Straße begeben. Dort, nur durch die Spree vom Palast der Republik getrennt – dem noch relativ jungen Parlamentsgebäude der DDR –, wartete der Hubschrauber. Es war ein sowjetisches Modell, dessen Rotoren gerade die ersten Umdrehungen machten.

Mit Honecker und dessen Getreuen an Bord hob das komplizierte Fluggerät kurz darauf ab. Es wurde von einem Piloten der NVA-Luftstreitkräfte gesteuert und entfernte sich Richtung Nordosten, Richtung Stettin/Eberswalde, aus dem Stadtgebiet. Ziel war das Jagdschloß Hubertusstock am Werbellinsee. Sechs Stunden nach Beginn der »Operation *domoj*« sollten sich dorthin auch die Mitglieder des Hauptstabs der NVA – einschließlich des NVA-Stadtkommandanten Berlin und der Befehlshaber der einzelnen Teilstreitkräfte – absetzen, sofern sie nicht mit der Sowjetunion paktierten.

Die vorbereitenden Truppenbewegungen für die »Operation Heimkehr« hatten die Verbände der NVA jedoch gemeinsam mit den sowjetischen Streitkräften durchzuführen, um keinen Verdacht zu erregen. Vorerst lagen die Befehlszentralen für die Absetzbewegung der Nationalen Volksarmee in Neubrandenburg beim V. Armeekorps und in Eggersdorf beim Kommando Luftstreitkräfte, dem die Leitung der Gesamtoperation zugewiesen war.

Als sich im Laufe des Nachmittags der Einschließungsring um Berlin schloß, fing jedoch das Fernmelderegiment in Eggersdorf, das routinemäßig auch den sowjetischen Funkverkehr abhörte, verdächtige Signale auf. Die Funkauswerter setzten die Zeichen zu einem besorgniserregenden Bild zusammen. Danach wurde die sowjetische Panzerdivision, die gegenüber der Sektorengrenze am Brandenburger Tor in Stellung gehen sollte, so verteilt, daß sie in einer schnellen Kehrtwendung auch das Ostberliner Regierungsviertel abriegeln und besetzen konnte. Diese Dislozierung war in den offiziellen Plänen für die »Operation Heimkehr« nicht vorgesehen. Sie hatte gegen siebzehn Uhr die vorsorgliche Evakuierung Honeckers und seiner Freunde nötig gemacht.

Auf diese Weise befand sich die DDR-Führung bereits zu einem Zeitpunkt in ihrer Fluchtburg, als der integrierte Teil der »Operation Heimkehr« noch lief und als die 8. Motorisierte Schützendivision, welche die Verteidigung von Schloß Hubertusstock übernehmen sollte, für diese Aufgabe noch nicht zur Verfügung stand. Deshalb wurde die 9. Panzerdivision des V. Armeekorps im Laufe des Spätnachmittags etwas anders als vorgesehen eingeteilt. Das aber blieb dem Hauptquartier der Gruppe der Sowjetischen Streitkräfte in Deutschland in Berlin-Karlshorst nicht verborgen.
Gegen achtzehn Uhr sprach sich in Ost-Berlin zusätzlich herum, Honecker, Stoph und andere führende Genossen hätten die Hauptstadt der Deutschen Demokratischen Republik mit unbekanntem Ziel verlassen. Stellenweise wurde sogar gemunkelt, sie seien zu Verhandlungen nach Moskau geflogen. Gleichzeitig bereiteten sich Spezialeinheiten der Roten Armee südlich der ehemaligen Reichshauptstadt auf den entscheidenden Schlag gegen West-Berlin vor. Um ihren Erfolg nicht zu gefährden, verzichtete die »Kreml-Fraktion« im SED-Politbüro bis auf weiteres darauf, das Machtvakuum in Ost-Berlin für ihre Zwecke auszunutzen. Das hinderte jedoch den Oberkommandierenden der sowjetischen Streitkräfte in Deutschland, General Jewgeni Iwanowski, nicht daran, seine verstärkte Aufmerksamkeit dem Bereich der 9. Panzerdivision des V. Armeekorps der NVA nördlich von Berlin zuzuwenden.

Im Fraktionssaal der SPD, die im Bonner Bundeshaus tagte, herrschte um achtzehn Uhr fünfzehn dicke Luft. Die Rednerliste umfaßte jetzt noch zweiunddreißig Namen, und siebzehn Genossen hatten schon gesprochen. Der Vorsitzende Herbert Wehner stieß vorne, wo der Vorstand saß, giftige Wolken aus seiner Pfeife aus. Er wollte die Diskussion beenden. Es kam ohnedies nicht mehr heraus als eine Steigerung der Verwirrung.

Wie erwartet, hatte sich die Debatte an dem Problem festgebissen, wie die angemessene Reaktion des Westens auf einen sowjetischen Angriff aussehen solle – vor allem an der Frage, ob notfalls auch taktische Atomwaffen eingesetzt werden sollten. Die Mehrheit der Redner war dagegen gewesen.

In diesem Moment betrat Bundeskanzler Helmut Schmidt den Saal, seine graue Mähne wie immer säuberlich gebündelt und gescheitelt. Obwohl er seit vielen Monaten einen Herzschrittmacher trug, sah man ihm den Streß der vergangenen vierundzwanzig Stunden kaum an. Er begrüßte vorne am Vorstandstisch flüchtig den Parteivorsitzenden Willy Brandt, Wehner und einige andere führende Genossen. Dann ergriff er sogleich das Wort:

»Meine Freunde, ich habe soeben mit dem amerikanischen Präsidenten Reagan gesprochen. Der Präsident und ich sind übereinstimmend der Meinung, daß wir einen Angriff der Sowjetunion oder der DDR auf West-Berlin nicht tatenlos hinnehmen dürfen. Wir werden uns dagegen wehren. Wie Sie wissen, ist bereits eine amerikanische Panzerbrigade nach Helmstedt unterwegs.«

Schmidt machte eine Pause und strich sich mit der rechten Hand durch das buschige Haar.

»Was Sie nicht wissen«, fügte er dann hinzu, indem er seine Stimme senkte, »der amerikanische Präsident hat über den heißen Draht den sowjetischen Staatspräsidenten Breschnew vor unüberlegten Schritten gewarnt.«

Während sich Schmidt setzte, erhob sich ein rasch anschwellendes Gemurmel aus den Reihen der Fraktion. We-

der hatte der Bundeskanzler gesagt, mit welchen Mitteln sich Reagan und er zur Wehr setzen wollten, noch hatte er zu den Meldungen über andere militärische Vorbereitungen des Warschauer Paktes Stellung genommen, welche seit den frühen Morgenstunden die ganze Welt in Angst und Schrecken versetzten.
Der Bundestagsabgeordnete Karsten Voigt, ehemaliger Vorsitzender der SPD-Jugendorganisation und jetzt einer der sicherheitspolitischen Sprecher der Fraktion, ergriff in der allgemeinen Verwirrung das Wort, ohne an der Reihe zu sein: »Hat Reagan etwas vom Einsatz von taktischen Atomwaffen gesagt?«
Schmidt veränderte seinen gelassenen Gesichtsausdruck nicht. »Genossen«, sagte er, »ich sehe mich leider nicht in der Lage, euch mehr über dieses Gespräch mitzuteilen.«
Hinten sprang bei diesen Worten ein Abgeordneter auf und rief erregt in das Mikrofon: »Schließlich geht es um unsere nationale Existenz!« Im Tabaksdunst war sein Gesicht von vorne nicht genau zu erkennen.
Voigt meldete sich wieder zu Wort: »Wirst du, Genosse Helmut, dem Einsatz von taktischen Atomwaffen zustimmen?« fragte er.
Diesmal war die Wirkung auf Schmidt unverkennbar. Sein Gesicht nahm einen ungnädigen Ausdruck an. »Du kannst überzeugt sein, Genosse Karsten Voigt, daß ich mir die Entscheidung nicht leichtmachen würde. Aber du weißt doch: Die Entscheidung liegt gar nicht bei mir.«
»Was sagt die NATO dazu?« Der Bundestagsabgeordnete Wolfgang Roth hatte sich zu Wort gemeldet.
»Der NATO-Ministerrat wird heute abend seine Verpflichtung für Berlin bekräftigen. Die Engländer und Franzosen sind wie die Amerikaner in Berlin aufmarschiert. Im übrigen tagt in Brüssel zur Zeit der Militärausschuß.«

Inzwischen reckten mehrere Abgeordnete ihre Arme wie Ertrinkende hoch. Sie wollten unbedingt noch zu Wort kommen.
Herbert Wehner war aufgestanden, um sich einen Überblick zu verschaffen. »Ich bitte, jetzt wieder zur Reihenfolge der Wortmeldungen zurückzukehren«, sagte er scharf.
Als nächster war der Abgeordnete Schönhuber an der Reihe: »Wie wird die militärische Lage an der innerdeutschen Grenze eingeschätzt? Steht ein sowjetischer Angriff auf das Bundesgebiet bevor, oder begrenzt sich die Aktion auf Berlin?«
»Die Lage ist zur Zeit noch unübersichtlich«, antwortete der Bundeskanzler. »In und um Berlin sieht es zur Zeit am ernstesten aus. Was die übrigen Truppenbewegungen des Warschauer Paktes angeht, so werden sie laufend analysiert. Alle NATO-Streitkräfte einschließlich der Bundeswehr sind in den Bereitschaftszustand versetzt. Wir sind auf alles eingestellt, wollen die Lage aber von unserer Seite aus nicht zusätzlich dramatisieren.«
Irgendeiner fragte dazwischen: »Stimmt der amerikanische Präsident auch in diesem Punkt mit Ihnen überein?«
»Hundertprozentig«, sagte Schmidt.
Um neunzehn Uhr war im Kanzlerbungalow das Gespräch mit der Koalition angesetzt. Der Bundeskanzler schaute auf die Uhr. Einer seiner Referenten kam herein und flüsterte ihm etwas ins Ohr.
»Stimmt es«, kam es wieder aus der hinteren Reihe, »daß die FDP-Fraktion eine Resolution vorbereitet, in der sie die USA dazu auffordert, West-Berlin notfalls auch mit Atomwaffen zu verteidigen?«
»Da müssen Sie die FDP fragen«, sagte Schmidt kurz. »Im übrigen bin ich gleich mit Herrn Genscher verabredet. Ich kann mir nicht vorstellen, daß der Koalitionspartner irgend-

welche Forderungen in die Welt setzt, ohne sich vorher mit uns abzustimmen. Aber daran darf es keinen Zweifel geben: Auch wir sind für die Verteidigung Berlins!«
Zum ersten Male seit dem Eintreten des Bundeskanzlers wurde geklatscht. Willy Brandt, früher selbst viele Jahre lang der Regierende Bürgermeister von Berlin, nickte gedankenschwer.
»Haben Sie Kontakt mit der DDR aufgenommen?« Die Abgeordnete Heide Simonis hatte die Frage gestellt.
»Ich wüßte nicht, was das für einen Sinn haben sollte«, sagte Schmidt. »Die Sicherheit West-Berlins fällt eindeutig in den Zuständigkeitsbereich der vier ehemaligen Siegermächte. Sollte sich die DDR gegen die Rechte der Alliierten vergehen – noch stärker als sie das schon in der Vergangenheit getan hat –, dann muß sie sich vor den Alliierten verantworten.«
»Aber es könnte doch sein, daß Sie und Herr Honecker einen mäßigenden Einfluß auf Breschnew und Reagan ausüben können!«
»Ich wüßte nicht, daß sich Herr Reagan bisher unmäßig benommen hätte«, gab Schmidt bissig zurück.
Brandt und Wehner standen auf. Sie nahmen ebenfalls am Gespräch mit dem Koalitionspartner teil. Wehner übergab seinem Stellvertreter, Professor Horst Ehmke, die Leitung der Sitzung. Auch Schmidt erhob sich jetzt. Die Führungsgruppe der SPD strebte dem Ausgang zu.
Die drei Männer hatten nicht immer gut zueinander gestanden. Das Verhältnis Wehners zu Brandt war nach der Entdeckung des Kanzlerspions Guillaume an einem Tiefpunkt angelangt, und obwohl es später immer wieder Anzeichen einer gewissen Erholung gezeigt hatte, war es wohl von Grund auf ruiniert. Brandts Nachfolger war Helmut Schmidt geworden, was schon an sich kein Grund für eine

besondere Herzlichkeit zwischen den beiden Männern darstellte. Zudem stammten Brandt und Schmidt aus dem kühlen Norden, der eine aus Lübeck, der andere aus Hamburg. Auch zu Wehner hatte Schmidt nie mehr als ein kollegiales Verhältnis gefunden, obwohl der Bundeskanzler für das persönlich-politische Schicksal des ehemaligen Kommunisten Wehner einigen Respekt empfand.

Vor dem Fraktionssaal hatten sich Zeitungsreporter und Fernsehteams zusammengerottet. Ernst Dieter Lueg vom Westdeutschen Rundfunk wartete auf ein Interview mit Schmidt für die »Tagesschau«. Von den Handscheinwerfern der Beleuchter geblendet, mußte der Bundeskanzler seinen Schritt etwas verlangsamen, um sich durch die ständig weiter anwachsende Menge hindurchzuarbeiten.

»Herr Bundeskanzler, was haben Sie der Fraktion gesagt?« Wie immer klang Luegs Stimme ein wenig atemlos.

»Ich habe ihr gesagt, wie die Dinge stehen.« Der Bundeskanzler hatte offenbar keine Lust, sich auf längere Gespräche einzulassen.

»Wurde über den Einsatz von taktischen Atomwaffen gesprochen?«

»Ja, darüber wurde gesprochen.«

»Wie steht die Fraktion dazu?«

»Wie soll sie schon dazu stehen, Herr Lueg. Es ist ja noch nichts beschlossen.«

»Was hat das Kabinett beschlossen?«

»Das Kabinett hat noch keine Beschlüsse gefaßt.«

Inzwischen hatte sich eine Gasse gebildet. Der Bundeskanzler nahm die Gelegenheit wahr, um aus dem Einzugsbereich der Fernsehkameras zu eilen. Auf den Monitoren sah man ihn in grauer Kammgarnhose, schwarz-grau gewürfeltem Sakko, blauem Hemd und gestreifter Krawatte entschwinden.

Unterwegs fragte Schmidt einen der Sicherheitsbeamten, die mit ihm Schritt zu halten versuchten: »Wo sind die Amerikaner jetzt? Habt ihr was gehört?«
Der junge Mann mit der Maschinenpistole – ein Kriminalbeamter aus der Sicherungsgruppe Bonn – konnte nur mit den Achseln zucken. Er gab die Frage an seinen Kollegen weiter.
»Kurz vor Helmstedt«, rief der hinter Schmidt her. »Müssen jetzt jeden Moment dort sein.«
Während sich der Bundeskanzler in seinen Dienst-Mercedes setzte, der mit laufendem Motor vor dem Gebäude gewartet hatte, mußte er an frühere Krisen denken. Das Ende des Prager Frühlings im Jahre 1968, als man ebenfalls lange nicht wußte, was die Russen eigentlich wollten; die Nahost-Krise von 1973/74, als die Amerikaner ihren Nachschub über die Bundesrepublik laufen ließen und Bonn damit in den Schlamassel hineinzuziehen drohten; die Entführung des Arbeitgeberpräsidenten Schleyer, der trotz aller Bemühungen dennoch ermordet wurde; gottlob hatte man wenigstens die Passagiere der nach Mogadischu entführten Lufthansa-Maschine befreien können; schließlich die Ereignisse in Polen und jetzt die Ereignisse in der DDR. Es war immer dasselbe: endlose Beratungen, Sitzungen, Entschließungen – aber am Ende mußte man doch immer selbst den Kopf für alles hinhalten.
Der sogenannte Kanzlerbungalow befand sich im Park des Palais Schaumburg, dem Amtssitz aller Bundeskanzler von der Gründung der Bundesrepublik 1949 bis zur Einweihung des neuen Kanzleramtes in den siebziger Jahren. Der Architekt Sep Ruf hatte das moderne Gebäude mit dem flachen Dach einst für Ludwig Erhard gebaut. Es bestand praktisch aus zwei ineinander verschachtelten Atriumhäusern. Das eine diente jetzt Bundeskanzler Schmidt und dessen Frau

Loki, die außerdem noch ein Eigenheim in Hamburg besaßen, als Bonner Bleibe. Das andere wurde für Empfänge, Gespräche und halboffizielle oder vertrauliche Konferenzen verwendet.
In den etwas nüchtern, aber konsequent modern eingerichteten Räumen hatte sich die Gesprächsrunde schon eingefunden: Vizekanzler und Bundesaußenminister Hans-Dietrich Genscher, Bundeswirtschaftsminister Otto Graf Lambsdorff, Bundesinnenminister Gerhart Baum und der Fraktionsvorsitzende Wolfgang Mischnick von der FDP. Nun waren auch Brandt, Wehner und Schmidt zu ihnen gestoßen. Schließlich hatte man noch den Bundesverteidigungsminister Hans Apel und den Generalinspekteur der Bundeswehr, General Jürgen Brandt, gebeten.
Mit dem Koalitionsklima war es nicht zum besten bestellt. In den letzten Wochen hatte es heftige Auseinandersetzungen zwischen den Liberalen und den Sozialdemokraten über die Vereinbarkeit von Ostpolitik und Zugehörigkeit der Bundesrepublik zum westlichen Bündnis gegeben, insbesondere darüber, ob sich die Bundesrepublik dem amerikanischen Totalboykott gegen die Sowjetunion und den gesamten Ostblock anschließen sollte. Eine Koalitionskrise hing ständig in der Luft.
Wie sich vor Beginn der Sitzung in den zwanglosen Gesprächen zwischen den Koalitionsbossen herausstellte, setzten die Amerikaner Bonn auch jetzt unter massiven Druck. Angeblich hatte die US-Panzerbrigade Befehl, nach West-Berlin durchzubrechen, auch wenn es dort nicht zu einer weiteren Zuspitzung der Situation kommen sollte.
»Der amerikanische Botschafter war vorhin bei mir«, sagte Genscher hinter vorgehaltener Hand zu Schmidt, während Bier und Käsehäppchen gereicht wurden. »Die Amerikaner halten die Lage für bitterernst. Sie wollen es den Russen

diesmal zeigen. Die machen auch schon alles für den ›Big Lift‹ klar, hat Apel mir vorhin erzählt.«
Der »Big Lift« war eine vorsorglich organisierte Luftbrücke. Über sie sollten im Ernstfall die amerikanischen Truppenverstärkungen für Europa laufen. Außerdem gab es das »Reforger«-Programm, mit dessen Hilfe die Vorräte der amerikanischen Kampfeinheiten an Waffen, Nahrungsmitteln und Munition im Kriegsfall aufgefüllt werden sollten. Schon bei früheren Krisen hatte man das Problem darin gesehen, beide Aktionen nicht zu früh und auch nicht zu spät anlaufen zu lassen: Zu früh konnte eine Spannungssituation zusätzlich verschärfen. Zu spät hätte bedeutet, daß man zunächst einmal einen Teil der Bundesrepublik den Truppen des Warschauer Paktes kampflos preisgab.
»Ja, wie sieht's aus, Hans«, wandte sich Schmidt an Apel. Er sprach jetzt absichtlich laut, um die Privatgespräche zu beenden. Die beiden Hamburger waren über das Politische hinaus auch persönlich miteinander befreundet. Obwohl der Verteidigungsminister wegen einiger schwerer Pannen in seinem Ressort in letzter Zeit ein wenig in der Versenkung verschwunden war, sahen manche in ihm immer noch einen möglichen Nachfolger für Schmidt.
»Nicht gut«, antwortete Apel mit zerfurchter Stirn. »Seit gestern nacht ist bekannt, daß sie drüben auf der anderen Seite die Minen ausbuddeln. Da flog doch vorgestern abend bei Ratzeburg so ein Wachtturm in die Luft – und bei den Ermittlungen kam es heraus.«
»Bedeutet das nun, daß wir mit einem Angriff des Warschauer Paktes auf unser Territorium zu rechnen haben?« fragte Genscher.
»Nicht unbedingt«, sagte Apel. »Ich meine, zunächst ist es natürlich ganz klar, daß sie uns damit ein Signal geben wollen: Wir räumen die Minen weg, damit unsere Truppen

durchkommen. Das ist zunächst einmal eine Warnung, sonst nichts. Im übrigen sind die Truppenbewegungen in der DDR, in Polen und in Weißrußland nach wie vor schwer zu deuten.«

»Was ist Ihre Meinung, General Brandt?« fragte Lambsdorff den Generalinspekteur.

»Wie der Minister schon sagte: Nichts Genaues weiß man nicht. Aber wir sind auf alle Eventualitäten vorbereitet.«

»Was sagt man denn in der NATO?« wollte Willy Brandt wissen.

Genscher berichtete von der Brüsseler Sitzung, die er vorzeitig verlassen hatte. Die Verbündeten hielten die Lage für sehr ernst, doch hätten sich gewisse Meinungsunterschiede zwischen den Engländern und den Franzosen ergeben. Während die Regierung Thatcher auf einen harten Kurs dränge, habe die Regierung Mitterrand gebremst. Offenbar gab es in Paris Schwierigkeiten mit den Kommunisten, die dort neben den Sozialisten in der Regierung saßen. Auch die Beneluxstaaten machten nicht richtig mit. »Auf jeden Fall wird der NATO-Ministerrat seine Verpflichtung für Berlin heute abend noch einmal bekräftigen«, schloß Genscher seine Ausführungen ab.

»Liegt die Entscheidung noch nicht vor?« fragte Schmidt verwundert zurück.

»Nein«, sagte Genscher. »Es gibt da gewisse Abgrenzungsschwierigkeiten. Die europäischen NATO-Partner wollen die Erklärung auf den Schutz West-Berlins und Westeuropas beschränken. Aber die Amerikaner drängen, daß wir uns auch im Nahen und Fernen Osten verpflichten.«

»Auf jeden Fall finde ich, daß du, Helmut, morgen etwas zur Bevölkerung sagen mußt«, ließ sich Brandt mit seiner rauchigen Stimme vernehmen. »Die Springer-Presse spielt ja total verrückt.«

»Am besten wäre das wahrscheinlich schon heute abend in der Tagesschau geschehen«, warf Lambsdorff ein. »Wie ich höre, scheinen die Leute ganz schön unruhig zu sein. Die Kurse gehen alle in den Keller. Wir haben massive Devisenabflüsse zu verzeichnen. Lange macht das die Wirtschaft nicht mehr mit.«

»Solange die Lage nicht klarer ist, will ich nichts sagen«, meinte Schmidt nachdenklich. »Man kann die Leute auch dadurch beunruhigen, daß man ihnen zu viele Beruhigungspillen verpaßt.«

»Aber die Leute wollen wissen, wohin die Reise geht«, entgegnete Brandt. »Ernst Breit machte mir heute nachmittag klar, daß er für den DGB keine Verantwortung mehr übernimmt, wenn das noch lange so weitergeht.« Der SPD-Vorsitzende spielte damit auf ein Spitzengespräch mit dem Vorsitzenden des Deutschen Gewerkschaftsbundes an, das am Nachmittag stattgefunden hatte. »Auf der einen Seite werden die Leute von der Springer-Presse in Angst und Schrecken versetzt – morgen kommt der Iwan und so weiter – ihr kennt das ja –, und andererseits regt sich in der Bevölkerung wachsender Widerstand gegen die Amerikaner. Vor allem in den Gewerkschaften, bei den jungen Leuten, Friedensbewegung, Grüne und so weiter. Die sagen doch alle: ›Der Reagan geht da zu scharf ran.‹« Brandt nahm aus dem Glas Orangensaft, das vor ihm stand, einen tiefen Schluck. Seit seinem Herzinfarkt trank er keine scharfen Sachen mehr.

»Natürlich, das ist das Dilemma; das sehe ich«, sagte Schmidt. »Was sagt denn die Opposition? Hat jemand schon mit ihr gesprochen?«

»Nichts Genaues weiß man nicht, um mit dem Herrn Generalinspekteur zu sprechen«, murmelte Wehner. Als Vorsitzender der SPD-Fraktion hatte er mit seinem Kollegen von der CDU/CSU, Helmut Kohl, in der täglichen Parlamentsarbeit manche Berührungspunkte. »Der Kohl wittert Morgenluft. Außerdem steht er unter dem Druck seiner Hinter-, Unter- und Übermänner. Und er selbst ist eben ahnungslos – das Weltkind in der Mitten.«

Genscher, im Privatberuf Rechtsanwalt und als großer Taktiker bekannt, hatte sein Pokergesicht aufgesetzt. Er hatte bereits in den späten Nachmittagsstunden mit Kohl über gewisse Koalitionsmöglichkeiten gesprochen.

»Die CDU wäre unter Umständen bereit, eine Koalition des nationalen Notstandes mitzutragen«, sagte er. Die anderen schauten ihn gespannt an.

»Mitzutragen oder in sie einzutreten?« fragte Wehner.

»Um die vorhandene parlamentarische Basis zu verbreitern«, fügte Genscher ungerührt hinzu.

»Und was sagt Strauß?« fragte Schmidt.

Innerhalb der Fraktionsgemeinschaft, welche die beiden Unionsparteien im Bundestag bildeten, hatte die CSU, deren Vorsitzender der bayerische Ministerpräsident war, praktisch eine Veto-Position. Sie konnte jede Entscheidung der Gesamtfraktion blockieren. Da sie bisher immer einen strammen antikommunistischen Kurs verfolgt hatte, konnte sich niemand so recht vorstellen, daß Strauß eine Regierung unter dem Kanzler Schmidt unterstützen würde, die sich selbst jetzt noch für eine maßvolle Haltung einsetzte. Niemand konnte Schmidts Frage beantworten.

»Natürlich ist die CDU nur unter bestimmten Bedingungen bereit«, ließ sich Genscher wieder vernehmen. Er wußte also anscheinend doch mehr, als er zugeben wollte.

»Unter welchen Bedingungen?« fragte Brandt. Er selbst war vor Jahr und Tag Außenminister einer großen Koalition gewesen und hatte damals sogar mit Strauß, der damals Finanzminister gewesen war, am Kabinettstisch gesessen.

»Auf die gemeinsame Verteidigung Berlins und der Bundesrepublik wird man sich sicher sehr schnell einigen können«, sagte Wirtschaftsminister Lambsdorff. Der Graf, der auf einem einzelstehenden Sessel saß, stützte seine Hand leicht auf den Stock mit dem Silberknauf. Sein kaputtes Bein, das eine Prothese brauchte, machte ihm in Streßsituationen immer etwas zu schaffen. »Wahrscheinlich auch auf die gemeinsame Verteidigung Westeuropas, wenn die anderen mitmachen. Fragt sich nur, unter welchen Bedingungen und mit welchen Mitteln.«
»Was hat denn nun Reagan genau gesagt, Helmut?« wollte Brandt wissen.
»Genau?« Der Bundeskanzler zog die Augenbrauen hoch. »Daß wir dem Weltmachtstreben des Kommunismus hier und jetzt gemeinsam entgegentreten müßten. Mit allen Mitteln – *by all means* –, setzte er noch hinzu. Ich glaube, das ist auch der Eindruck von Hans Apel und Hans-Dietrich Genscher. Reagan schreckt vor nichts mehr zurück – aber er gibt der Brigade auch nicht den Marschbefehl über Helmstedt hinaus. So hängen wir völlig in der Luft.«
Der Außen- und der Verteidigungsminister nickten.
»Furchtbar«, sagte Mischnick, der bis dahin geschwiegen hatte. Der Vorsitzende der FDP-Fraktion stammte wie Wehner aus Sachsen. Er teilte mit seinem Kollegen das besondere Engagement für die deutsche Frage.
»Das habe ich ja kommen sehen, als sie auf dem Totalboykott bestanden«, sagte Brandt. »Das war doch hirnverbrannt und hat die Russen zu Recht auf die Barrikaden getrieben. Die stehen doch sowieso schon mit dem Rücken zur Wand, und niemand läßt sich gern den Hahn abdrehen.«
Das Gespräch hatte das kritische Stadium erreicht. Brandt berührte den wunden Punkt, welcher der Koalition schon seit Wochen zu schaffen machte.

»Die Koalition hat damals gemeinsam beschlossen, den Boykott zu unterstützen«, sagte Lambsdorff gereizt. »Ich weiß gar nicht, warum Sie sich jetzt darüber aufregen, Herr Brandt.«

»Jetzt? Wir wollen den Streit nicht wieder aufwärmen, Graf, aber Sie wissen doch, daß das eine lange Vorgeschichte hat, eine sehr lange sogar.« Schmidt versuchte, Öl auf die Wogen zu gießen.

»Dabei hat sich die SPD nicht gerade mit Ruhm bekleckert«, meinte Genscher. »Aber eines ist klar – davon kommen wir jetzt nicht mehr herunter. Wir dürfen die Amerikaner nicht enttäuschen. Das könnte uns teuer zu stehen kommen.«

Lambsdorff nickte bekräftigend. »Der massive Abzug der Dollarguthaben nach den USA kommt nicht von ungefähr. Wenn das so weitergeht, ist die D-Mark bald keinen Pfifferling mehr wert.«

»Einen Moment mal, Herr Genscher: ›nicht gerade mit Ruhm bekleckert?‹ Und wer hat damals, ich meine im letzten Winter, das Spiegel-Gespräch gegeben? Danach saßen wir doch fest, weil Sie die Bundesregierung öffentlich auf den Boykott festgelegt hatten«, fauchte Wehner und stopfte sich eine neue Pfeife. »Hinterher ist es immer leicht zu rufen: ›Haltet den Dieb‹ – und sich selbst aus dem Staub zu machen.«

»Es hilft ja nun alles nichts mehr«, warf Bundesinnenminister Baum unverdrossen ein. »Wir müssen von drei Tatbeständen ausgehen. Tatbestand Nummer eins: Die Russen sind offenbar dabei, West-Berlin zu besetzen . . .«

». . . noch nicht! Und wir dürfen meines Erachtens nichts tun, um ihnen dafür einen Vorwand zu liefern«, unterbrach ihn Brandt.

»Tatbestand Nummer zwei,« fuhr Baum fort, »Sie haben eventuell noch sehr viel weiter gehende Pläne – wie weit, das wissen wir noch nicht genau. Nummer drei: Die Amerikaner haben gesagt, sie werden kämpfen. Die Engländer haben gesagt, sie werden kämpfen. Und die Franzosen haben gesagt – mit einem kleinen Vorbehalt vielleicht –, sie werden ebenfalls kämpfen. Nur bei den Beneluxstaaten ist das noch nicht ganz klar und vielleicht in Italien, von Spanien, Griechenland und der Türkei zu schweigen. Wenn wir da nicht mitmachen, isolieren wir uns innerhalb des Bündnisses . . .«

». . . und wir verlieren unseren Einfluß auf die amerikanische Politik«, fügte Genscher hinzu. Er schien das Gefühl zu haben, daß sich die Dinge jetzt in die richtige Richtung bewegten.

»Richtig, Herr Baum«, sagte Apel, indem er es vermied, Genscher anzusehen. »So kann man es sehen, aber Gegenfrage: Besetzen die Russen wirklich West-Berlin?«

»Und wenn sie es tun – zu welchem Zweck?« Brandt schien sich fürchterlich aufzuregen. Er hatte einen ganz roten Kopf, obwohl er ganz langsam weitersprach.

»Was wollen Sie damit sagen, Herr Brandt? Wollen Sie so lange warten, bis die Russen vor Hamburg stehen? Oder in Düsseldorf? Oder in München? Wenn . . .« Lambsdorff wurde unterbrochen.

»Niemand will das. Nun werfen Sie doch nicht alles durcheinander«, sagte Brandt mit vor Zorn gepreßter Stimme.

»Wenn wir jetzt keine konstruktive Haltung einnehmen zur Verteidigung unserer Freiheit«, nahm Lambsdorff das Wort wieder auf, »werden die Amerikaner das als Treuebruch ansehen, als moralische Schwäche, und das zu Recht. Sie werden ihre Truppen zu Hause lassen und uns unserem Schicksal überlassen – und dann, gute Nacht.«

»Konstruktiv, Treuebruch, enttäuschen – wir sollten uns von diesen Phrasen nicht benebeln lassen«, wetterte Brandt.

»Natürlich sind wir loyal. Aber das bedeutet doch nicht, daß wir verpflichtet sind, alle Dummheiten der Amerikaner mitzumachen. Schließlich geht das alles im Endeffekt doch auf unsere Kappe, solange die strategischen Raketen nicht eingesetzt werden. Sie können doch nicht die Augen vor der Tatsache verschließen, Herr Lambsdorff, daß ein unbedachter Schritt jetzt, gerade jetzt – etwa der gewaltsame Durchmarsch der amerikanischen Panzerbrigade in Helmstedt – Öl in das Feuer gießen würde.«

Nach seinen letzten Worten lehnte sich Brandt schweratmend in seinem Sessel zurück.

»Wären Sie 1961, als die Mauer gebaut wurde und als Sie Regierender Bürgermeister waren, nicht sehr froh über eine amerikanische Panzerbrigade gewesen?«

»Statt dessen schickte Kennedy seinen Vizepräsidenten Johnson nach Berlin.« Brandt lachte in Erinnerung an diesen Vorgang bitter auf. »Und auch das erst nach einer Woche.«

Während des Wortwechsels zwischen Brandt und Lambsdorff hatte Hans Jürgen Wischnewski lautlos den Raum betreten. Der schwergewichtige Kölner, von Schmidt zum zweitenmal ins Kanzleramt berufen, erreichte die Gesprächsrunde erst in dem Augenblick, da der SPD-Vorsitzende seine letzten Worte gesprochen hatte. Ohne Zögern griff er jetzt mit scharfer Stimme in die Debatte ein.

»Herr Genscher, was soll man denn davon halten, daß die FDP-Fraktion soeben eine Resolution verabschiedet hat, in der sie den Amerikanern praktisch freie Hand gibt, während die SPD-Fraktion noch tagt. Das ist doch gegen die Absprache. Damit fallen Sie uns doch in den Rücken! Die ganze SPD-Fraktion steht kopf.« Bei den Worten Wischnewskis waren alle vor Überraschung, Zorn und Erregung aufgesprungen. Genscher wurde blaß. Alle redeten plötzlich durcheinander. In dem Getümmel trat Wischnewski neben den Bundeskanzler und flüsterte ihm zu: »Eben war der amerikanische Botschafter bei Kohl. Die Amerikaner hoffen, daß die Unionsparteien die Regierung übernehmen werden.«

12. Umwege nach Bonn – Wege nach Berlin

Während Hirschmeier die Straße entlanghastete, versuchte er, sich zu orientieren. Er mußte, soviel er mitbekommen hatte, irgendwo in der Nähe von Altona sein, und es kam jetzt alles darauf an, seinen Weg so zu wählen, daß er Zarscheidt und Drahws nicht unversehens wieder in die Arme lief. Wahrscheinlich hatten die beiden die Verfolgung inzwischen aufgenommen.
Die Straße, in der er sich befand, war eng und schmal. An der nächsten Ecke bemerkte er in der Ferne das weiße Licht größerer Straßenlampen, die auch auf eine wichtigere Verkehrsverbindung schließen ließen. Hirschmeier wollte unbedingt in eine belebtere Gegend kommen, um sich dort ein Taxi zu nehmen und seine Verfolger abzuschütteln.
Da hörte er hinter sich Motorengeräusch. Der Wagen mußte noch hinter der letzten Ecke sein. Hirschmeier machte einen Spurt bis zur nächsten Haustür. Sie war glücklicherweise nicht verschlossen. Er konnte gerade noch hinter der Tür verschwinden, als der weiße Opel Rekord am Haus vorbeifuhr. Die Jagd war offen. Zarscheidt und Drahws waren hinter ihm her. Es mochte auf drei oder vier Uhr in der Frühe zugehen. In vier bis fünf Stunden fuhr sein Zug.
Hirschmeier öffnete die Haustür einen Spalt und guckte hinaus in die graue Nacht. Wie lange hatte er schon nicht mehr richtig geschlafen? Seine Augen brannten, in der lin-

ken Schulter spürte er immer wieder ein leichtes Ziehen, und er hatte Hunger, quälenden Hunger. Seit er bei Rothmanns gewesen war, hatte er nichts mehr gegessen.

Draußen war es frisch, aber nicht kalt. Es schien wieder ein schöner Hochsommertag zu werden. Hirschmeier merkte es an dem silbernen Schimmer, der über den Dächern lag, daß die Morgendämmerung anbrach. Den Himmel würde alsbald wie eine Karpfenhaut ein zartes Blau überziehen.

Hirschmeier lauschte in die morgendliche Stille hinaus. Die Menschen schliefen noch. Sie ahnten nicht, daß der Krieg, die »Operation Heimkehr«, unmittelbar bevorstand. Wahrscheinlich sah keiner das Entsetzen, das Chaos, die Todesgefahr voraus. In vierundzwanzig Stunden würde das alles über sie hereinbrechen – wenn auch hoffentlich nur für kurze Zeit. Hirschmeier glaubte an den Sinn seiner Mission. Es war dringend notwendig, daß die Botschaft Honeckers Schmidt erreichte, lebensnotwendig. Es *mußte* sein.

Nachdem er sich vergewissert hatte, daß die Straße leer war, nahm der Oberleutnant seinen Weg wieder auf. Nach wenigen Minuten hatte er die Hauptstraße erreicht. Er hielt sich im Schatten der Schaufensterpassagen und Hauseingänge. Jetzt, da kaum jemand unterwegs war, mußte er es vermeiden, daß ihn Zarscheidt und Drahws schon von weitem entdeckten.

Ein leeres Taxi fuhr in einiger Entfernung vorbei. Es gelang Hirschmeier aber nicht, den Fahrer auf sich aufmerksam zu machen, und er konnte sich gerade noch in die Passage eines Schuhgeschäftes verdrücken, als Zarscheidt und Drahws wieder vorbeikamen. Sie fuhren langsam, hatten also die Hoffnung, ihn zu finden, noch nicht aufgegeben.

Maschen – Hirschmeier fiel der Güterbahnhof wieder ein. Klang wie Laufmaschen. Mußte er nicht nach Maschen gelangen, um zu verhindern, daß Zarscheidt und seine Leute dort ihre Bomben legten – Bomben, die seine ganze Mission gefährdeten? Mußte er nicht die Stasi-Agenten unschädlich machen, damit sie keinen irreparablen Schaden anrichteten? Hirschmeier fuhr mit der rechten Hand in die Manteltasche und umfaßte den kühlen Griff seiner Pistole. Sie lag gut in der Hand.

Er konnte seine Überlegungen nicht zu Ende denken. Ein Taxi hatte auf seinen Wink reagiert und hielt an. Der Oberleutnant stieg ein. Der Fahrer blickte fragend in den Rückspiegel. Hirschmeier mußte an Ritter denken. Der hatte ihn ebenso aufmerksam beobachtet – damals, vor ein paar Wochen, auf der Fahrt zum Werbellinsee, ehe er, Hirschmeier, die letzten Kilometer mit verbundenen Augen zurücklegen sollte. Er fühlte sich jetzt fast ebenso hilflos. Die Pläne, die sie für seine Mission in Eggersdorf ausgearbeitet hatten, sahen ja nur einen kurzen Zwischenaufenthalt in Hamburg vor: Transfer von Pogeez zum Nachtquartier und von dort zum Hauptbahnhof. Aber keinen längeren Aufschub, schon gar keine Verfolgungsjagd. Hirschmeier hatte keine Ahnung von Hamburg. Aber er hatte auch keine Zeit. Und so sagte er einfach zum Fahrer: »Hauptbahnhof.«

Der Mercedes Diesel schnurrte eine breite Straße entlang. Rechts fiel das Gelände ziemlich steil ab, so daß man einen schönen Ausblick auf den in der Morgendämmerung schlummernden Hafen hatte. Der Hamburger Hafen – Hirschmeier fühlte, daß dieser Begriff in ihm ungewohnte Assoziationen von Freiheit und Freizügigkeit auslöste, Vorstellungen von palmenbewachsenen Inseln mit weißen Stränden im smaragdgrünen Meer. Er würde gern einmal nach Italien fahren. Er war ja nur einmal am bulgarischen Goldstrand gewesen, ein paarmal im Riesengebirge zum Skilaufen und im Thüringer Wald. Allerdings war er jetzt, gerade jetzt dabei, *die* Reise seines Lebens zu machen.

Maschen. Er mußte die Sache mit Maschen zu Ende denken. Maschen war eine große Gefahr. Wenn Maschen in die Luft flog, während er Schmidt die Botschaft Honeckers übergab, war fast alles verloren. Die Bonner würden das nicht verstehen und Honeckers Botschaft für ein hinterlistiges Täuschungsmanöver halten. Andererseits war der Gedanke, nach Maschen zu fahren, um das Stasi-Kommando unschädlich zu machen, utopisch. Wie stellte er sich das vor? Mit den dortigen Gegebenheiten war er nicht vertraut. Wer wußte, wie viele Leute außer Zarscheidt und Kronenbaum noch an dem Anschlag beteiligt waren? Sollte er ihnen als einzelner mit der Waffe in der Hand entgegentreten? Im Hotel, als sie ihn abholen wollten, hatte es geklappt. Er hatte ihre Verblüffung ausgenutzt, aber auch sehr viel Glück gehabt. Noch einmal würden sie sich das nicht gefallen lassen. Nein, ein Abstecher nach Maschen würde seine Mission gefährden. Die Verhinderung dieses Terroranschlages war nicht sein Bier. Er hatte den Auftrag, einen Brief nach Bonn zu bringen und dafür zu sorgen, daß dieser in die richtigen Hände kam. Das war seine Aufgabe. Im übrigen mußte er aufpassen, daß er Zarscheidt und Drahws nicht in die Hände fiel.

Sie fuhren jetzt eine sehr breite, sechsspurige Straße entlang, die sogenannte Ost-West-Straße, die an der St.-Michaelis-Kirche vorbeiführte, dem »Michel«, dem Wahrzeichen Hamburgs. Hirschmeier kannte ihren Namen nicht, aber ihm gefiel, wie der grüne Turmhelm im ersten Morgenlicht leuchtete.

Er schaute sich vorsichtig um: einsetzender Berufsverkehr, von Zarscheidt und Drahws nichts zu sehen. Trotzdem war Hirschmeier plötzlich sonnenklar, daß er nicht mehr, wie vorgesehen, mit dem Intercity nach Bonn fahren durfte. Er mußte einen anderen Weg wählen.

Wenn der Stasi irgend etwas von seiner Mission wußte, dann bestimmt die Abfahrtszeit seines Zuges. Wahrscheinlich beschatteten sie den Hauptbahnhof schon. Hirschmeier hielt es für unvernünftig, das Risiko einer unfreundlichen Begegnung mit Zarscheidt und seinen Leuten selbst in einem öffentlichen Verkehrsmittel wie dem Intercity einzugehen. Wenn sie vorhatten, seine Reise nach Bonn zu verhindern, weil sie wußten, daß er eine Botschaft Honeckers an Schmidt bei sich trug, die sie abfangen wollten, würden sie vor nichts mehr zurückschrecken. Auch nicht vor Mord.

»Nein, fahren Sie lieber zum Flughafen«, sagte Hirschmeier unvermittelt zu dem Mann in der braunen Wildlederjacke. Der wollte gerade in Höhe des Hamburger Blumengroßmarkts nach links Richtung Hauptbahnhof abbiegen. Wieder fühlte Hirschmeier das Auge des Fahrers prüfend auf sich ruhen.

»Wo wollen Sie denn noch überall hin? Können Sie das nicht früher sagen?« lautete die mürrische Antwort.

»Nein, halt! Wissen Sie hier in der Nähe ein kleines Hotel?« Hirschmeier hatte es sich wieder anders überlegt. Auch der Flughafen konnte bereits überwacht sein. Er würde sich einen Wagen mieten und eigenhändig nach Bonn fahren. Das war das sicherste. Vorher würde er sich aber noch ein paar Stunden aufs Ohr hauen. Er merkte plötzlich, wie müde er war. Und der Hamburger Polizei wollte er auch noch einen kleinen Wink geben.

Das »Ambassador«, das ihm der Fahrer empfahl, war ein kleines Hotel in der Ferdinandstraße, in dem überwiegend Handelsvertreter und sonstige Geschäftsleute übernachteten. Der Portier wunderte sich, als an diesem Morgen jemand noch um halb fünf ein Zimmer verlangte. Aber er händigte Hirschmeier ohne Umstände den Schlüssel aus, nachdem er die Bestellung eines Mietwagens der Mittelklasse und den Zeitpunkt, zu dem der Gast geweckt werden wollte, entgegengenommen hatte. Den gefälschten Personalausweis, den Hirschmeier ihm vorlegte, als er das polizeiliche Anmeldeformular ausfüllte, bemerkte er nicht. Für ihn handelte es sich um einen gewissen Manfred Weiß, von Beruf Ingenieur, aus Berlin.

In seinem Zimmer angelangt, wählte Hirschmeier die Rufnummer der Hamburger Polizei: eins-eins-null. Er hatte sie von dem Merkblatt abgelesen, das an der Eingangstür hing. Ohne seinen Namen zu nennen, teilte der Oberleutnant dem wachhabenden Beamten in knappen Worten mit, daß ein Terroranschlag auf den Verschiebebahnhof Maschen bevorstehe. Vielleicht sei es besser, das Gelände im Auge zu behalten.

Nach vier Stunden Schlaf und einem ausgiebigen Frühstück war Hirschmeier mit einem Volkswagen Passat unterwegs auf der Autobahn A1 in Richtung Süden. Etwa sechs Stunden, so hatte er sich ausgerechnet, würde er für die Fahrt brauchen. Gegen fünfzehn Uhr wollte er in der Bundeshauptstadt sein, ohne rasen zu müssen. Dann hatte er noch immer eine Zeitreserve von mehreren Stunden, um Schmidt die Botschaft Honeckers zukommen zu lassen.

Fast freute er sich über diese unvermutete Gelegenheit zu einer längeren Autofahrt, obwohl der Verkehr hier wesentlich dichter war als in der DDR. Er stellte die Neun-Uhr-Nachrichten ein und hörte gebannt, wie der Sprecher sagte: »Auf einer überraschend nach Moskau einberufenen Geheimkonferenz haben die Partei- und Regierungschefs des Warschauer Paktes schwere Vorwürfe gegen die Westmächte erhoben. In einer gemeinsamen Abschlußerklärung wird die Handels- und Finanzblockade als ›unerträgliche Provokation‹ bezeichnet. Sie stelle einen ›heimtückischen

Angriff‹ auf die sozialistische Ordnung und damit auf den Weltfrieden dar. Der Westen dürfe sich nicht wundern, wenn die sozialistische Staatengemeinschaft Vergeltung übe.« In den weiteren Meldungen war von Bewegungen der russischen Pazifikflotte und von Truppenkonzentrationen des Warschauer Paktes in Osteuropa die Rede sowie von schwer zu deutenden Manövern rund um Berlin.

Kein Zweifel, die »Operation Heimkehr« hatte begonnen, zumindest waren ihre Vorbereitungen in ein akutes Stadium eingetreten. Während Hirschmeier weiterfuhr, fielen ihm die Auswirkungen auf, die diese Ereignisse auf die Bundesrepublik hatten. Richtung Süden wurde der Verkehr immer dichter. Die Verkehrsnachrichten meldeten schon in den Mittagsstunden kilometerlange Autoschlangen an den Grenzübergängen nach Italien, Frankreich, in die Schweiz, nach Österreich und in die Beneluxstaaten. Offenbar war eine gewaltige Fluchtbewegung im Gange. Hirschmeier sah, daß komplette Familien – einschließlich der Großeltern – in den Wagen saßen. Sie hatten ihre Autos vollgepackt, als wollten sie eine längere Urlaubsreise antreten.

Kurz vor Wuppertal, südlich des Ruhrgebietes, gab es den ersten Stau. Nach fünfzig Kilometern Schleichtempo kam der Verkehr für eine Stunde völlig zum Erliegen. Verzweifelt forderte der Sprecher im Radio die Fahrer auf, auf Nebenstrecken auszuweichen oder in öffentliche Verkehrsmittel umzusteigen. Die Bundesbahn hatte Sonderzüge eingesetzt.

Aber die Nachrichten waren wenig geeignet, die Menschen wieder zur Vernunft zu bringen. Rund um West-Berlin schien sich die Lage von Stunde zu Stunde zuzuspitzen, zumal sich eine amerikanische Panzerbrigade auf dem Weg in die ehemalige Reichshauptstadt befand. Die Kommentatoren im Rundfunk waren übereinstimmend der Meinung,

daß bei ihrem Eintreffen in Helmstedt »die Stunde der Wahrheit« schlagen würde. Da die Verlautbarungen der amerikanischen Regierung immer bedrohlicher klangen, rechneten sie damit, daß Präsident Reagan den Angriffsbefehl geben würde. Da die Brigade bedeutend schwächer als die im Raum Magdeburg zusammengezogenen Streitkräfte der Sowjetunion war, glaubten sie, daß es im Kampf um die Zugangswege nach Berlin bald zum Schlimmsten kommen werde – zum Einsatz von Atomwaffen.
Als die Autos vor ihm wieder anfuhren, kam Hirschmeier zu der Überzeugung, daß es zu riskant war, die Fahrt mit dem Wagen fortzusetzen. Der Verkehr quälte sich nur noch im Schrittempo voran. Die Gefahr war nicht mehr von der Hand zu weisen, daß er irgendwo stecken blieb und Bonn nicht mehr rechtzeitig erreichte. Er entschloß sich daher, in Wuppertal-Süd aus der Kolonne der Fahrzeuge auszuscheren und den nächsten Bahnhof anzusteuern. Die blauen Richtungsschilder mit Hinweisen auf WUPPERTAL-MITTE und DÜSSELDORF gaben ihm die Hoffnung, daß er sein Ziel auf dem kürzesten Wege erreichen würde.
Während sich ihm ein endloser Lindwurm an Autos aus dem südlichen Ruhrgebiet entgegenwälzte, ging es in seiner Richtung tatsächlich etwas flotter voran. Gegen sechzehn Uhr dreißig traf Hirschmeier, nun bereits ziemlich entnervt, vor dem Bahnhof in Wuppertal-Barmen ein. Er beschloß, den Passat dort einfach stehen zu lassen und den nächsten Zug nach Köln zu nehmen.
Was er sah und hörte, als er sich in das Getümmel stürzte, überstieg alle seine Befürchtungen. Ganz Wuppertal schien auf den Beinen zu sein. Zum Teil hing das sicher auch mit dem einsetzenden Feierabendverkehr zusammen. Aber viele Menschen waren offenbar einer Panik nahe. Männer, Frauen und Kinder schleppten an Koffern, Bündeln und Ki-

sten, was sie nur tragen konnten. Während er an einem Zeitungsstand vorbeigeschubst wurde, las er die Überschrift einer Sonderausgabe der »Bild«-Zeitung. Sie bedeckte die Hälfte der ersten Seite mit nur fünf Buchstaben und einem Fragezeichen: KRIEG?
In der Bahnhofshalle nahm das Gedränge stellenweise schon gewalttätige Formen an. In den riesigen Schlangen vor den Fahrkartenschaltern kämpften die Menschen um ihre Plätze. Hirschmeier, der sich irgendwo eingereiht hatte, entnahm den Gesprächen seiner Nachbarn, daß den Menschen zwei Ängste im Nacken saßen: daß der Krieg in der nächsten Stunde ausbrechen und daß es zum Einsatz von Atombomben kommen würde.
Die meisten waren entschlossen, die Bundesrepublik auf dem schnellsten Wege für kürzer oder länger zu verlassen; ganz gleich wohin. »Vorgezogener Sommerurlaub« nannte das ein Mann sarkastisch, der neben ihm stand.
Als Hirschmeier an die Reihe kam, wurden für den nächsten Zug Richtung Köln/Bonn bereits keine Karten mehr ausgegeben. Er hatte die Wahl, entweder einen späteren Zug zu nehmen oder sich eine Fahrkarte zu kaufen, die auf dem schwarzen Markt gehandelt wurde. Tatsächlich hatte er, während er anstand, einen Mann in einem dünnen Sommeranzug beobachtet, der die einzelnen Schlangen abging und dabei unablässig murmelnd irgendwelche Fahrkarten anbot. Da ihm der Schalterbeamte keinerlei Hoffnung machen konnte, im nächsten Zug vielleicht dennoch einen Platz zu ergattern, entschloß sich Hirschmeier, auf das Schwarzmarktangebot einzugehen.
Für die Karte nach Köln/Bonn mit Anschlußmöglichkeit nach Aachen, und damit zur deutsch-belgischen Grenze, verlangte der Mann bereits fünfhundert Mark. Als Hirschmeier eine Sekunde lang zögerte, deutete sein Gegenüber

an, daß die Preise vermutlich schon in der nächsten Stunde auf das Doppelte steigen würden. Angeblich rechnete man mit einer baldigen Schließung der Grenzen zum europäischen Ausland.

Eine halbe Stunde später saß Hirschmeier in einem total überfüllten Zug nach Bonn.

Die drei westalliierten Stadtkommandanten hatten sich um achtzehn Uhr zum zweiten Mal an diesem Tage im Kontrollratsgebäude am Corrensplatz im Westberliner Bezirk Dahlem versammelt. Den Vorsitz, der turnusmäßig jeden Monat wechselte, führte der französische General Jean-Pierre Liron, ein hochgewachsener, schlanker Mann Ende der Fünfzig, der aus Montpellier stammte.

Die Sitzung fand in dem mahagonigetäfelten Konferenzsaal statt, in dem noch das Bildnis eines sowjetischen Generals prangte: Alexander Kortikow. Er war der letzte sowjetische Stadtkommandant gewesen, bevor Stalin 1948 die Zusammenarbeit zwischen den vier Siegermächten des Zweiten Weltkrieges blockierte.

Die Lage der drei Militärs war zu dieser Stunde verzweifelt. Eigentlich trugen sie die Verantwortung für die Wahrung der alliierten Rechte in der geteilten Stadt. Sie sollten ihnen notfalls mit physischer Gewalt Nachdruck und Geltung verschaffen. Aber faktisch waren ihre Kompetenzen gering – vor allem in Krisensituationen. Wie Liron, der politisch dem Außenministerium am Pariser Quai d'Orsay unterstand, hatten auch sein amerikanischer und sein englischer Kollege, die Generalmajore James G. Boatner und Joseph D. Frederik Mostyn, den Weisungen des State Department in Washington und des Foreign Office in London zu gehorchen. Obwohl die Dinge an diesem vorletzten Junitag so verwir-

rend wie nie lagen, waren bis zum frühen Abend klare Weisungen allerdings ausgeblieben.
Die Tatsache, daß sich rings um Berlin herum ein Krisenherd anbahnte, hatte sich am Mittag deutlich abgezeichnet. Aber abgesehen davon, daß man nicht wußte, was die Sowjetunion und die DDR in bezug auf die alte Reichshauptstadt im Schilde führten, wurden die Zusammenhänge durch die Vorgänge in Osteuropa und im Fernen Osten noch zusätzlich kompliziert.
Entweder bereitete Moskau einen Anschlag auf die Freiheit, Selbständigkeit und Lebensfähigkeit West-Berlins vor – dann war der Flottenaufmarsch im Fernen Osten nur ein Ablenkungsmanöver. Oder es verhielt sich umgekehrt. Deshalb war den drei westlichen Stadtkommandanten von ihren jeweiligen Regierungen eine Haltung empfohlen worden, die man bei etwas gutem Willen als »strategische Defensive« bezeichnen konnte.
Im einzelnen sah dieser Defensiv-Plan eine Sicherung der Grenzen zwischen den drei westlichen Sektoren und dem sowjetischen Sektor Berlins vor. Das war die einhundertsieben Kilometer lange Mauer, die in wildem Zickzack durch das Zentrum der Stadt verlief. Doch waren die drei Stadtkommandanten auch dazu verpflichtet, die nördlichen, westlichen und südlichen Grenzen West-Berlins gegenüber der DDR im Auge zu behalten.
Für die schwachen Kräfte, die den Stadtkommandanten zur Verfügung standen, war dies schier unmöglich. Sie führte an diesem Tage zu einer verhängnisvollen Verzettelung der Kräfte. Die Amerikaner hatten rund sechstausendfünfhundert Mann in Berlin, dazu dreißig Panzer, zehn 10,5-cm-Haubitzen, einige schwere MGs und sonst nur leichtere Waffen. Bei den dreitausend Engländern und zweitausendvierhundert Franzosen sah es noch trostloser aus.

Insgesamt betrug die Streitmacht der Westmächte nicht viel mehr als zehntausend Mann. Brachte man alle amerikanischen Panzer an der Sektorengrenze in Stellung, ergab das statistisch einen Panzer pro Kilometer, wenn man nur die Länge der gemeinsamen Grenze zwischen dem britischen und dem sowjetischen Sektor im Stadtzentrum zugrunde legte. Unter diesen Umständen war es aussichtslos, auch noch die übrigen Grenzen einigermaßen wirkungsvoll zu überwachen.

Nachdem die Sicherheitsoffiziere gegen fünfzehn Uhr die ersten konkreten Truppenbewegungen in Richtung auf West-Berlin gemeldet hatten, befanden sich die Stadtkommandanten und die ihnen unterstellten Soldaten in einer zunehmend unsinniger erscheinenden Lage: Sie bezogen auf der westlichen Seite der Mauer, die Berlin seit 1961 teilte, Stellung, als wollten sie nun ihrerseits eine Mauer schaffen. Ganz zu schweigen davon, daß die so dislozierten Kräfte wehrlos gegenüber den Ereignissen waren, die sich hinter ihrem Rücken anbahnten.

Im Grunde war es unwahrscheinlich, daß die Sowjets und ihre ostdeutschen Waffenbrüder gerade jenes Hindernis gewaltsam beseitigen würden, das sie einst selbst errichtet hatten. Selbst die einzelnen Übergänge an der Sektorengrenze boten mit ihren ebenso kunstvoll wie stabil angeordneten Straßensperren keine allzu günstigen Voraussetzungen für einen schnellen Erfolg. Der Osten machte es dem Westen nicht gerade leicht, seine Absichten zu durchschauen.

Nach einem längeren Geschiebe rund um Berlin, das sich vor allem auf dem Autobahnring abspielte, waren die östlichen Panzer- und Infanterieeinheiten nach fünfzehn Uhr plötzlich zu einer großen Zangenbewegung ausgeschwärmt. Die eine Hälfte sickerte von Süden, Osten und

Norden in die Ostberliner Stadtbezirke ein und verteilte sich dort während der nächsten zwei, drei Stunden auf die strategisch wichtigen Stellen an der Mauer. Die andere Hälfte schwenkte westlich um West-Berlin herum. Die Stadt befand sich somit ab etwa achtzehn Uhr in einer schulbuchmäßigen Zweifrontenlage.

Wo sich die Hauptstreitmacht des Ostens befand, von welcher Seite der Angriff auf West-Berlin erfolgen und wie er im einzelnen ablaufen würde, ließ sich freilich selbst zu diesem Zeitpunkt noch nicht vorhersagen. War das Ganze am Ende nur ein Bluff? Bis achtzehn Uhr hatte es auch noch keine nennenswerten Zwischenfälle gegeben, von Kampfhandlungen gar nicht zu reden. Wenn auf östlicher Seite nicht schätzungsweise zwanzig- bis dreißigtausend Soldaten mit den dazugehörigen Panzern, Schützenpanzern und Panzerabwehrkanonen beteiligt gewesen wären, hätte man das Ganze »friedlich« nennen können.

Die Sowjets hatten den Westmächten um siebzehn Uhr auf diplomatischem Wege mitgeteilt, sie würden sämtliche Wasser- und Landstraßen nach Berlin inklusive der Autobahnen »bis auf weiteres« schließen. Ohne Begründung. Einfach so. Die Autos und Schiffe, die sich zu diesem Zeitpunkt noch auf den Interzonenstrecken befanden, durften unbehelligt in Richtung West-Berlin beziehungsweise Bundesrepublik weiterfahren, so daß sich die Grenzbäume erst hinter ihnen senkten.

Der Flugverkehr in den drei Luftkorridoren ging jedoch noch ungestört in beiden Richtungen weiter. Allerdings wurde die Lage auf dem Flughafen Tegel allmählich unerträglich, weil die Zahl der verfügbaren Plätze in den Maschinen bei weitem nicht mit der sprunghaft anschwellenden Zahl ausreisewilliger Westberliner Schritt hielt. Brenzlig wurde auch die Situation an den beiden Grenzkontroll-

punkten Dreilinden und Staaken, wo sich der Autoverkehr in Richtung Bundesrepublik gefährlich staute.
Die drei Stadtkommandanten hörten ihren Offizieren konzentriert zu. Der andauernde Luftverkehr, die Mauer und die total verstopften Straßen, die nach Staaken und Dreilinden führten, machten einen Angriff in diesen Bereichen unwahrscheinlich. Die Luft in dem kleinen Saal war trocken und stickig. Vielleicht lag es daran, daß im Augenblick niemand auf den naheliegenden Gedanken verfiel, daß unter diesen Umständen ein Angriff zu Wasser die logische Folge sei.
In Ermangelung neuer Nachrichten neigte man sogar dazu, den Sowjets überhaupt keinen Angriff auf West-Berlin mehr zuzutrauen. Wahrscheinlich waren sie über die drohende Haltung des amerikanischen Präsidenten so entsetzt, daß sie es sich noch einmal anders überlegten – wenn sie es jemals ernstlich vorgehabt hatten. Außerdem war ja die amerikanische Panzerbrigade unterwegs.
Kurz nach neunzehn Uhr ließ sich der Regierende Bürgermeister Richard von Weizsäcker bei den westalliierten Stadtkommandanten melden. Da man sich zuletzt zwischen fünfzehn und sechzehn Uhr gesehen hatte, wurde er sofort vorgelassen.
»Meine Herren«, sagte er, indem er sich auf einen Sessel am Konferenztisch niederließ, den ein britischer Offizier taktvollerweise geräumt hatte. »Die Lage an den Kontrollpunkten ist unhaltbar. Sie ist auch in Tegel katastrophal. Die Leute drehen mir ja durch, wenn nicht bald etwas geschieht.« Mit seinen schlohweißen Haaren über dem feingezeichneten Gesicht war das Stadtoberhaupt eine würdige Erscheinung, auch wenn sie durch den Zorn, der in Weizsäcker kochte, etwas an Wirkung verlor.
»Mein lieber Herr Bürgermeister«, sagte Liron. »Sie sehen,

wir tun unser Bestes. Unsere Truppen haben ihre Stellungen bezogen und warten nur noch auf den Feuerbefehl.«
»Ja, aber wir müssen den Leuten doch irgend etwas sagen«, rief Weizsäcker hilflos aus. Der ehemalige Bundestagsabgeordnete, der einst als Kandidat der Unionsparteien erfolglos für das Amt des Bundespräsidenten kandidierte, hatte zwar den letzten Berliner Wahlkampf gewonnen. Aber dieser Situation fühlte er sich auf die Dauer nicht mehr gewachsen, zumal es keine klare Kompetenzverteilung gab. »Und dazu brauche ich Ihr Einverständnis«, setzte er matt hinzu.
»Herr Weizsäcker«, meldete sich Boatner zu Wort. Der dreiundfünfzig Jahre alte Truppier mit Bürstenhaarschnitt, dessen Geburtsort zufällig in China lag, beherrschte das Deutsche nur mangelhaft. »Wir können so lange nichts sagen, wie unsere Regierungen uns kein grünes Licht gegeben haben. Vielleicht ist die Antwort schon unterwegs. Am besten, Sie senden solange im RIAS leichte Musik.«
Der englische Stadtkommandant Mostyn sah an Weizsäckers wechselnder Gesichtsfarbe, wie sehr dieser unter einer solchen Zumutung litt. Er hatte das Gefühl, daß man den Regierenden Bürgermeister nicht ohne einen Rat in das Schöneberger Rathaus zurückgehen lassen konnte.
»Was halten Sie davon, Herr von Weizsäcker, wenn Sie in Staaken eine Hundertschaft Schutzpolizei aus Charlottenburg anrücken lassen?«
Staaken gehörte zum britischen Sektor, über den der vierundfünfzigjährige Mostyn, der aus London stammte und früher einmal in Aden Dienst gemacht hatte, seit drei Jahren das Kommando führte. Er war der Dienstälteste unter seinen Kollegen. Wie zur Bekräftigung fügte er hinzu, indem er an seine Erfahrungen mit arabischen Aufständischen dachte: »Das kühlt die Gemüter.«

»Aber das ist doch gar nicht das Problem«, fuhr Weizsäcker den Briten an. Für einen Moment drohte er die Fassung zu verlieren. »Das Problem sind doch nicht die Westberliner, die in Staaken festsitzen. Das Problem sind die russischen und ostdeutschen Soldaten, welche die Westberliner nicht mehr ausreisen lassen.« Daß das Hauptproblem die Entschlußlosigkeit der Westmächte war, die diesen Strangulierungsversuch bisher ohne nennenswerte Gegenwehr zugelassen hatten, setzte er lieber nicht hinzu.

Sorgenvoll verließ der Regierende Bürgermeister das Kontrollratsgebäude gegen zwanzig Uhr, als das Strandbad Wannsee, das keine zwei Kilometer westlich lag, gerade seine Pforten schloß. Wenige Minuten später wurden die letzten Badegäste, die gerade ihre Sachen packten, Zeugen eines äußerst merkwürdigen Schauspiels. Zunächst war außer ein paar Seglern, die etwas weiter draußen auf der Havel ihre Kreise zogen, und einigen Motorbooten nichts zu sehen. Allerdings liefen diese Motorboote einzelne Jollen und Jachten an, machten sie fest und zogen sie zur Seite.
Wenige Minuten nach dieser Aktion spielten sich auf dem Fluß, der golden in der Abendsonne glänzte, jedoch Ereignisse ab, die den unfreiwilligen Zuschauern das Blut in den Adern gerinnen ließ. Erst hörten sie ein fernes Brummen. Es kam aus südwestlicher Richtung, wo Potsdam lag, also aus der DDR. Das diffuse und unbekannte Geräusch schwoll in Minutenschnelle zu einem ohrenbetäubenden Donnern an. Und dann sahen sie, wie eine ganze Flottille großer olivgrüner Luftkissenboote in einem Höllentempo den See heraufraste und in nördlicher Richtung um die nächste Biegung verschwand.
Dieses Ereignis wiederholte sich in kürzeren Zeitabständen

noch zweimal. Die letzten Boote waren besonders groß. Sie verminderten plötzlich ihre Geschwindigkeit, beschrieben einen Bogen nach rechts und hielten hinter der Insel Schwanenwerder auf das östliche Ufer zu, wo das Heulen der Turbinen dann allmählich verstummte.
Der vierundzwanzigjährige Walter Lowitz und seine siebzehnjährige Freundin Irene waren nachmittags aus dem benachbarten Bezirk Zehlendorf mit dem Fahrrad zum Baden herübergefahren. Wegen der Rundfunknachrichten, die von Stunde zu Stunde bedrohlicher klangen, wollten sie jetzt auf dem schnellsten Wege nach Hause. Völlig fassungslos hatte Walter seine nasse Badehose in der Hand. Er wollte sie gerade in das Handtuch einwickeln, als er die seltsame Armada sah. Mit tonloser Stimme sagte er: »Das sind die Russen.«
Wie sich herausstellte, handelte es sich um sowjetische Marineinfanteristen, die der 108. Gardeschützendivision zugeteilt waren. Sie wurden gegen zwanzig Uhr an drei Stellen des westlichen Havelufers abgesetzt: in Höhe des Olympia-Stadions gegenüber dem britischen Hauptquartier, in Höhe des Grunewalder Dachsberges gegenüber dem Militärflughafen Gatow und in Höhe des Stadtteils Zehlendorf gegenüber dem US-Hauptquartier in der Clay-Allee. Gleichzeitig nahmen zwei sowjetische Kommandoeinheiten per Hubschrauber die wichtigsten Gebäude des französischen Hauptquartiers, des Quartier Napoleon, und den Militärflughafen Tempelhof ein.

Die wachhabenden US-Soldaten, die vor der Clay-Kaserne Dienst schoben, wunderten sich zunächst nur, daß der Verkehr auf der stark befahrenen Allee vor ihnen plötzlich abriß. Der dreiundzwanzigjährige Gefreite Paul Bremer aus

Oklahoma wollte mit seinem Jeep gerade das Kasernengelände verlassen. Er sah von links einen Militärkonvoi mit aufgeblendeten Scheinwerfern heranbrausen, den er irrtümlich für eine amerikanische Kolonne hielt.
Bevor sich Bremer eines anderen besinnen konnte, hatte ihn der erste russische Schützenpanzer bereits elegant umkurvt. Der zweite nahm den Jeep dagegen voll auf die Hörner. Mit einem ohrenbetäubenden Krachen schleuderte er das relativ leichte Gefährt beiseite, ohne allzuviel an Tempo zu verlieren. Bremer flog in hohem Bogen auf den Bürgersteig und blieb mit zerschmettertem Schädel liegen. Er war das erste Todesopfer der sowjetischen Aggression.
Seine vier Kameraden, die der Doppelstreife am Kaserneneingang angehörten, hatten die Aussichtslosigkeit jeglichen Widerstandes erkannt. Während die MGs der Panzerwagen ihr hämmerndes Stakkato vernehmen ließen, brachen die sowjetischen Gardesoldaten in einer Blitzaktion in das Kasernengelände ein. Im Zentrum des Komplexes sprangen die Rotarmisten, ihre MPs auf Dauerfeuer gestellt, aus den Schützenpanzern, besetzten in wenigen Minuten alle wichtigen Punkte der Gesamtanlage und unterbrachen alle Nachrichtenverbindungen.
Anschließend durchkämmten sie das Verwaltungsgebäude, das dem amerikanischen Stadtkommandanten als Hauptquartier diente. Sie trieben das dort tätige Personal zusammen.
Sergeant Earl Wellington war gerade dabei, dem abwesenden Generalmajor Boatner die Abschriften der letzten Funksprüche zwischen dem Hauptquartier und den beiden US-Kampfgruppen auf den Schreibtisch zu legen. Im Vorzimmer standen zwei jüngere Offiziere herum, John MacCormick und Robert Nigel, und unterhielten sich. Wegen der sommerlichen Hitze hatten sie ihre Uniformjacken abge-

legt. Sie rannten an die Fenster, als sie, völlig überrascht, den Gefechtslärm hörten. Unter ihrem Fenster tauchte, wie aus dem Nichts kommend, mit rasselnden Ketten ein braungrün gefleckter Schützenpanzer auf. Bevor noch der erste Rotarmist heraussprang und das Feuer eröffnete, hatte MacCormick die Gefahr erkannt.

»*These are bloody Russians*«, schrie er. Mit einem Hechtsprung suchten er und seine beiden Kameraden unterhalb der Fensterbänke Schutz. Automatisch griffen die drei Amerikaner zu ihren Dienstpistolen und wurden sich zugleich der Aussichtslosigkeit, etwas Entscheidendes tun zu können, bewußt. Die Fensterscheiben, von MP-Salven getroffen, zersplitterten. Der Putz rieselte von Decken und Wänden. Nigel erhob sich als erster, während die beiden anderen noch der Tür entgegenrobbten. Da hörten sie draußen auf dem Gang schon das dröhnende Gerappel von Nagelstiefeln, lautes Türenschlagen und heisere Rufe in einer Sprache, die nur Russisch sein konnte.

Wenige Augenblicke später wurde die Tür aufgerissen. Drei Rotarmisten stürmten herein. Sie hatten die MPs im Anschlag. In ihren linsenbraunen Kampfanzügen, die Helme tief in die Stirn gedrückt, wirkten sie wie in einem Kriegsstück auf der Theaterbühne.

»*Dawai, dawai*«, schrien sie. Obwohl Nigel einen der Männer, die sie jetzt, schwer atmend, mit dem Finger am Abzug bedrohten und dabei auffordernde Bewegungen machten, bequem hätte über den Haufen schießen können, ließ er seine Pistole fallen. Ein Feuergefecht kam ihm angesichts der Umstände sinnlos vor. MacCormick und Wellington schlossen sich Nigels Vorbild mißmutig an. Einer der drei Russen sammelte die Waffen ein. Die beiden anderen trieben die drei Amerikaner hinaus auf den Flur. Das Ganze hatte nicht einmal eine halbe Minute gedauert.

Der Corrensplatz, an dem das Gebäude der alliierten Kommandantur steht, liegt knapp hinter der Freien Universität, nicht einmal einen Kilometer von der Clay-Kaserne entfernt. Die drei Stadtkommandanten hörten den Gefechtslärm, als sie kurz nach zwanzig Uhr den Konferenzsaal verließen. Ein Sergeant aus der amerikanischen Begleitmannschaft hatte während der Sitzung routinemäßig den Armeefunk abgehört. Er vernahm jetzt die Notrufe aus der Clay-Kaserne.

In der allgemeinen Verwirrung, die eintrat, wollten einige jüngere Offiziere sofort ihren heimtückisch überfallenen Kameraden in den Kasernen mit der Waffe in der Hand zu Hilfe eilen. Mit Mühe konnten sie daran erinnert werden, daß der Schutz der Stadtkommandanten jetzt ihre vordringlichste persönliche Aufgabe sei.

Während Liron, Boatner und Mostyn in der Halle Schutz suchten, weil sie jede Minute einen sowjetischen Luftangriff befürchteten, griff der Nachrichtenoffizier Jerome Hillary in der Pförtnerloge einfach zum Telefon. Ohne lange zu überlegen, rief der schwarze New Yorker im Rathaus Schöneberg an, um sich nach dem Stand der Dinge zu erkundigen. Es war die einzige amtliche Nummer, die ihm gerade einfiel. Zu seiner Verblüffung hörte er, daß man dort von einem russischen Angriff noch nichts wußte. Der Regierende Bürgermeister sei soeben wieder eingetroffen. Alles sei absolut ruhig.

Unterdessen hatte Boatners Fahrer Robert Tucan vom Dienstwagen des Stadtkommandanten aus den Befehlshaber der 1. US-Kampfgruppe angefunkt. Oberst Stan Newman, ein baumlanger Recke aus Philadelphia, war zwar im Moment nicht erreichbar. Aber der diensthabende Funker erklärte Tucan, er habe auf der Armeewelle die Hilferufe aus der Clay-Kaserne gehört. Sie hätten von einem Angriff

der Russen gesprochen. Da, wo der Funkwagen stand – nämlich in der Silbermannstraße am U-Bahnhof in Neukölln –, habe man außerdem den Lärm von Schnellfeuerwaffen aus Richtung Flughafen Tempelhof gehört.
Die Adjutanten Lirons und Mostyns bemühten sich unterdessen fieberhaft um eine telefonische Verbindung mit ihren Hauptquartieren. Aber die Leitungen waren offenbar unterbrochen. Jedenfalls meldete sich niemand. Von dieser Entdeckung zusätzlich beunruhigt, beschlossen die drei Stadtkommandanten, nachdem sie die Situation einigermaßen erfaßt hatten, sich bis auf weiteres in das Rathaus Schöneberg zu begeben. Allem Anschein nach war die Luft dort noch rein.
Vom Corrensplatz in Dahlem zum John-F.-Kennedy-Platz brauchte die Wagenkolonne nicht einmal fünfzehn Minuten, weil stadteinwärts fast kein Verkehr war. Vor dem grau verputzten Gebäude, in dessen Turm die weltberühmte Freiheitsglocke hing, hatten sich einige hundert Berliner versammelt. Sie wollten von ihrem Bürgermeister wissen, wie es nun angesichts der sowjetischen Bedrohung weitergehen solle. Sie schienen von den jüngsten Ereignissen aber noch nichts zu wissen. Die Alliierten wurden von ihnen mit einem wüsten Protestgeheul empfangen.
Weizsäcker begrüßte Liron, Boatner und Mostyn in seinem Arbeitszimmer, in dem einst auch Willy Brandt gesessen hatte. Sein Lächeln wirkte verlegen. Denn es war ihm nicht angenehm, die Westmächte um eine festere Haltung zu bitten, während deren Stadtkommandanten von den Berlinern mit Schmähungen überschüttet wurden.
Außerdem hatte er in den letzten Minuten einmal mehr mit Bonn telefoniert und über die dortige Beschlußlage nur Verwirrendes gehört. Während der NATO-Ministerrat in Brüssel noch immer keine Erklärung zustande gebracht hat-

te, schien das Schicksal der sozial-liberalen Koalition nur noch an einem seidenen Faden zu hängen.
Bei Whisky und Kaffee gewann die Runde im Schöneberger Rathaus im Verlauf der folgenden Stunde ein etwas vollständigeres Bild. Bei den sowjetischen Schlägen gegen die drei westlichen Hauptquartiere handelte es sich ganz eindeutig um genau geplante Schwerpunktaktionen. Sie wurden durch die Besetzung der beiden Flugplätze Gatow und Tempelhof gegen unliebsame Überraschungen aus der Luft, das heißt gegen Luftlandeoperationen der Westmächte, abgesichert.
Offenbar hatten sich die Sowjets bei ihren Raids darum bemüht, die Zivilbevölkerung West-Berlins so wenig wie möglich in Mitleidenschaft zu ziehen. Die Landungen waren alle am östlichen Ufer der Havel, die dort durch Steilhänge und den Grunewald gegen die Innenstadt abgeschirmt ist, erfolgt, also praktisch unter Ausschluß der Öffentlichkeit. Der zivile Luftverkehr von und nach dem Hauptflughafen Tegel blieb weiterhin unberührt. Die Russen wirkten nach wie vor in der Alliierten Kontrollbehörde für die Luftkorridore mit.
Wie überlegt die russischen Marineinfanteristen zu Werke gegangen waren, bewies vor allem ihr Landungsmanöver in der sogenannten Steinlanke, nur wenige Kilometer Luftlinie vom amerikanischen Hauptquartier entfernt. Nur an dieser Stelle zwischen den Inseln Schwanenwerder und Lindenwerder verläuft die Havelchaussee nämlich über mehrere hundert Meter etwa in Höhe der Wasserlinie.
Freilich bildeten die Stadtautobahn, die sogenannte Avus, und die parallel zu ihr verlaufende Eisenbahnlinie stadteinwärts ein beachtliches Hindernis. Was hatten die Russen gemacht? Anstatt die Autobahn für die Dauer ihres Kommandounternehmens zu sperren und dadurch ein Ver-

kehrschaos auszulösen, fuhr die Schützenpanzerkolonne einen Umweg über Kronprinzessinnenweg/Potsdamer Straße. Ein Rotarmist regelte auf der belebten Kreuzung Clay-Allee/Berliner Straße sogar vorübergehend den Verkehr.
Jede Einzelheit der konzertierten Aktion bewies exakte Planung, genaue Ortskenntnis und eiserne Disziplin – aber auch den Willen, den Schaden möglichst klein zu halten. Soweit die Gegenwehr der Verteidiger in den westlichen Hauptquartieren nicht zum Gebrauch der Waffen zwang, machten die Sowjets ordnungsgemäß Gefangene. Nach vorläufigen Schätzungen hatte es bei den fünf Operationen, welche die Kommandostruktur der westlichen Alliierten mit der Präzision eines Skalpells zerschnitten, insgesamt kaum mehr als zwanzig Tote und dreißig Verwundete gegeben, je ein Drittel davon Sowjetsoldaten.
Liron, Boatner und Mostyn hatten nach dem Verlust ihrer Kommandozentralen das Schöneberger Rathaus zum Hauptquartier umfunktioniert. Während die Führer der amerikanischen, englischen und französischen Kampfverbände auf sofortige Befreiung der besetzten Schaltstellen drangen, befahlen die westlichen Stadtkommandanten weiterhin Gewehr bei Fuß. Zwar gaben ihnen die Vorgesetzten in Paris, London und Washington bis einundzwanzig Uhr so gut wie freie Hand innerhalb West-Berlins. Doch waren sich die Kommandanten einig, daß eine so begrenzte Aktion wenig Sinn hatte, solange sich ihre Kommunikationszentralen, ein Teil ihrer leitenden Offiziere und ihres Materials in der Hand des Feindes befanden.
Als sich an diesem vorletzten Tag im Juni die Nacht über die ehemalige Reichshauptstadt senkte, waren die Fronten seltsam erstarrt. Das galt auch für die Grenze zwischen der DDR und der Bundesrepublik. Während sich die amerikanische Panzerbrigade unter dem achtundvierzigjährigen

Generalmajor Thomas S. Ironwhile in Helmstedt zum Durchbruch nach Berlin fertigmachte, zogen die Russen vor Magdeburg immer mehr Truppen zusammen. Der Westen hatte jetzt die Wahl, ob er wegen seiner Verluste in Berlin kämpfen oder kapitulieren wollte.

13. Die Verbündeten

Frau Löwer, die Sekretärin, brachte mit einem freundlichen Lächeln den Kaffee herein. In der miesen Stimmung, in der sich alle befanden, wurde das als willkommene Unterbrechung begrüßt. Die Nachrichten über die Weltlage hatten sich seit den frühen Morgenstunden ständig verschlechtert. Rund um Berlin schien sich etwas zusammenzubrauen. Wahrscheinlich hatte Lester Willis mit seiner Vermutung recht, die er dem Generalkonsul gleich bei Dienstbeginn aufgetischt hatte: mit einem Angriff des Warschauer Paktes auf den Westen sei zu rechnen.

Mit Respekt mußte Willis an Professor Hirschmeier denken. Hatte der Gelehrte nicht erst gestern, als sie zusammen mit Kurt Roßberg zu Abend aßen, die kommenden Ereignisse exakt vorausgesagt?

Willis hatte noch in der vergangenen Nacht über den Geheimapparat Kontakt mit Carey Jones in Heidelberg aufgenommen und ihm von den Erkenntnissen des Bundesnachrichtendienstes Meldung gemacht: An der innerdeutschen Grenze würden die Minen entfernt, vor allem an den strategisch entscheidenden Stellen, nicht jedoch an der Grenze zur Tschechoslowakei. Jones hatte einen Fluch ausgestoßen, dann aber die verantwortlichen Leute alarmiert.

Aber von einer aktiven Gegenwehr schien der Westen jetzt, in den Mittagsstunden, immer noch weit entfernt zu sein.

Der NATO-Ministerrat sollte erst um fünfzehn Uhr zusammentreten. Und die Nachrichten aus dem Fernen Osten schienen für die Regierung in Washington ebenso alarmierend wie die Nachrichten aus Europa zu sein. Gegen elf Uhr hatte Thomas Roichmann aus Bonn angerufen und Willis auf einen Wink von oben hin empfohlen, vorsorglich gewisse Maßnahmen einzuleiten, aber, bitte, ganz diskret! Und nun saß der Sicherheitsoffizier mit dem Generalkonsul und führenden Konsularbeamten zusammen, um die Evakuierung der Amerikaner für den Ernstfall vorzubereiten. Der Generalkonsul Richard P. Finberry war ein eindrucksvoller Mann: voller Optimismus, voller Tatkraft, voller Selbstbewußtsein. Er war noch nicht so lange wie Willis auf seinem Posten in Hamburg. Aber er hatte schon sehr viel für das deutsch-amerikanische Verhältnis getan. Vor allem lagen ihm die Wirtschaftsbeziehungen am Herzen. Seine Spezialität war das sogenannte Patrick-Henry-Essen, zu dem er viermal im Jahr die führenden Vertreter aus Politik, Wirtschaft und Kultur Norddeutschlands einlud. Man kam dann im Hotel »Vier Jahreszeiten« an der Hamburger Binnenalster zusammen, direkt neben dem Überseeclub, und speiste vorzüglich.
Finberry war einundfünfzig Jahre alt, bei bester Gesundheit, von Hause aus Verwaltungsjurist, grauhaarig, gutaussehend, stattlich. Er stammte aus Maryland und ging an alle seine Aufgaben mit der Systematik des Wissenschaftlers heran. So begnügte er sich jetzt nicht damit, einfach den alten Evakuierungsplan herauszuholen – er stammte vermutlich noch aus den sechziger Jahren –, sondern er setzte mit den Überlegungen ganz neu und gründlich an. Die Preisfrage lautete: Wie viele Amerikaner gab es überhaupt im Einzugsbereich des Generalkonsulats, die als Evakuierungsfälle in Frage kamen?

Während komplizierte Berechnungen angestellt wurden, blickte Willis durch das Fenster auf die metallisch glänzende Wasserfläche der Außenalster. Die Fluten waren heute morgen intensiv graublau, wurden aber von nur wenigen Booten durchpflügt. Vielleicht war es der letzte Tag, an dem man überhaupt segeln konnte, der letzte Tag für lange Zeit. Wie lange würde der gegenwärtige Spannungszustand wohl noch anhalten? Und was würde ihn beenden – Krieg oder Kapitulation? Obwohl Willis den Gedanken an militärische Auseinandersetzungen wenig erbaulich fand, hoffte er doch, Präsident Reagan werde den Russen diesmal eine gehörige Abfuhr für ihre Unverschämtheiten erteilen.

»Less, hören Sie überhaupt zu?« Die Stimme von Ron Ziegler, dem Leiter der Visa-Abteilung, klang etwas pikiert. Er fühlte sich bei seinen Zahlenspielen nicht ausreichend beachtet.

»Entschuldigung, wie weit waren wir gekommen?«

»Unsere Frage an Sie ist, wie viele Angehörige der amerikanischen Streitkräfte Sie hier oben zur Zeit vermuten.«

Willis versuchte, die Zahl schnell im Kopf zu überschlagen, und kam alles in allem auf etwa fünfzig.

»Wenn wir also alles zusammenrechnen, sind es zweitausendfünfhundert«, sagte Finberry sichtlich befriedigt. »Außerdem gibt es natürlich eine Reihe von Amerikanern, deren Namen und Adressen uns nicht bekannt sind. Da kann man nichts machen. Ein besonderes Problem sind außerdem die Touristen. Ich sehe keine Möglichkeit, sie zu erfassen.«

»Sollte irgend etwas Ernstes passieren, werden sie sich schon melden«, sagte Rose Perman. Sie war in der allgemeinen Verwaltung für die Pressekontakte zuständig, eine hübsche fünfunddreißigjährige Dame aus Kalifornien, mit dichtem kastanienbraunem Haar. »Außerdem schlage ich

vor, daß wir die Aufforderung, sich im Generalkonsulat zu melden, über Presse und Rundfunk aussenden.«
»Aber nicht zu früh, Rose, damit wir die Pferde nicht scheu machen«, meinte Finberry. »Am besten, wir sprechen vorher darüber, bevor Sie etwas hinausgeben.«
»Sollten wir nicht auch eine Liste der Krankenhäuser und Ärzte aufstellen?« gab Ziegler zu bedenken.
»Gute Idee«, sagte Finberry. »Aber wer soll es machen?« Es wurde beschlossen, diesen Auftrag an die allgemeine Verwaltung zu vergeben.
»Wie ist es mit Lebensmitteln und Medikamenten?« Finberry regte an, einen Notvorrat anzulegen. »Schlimmstenfalls müssen auch diejenigen Amerikaner, die wegen der Kriegsereignisse nicht mehr woanders unterkommen, im Konsulat übernachten.«
Rose Perman wollte sich um dieses Problem kümmern.
»Ja, und die Evakuierung selbst?« Willis hatte die Frage aufgeworfen. »Was haben wir an verfügbaren Schiffen?«
Weil er selbst nicht in der Lage war, diese Frage zu beantworten, versprach Willis, sie bis zum frühen Nachmittag mit den Schiffahrtslinien abzuklären. Zunächst einmal ging es um den Transport von Hamburg oder Bremerhaven nach England, notfalls nach Frankreich. Aber dann mußte es von dort aus nach Amerika weitergehen. Das machte die Sache schwierig.
Als die anderen gegangen waren, nahm Finberry Willis zur Seite. »Was immer passiert, Less«, sagte er mit ernster Miene, »ich bleibe natürlich hier, solange es geht.«
»Ich auch«, sagte Willis. »Nur sollten wir unsere Frauen und Kinder in Sicherheit bringen.«
»Wie schätzen Sie die Lage ein?«
»Ernst. Ich will ein bißchen herumtelefonieren. Ich halte Sie auf dem laufenden.«

Als erstes rief Willis, nachdem er wieder an seinem Schreibtisch Platz genommen hatte, Carey Jones in Heidelberg an, um etwas über die militärische Lage zu erfahren. Die 7. Armee befand sich bereits in einem Zustand erhöhter Bereitschaft, in der NATO war eine Art Voralarm gegeben. Diesseits und jenseits des Atlantiks liefen allem Anschein nach die Vorbereitungen für »Big Lift« und das »Reforger«-Programm an.

Als nächster war Roßberg an der Reihe. Aber in Kiel war ständig besetzt. Der BND-Mann bemühte sich zu diesem Zeitpunkt – es war gegen ein Uhr Mittag – um eine Reise nach Bonn. Am Morgen hatte er aus zuverlässiger Quelle in Ost-Berlin von Machtkämpfen innerhalb der SED oder zwischen der DDR und der Sowjetunion gehört. Was dazu die Gründe waren, wurde ihm nicht ganz klar. Auch war es Roßberg nicht gelungen, schlüssige Zusammenhänge zwischen diesen Informationen und den militärischen Vorbereitungen des Warschauer Paktes herzustellen, von der Explosion des Wachtturms in Neuhof ganz zu schweigen, der ihn bis jetzt beschäftigt hatte. Irgendwie hing das alles miteinander zusammen. Aber Roßberg wußte noch nicht, wie.

Er hatte diese Informationen sofort nach München-Pullach weitergegeben. Dort war man aber inzwischen so auf die Angriffsvorbereitungen des Warschauer Paktes fixiert, daß man seinen Mitteilungen wenig Beachtung schenkte. Roßberg mußte zwar zugeben, daß er sich auf die Vorgänge in und um Berlin keinen rechten Reim machen konnte – vielleicht waren die SED-internen Auseinandersetzungen auch nur ein Gerücht –, aber dagegen sprach die Zuverlässigkeit seiner Quelle: Martin Bunse, Sekretär des SED-Zentralkomitees in Ost-Berlin.

Roßberg hatte Bunse 1944 in russischer Kriegsgefangenschaft kennengelernt, irgendwo in einem Lager am Don. Die beiden hatten in der Schlacht um Stalingrad mitgekämpft – bei der 76. Infanteriedivision. Beide gerieten bei den verlustreichen Endkämpfen um die Wolgastadt Anfang 1943 in Gefangenschaft. Beide als blutjunge Männer von Anfang Zwanzig.

Während Roßberg damals einen nationalen Standpunkt eingenommen hatte, vertrat Bunse von Anfang an eine sozialistische Richtung. Roßberg stammte aus Kiel, Bunse aus Dresden. Und als auf sowjetische Initiative hin mit Billigung Stalins der deutsche General von Seydlitz den »Bund Deutscher Offiziere« gründete, um auf die politische Nachkriegsentwicklung in Deutschland Einfluß zu nehmen, trat Bunse diesem BDO bei: »Ich bin jetzt Kommunist«, erklärte er Roßberg. Ihrer Freundschaft tat es merkwürdigerweise keinen Abbruch, daß Bunsen und Roßberg unterschiedliche politische Überzeugungen hatten. Der Krieg war ihr gemeinsames Erlebnis. Er schmiedete sie stärker als alles andere zusammen. Im Gegensatz zu Bunse konnte sich Roßberg damals aber nicht dazu entschließen, dem »Bund« beizutreten. Ihm leuchtete zwar der Grundgedanke eines deutsch-sowjetischen Bündnisses ein, aber er sah keinen Sinn darin, den Diktator Hitler gegen den Diktator Stalin einzutauschen. Damals verlor er Bunse vorübergehend aus den Augen. Doch trafen sie sich später in Berlin wieder, frischten ihre Freundschaft auf und blieben seitdem in lokkerer Verbindung.

Als »ungelernter Soldat mit Abitur«, wie er sich gern selbst bezeichnete, war Roßberg dem Bundesnachrichtendienst gleich nach dessen Gründung beigetreten. Er verschwieg seinen Vorgesetzten die Freundschaft mit Bunse, der gerade die ersten Sprossen seiner Parteikarriere erklomm. Aber Roßberg war sich sicher: Freund Bunse hielt es ebenso.

Auf diese Weise war während der letzten Jahre und Jahrzehnte ein Bund der Verschwiegenheit über die deutsch-deutsche Grenze hinweg entstanden, welcher das Vertrauen zwischen den beiden Männern nährte. Bis zum Mauerbau hatte Roßberg den kleinen, grazilen und gewandten Bunse hin und wieder in Berlin getroffen – in West-Berlin, wohlgemerkt, als es in der Sektorengrenze noch Schlupflöcher gab. Danach war es bei gelegentlichen Telefongesprächen geblieben, wobei jeder der beiden Freunde wußte, wie er vorgehen mußte, um den Gesprächspartner nicht in Verlegenheit zu bringen.
Gewöhnlich lief das so ab: Roßberg rief eine mit Bunse vereinbarte Nummer in West-Berlin an. Der dort sitzende V-Mann hatte nichts weiter zu tun, als daraufhin Bunse in Ost-Berlin anzurufen und ihm zu sagen: »Die Blumen sind da, Sie möchten sie bitte abholen.« Auf dieses Signal hin nahm Bunse bei der nächsten sich bietenden Gelegenheit telefonischen Direktkontakt mit Roßberg auf – für einen Mann in seiner Position eine Kleinigkeit.
Heute morgen aber, kurz nach zehn Uhr, hatte Bunse die Prozedur zum erstenmal umgekehrt. Zum erstenmal seit sie miteinander in Verbindung standen, hatte Bunse selbst angerufen. Und im Gegensatz zu sonst hatte er kurz, hastig und in verschlüsselten Wendungen gesprochen, als stehe er unter Zeitdruck oder anderen Pressionen.
Von »Ehestreitigkeiten« und den »Eltern, die sich scheiden lassen« war die Rede, aber auch vom »zornigen Vater« und vom »verstoßenen Sohn«. Das war jener private Geheimcode, den Bunse und Roßberg für alle Fälle miteinander vereinbart hatten und in dem jedes einzelne Wort seine Bedeutung hatte. Im Klartext hieß das Ganze: In der SED (»Eltern«) bedrohten heftige Flügelkämpfe (»Ehestreitigkeiten«) die Einheit der Staatspartei (»Eltern, die sich scheiden las-

sen«). Außerdem mußte es zwischen dem »Vater« (Breschnew) und »Sohn« (Honecker) zum Bruch gekommen sein.
Den Zusammenhang zwischen diesen beiden Teilen der Botschaft verstand Roßberg ebensowenig wie den letzten Satz, den Bunse sprach, bevor er einhängte: »Alles wird gut, wenn Tybalt und Mercutio nicht zum Schwert greifen.« Wer war Tybalt, wer Mercutio? Was meinte Bunse damit? Obwohl sich Roßberg diese Fragen nicht beantworten konnte, begriff er sofort, daß Bunse ihn in den Besitz einer außerordentlich wichtigen Information gebracht hatte. Möglicherweise bildeten die Machtkämpfe in der DDR oder zwischen der DDR und der Sowjetunion den eigentlichen Grund für das Säbelgerassel, das aus dem Ostblock zu vernehmen war. Hatte Professor Hirschmeier nicht gestern von zunehmenden Spannungen zwischen der Sowjetunion und ihren Satelliten erzählt, oder sollte dies alles nur das Vorspiel für einen sowjetischen Angriff sein?
So angestrengt Roßberg auch hin und her überlegte – er verstand die Zusammenhänge nicht. Und da er in München-Pullach kein Gehör fand, beschloß er in seiner Verlegenheit, sich an Staatssekretär Gerhard Konow zu wenden, der im Bonner Bundeskanzleramt die Geheimdienste koordinierte. Im Falle eines Staatsnotstandes, so hatte man den BND-Agenten auf ihrer letzten Fortbildungstagung eingeschärft, sollten sie sich direkt an Konow wenden oder an dessen Referenten Lothar Römer.
Trotz Aufwendung aller seiner Überredungskünste und seines beträchtlichen Charmes gelang es Roßberg jedoch nicht, die Vorzimmerdame Konows davon zu überzeugen, daß er eine außerordentlich wichtige Information für den Staatssekretär habe, die er diesem nur selbst mitteilen könne. Der Versuch schien sinnlos zu sein, einer Sekretärin

klarzumachen, daß die ganze Aufregung, die in Bonn herrschte, vielleicht auf einem riesigen und tragischen Irrtum beruhte. Oder ihr etwas von »Tybalt« und »Mercutio« zu erzählen. Wahrscheinlich glaubte die gute Frau nicht einmal, daß sie tatsächlich mit dem BND-Agenten Kurt Roßberg sprach, sondern hielt ihn für einen aufgeblasenen Wichtigtuer. Außerdem waren Konow und Römer wegen des Sitzungsmarathons, das wegen der Krise in Bonn abgespult wurde, ohnehin nicht greifbar. Kein Mensch wußte, wann sie wieder in ihrem Büro sein würden.
Nach dieser Abfuhr legte Roßberg eine kurze Denkpause ein. Er war kein sehr politischer Mensch, daß heißt, er kannte sich in den internationalen Beziehungen nicht so genau aus, daß er imstande gewesen wäre, die möglichen Folgen von Bunses Anruf, der fast wie ein Aufschrei geklungen hatte, in allen ihren Einzelheiten aus eigener Kraft zu analysieren. Aber so viel war ihm doch klar: Wenn die Ereignisse im Ostblock, die alle Welt seit den Morgenstunden in Atem hielten, tatsächlich nur den Sinn hatten, bestimmte Konflikte innerhalb der SED und zwischen Breschnew und Honekker zu verdecken, wenn es stimmte, daß die aggressive Haltung der Sowjetunion gegenüber dem Westen nur der Abschirmung innerer Konflikte nach außen diente, wenn also die ganzen Truppenbewegungen, Flottenaufmärsche und auch die Entfernung der Minen nur dazu bestimmt waren, einen gewissen Theaterdonner zu erzeugen – dann, ja dann gingen die Strategen in Bonn, Brüssel, Washington oder sonstwo von ganz falschen Voraussetzungen aus. Dann rechneten sie mit einem Angriff, der gar nicht geplant war. Und dann würden ihre Gegenmaßnahmen am Ende vielleicht gerade das auslösen, was sie verhindern sollten: den Krieg.
Bei seiner geheimdienstlichen Arbeit ging Roßberg ge-

wöhnlich recht methodisch vor. In den entscheidenden Momenten folgte er jedoch seinem Instinkt. Und sein Instinkt sagte ihm jetzt, daß wieder einmal ein wichtiger Augenblick gekommen sei. Der Weltfrieden war in Gefahr – und er, Roßberg, hatte möglicherweise eine Information in der Hand, die diesen Frieden retten konnte. Jedenfalls war Bunses Botschaft geeignet, in den Bonner Entscheidungsprozeß einzufließen. Wahrscheinlich hatte der ZK-Sekretär sogar in der Hoffnung mit dem BND-Agenten telefoniert, daß dieser seine Informationen an die berufenen Stellen weitergab. Es fragte sich nur: Wie, an wen und wo?

Einen Augenblick lang war Roßberg der Verzweiflung nahe. Wie konnte er sich mit so sonderbaren Geschichten in Bonn Gehör verschaffen, wenn man ihm schon in München-Pullach keinen Glauben schenkte? Die hatten bei »Tybalt« und »Mercutio« doch nur gelacht. Wie konnte er die Mauer eines engstirnigen Kompetenzdenkens überklettern, in das sich die Beteiligten einschlossen, als könnten sie sich dadurch von der feindlichen Umwelt abschirmen? Wie konnte er Konow Bunses Botschaft übermitteln? Je länger und nervöser er darüber nachdachte, desto stärker reifte der Entschluß in ihm heran: Er mußte selbst nach Bonn. Vielleicht konnte er von dort aus noch einmal Kontakt mit Bunse aufnehmen und Genaueres über die Vorgänge in Ost-Berlin recherchieren.

Zu seinem Entsetzen erfuhr er von der Lufthansa, alle Maschinen nach Köln-Wahn seien ausgebucht. Eine wahre Fluchtbewegung sei im Gange, sagte das nette Mädchen mit der mildtätigen Krankenschwesternstimme am Telefon. Unter diesen Umständen hielt es Roßberg aber auch für zwecklos, mit dem Wagen zu fahren. Das würde gewiß zu lange dauern.

Er dachte an Willis. Der Amerikaner war Stabsoffizier des

Marinekorps. Er unterstand dem Pentagon. Vielleicht konnte er eine Militärmaschine lockermachen.
Roßberg rief seinen Freund an, der gerade dabei war, die Schiffahrtslinien zu ermitteln, die zwischen Southampton und New York verkehrten.
»Hallo, Less!«
»Hallo, Kurt, was gibt es Neues? Ich hatte schon vorhin versucht, dich zu erreichen, aber bei dir war immerfort besetzt.«
»Wie ist dir das Gelage bekommen?«
»Eigentlich gut. Der Professor scheint tatsächlich ein Prophet zu sein. Hatte er nicht ›zwischen einem Tag und einem Jahr‹ gesagt? Es scheint heute oder morgen loszugehen.«
»Ja, so sieht es aus.« Roßberg hielt es nicht für zweckmäßig, Willis in seine Kenntnisse einzuweihen. »Aber ich habe ein anderes Problem. Ich muß dringend nach Bonn. Heute noch. Möglichst innerhalb der nächsten Stunden. Bei der Lufthansa ist jedoch alles ausgebucht. Steht von euch zufällig in Fuhlsbüttel ein Vogel herum, der mich mit nach Köln nehmen kann?«
Willis überlegte einen Augenblick. Es kam manchmal vor, daß amerikanische Militärmaschinen in Hamburg Station machten. Aber ihm fiel eine viel bessere Lösung ein.
»Finberry muß heute nachmittag nach Bonn fliegen. Die ziehen dort unseren gesamten diplomatischen Dienst zu einer Krisensitzung zusammen. Vielleicht hat er noch ein Plätzchen frei. Laß mich mal eben sehen.«
Willis drückte auf einen Knopf seines Sprechapparates. Es knackte, dann hatte er den Generalkonsul an der Strippe.
»Wäre es Ihnen sehr unangenehm, wenn ich Sie bitte, nachher einen guten Freund von mir mitzunehmen?«
»Die Maschine fliegt aber nur bis Köln-Wahn. Dort werden wir abgeholt«, sagte Finberry. »Wer ist es denn?«

»Ein gewisser Mr. Roßberg vom Bundesnachrichtendienst. Er hat irgend etwas Dringendes, und die Linienmaschinen sind alle ausgebucht. Ich glaube, er wäre sehr froh, wenn er mit Ihnen bis Köln fliegen könnte.«
»Okay. Ich glaube, wir fliegen um siebzehn Uhr. Hanseatische Luftcharter. Am besten, er ist um sechzehn Uhr hier. Er kann dann gleich mit uns fahren.«
»Mit uns?« Less war erstaunt.
»Ja, mit uns. Oder wußten Sie noch nicht, daß Sie ebenfalls in Bonn erwartet werden? Hat es Ihnen Rose nicht gesagt? Sie kommt auch mit.«
»Oh, gut, daß ich es noch erfahre. Sonst hätte ich mir Flügel wachsen lassen müssen, um hinterherzukommen. Es ist schon zwei vorbei. Bis gleich also.«
Willis schaltete auf Roßbergs Leitung um.
»Ich muß auch mit nach Bonn. Wir fliegen zusammen.«
»Wunderbar, ich danke dir. Und wann?«
»Am besten, du bist um vier Uhr hier. Schaffst du das?«
»Kein Problem. Also bis gleich!«
»Und ›Johannes Herbst‹ willst du so lange allein lassen?«
»Der ist bei der Bundeswehr gut aufgehoben.«
»Wie geht's ihm denn?«
»Der springt schon wieder herum.«
»Fein, also bis gleich!«
»Bis gleich!«

Der Auftritt Wischnewskis beendete das Koalitionsgespräch wie mit einem Peitschenknall. Es hatte nur eine dreiviertel Stunde gedauert. Genscher, Lambsdorff, Baum und Mischnick verließen den Kanzlerbungalow verärgert. Die SPD-Spitze blieb etwas ratlos zurück.
»Wenn es stimmt, daß die Amerikaner auf Kohl und Strauß

setzen«, sagte Schmidt, »dann steht die sozialliberale Koalition auf verlorenem Posten.«
»Dann wird Genscher das Lager wechseln«, fügte Wischnewski hinzu.
»Von wem hast du die Information?« fragte Wehner.
»Das sage ich dir später.«
»Und wie sehen die amerikanischen Forderungen aus? Hat der Informant etwas Näheres gesagt?« wollte Brandt wissen. Er war über das Verhalten der Amerikaner empört.
»Genaueres wußte mein Informant nicht«, sagte Wischnewski, »aber es soll einen Brief geben.«
»Brief von wem?«
»Ich weiß es nicht. Entweder vom amerikanischen Botschafter Burns oder von Haig, vielleicht auch von Reagan persönlich.«
»Kohl wird alle Forderungen erfüllen«, sagte Schmidt resigniert. Er hatte die Hoffnung auf eine Rettung der Koalition schon fast aufgegeben. Genscher schien nur noch nach einem Vorwand für den Absprung zu suchen. »Wenn die Russen richtig zuschlagen und die amerikanischen Verstärkungen sind nicht rechtzeitig hier, wird Reagan am Ende kaum etwas anderes übrigbleiben, als Atomwaffen einzusetzen. Wo steht denn inzwischen die amerikanische Brigade?«
Niemand wußte darauf eine Antwort. Die Männer, welche die Sozialdemokratische Partei Deutschlands repräsentierten, hatten das Besprechungszimmer verlassen. Sie standen jetzt in der kleinen Halle zusammen. Es war zwanzig Uhr zehn.
Apel und der Generalinspekteur Brandt verabschiedeten sich. Sie mußten auf die Hardthöhe zurück, wo das Verteidigungsministerium lag. Dort tagte die Bundeswehrführung in Permanenz.

Die beiden hatten aber den Ausgang noch nicht erreicht, als der Stellvertretende Regierungssprecher Lothar Ruehl auftauchte. Der ehemalige ZDF-Redakteur, der als Militärfachmann galt, schien ganz außer Atem zu sein. Mit einer dpa-Meldung in der Hand, bewegte er sich fast im Laufschritt auf den Kanzler zu. Wortlos reichte er ihm das Papier. Schmidt setzte seine Brille auf und las die Meldung. Sie bestand nur aus drei Zeilen:

dpa-blitz
berlin: russen stürmen us-hauptquartier
folgt teil zwei

Der Kanzler nahm die Brille wieder ab. Er hielt den Kopf gesenkt und guckte die anderen von unten an. Er sah plötzlich müde und verbraucht aus. Dann sagte er: »Es ist soweit. In Berlin hat es geknallt.«
Brandt, Wischnewski und Wehner hatten sich um den Kanzler geschart. Der kleine Papierfetzen ging von Hand zu Hand. Ruehl blickte betreten zu Boden. Schließlich war er der Bote, der die Unglücksnachricht überbracht hatte.
»Wo ist Busse?«
Der Fahrer des Kanzlers sprang herbei.
»Wir sehen uns im Kanzleramt«, sagte Schmidt zu den anderen. »Herr Ruehl, sagen Sie bitte Konow Bescheid. Der ist in der Fraktion.«
»Ich gehe in die Fraktion«, sagte Brandt, »und komme dann nach.« Wehner schloß sich dem SPD-Vorsitzenden an.
»Ich bleibe am besten auf der Hardthöhe«, sagte Apel.
»Gut.« Schmidt nickte. »Wir schließen uns kurz. Wo ist Bölling?« Er meinte den Staatssekretär im Bundespresse- und Informationsamt, Klaus Bölling, den Ersten Regierungssprecher. »Wir müssen eine Erklärung aufsetzen.«
Die Männer strebten auseinander.

Harald Busse jagte den Mercedes des Bundeskanzlers mit quietschenden Reifen hinter dem BMW der Bundessicherungsgruppe Bonn her. Die Kripo-Beamten hatten das Blaulicht eingeschaltet. Eigentlich waren es vom Kanzlerbungalow bis zum Bundeskanzleramt nur wenige Schritte. Aber Schmidt wollte die Zeit nutzen, um mit Genscher Kontakt aufzunehmen. Er saß ausnahmsweise neben Busse. Er nahm den Hörer von der Gabel des Autotelefons und wählte die Nummer der FDP-Fraktionsgeschäftsstelle. Am Apparat war die Sekretärin. Sie erstarrte, als sie die Stimme des Kanzlers vernahm.

»Hier Schmidt. Sagen Sie bitte Herrn Genscher, er möchte sofort herüberkommen, Kabinett. In Berlin scheinen die ersten Schüsse gefallen zu sein.«

Der Sekretärin fuhr der Schreck so in die Glieder, daß sie kaum in der Lage war, einen vernünftigen Satz herauszubringen.

»Aber . . . aber . . . Herr Genscher ist noch gar nicht hier.«

»Er wird jeden Moment bei Ihnen sein. Wenn nicht, suchen Sie nach ihm!« Der Kanzler legte auf.

Vor dem Kanzleramt hatten sich verschiedene Kamerateams aufgebaut. Sie standen zum Teil schon seit den Nachmittagsstunden dort. Irgend jemand hatte die Leute vom WDR mit ihrem Bonner Bürochef Friedrich Nowottny durch das Sperrgitter am Eingang der Anlage hindurchgelassen. Der kleine, zierliche Mann mit dem Schalk in den Augenwinkeln stand unmittelbar neben der Eingangstür, diesmal bis zur Nasenspitze ernst. Schmidt schätzte Nowottny, aber jetzt würdigte er ihn keines Wortes. Der Kanzler wollte mit den Berliner Neuigkeiten erst in das Kabinett. Mit einem grüßenden Nicken ging er, die unvermeidliche Prinz-Heinrich-Mütze auf dem Kopf, an dem Journalisten vorbei.

Hinter der Eingangstür wartete Gerhard Konow. Ruehl hatte ihn telefonisch herbeigerufen. Der relativ kleine und unscheinbar wirkende Pommer, der nur etwa zehn Jahre jünger als Schmidt war, hatte die Leitung des Bundeskanzleramtes erst vor kurzem übernommen.
»Wir haben Rundruf gegeben«, sagte er.
»Wo ist die amerikanische Brigade?«
»Steht in Helmstedt Gewehr bei Fuß.«
»Hat die NATO ihre Erklärung zustande gebracht?«
»Soviel ich weiß, nein.«
»Ich möchte nachher Herrn Burns sprechen. In meinem Arbeitszimmer. Bitte, nehmen Sie die Sache in die Hand. Danach Herrn Kohl.«
»Herr von Weizsäcker möchte Sie dringend sprechen. Noch vor dem Kabinett. Er hat um Rückruf gebeten. Scheint dringend zu sein.«
Schmidt und Konow waren inzwischen die Treppe zum Kabinettssaal hinaufgegangen. Obwohl sie noch gar nicht so lange zusammenarbeiteten, verstanden sie sich sehr gut. Schmidt hatte volles Vertrauen zu Konow, der vorher Staatssekretär im Bundesverkehrsministerium gewesen war. Als Leiter der innenpolitischen Abteilung im Kanzleramt hatte Konow schon in den siebziger Jahren lange Zeit mit Schmidt zusammengearbeitet. Er galt als glänzender Jurist, trug zum blauen Blazer gern auffallend gemusterte Krawatten und setzte, wenn er nervös war, die randlose Brille in schnellem Wechsel auf und ab. Im Augenblick war Konow wie immer in Krisensituationen sehr ruhig. Sehr effizient und schweigsam.
Der Kabinettssaal war einhundertvierunddreißig Quadratmeter groß. Seine Wandverkleidung bestand aus naturdunkler Mooreiche. Sie wurde durch das Monumentalwerk des Expressionisten Ernst Ludwig Kirchner »Sonntag des

Bergbauern« belebt. Zwei oder drei Minister hatten schon Platz genommen. Konow führte den Kanzler an der geöffneten Tür vorbei in das benachbarte Sekretariat. Von Frau Leisnitz, die dort Spätdienst machte, ließ er die Verbindung nach Berlin herstellen. Nach wenigen Sekunden war der Regierende Bürgermeister am Apparat.

»Weizsäcker.«

»Guten Abend, Herr von Weizsäcker, hier Schmidt.«

»Guten Abend, Herr Bundeskanzler.«

»Wie sieht es bei Ihnen aus?«

Weizsäcker berichtete Schmidt in kurzen Worten, was sich vor weniger als einer halben Stunde in Berlin ereignet hatte. Die Sowjets hätten sich in den Hauptquartieren der Westmächte eingeigelt. Die Situation sei zum Zerreißen gespannt.

»Es müssen mehrere Divisionen an der Operation beteiligt sein. Gnade uns Gott, wenn sie den Rucksack zubinden«, sagte Weizsäcker. »Die Situation ist unhaltbar. Die Leute sind vollkommen demoralisiert. In Dreilinden und Staaken mußten wir bereits Schutzpolizei einsetzen.«

»Was sagen die Stadtkommandanten?« fragte Schmidt.

»Sie sagen, sie hätten freie Hand. Aber sie wagen nichts zu unternehmen, weil die Russen dort sitzen wie die Spinne im Netz, und weil sie nicht absehen, wohin Kampfhandlungen in der Stadt führen würden.«

»Ich werde nachher mit dem amerikanischen Botschafter Burns sprechen«, sagte Schmidt. Der Kanzler berichtete Weizsäcker kurz von dem Telefongespräch, das er vor gut zwei Stunden mit Präsident Reagan geführt hatte. »Die Amerikaner müssen jetzt Farbe bekennen.« Von ihren Kungeleien mit den Unionsparteien sagte er lieber nichts. Dann wechselte Schmidt das Thema: »Hat sich die Nationale Volksarmee an den Aktionen beteiligt?« Ihn interessierte,

ob es sich bei dem Konflikt um eine Angelegenheit zwischen den vier ehemaligen Siegermächten handelte oder ob an ihm auch die DDR beteiligt war.
»Soviel ich weiß, nicht.«
»Was hört man sonst aus Ost-Berlin?«
»Eigentlich nichts, keine Erklärung und nichts. Ganz anders als bei früheren Berlin-Krisen. Geradezu beängstigend.«
»Merkwürdig. Wir haben auch nichts aus dem Kreml gehört, außer der Moskauer Erklärung heute früh.«
»Allerdings erfuhren wir vorhin, es soll auch zu Kämpfen in der Umgebung Ost-Berlins gekommen sein. Aber das ist wahrscheinlich nur ein Gerücht.«
»Gut, Herr von Weizsäcker, ich habe jetzt Kabinett. Wir halten Sie auf dem laufenden. Und rufen Sie bitte an, wenn Sie das Bedürfnis haben.«
»Ja, vielen Dank, auf Wiederhören«, verabschiedete sich der Regierende Bürgermeister.
»Auf Wiederhören«, sagte der Bundeskanzler. Er hängte ein.
Konow hatte die ganze Zeit in gebührendem Abstand daneben gestanden und das Telefongespräch größtenteils mitbekommen. Jetzt trat er einen Schritt vor. »Apropos Ost-Berlin, Herr Bundeskanzler, ich habe da auch so eine seltsame Information.«
»Interessiert mich jetzt nicht«, gab Schmidt barsch zurück und ging ganz knapp an Konow vorbei. Ihn beschäftigte vielmehr die Frage, ob er, um seine Regierung zu retten, dem Einsatz von taktischen Atomwaffen zu einem Zeitpunkt zustimmen solle, zu dem die Amerikaner noch nicht einmal bereit waren, ihre Panzerbrigade tatsächlich nach Berlin in Marsch zu setzen. Die Kabinettssitzung, welche diese schwierigen Fragen entscheiden sollte, hatte für ihn absoluten Vorrang. Schließlich waren die *essentials*, also die

Hauptpunkte, um die der Westen jahrzehntelang in Berlin gekämpft hatte, verletzt. Andererseits . . .

An der Tür stand Klaus Bölling, der den Kanzler bereits mit der Mitteilung erwartete: »Die Meldung über den russischen Angriff ist jetzt durch. Die Drähte beginnen heißzulaufen.«

Schmidt blieb einen Moment stehen und fixierte seinen Regierungssprecher, der dieses Amt schon früher bekleidete, zuletzt aber Ständiger Vertreter der Bundesrepublik Deutschland in der DDR war.

»Sagen Sie den Herren Journalisten, wir geben Erklärungen erst nach der Kabinettssitzung ab«, befand Schmidt kurz angebunden.

Genscher und Lambsdorff drängten sich mit einem etwas verlegenen Lächeln vorbei. Die Ministerrunde schien bis auf wenige Ausnahmen vollständig zu sein. Der Kanzler trat hinter seinen braunen Ledersessel, der auf halber Höhe des großen Kabinettstisches stand. Er ließ sich in die Sitzschale fallen. Das »Orientalische Märchen«, das August Macke 1912 gemalt hatte und das die Wand hinter dem Stuhl des Kanzlers zierte, hatte mit dem, was Schmidt seinen Ministern zu sagen hatte, erdenklich wenig zu tun.

Der Bundeskanzler berichtete von seinen Telefongesprächen mit Reagan und Weizsäcker. Von den Kontakten zwischen Burns und Kohl sagte er nichts, obwohl die Erklärung der FDP-Fraktion inzwischen überall in Bonn hohe Wellen geschlagen hatte.

Bundesaußenminister Genscher, der als nächster das Wort ergriff, korrigierte den Bundeskanzler in einem Punkt: Der NATO-Ministerrat habe seine Erklärung vor einer halben Stunde verabschiedet. Der genaue Wortlaut liege zwar noch nicht vor, doch habe man berichtet, die Minister seien sich einig gewesen, Berlin müsse mit allen Mitteln verteidigt

werden. Genscher betonte das Wort »allen«, wobei er zugab, daß sich die Situation jetzt, da die Sowjets zur Tat schritten, weiter verschlechtert habe.
Die Vorgänge in Berlin hatten auf alle Anwesenden wie ein lähmender Schock gewirkt. Mit einer gewissen Erleichterung nahmen sie daher die Entschlossenheit zur Kenntnis, die der NATO-Rat bekundet hatte. Das Vorgehen der Russen in und um Berlin war ein klarer und flagranter Bruch der Viermächtevereinbarung von 1971. Es verpflichtete die Sowjets zur ausschließlich friedlichen Beilegung von Streitigkeiten in diesem Gebiet.
Soeben war auch Bundesverteidigungsminister Apel eingetroffen. Er wirkte abgehetzt. Nach seinen Informationen müßte die amerikanische Brigade in Helmstedt jede Minute den Marschbefehl erhalten. Die »Reforger«- und »Big-Lift«-Operationen liefen an. Die NATO-Truppen einschließlich der 7. US-Armee in Heidelberg und der Bundeswehr befänden sich jetzt in voller Alarmbereitschaft. Die Verlegung der Führungsstäbe der Bundeswehr und die Verlegung aller wichtigen Regierungsstellen in die Großbunkeranlagen in der Eifel laufe an.
»Wir brauchen nur noch auf den Knopf zu drücken«, sagte Apel etwas forsch, indem er Genscher angriffslustig anguckte.
Die meisten Minister hatten noch keine Gelegenheit gehabt, sich zu den Ereignissen zu äußern. Sie bestanden auf einer Diskussion.
Inzwischen war US-Botschafter Burns in der Suite des Bundeskanzlers eingetroffen. Dr. Bruns, der Leiter des Kanzlerbüros, gab Konow aus dem Hintergrund einen Wink. Der Staatssekretär schob dem Bundeskanzler, der zwei Plätze weiter saß, einen Zettel zu. Schmidt bat Genscher, die Sitzung weiter zu leiten, und stand auf.

Das Büro des Bundeskanzlers im sogenannten Kanzlertrakt des Bundeskanzleramtes bestand aus mehreren Zimmern. Der Hausherr hatte sie nach den Malern benannt, die er besonders schätzte und deren Werke die Räume zierten. So hieß der eigentliche Arbeitsraum des Kanzlers, in dem vier Bilder von Emil Nolde hingen, »Nolde-Zimmer«. Außerdem verfügte der Bundeskanzler über einen Besucher- und Empfangsraum, den Ölgemälde von Erich Heckel schmückten. »Schmidt-Rottluff-Zimmer« hieß dagegen der Speiseraum des Kanzlers. Lieselotte Schmarsow, die den Bundeskanzler seit vielen Jahren als Sekretärin betreute und wie immer in Krisenzeiten bis zum Umfallen auf ihrem Posten blieb, hatte den Amerikaner in den Empfangsraum gebeten.

Burns erhob sich, als Schmidt das Zimmer betrat. Obwohl er in seinem Metier als Botschafter wenig Erfahrung hatte, galt der grauhaarige Mann mit der Goldrandbrille, hinter der zwei kluge Augen blitzten, als einer von Reagans Vertrauensleuten. Angeblich hatte er eine genaue Kenntnis von dessen Politik.

Was Burns und Schmidt sich zu sagen hatten, war anscheinend nicht viel. Jedenfalls ging es zunächst nicht über das hinaus, was der amerikanische Präsident dem Bundeskanzler schon am Telefon gesagt hatte: Berlin müsse mit allen Mitteln verteidigt werden, wobei Seine Exzellenz ebenfalls das Wort »allen« betonte.

Das gab Schmidt Veranlassung, auf die heikleren Punkte der Unterredung überzuleiten. »Sie sahen heute abend schon Herrn Kohl?«

»Ja, Herr Kohl hatte um das Gespräch gebeten.«

»Herr Kohl ist ja mit uns völlig einig, daß Berlin mit allen Mitteln verteidigt werden muß. Das ganze deutsche Volk steht hinter Berlin.«

»Das ist mir bekannt. Trotzdem scheint es gewisse Nuancierungen zu geben.«
»Nuancierungen? Nicht in der Entschlossenheit, die Freiheit, Lebensfähigkeit und Selbständigkeit Berlins zu wahren. Ich sehe sie jedenfalls nicht.«
»Aber Herr Kohl scheint gewisse Unterschiede zu sehen.«
»Was Herr Kohl sieht und was er nicht sieht, das weiß ich nicht. Ich sehe sie jedenfalls nicht.«
»Herr Kohl meinte – ich glaube, ich darf das sagen, ohne eine Indiskretion zu begehen –, eine von ihm geführte Bundesregierung werde eine andere Haltung einnehmen.«
»Das mag ja sein. Aber Herr Kohl führt nicht die Bundesregierung. Und ich habe von Herrn Kohl auch noch nicht gehört, was er denn anders machen würde.« Schmidt legte den Akzent auf »was«.
»Nun, Sie wissen, Herr Bundeskanzler, daß uns jede Krise zu gewissen Entscheidungen zwingt.«
»Die Krise um Berlin und, wenn Sie so wollen, in ganz Europa zwingt uns dazu, unsere Entschlossenheit, Berlin und das NATO-Vertragsgebiet zu verteidigen, glaubhaft zu machen. Das ist im Rahmen des Möglichen geschehen.«
»Vielleicht war der Rahmen zu eng.«
»Herr Botschafter, der Rahmen in der Berlin-Frage wird seit eh und je von den Verantwortlichkeiten gezogen, welche die drei beziehungsweise vier Siegermächte seinerzeit für Berlin und Deutschland als Ganzes übernommen haben. Wir, das heißt die Bundesrepublik Deutschland, können den Rahmen von uns aus nicht weiter spannen.«
»Daran ist auch nicht gedacht.«
»Sondern?«
»Nun, Sie sollten den größeren Rahmen nicht vergessen, in dem die Berlin-Frage steht.«

»Sie meinen die Ost-West-Beziehungen.«
»Und da scheint es doch gewisse Unterschiede zwischen Ihnen und Herrn Kohl zu geben.«
»Die Unterschiede beziehen sich vielleicht auf die Methode, nicht auf das Prinzip. Die Bundesregierung steht fest zu Berlin und zum westlichen Bündnis.«
»Aber es gibt in jeder Entwicklung einen Punkt, an dem die Wahl der Methoden prinzipielle Bedeutung erlangt.«
»Und Sie meinen, ein solcher Punkt sei jetzt erreicht.«
Burns sah Schmidt ganz offen an. Dann sagte er schlicht und ergreifend: »Ja.«
Die beiden Männer blickten sich schweigend an.
»Wir warten auf die Entscheidungen Ihrer Regierung«, sagte Schmidt nicht ohne einen vorwurfsvollen Unterton. Es schien ihm lächerlich vorzukommen, daß Burns auf eine härtere Haltung drängte, während Reagan die Brigade immer noch zurückhielt.
»Sie wissen, Herr Bundeskanzler, daß die Regierung der Vereinigten Staaten es gewohnt ist, Rücksicht auf ihre Verbündeten zu nehmen und sie vorher zu konsultieren.«
»In Brüssel ist das heute ja bis an die Grenzen des Möglichen geschehen. Ich sage: bis an die Grenzen, denn es hat zu lange gedauert, bis die Erklärung stand.«
»An der Regierung der Vereinigten Staaten hat das nicht gelegen.«
»An der Bundesregierung doch auch nicht, Herr Botschafter.«
Burns hüstelte ein wenig. »An einer solchen Entscheidung sind immer mehrere Parteien beteiligt«, sagte er dann.
»Ja, die Beneluxstaaten haben nicht gespurt«, entgegnete der Kanzler.
»Richtig. Aber ich meine, auch innerhalb der einzelnen Regierungen gibt es mehrere Parteien.«

»Herr Genscher und ich sind uns völlig einig gewesen. Da gab es nicht ein Haarbreit Differenz.«
»Nun, die NATO-Erklärung hatte auch ihre Vorgeschichte.«
»Was wollen Sie damit sagen, Herr Botschafter?«
»Sie wissen, daß es in der Vergangenheit gewisse Differenzen zwischen Ihnen und Herrn Genscher gegeben hat.«
»Sie meinen die Boykottfrage?«
»Allerdings. Ich meine die Boykottfrage, aber auch einige andere Ereignisse der Vergangenheit: die Nachrüstung, das Gas-Röhren-Geschäft, die Weizenlieferungen, den Technologietransfer. Alle diese Punkte betrafen das Verhältnis der Bundesrepublik zur Sowjetunion. Sie hatten in Bonn eine ganze Menge Meinungsverschiedenheiten darüber, und jede einzelne war nicht zuletzt eine Meinungsverschiedenheit mit uns. Sie entschuldigen, daß ich das so offen sage.«
»Bitte, Herr Botschafter, tun Sie sich keinen Zwang an.«
Wieder trat ein Moment der Stille ein.
»Die Regierung der Vereinigten Staaten betrachtet die Entwicklung in Europa schon seit einigen Jahren mit wachsender Besorgnis. Diese Entwicklung steht heute, wie es scheint, an ihrem Wendepunkt. Die Regierung der Vereinigten Staaten erwartet von ihren Verbündeten eine unzweideutige und entschlossene Unterstützung der Bündnispolitik – auch wenn es bedauerlicherweise um sehr, sehr unpopuläre Entscheidungen geht.«
Das war die überdeutliche Anspielung auf den Einsatz von taktischen Atomwaffen, registrierte Schmidt.
»Ich muß Sie davon in Kenntnis setzen, Herr Bundeskanzler, daß die Regierung der Vereinigten Staaten von Amerika daran zweifelt, ob sie diese Erwartung noch in die gegenwärtige Bundesregierung setzen darf.«

Jetzt war es heraus! Also stimmte es wohl doch, was Wischnewski erzählt hatte: Den USA wäre eine risikofreudigere Bundesregierung lieber, und offensichtlich besaß in ihren Augen die CDU mehr Mut zum Risiko. Ben Wisch, wie man den Kanzleramtsminister scherzhaft nannte, hatte den richtigen Riecher gehabt.
Der Kanzler und der Botschafter erhoben sich. Die Atmosphäre war sehr frostig geworden. Schmidt hielt es für zwecklos, den Bemerkungen Burns' noch irgend etwas hinzuzufügen. Offenbar war das eine offizielle Demarche Washingtons gewesen, die der Botschafter mit Vorbedacht in Bonn hinterlegte, um freie Hand für seine Gespräche mit der Opposition zu bekommen. Der Kanzler sah nicht ein, weshalb er den Amerikanern einen Blankoscheck geben sollte, solange die Russen noch in West-Berlin saßen. Unter diesen Umständen schon gar nicht.
Schmidt begleitete den US-Botschafter durch das Vorzimmer zur Tür. Die beiden Männer verabschiedeten sich schweigend. Konow, der sich solange draußen zur Verfügung gehalten hatte, bemerkte, daß der Kanzler aschfahl im Gesicht geworden war. Er sorgte sich um die Gesundheit Schmidts, seit man dem Kanzler einen Herzschrittmacher eingepflanzt hatte.
Der Bundeskanzler zog sich in sein Zimmer zurück. Sein Staatssekretär steckte vorsichtig den Kopf durch den Türspalt, um nach dem Rechten zu sehen. Schmidt stand an der großen Fensterfront und starrte in das Dunkel hinaus. Bei Tage konnte er von hier aus die alten Buchen und Eichen im Park des Palais Schaumburg sehen. In der Scheibe, die wie ein Spiegel wirkte, sah er jetzt Konow. Er winkte ihn zu sich heran.
»Das Ultimatum liegt auf dem Tisch, Konow«, sagte er mit brüchiger Stimme. »Die Amerikaner wollen lieber Kohl und

Genscher an der Regierung sehen – wenn wir uns nicht dazu entschließen, einem möglichen Einsatz von taktischen Atomwaffen zuzustimmen.«

Konow machte ein betrübtes Gesicht: »Das ist das Ende der Koalition.«

»Wenn sie dann wirklich eingesetzt würden«, antwortete Schmidt, »wäre das mehr als das Ende der Koalition.« Und nach einer Weile setzte er verbissen hinzu: »Alle sind sie überzeugt, das Richtige zu tun, ich auch. Und für mich ist und bleibt richtig, das nichts mehr richtig sein kann, wenn erst Atomwaffen platzen. Wir dürfen einfach nicht klein beigeben!«

Konow nickte stumm, drehte sich dann um und ging.

14. Auf dem Höhepunkt der Fieberkurve

Gegen achtzehn Uhr landete auf dem militärischen Teil des Flughafens Köln-Wahn die Cessna Fanjet 500, ein achtsitziges, zweistrahliges Geschäftsreiseflugzeug mit Druckkabine. Die Passagiere, der amerikanische Generalkonsul Richard P. Finberry, seine PR-Referentin Rose Perman, Sicherheitsoffizier Lester Willis sowie der BND-Agent Kurt Roßberg gingen von Bord der Hanseatischen Luftcharter-Maschine. Man hatte den einstündigen Flug über den Wolken genossen und etwas Abstand von den gräßlichen Ereignissen gewonnen, die auf der Erde den Frieden bedrohten.

Den Weitertransport zur amerikanischen Botschaft in Mehlem bei Bonn besorgte ein Hubschrauber der US-Army. Er nahm bei dieser Gelegenheit auch die amerikanischen Konsuln aus Frankfurt und München auf, die schon vor Finberry in Köln-Wahn gelandet waren. Eine Weiterfahrt mit dem Auto schien zwecklos zu sein. Der Verkehr auf dem Kölner Autobahnring war inzwischen zusammengebrochen.

Von Mehlem ließ sich Roßberg mit einem Taxi über die B 9 in das Bonner Regierungsviertel befördern – möglichst nahe ans Bundeskanzleramt. Im Grunde konnte sich Staatssekretär Konow nur dort oder im Bundeshaus aufhalten. Roßberg hatte beschlossen, mit der Suche nach ihm im Bundeskanzleramt zu beginnen. Er ging in die nächstliegende

Telefonzelle und wählte die Nummer fünf-sechs-eins. Nachdem sich die Zentrale gemeldet hatte, ließ er sich mit dem Büro des Staatssekretärs verbinden. Am Apparat war wieder die ahnungslose Sekretärin. Wenigstens sagte sie diesmal, daß Konow zur Zeit im Bundeshaus sei.
Roßberg verließ die Telefonzelle, um die wenigen Schritte zu Fuß zu gehen. Was für ein herrlicher Sommerabend! Und was für eine Spannung lag in der Luft. Über den weiträumigen Bundeskanzlerplatz schoben sich die Autoschlangen, Stoßstange an Stoßstange, dicht an dicht. Morgen konnte dies alles schon ein einziger Trümmerhaufen sein, ein einziger Leichenberg. Hatten die Menschen wirklich noch eine Aussicht, ihrem Schicksal zu entfliehen?
Vor dem Bundeskanzleramt waren zwei Panzerspähwagen des Bundesgrenzschutzes aufgefahren. Stacheldrahtrollen lagen hinter den Gitterzäunen. Zuletzt hatte Roßberg desgleichen zur Zeit der Baader-Meinhof-Bande gesehen, als man in Bonn jeden Tag ein neues Attentat befürchtete. Gegen revolverschwingende Terroristen war dies alles vielleicht tatsächlich eine wirksame Gegenwehr, aber was sollte es bei Luftangriffen und Artilleriebeschuß nützen? Roßberg hatte den Krieg erlebt. Er wußte, was das bedeutete. Und wenn sich eine Überzeugung in ihm gefestigt hatte, dann war es diese: Nie wieder Krieg!
In der Görstraße vor dem Bundeshaus herrschte reger Betrieb. Schwere BMW- und Mercedes-Limousinen, die in Bonn als Dienstwagen benutzt wurden, fuhren vor dem Haupteingang vor und wieder ab. Mehr oder weniger gewichtig aussehende Herren, hin und wieder auch eine Dame, stiegen aus und stiegen ein. Am Eingang gab es genaue Ausweiskontrollen. Aber der BGS-Beamte, dem Roßberg seinen Dienstausweis zeigte, ließ ihn anstandslos passieren.

Vor dem Fraktionssaal der SPD lief ihm Lothar Römer über den Weg. Roßberg machte sich bemerkbar, er kannte Konows Referenten von den Fortbildungstagungen des BND her. Netter Kerl, vielleicht Anfang Dreißig, intelligentes Gesicht. Zwei- oder dreimal waren sie in letzter Zeit miteinander ins Gespräch gekommen. Auf Roßbergs Winken reagierte Römer mit einer leichten Aufhellung seiner Miene. Er hatte ihn wiedererkannt. Aber im nächsten Moment war er im Gewühl der Reporter verschwunden, die sich vor der Saaltür zusammendrängten.
Als Römer das nächste Mal auftauchte, heftete sich Roßberg an seine Fersen. In einem Seitenflur gelang es ihm, den eiligen Mann zum Stehen zu bringen.
»Guten Tag, Herr Römer. Roßberg, BND. Wir kennen uns. Erinnern Sie sich? Letzte Tagung in Königswinter, vorigen Herbst.«
»Ah, aha, ja. Was kann ich für Sie tun?«
»Es ist mir nicht gelungen, an Herrn Konow heranzukommen. Aber ich habe eine sehr, sehr wichtige Information für ihn. Ich glaube, sie wird ihn interessieren.«
»Ist es wirklich so wichtig? Wissen Sie, ich bin wahnsinnig in Druck.«
»Ich glaube schon. Direkt aus Ost-Berlin. Sie wissen, daß das in meinen Aufgabenbereich fällt.«
»Können Sie mir das nicht hier sagen?«
»Schlecht.«
»Gut, am besten, Sie setzen sich ins Restaurant. Ich komme in zehn Minuten nach.«
Aus den zehn Minuten wurde eine halbe Stunde. Dann saßen Roßberg und Römer beisammen, und der Mann aus Kiel durfte seine wunderliche Geschichte von »Tybalt« und »Mercutio« erzählen.

Etwa zur gleichen Zeit, da Roßberg endlich mit Römer sprechen konnte, war Hirschmeier mit dem D-Zug in der Bundeshauptstadt eingetroffen. Er wunderte sich, daß das »Bonn! Bonn!«, das wie zur Begrüßung aus dem Bahnhofslautsprecher schallte, so hohl und inhaltsleer klang, so nichtssagend. Er war an pompöse Bezeichnungen wie »Berlin, Hauptstadt der DDR« gewöhnt. Und obwohl er sich nicht sonderlich für Politik interessierte, verband sich für ihn mit dem Namen der alten Reichshauptstadt doch ein matter Abglanz der deutschen Geschichte.

Es waren ziemlich viele Reisende ausgestiegen. Die Bahnhofshalle brodelte von Menschen wie in Wuppertal. Hirschmeier bahnte sich einen Weg durch die Menge und strebte dem Ausgang entgegen, wo er ins Freie trat.

Bonn – das also war Westdeutschland, die Bundeshauptstadt. Er schaute von der Treppe hinunter auf das Gewimmel. Nun war er also angekommen. Erst jetzt wurde Hirschmeier die Entfernung von Berlin bewußt – und seine Anwesenheit im Westen. Ratzeburg, Hamburg und Wuppertal waren nur Durchgangsstationen gewesen.

Wie war gerade er, Hirschmeier, nach Bonn gekommen? Heute? Zu dieser Stunde? Seine Jugend hatte Hirschmeier als Waise in irgendwelchen Heimen der Jugendhilfe, in Hundertschaften der paramilitärischen Gesellschaft für Sport und Technik und in Arbeitsgemeinschaften der FDJ, der Freien Deutschen Jugend, verbracht.

Es war eine ziemlich trostlose Jugend gewesen. Er hatte den Marxismus-Leninismus gebüffelt und die Jugendweihe erhalten. Einmal war er sogar als »Jungaktivist« ausgezeichnet worden wegen irgendwelcher Vorschläge, wie man den Funkverkehr zur Rationalisierung der Produktion einsetzen konnte. Aber es war nichts dabei, was ihm ein heroisches Selbstgefühl vermittelt hätte.

Sein großes Hobby, die Funkerei, hatte ihn schließlich der Nationalen Volksarmee zugeführt. Als es soweit war, seinen Wehrdienst abzuleisten, verpflichtete er sich freiwillig für längere Zeit. Er hatte die Absicht, seine Reifeprüfung an der polytechnischen Oberschule durch eine funktechnische Berufsausbildung abzurunden. Und dann war er nach gewissen Pionierleistungen auf dem Gebiet der Funksteuerung mit dem »Amsel«-Projekt betraut worden.
Hirschmeier war es gewohnt, seine Pflicht zu tun. Und dieser kam er auf eine unauffällige, gründliche und gewissenhafte Weise nach. Aber er war weit davon entfernt, ein sozialistischer Hurra-Patriot zu sein. Die DDR war sein Staat. In ihn war er hineingeboren. Ihm diente er mit einer gewissen Ergebenheit, aber er verschloß seine Augen auch vor den Mängeln dieses Staates nicht.
Die Ernennung zum persönlichen Sonderemissär des Staatsratsvorsitzenden Honecker hatte sein Leben schlagartig verändert. Das spürte Hirschmeier, als er durch das aufgeregte Menschengewühl seiner Hotelpension zustrebte. Er hatte es von Anfang an gewußt, schon als man ihn mit verbundenen Augen an den Werbellinsee entführte. Diese Reise hier brachte ihn an das andere Ende der Welt. Aber zugleich war er Deutschland ganz nah, dem anderen Deutschland und dem eigenen.
Hirschmeier hatte nie viel von der Bundesrepublik gehalten. Den Leuten hier herüben ging es einfach zu gut. Und sie machten nicht immer den besten Gebrauch von dem, was sie im Überfluß hatten. Das Leben in der DDR war einfacher, härter, auch monotoner in einer gewissen Weise. Aber es kam ihm auch irgendwie ehrlicher, erdiger, illusionsloser vor. Am meisten entbehrte Hirschmeier die Freiheit, dorthin zu fahren, wohin er am liebsten gefahren wäre: nach Italien oder nach Hawaii.

Er könnte ja diese Mission dazu benutzen, abzuhauen. Er wußte, daß das viele taten. Vor dem Bau der Mauer waren es Millionen gewesen. Ulbricht hatte etwas dagegen tun müssen, sonst hätte er seinen Laden dichtmachen können. Hirschmeier glaubte nicht unbedingt an die geschichtliche Überlegenheit des Kommunismus. Dazu war der Oberleutnant viel zu realistisch. Aber er fand, daß sein Staat das Recht hatte, sich selbst zu verteidigen. Er selbst würde diese Sache hier zu Ende führen und dann zu seiner Einheit nach Eggersdorf zurückkehren. Und damit basta.

Jahrelang hatte man ihm erzählt, der schlimmste Feind der DDR und der sozialistischen Staatsgemeinschaft sei der Kapitalismus. Großenteils hatte er das auch geglaubt. Da man in der DDR und in der Sowjetunion rüstete, um im Ernstfall die Bundeswehr und die Amerikaner zu besiegen, nahm Hirschmeier an, daß man auch in der Bundesrepublik und in Amerika rüstete, um im Ernstfall die DDR und die Sowjetunion zu besiegen. Auge um Auge, Zahn um Zahn.

Die einzigen, die dabei verlieren konnten, waren die Deutschen. Das hatte Honecker zu ihm gesagt, und das leuchtete ihm ein. Ob die Sowjetunion jetzt einen echten Kriegsgrund hatte oder nicht, das konnte er nicht beurteilen. Er wußte zwar von dem Handels- und Finanzboykott, von der Technologieblockade und von den Versuchen des Westens, den Osten totzurüsten. Aber ob das alles reichte, um die Sowjetunion zu dieser Reaktion zu provozieren – zu einem als Manöver getarnten Überraschungsangriff auf den Westen –, das wußte er nicht. Ihm war nur klar, daß es ausreichen würde, um Deutschland in Grund und Boden zu bomben. Deshalb hatte er die Mission übernommen.

Er schaute in die Augen der Menschen, die ihm entgegenkamen. Alte und junge, hübsche und häßliche, gesunde und kranke Menschen. Wodurch unterschieden sie sich von den

Menschen in der DDR? Sie waren besser gekleidet, das sah man sofort. Die Frauen sahen gepflegter aus, oft wie aus dem Modejournal. Vielleicht wirkten die Männer im Durchschnitt weniger bedrückt. Aber Hirschmeier konnte nicht finden, daß sich die Menschen hier in Bonn so sehr von den Menschen in Ost-Berlin unterschieden. Es waren ebenfalls Deutsche, auch wenn ihm hier der rheinische Dialekt ungewohnt in den Ohren klang.
Und diese Deutschen und ihr Land sollten wieder einmal im Mittelpunkt weltweiter Auseinandersetzungen stehen, wunderte sich Hirschmeier. Hier war doch nicht mehr viel zu holen außer dem bißchen Produktivkraft, von der es im Westen vielleicht etwas mehr gab als drüben im Osten. Hirschmeier sah das an den vollgestopften Geschäften, an den blitzenden Autos, an dem verwöhnten Geschmack, mit dem sich die Leute hier ausstaffierten. Er hätte auch gern einen Volkswagen Golf gehabt oder einen Porsche. In der DDR war das nicht möglich, das war ihm klar, noch nicht, und vielleicht nie. Aber war das wirklich so weltbewegend? Für Hirschmeier war es auf alle Fälle kein Grund, sich mit den anderen Deutschen zu schlagen.
Der Auftrag, der ihn an diesem Juniabend nach Bonn führte, hatte sein Bewußtsein verändert. Er würde nie wieder jener kleine Oberleutnant der Nationalen Volksarmee sein, der bedingungslos alle Befehle ausführte. Nicht, daß Hirschmeier sich sonderlich viel darauf einbildete, persönlicher Sonderemissär Honeckers zu sein. Es hätte auch jemand anders treffen können. Er führte hier nur einen Auftrag aus, eine Teilaufgabe im Rahmen des großen und wichtigen Anliegens, den Frieden zu wahren. Daraus ließ sich keine Privilegierung ableiten. Er hatte nicht vor, aus Eitelkeit widersetzlich zu sein.
Ihm war nur eines klargeworden: Den Frieden wahrte man

nicht dadurch, daß man aufeinander schoß, sondern dadurch, daß man miteinander redete. Im Grunde hatte er das schon immer gewußt. Deshalb hatte er die Politik Honekkers, eine gewisse Öffnung nach Westen zu wagen, von Anfang an richtig gefunden. Auch die entsprechende Politik Schmidts. Warum sollten die beiden nicht miteinander reden, so wie er mit Rothmann geredet hatte? Nur weil es den Russen nicht paßte? Hirschmeier war in erster Linie Deutscher, was nicht gleich bedeuten mußte, daß er die russischen Interessen geringschätzte.
Er selbst hatte in den vergangenen Jahren hin und wieder Kurse in der Sowjetunion besucht, in Moskau und in Leningrad. Er kannte Rußland ein wenig. Er wußte, wie Rußland im Zweiten Weltkrieg unter Deutschland gelitten hatte. Über zwanzig Millionen Tote. Und er wußte auch, wie Deutschland nach dem Zweiten Weltkrieg unter Rußland gelitten hatte. In seiner Kindheit hatten Vater und Mutter davon erzählt. Sein Großvater war eines der Opfer gewesen. Aber letzten Endes waren die Russen ebenso auf den Frieden angewiesen wie die Deutschen, wie die Amerikaner, wie alle Menschen auf der Welt.
Wenn etwas bei dieser seltsamen Reise sein Bewußtsein verändert hatte, das spürte Hirschmeier deutlich, dann war es das Gefühl, nicht nur der Emissär Honeckers zu sein, sondern der Treuhänder aller Menschen, ob sie nun in Deutschland wohnten oder anderswo.
Dieses Gefühl hatte ihm in den letzten beiden Tagen geholfen, durchzuhalten, wachsam zu bleiben und bescheiden. Ja, er würde nach Erledigung seines Auftrages in die DDR zurückkehren. Er würde es, wenn alles gutging, auch mit einer gewissen Befriedigung tun, vor allem aber in dem Bewußtsein, eine Pflicht erledigt zu haben, eine Pflicht, die er nicht nur Honecker und der DDR schuldete.

Unterdessen war Hirschmeier in der Händelstraße vierzehn vor jenem namenlosen Gebäude angelangt, das die kleine Hotelpension beherbergte, seine erste Bonner Station. Er hatte während der Bahnfahrt überlegt, ob er sie überhaupt anlaufen sollte. Wie weit reichte der Arm der »Kreml-Fraktion«? In einer gewissen Hochstimmung, dem Ziel so nahe zu sein, sagte ihm jedoch sein Gefühl, daß ihm keine Gefahr drohte. Jedenfalls nicht von Zarscheidt, Drahws oder anderen »Genossen«. Außerdem war er verpflichtet, über das bereitstehende Funkgerät noch einmal Kontakt mit Ost-Berlin aufzunehmen, um die Übergabe der Honecker-Botschaft zeitlich mit dem Beginn der »Operation Heimkehr« abzustimmen.
Der Wirt, ein kleiner, kugelrunder Mann mit der lebhaften Gestik der Rheinländer, führte Hirschmeier die Treppe hinauf. Zimmer siebzehn. Ja, es sei alles so, wie bestellt. Der Oberleutnant betrat den Raum und sah sofort das Funkgerät, das man für ihn installiert hatte.
Ehe Hirschmeier das Gerät einschaltete und die Tausend-Hertz-Frequenz einstellte, die man ihm zugewiesen hatte, blickte er auf die Uhr. Es war genau neunzehn Uhr sieben. Hirschmeier drückte auf die Taste und stellte die Skala ein. Konzentriert lauschte er auf die Geräusche, die aus dem Gerät drangen: ein Brutzeln wie von Spiegeleiern in der Bratpfanne, dazwischen sphärischer Wortwechsel, überirdische Musikfetzen, schrille Pfeiftöne, langgezogene akustische Linien. Aber sonst hörte er nichts. Keinen Selektivton. Nicht das verabredete Zeichen.
Hirschmeier kontrollierte die Einstellung.
Aber er hörte nichts. Nur dieses ungeordnete Spektakel. Er lauschte angestrengt in den Lautsprecher. Nichts.
Er sendete noch einmal das verabredete Signal auf tausend Hertz und wischte sich mit dem Arm den Schweiß von der

Stirn. Er ließ das Gerät laufen, sprang zum Fenster, stieß es auf. Es war zum Ersticken heiß in dem Raum.
Wieder nur der Geräuschesalat.
Was war passiert?
Hirschmeier sendete das Signal noch einige Male. Die Gegenseite meldete sich nicht. Weder Leonhard noch Ritter. Niemand meldete sich. Tot.
Hirschmeiers Gedanken überschlugen sich: Lief die »Operation Heimkehr« schon auf vollen Touren? War sie ausgefallen? Hatte man sie verschoben? Warum meldete sich denn niemand?
Das Gerät lief weiter. Hirschmeier setzte sich aufs Bett und ließ sich nach hinten fallen. Für einige Sekunden genoß er die Kühle der Bettwäsche wie eine Kompresse in einem Fiebertraum.
Leonhard meldete sich nicht. Irgend etwas war in Ost-Berlin passiert. Irgend jemand mußte Leonhard daran hindern, sich zu melden. Mit Gewalt. Sonst hätte sich der Generalleutnant oder Oberleutnant Ritter bestimmt gemeldet.
Hirschmeier setzte sich wieder auf. Ihm war schwindelig. Eine Sekunde lang befürchtete er, in Ohnmacht zu fallen. Der abenteuerliche Grenzwechsel, die Flucht, die Aufregung – alles umsonst.
Wahrscheinlich hatte die »Kreml-Fraktion« zugeschlagen, Leonhard verhaftet, Honecker abgesetzt – und die Russen marschierten bereits.
Schon jetzt! Hirschmeier kam wieder zu sich. Er hatte sich zu lange dem Katarakt seiner Überlegungen, seiner Assoziationen und Ängste überlassen. Jetzt mußte er einen klaren Gedanken fassen: den richtigen Entschluß. Wie vor zwei Tagen in Neuhof. Er wollte nicht am Ende wie der Blamierte dastehen, wie einer, der aus lauter Panik die Übersicht verloren, der seine Pflicht nicht erfüllt hatte. Seine

Pflicht aber war es, die Botschaft Honeckers über den Ministerialdirektor Pfleger an Bundeskanzler Schmidt zu übermitteln. Der Funkkontakt sollte der zusätzlichen Bestätigung und der zeitlichen Abstimmung dienen. Wenn das nicht möglich war, mußte er den Brief so übergeben.
Hirschmeier memorierte die Telefonnummer Pflegers, die er auswendig gelernt hatte. Es war jetzt neunzehn Uhr zwölf. Hirschmeier drehte die Wählscheibe seines Zimmerapparates. Am anderen Ende der Leitung das Klingelzeichen, dann das Knacken. Eine melodische Männerstimme meldete sich: »Hallo?«
»Ist dort Herr Pfleger?«
»Ja.«
»Hier Weiß.«
»Ah, guten Abend, Herr Weiß.«
»Ich bin eben angekommen.«
»So, ja. Mit dem Zug?«
»Ja, mit dem Zug, das heißt teils, teils.«
»Gab es Probleme?«
»Ach, der Zug war ziemlich voll.«
»Kann ich mir denken. Am besten, Sie kommen gleich her.«
»Ja.«
»Sehen Sie zu, daß Sie ein Taxi auftreiben. Dann sind es nur fünf Minuten.«
»Ja.«
»Ich erwarte Sie.«
»Ja, gut. In wenigen Minuten bin ich bei Ihnen.«
»Gut, Herr Weiß. Auf Wiedersehen.«
»Auf Wiedersehen.«
Nach zwanzig Minuten saß Hirschmeier dem Deutschlandpolitischen Referenten Pfleger in dessen Wohnung gegenüber. Es war genau neunzehn Uhr fünfunddreißig.

Auf dem Rückweg in das Kabinett holte Konow den Kanzler ein. Schmidt schien in Gedanken versunken zu sein. So kräftig hatten die Amerikaner in Bonn noch nie auf den Tisch gehauen. Sie waren im Gespräch mit der Opposition. Wahrscheinlich auch mit der FDP, ohne die es im Bundestag keine Mehrheit gab. Das war eine Einmischung in die inneren Angelegenheiten der Bundesrepublik Deutschland, die an Erpressung grenzte, und das nur, weil Präsident Reagan freie Hand haben wollte für die Eskalation der Krise bis hin zum Einsatz von Atomwaffen, obwohl er zur Rettung West-Berlins noch nichts unternommen hatte.

Was bisher passiert war, die Anwendung von Gewalt an einem der empfindlichsten Krisenpunkte der Welt, war ein klarer Bruch sämtlicher Vereinbarungen durch die Sowjets. Ein brutaler Schlag in das Gesicht des Westens. Eine nackte Aggression. Die Beeinträchtigung der Lebensfähigkeit West-Berlins. Genug, um die Schutzgarantie einzulösen, die Bonn und seine Verbündeten spätestens 1949 mit der Luftbrücke übernommen hatten. Es war genug, um den Verteidigungsfall der NATO auszulösen. Es war der *casus belli,* der Grund für einen Krieg.

Aber es hätte auch noch schlimmer kommen können, viel schlimmer: etwa die Okkupation ganz West-Berlins mit einem Blutbad unter der Zivilbevölkerung, weil schwerere Waffen eingesetzt wurden; eine Panzerschlacht zwischen Russen und Amerikanern am Checkpoint Charly; oder Luftangriffe auf die Kasernen der Westalliierten mit Hunderten von Toten; oder ein Vorstoß der russischen Sturmarmeen an West-Berlin vorbei auf den Dannenberger Zipfel, in die norddeutsche Tiefebene hinein – bis nach Hamburg, der Heimatstadt des Kanzlers.

Nichts davon war bisher geschehen. Noch nicht, obwohl die Sowjets jederzeit die Möglichkeit hatten. Sie waren seit den

frühen Morgenstunden dabei, ihre Truppen zu mobilisieren. Zuerst im Fernen Osten, dann erst in Europa. Sehr geschickt. Man hatte gewußt, daß sie aus dem Stand antreten konnten, zumindest zum Angriff auf West-Berlin. Inzwischen hatte sich die Lage für den Westen dramatisch verschlechtert. Sicher waren inzwischen alle russischen Truppen in Osteuropa mobilisiert, von der Elbe bis zur Wolga. Welch riesiges Potential. Dazu die Riegelstellung im Raum Magdeburg auf dem Weg nach Berlin.
Schwer, die Absichten der Russen einzuschätzen. Wollten sie den Westen »bestrafen« – etwa aus Rache für die wirtschaftliche und finanzielle Quarantäne? Wollten sie sich Faustpfänder für künftige Verhandlungen mit dem Westen sichern? War es der Auftakt zu einem Angriff auf breiter Front? Unwahrscheinlich. Der begrenzte Charakter der Operation trat klar zutage. Der Luftverkehr von und nach Berlin funktionierte nach wie vor.
Was sollte der Westen machen? Schmidt hätte eine sofortige, eindeutige und überzeugende Reaktion der USA begrüßt. Er hatte darauf gewartet. Doch nichts davon war geschehen. Kein Gegenschlag der Schutzmächte in West-Berlin. Keine geharnischte Warnung der NATO. Kein amerikanischer Flottenaufmarsch im Fernen Osten, um sowjetische Kräfte aus Osteuropa abzuziehen. Nichts davon war geschehen. Statt dessen nur martialische Reden, aber keine Taten. Keine angemessenen Taten. Die Mobilisierung der NATO-Streitkräfte hatte zu lange gedauert. Sie hatte zu spät begonnen. Auch die NATO-Erklärung war zu spät gekommen. Dazu nun noch die amerikanischen Pressionen und die Krise der Koalition.
Schmidt war stehengeblieben. Er angelte sich seine Schnupftabakdose aus der rechten Hosentasche und häufelte etwas von dem dunkelbraunen Staub auf seinen rech-

ten Handrücken. Er schnupfte das Pulver hoch, erst durch das rechte, dann durch das linke Nasenloch. Konow räusperte sich. Er störte den Kanzler ungern in seinen Überlegungen. Aber diesmal konnte es von Bedeutung sein.

»Es gibt ein merkwürdiges Signal aus Ost-Berlin.«

»Sie meinen, was Weizsäcker vorhin sagte? Die angeblichen Kämpfe?«

»Ja. Aber noch etwas anderes. Eine Information vom Bundesnachrichtendienst. Angeblich hat das Zentralkomitee heute morgen Kontakt mit dem BND aufgenommen.«

»Durch wen?«

»Durch den ZK-Sekretär Bunse. Mit einem Hamburger BND-Agenten. Telefonisch.«

»Und?«

»Nun, es muß sich um eine Art Notruf oder Notsignal gehandelt haben. Verschlüsselt.«

»Wer sagt das?«

»Der BND-Agent.«

»Seit wann wissen Sie das?«

»Etwa seit einer Stunde. Ich versuchte, es Ihnen schon vorhin zu sagen, nach Ihrem Gespräch mit Weizsäcker.«

»Kennen Sie den Mann?«

»Bunse?«

»Nein. Den Mann vom BND.«

»Kam heute abend extra nach Bonn. Hat mit meinem Referenten Römer gesprochen. Persönlich kenne ich ihn nicht.«

»Was sagt der BND? Haben Sie die Sache in München gecheckt?«

»Nein. Noch nicht. Der BND hat der Information wohl keine besondere Bedeutung beigemessen. Deshalb kam der BND-Mann auch hierher. Seine Qualifikation vermag ich nicht zu beurteilen. Scheint aber ein alter Hase zu sein.«

»Und wie lautete das Signal?«
»Es lief auf Machtkämpfe innerhalb der SED und auf einen Bruch zwischen Breschnew und Honecker hinaus. Oder umgekehrt.«
Der Kanzler sah zu Boden. Er schien nachzudenken. Dann hob er wieder den Kopf und sagte: »Sehen Sie sich den Mann mal an. Ich muß jetzt wieder ins Kabinett.«
Im Kabinettssaal war die Debatte inzwischen weitergegangen. Die Gemüter hatten sich erhitzt. Wie zu erwarten, ging es um die angemessene Reaktion des Westens. Die FDP-Minister unter Führung von Vizekanzler Genscher waren für eine kompromißlose Haltung: Vormarsch der amerikanischen Panzerbrigade nach Berlin, notfalls mit Waffengewalt, Einrücken der NATO-Verbände in ihre Bereitstellungsräume, grünes Licht für den Einsatz von taktischen Atomwaffen, falls die Armeen des Warschauer Paktes die Demarkationslinie überschritten und ihr Vormarsch nicht anders aufzuhalten sei.
Die Haltung der SPD-Minister war geteilt. Die Mehrheit trat für eine behutsame Haltung ein. Sie wies darauf hin, daß es die Amerikaner bisher an klarer Führung hätten fehlen lassen. Warum hatte die US-Panzerbrigade noch keinen Marschbefehl? Wollte Reagan notfalls tatsächlich Atomwaffen einsetzen? Und was wollten die Russen? Solange ihre Absicht, über West-Berlin hinaus die Bundesrepublik und damit das NATO-Kerngebiet anzugreifen, nicht klar zutage lag, wollten die SPD-Minister nichts riskieren, was diesen Angriff provozieren würde. Zwar neigten einige ihrer sozialdemokratischen Kollegen mehr der Haltung der FDP-Minister zu, aber auch sie waren verärgert über die Resolution der FDP-Fraktion.
Die Regierung war am Auseinanderfallen. Schmidt, der wortlos Platz genommen hatte, las eine handschriftliche

Notiz aus der SPD-Fraktion. Sie stammte von Willy Brandt: In der Fraktion gingen die Wogen hoch, die Koalition mit den Liberalen sei kaum noch zu halten. Da trat Regierungssprecher Bölling von hinten an den Sessel des Kanzlers heran. Er hatte eine Presseerklärung zu den Vorgängen in Berlin entworfen.

Unterdessen war Gerhard Konow in sein Büro gegangen. Gerade in Krisenzeiten ließ er sich dort öfter blicken, um nach dem Rechten zu sehen. Er setzte sich hinter seinen Schreibtisch und rief die Geschäftsstelle der CDU/CSU-Fraktion an. Ob der Fraktionsvorsitzende Helmut Kohl in der nächsten halben Stunde einmal herüberkommen könne? Der Kanzler bitte ihn um ein Gespräch unter vier Augen, sei aber im Moment leider unabkömmlich, wegen des Kabinetts.

Danach rief er durch die geöffnete Tür in sein Vorzimmer hinaus: »Hat jemand angerufen?«

Frau Possehl erschien im Türrahmen. »Ja, Herr Pfleger. Er sagte, es sei dringend.« Sie war mit Konow vom Verkehrsministerium ins Kanzleramt gewechselt und hütete den jungen Staatssekretär wie ihren Augapfel.

Konow ließ sich mit Pflegers Privatwohnung verbinden. Bei seiner Amtsübernahme hatte er den Ministerialdirektor als Leiter des Deutschlandpolitischen Referates vorgefunden – ein etwas älterer Herr mit vernünftigen Ansichten, von absoluter Loyalität und altmodischen Manieren. Vertrauenswürdig. Wahrscheinlich nicht einmal Sozialdemokrat, aber ein scharfsinniger Verfechter der früheren Entspannungspolitik. Konow wußte, daß Pfleger seit den Tagen Guillaumes spezielle Kontakte nach Ost-Berlin unterhielt. Daraus hatte der Beamte nie einen Hehl gemacht. Und der Staatssekretär hatte volles Vertrauen in die Fähigkeiten Pflegers, davon den richtigen Gebrauch zu machen.

Kaum hatte der Ministerialdirektor von seinem Besucher berichtet, wurde er von Konow mit Honeckers Sonderemissär in das Bundeskanzleramt gebeten. Ein Wagen der Fahrbereitschaft holte die beiden ab. Wenig später betraten sie das Vorzimmer des Staatssekretärs. Konows erster Eindruck war günstig: netter Bursche, dieser Oberleutnant. Er hatte den Brief Honeckers schon aus der Verschweißung gelöst und hielt ihn in der Hand. Konow nahm ihn entgegen, riß ihn auf und überflog den Text:

Sehr geehrter Herr Bundeskanzler!
Angesichts der ernsten Gefahr für den Frieden, die durch die gegenwärtige Weltlage heraufbeschworen wird, erkläre ich
eingedenk der Tatsache, daß sich die Menschen in beiden deutschen Staaten einig sind, daß von ihrem Gebiet nie wieder ein Krieg ausgehen darf,
eingedenk der Tatsache, daß die Bundesrepublik Deutschland und die Deutsche Demokratische Republik durch den Grundvertrag aus dem Jahre 1972 und dessen Folgeverträge ihren Willen zur Entwicklung ihrer Beziehungen auf der Grundlage der beiderseitigen Souveränität, Integrität und des Gewaltverzichts, einschließlich der Nichtverletzung ihrer Grenzen bekundet haben,
eingedenk der verschiedenen persönlichen Begegnungen zwischen Ihnen und mir, die stets im Dienste der Entspannung und Sicherheit in Europa standen:

1. *Unter der Voraussetzung, daß sich die Bundesregierung weder jetzt noch in Zukunft, weder direkt noch indirekt, weder zu Wasser noch zu Lande, noch in der Luft an Aktionen beteiligt, die geeignet sind, die Souveränität, Integrität und Unabhängigkeit der Deutschen Demokratischen Republik anzutasten, wird der Staatsratsvorsitzende der DDR in Übereinstimmung mit dem Recht auf individuelle Selbstverteidigung entsprechend Artikel 150 der Charta der Vereinten Nationen* sechs Stunden *nach*

der Besetzung der westalliierten Hauptquartiere in Berlin, die der »Operation Heimkehr« vorausgeht, sämtliche Streitkräfte der Nationalen Volksarmee zu Lande, zu Wasser und in der Luft dem eigenen Oberbefehl unterstellen.

2. *Sollten Sie sich in der Lage sehen, im Sinne von Punkt eins Ihre Zustimmung zu erklären, bin ich bereit, zu jeder Zeit und an jedem Ort mit Ihnen in Gespräche über die zukünftige Gestaltung der Beziehungen zwischen der Bundesrepublik Deutschland und der Deutschen Demokratischen Republik einzutreten.*
3. *Der Überbringer dieser Erklärung, Herr Oberleutnant Hans Joachim Hirschmeier, ist als mein persönlicher Sonderemissär ermächtigt, Ihre Antwort entgegenzunehmen und an mich zu übermitteln.*

In der Hoffnung, daß Sie, sehr geehrter Herr Bundeskanzler, sich bei guter Gesundheit befinden, bin ich
mit vorzüglicher Hochachtung

Ihr
Erich Honecker
Staatsratsvorsitzender der Deutschen Demokratischen Republik

Zwei Seiten DIN A4, satiniertes Papier, mit Staatswappen und Unterschrift. Zweifellos echt. Konow ließ den Brief sinken. Er starrte Hirschmeier konsterniert an. Dann Pfleger. Nur langsam kam er wieder in Bewegung.
»Bitte, nehmen Sie Platz.« Er deutete auf zwei Besucherstühle, die in seinem Vorzimmer standen. »Ich werde sofort den Herrn Bundeskanzler informieren.«
Schon halb in der Tür, drehte er sich noch einmal um.
»Ach, bitte, Frau Possehl, führen Sie die Herren doch in mein Zimmer.«
Unwillkürlich fiel der Staatssekretär draußen auf dem Flur in den Laufschritt. Er war ein sportlicher Mann, trotzdem

hatte er etwas weiche Knie. Pfleger hatte ihm vor ein paar Tagen schon eine Andeutung gemacht, er erwarte wichtige Nachrichten aus Ost-Berlin. Aber dem hatte Konow damals keine weitere Bedeutung beigemessen. Und jetzt dies! Sensationell! Was steckte dahinter?
Als Konow die Tür zum Kabinettssaal öffnete, drang ihm gedämpftes Stimmengewirr entgegen. Die Luft war zum Schneiden. Die Sitzungsteilnehmer hatten sich erhoben. Sie standen in Gruppen zusammen und diskutierten erregt miteinander. Schmidt, Bundesinnenminister Baum und Regierungssprecher Bölling standen in einer Ecke beisammen. Sie schienen über die Lage an den gesperrten Grenzübergängen zur DDR zu reden.
Konow trat von der Seite an den Bundeskanzler heran und bat ihn mit der Bemerkung, es sei dringend, aber er könne im Moment nicht mehr sagen, vor die Tür.
Als sie draußen standen, fragte Schmidt etwas unwillig: »Was gibt's denn?«
»Herr Bundeskanzler, Sie haben soeben eine Botschaft von Honecker erhalten.«
»Honecker?« Schmidt war überrascht.
»Hier, diesen Brief.« Konow händigte dem Kanzler das Schreiben aus, das er bis jetzt mit der rechten Hand ängstlich an seine Brust gepreßt hatte. »Der Überbringer sitzt in meinem Zimmer.«
Schmidt setzte seine Brille auf und las die beiden Seiten aufmerksam durch. Dann nahm er seine Brille wieder ab, schaute an Konow vorbei und schüttelte langsam den Kopf.
Ohne ein Wort zu sagen, ging er in den Kabinettssaal zurück, den Brief in der Hand. Bevor er die Tür hinter sich schloß, winkte er den verdutzten Staatssekretär herbei: »Gehen Sie sofort in die Fraktion: Brandt, Wehner, Bahr,

Wischnewski, auch Glotz sollen in mein Zimmer kommen. Es eilt!«
»Aber in zwanzig Minuten kommt Herr Kohl.«
»Soll später kommen.«
Der Kanzler zog die Tür hinter sich zu, und Konow rannte los.
Drei Minuten später erschien Schmidt in Begleitung von Bundesverteidigungsminister Apel in Konows Vorzimmer. Frau Possehl reagierte etwas hilflos, schaltete dann aber doch und sagte nur: »Dort.« Sie wies auf die Tür zu Konows Zimmer.
Schmidt musterte Pfleger und Hirschmeier, während er eintrat. Dann gab er beiden die Hand.
»Darf ich Sie in mein Zimmer bitten?«
Schweigend ging die Gruppe über den Flur in das Arbeitszimmer des Kanzlers.
»Bitte, nehmen Sie Platz.« Schmidt wies mit einer einladenden Handbewegung auf die Besprechungsecke. Der Kanzler hatte es bei der Einrichtung seines Arbeitszimmers vermieden, die üblichen Polstermöbel dafür auszuwählen. An ihrer Stelle standen seinem Schreibtisch gegenüber an der Wand acht Stühle um einen soliden Eßtisch herum, den man auch mit einem Aktenberg belasten konnte.
»Herr Oberleutnant, ich bedanke mich für die Übermittlung dieser Erklärung des Herrn Staatsratsvorsitzenden. Herr Pfleger ist Ihnen ja schon bekannt. Und das ist unser Bundesverteidigungsminister, Herr Apel.« Schmidt lächelte zerstreut. Er sah wieder Hirschmeier an. »Sie werden verstehen, daß mich Ihr Besuch etwas überrascht. Wie sind Sie hierher gekommen?«
»Mit der Bahn«, sagte Hirschmeier. Er fühlte sich grenzenlos erleichtert. Jetzt war es geschafft!
»So, mit der Bahn«, sagte Schmidt. »Von Ost-Berlin aus?«

»Nein, von Wuppertal aus. Bis dahin fuhr ich mit dem Wagen.«
»So, mit dem Wagen. Sind Sie denn noch durchgekommen? Die Zugangswege von und nach Berlin sind doch gesperrt?«
»Ja«, war alles, was Hirschmeier sagte. Seiner Meinung nach brauchte der Bundeskanzler nicht zu erfahren, daß er seinen Grenzübertritt diesem Explosionsunglück bei Neuhof zu verdanken hatte.
»Ja, es wird einige Zeit dauern, bis wir die Erklärung von Herrn Honecker beraten haben. Was machen Sie so lange?«
Schmidt sah Apel hilfesuchend an.
»Lassen Sie man, Herr Bundeskanzler«, sagte Pfleger. »Ich kümmere mich schon um den jungen Mann. Wenn es länger dauert, fahren wir wieder zu mir nach Hause.«
»Ja«, sagte Schmidt, und zu Hirschmeier gewendet: »Wie wollen Sie denn wieder zurück?«
Der Oberleutnant zuckte mit den Schultern.
»Wenn es um Ihre Antwort geht, Herr Bundeskanzler, ich werde sie per Funk übermitteln.«
»Per Funk? Aber von wo aus denn?«
»Ich verfüge über ein Gerät.«
»Ja, Herr Bundeskanzler, an sich steht alles bereit«, schaltete sich Pfleger ein. Hirschmeier hatte ihm von dem Funkgerät in der Hotelpension erzählt. »Herr Hirschmeier hat nur ein großes Problem. Er kann seine Kontaktleute und damit Herrn Honecker im Moment nicht erreichen.«
»Nicht erreichen? Was meinen Sie damit?« fragte Schmidt.
»Herr Hirschmeier konnte Ost-Berlin vorhin, als er noch einmal Kontakt aufnehmen wollte, von seinem Hotelzimmer aus nicht erreichen.«
»Alles tot«, sagte Hirschmeier.

Seine Schultern zuckten. Plötzlich begann er zu weinen; es war eher ein lautloses Schluchzen. Er schlug die Hände vor das Gesicht. Die ungeheure Nervenanspannung der letzten Tage und Wochen forderte jetzt, da alles am fehlenden Funkkontakt zu scheitern drohte, ihren Tribut. Der junge Mann wurde von einem Weinkrampf geschüttelt.
Apel und Schmidt schauten ihn fassungslos an. Der Verteidigungsminister erhob sich und sagte: »Helmut, wo hast du denn deine Hausapotheke?«
Schmidt bedeutete Apel durch ein Nicken, wo sich sein Barschrank befand.
»Na, dann wollen wir erst einmal einen nehmen«, sagte Apel. »Hamburger Korn.« Er schenkte vier Schnapsgläser randvoll und bot sie an. Hirschmeier hatte sich inzwischen etwas gefaßt. Die vier prosteten sich wortlos zu.
»Es ist vielleicht wirklich das beste, wenn wir uns jetzt erst einmal zurückziehen«, bemerkte Pfleger.
Der Bundeskanzler nickte und erhob sich. »Wir wissen ja, wo Sie sind«, sagte er und drückte Hirschmeier die Hand. »Erholen Sie sich ein bißchen. Wir melden uns wieder. Aber es kann ein, zwei Stunden dauern.«
Pfleger und Hirschmeier verließen den Raum.
»Ist eben der Streß«, sagte Apel zu Schmidt. »Oder möchtest *du* in dieser beschissenen Lage Sonderemissär sein?«
»Schon gar nicht von Honecker«, antwortete Schmidt. »Scheint allerhand los zu sein in Ost-Berlin. Konow sagte mir vorhin, der BND habe heute morgen den Hilferuf irgendeines Menschen aus dem ZK aufgefangen, in dem von Machtkämpfen die Rede war. Vielleicht ist Honecker gar nicht mehr im Amt, wenn sich da drüben niemand mehr meldet.«
»Paß nur auf, daß *du* noch im Amt bist, wenn du dem Honekker antwortest«, gab Apel zurück. Er griff nach dem Brief,

den Schmidt in der Hand hielt. Dem Kanzler war gar nicht zum Lachen zumute.
Schweigend las der Bundesverteidigungsminister das Schreiben. »Dolles Ding«, sagte er und gab es Schmidt zurück. »Wirklich unglaublich. Die steigen aus dem Warschauer Pakt aus, wenn wir aus der NATO aussteigen? Bedeutet es das nicht praktisch?«
Der Kanzler nickte. »Zumindest, wenn wir die Amerikaner bremsen. Und dann der Gesprächsvorschlag. Das könnte für Europa einen neuen Anfang bedeuten. Es wäre das Ende der Nachkriegsordnung.«
»Eine kleine Revolution«, meinte Apel.
»Wenn die Amerikaner und Russen das zulassen«, sagte Schmidt.
Frau Schmarsow schaute zur Tür herein. »Herr Bundeskanzler«, warf sie mit vorsichtiger Stimme ein, »Herr Kohl.«
»Konow sollte das doch verschieben«, blaffte Schmidt. Dann zuckte er resigniert mit den Achseln. Apel verschwand durch eine Seitentür.
Der Oppositionsführer betrat den Raum. Schmidt ging ihm entgegen. Er begrüßte Kohl: »Nett, daß Sie herübergekommen sind.«
»Das ist doch selbstverständlich, wenn Sie so beschäftigt sind«, sagte Kohl. Seine Stimme hatte einen leicht spöttischen Unterton. Die beiden setzten sich. Der Oppositionsführer lächelte siegessicher. »Ich hoffe, die Bundesregierung hat endlich ihre Entschlüsse gefaßt.«
»Die Bundesregierung wartet auf die Entschlüsse der amerikanischen Regierung, lieber Herr Kohl«, gab der Kanzler lächelnd zurück.
»Und die amerikanische Regierung wartet auf die Entschlüsse der Bundesregierung«, entgegnete Kohl. »Die Katze beißt sich doch in den Schwanz.«

»Schleichen wir nicht wie die Katze um den heißen Brei herum«, sagte Schmidt. »Die amerikanische Regierung hat mehr Vertrauen zu einer von Ihnen geführten Regierung?«
»Ich habe einen Brief von Reagan.«
»Und was steht darin? Darf man das wissen?«
»Nun, die Amerikaner erwarten halt in dieser unserer schweren Stunde eine unzweideutige Haltung aller im Bundestag vertretenen Parteien. Das heißt, auch der SPD, und da hört man nichts Entschiedenes.«
»Und die FDP?«
»Sie kennen ja selbst die Erklärung der FDP-Fraktion.«
»Haben Sie schon mit Genscher gesprochen?«
»Ich bin mit Herrn Genscher immer im Gespräch, Herr Bundeskanzler. Aber es scheint, daß die Gemeinsamkeiten zwischen FDP und CDU/CSU im Moment in der Tat größer sind als die zwischen SPD und FDP.«
»Und was sagt Herr Strauß?«
»Sie wissen, daß Herr Strauß ein ebenso überzeugter Verfechter des westlichen Bündnisses ist wie ich, wie Herr Genscher. Selbstverständlich ordnet er dieser Überzeugung alle innenpolitischen Überlegungen unter.«
»Na, dann ist ja alles geritzt«, sagte Helmut Schmidt.
Kohl lächelte und zwinkerte heftig. Wenn er innerlich bewegt war, schienen sich seine dunklen Wimpern hinter den Gläsern der Goldrandbrille immer zu verselbständigen.
»Wenn wir wüßten, wo Ihr Partner nun steht.«
»Entschlossenheit bis zum Letzten? – erwarten Sie das?«
»Wenn es sein muß.«
»Bis zum Einsatz von Atomwaffen?«
»Notfalls auch das.«
»Auch wenn noch gar nicht klar ist, was die Russen in Berlin eigentlich wollen? Was die Amerikaner für Berlin tun?«

»Wissen Sie, Herr Bundeskanzler, man darf nicht bis zum Geht-nicht-mehr fragen, was die Russen wollen. Wir müssen endlich einmal sagen, was *wir* wollen. Das können die Amerikaner von uns erwarten. Die Stunde der Entscheidung ist gekommen.«
»Genau«, sagte Schmidt. Lächelnd zeigte er dem Oppositionsführer seine Raubtierzähne. Kohl war jetzt etwas irritiert. Warum sagte der Kanzler zu allem ja und amen? War doch sonst nicht seine Art. »Und was machen Sie, wenn Honecker plötzlich signalisiert, daß er die Russen sitzenläßt, wenn wir stillhalten?«
»Unmöglich! Sagt er nicht«, antwortete Kohl mit einem Unterton der Entrüstung. »Sie sehen doch, der Osten ist zu allem fähig.«
»Hat er aber vielleicht schon gesagt«, deutete Schmidt vorsichtig an.
Kohl rückte unruhig an seiner Brille. Mit schräggehaltenem Kopf schaute er den Kanzler an. »Ich denke, es gibt keine Signale aus Ost-Berlin? Auch nicht aus Moskau.«
»Aus Moskau nicht, aber vielleicht aus Ost-Berlin«, sagte Schmidt sibyllinisch. Ihm machte es Spaß, den Oppositionsführer so verunsichert zu sehen, gerade jetzt, da sich Kohl am Ziel seiner Wünsche wähnte. Unter diesen Umständen kam Schmidt Honeckers Botschaft wie ein Geschenk des Himmels vor.
Aus dem Vorzimmer des Kanzlers klang Stimmengewirr. Die SPD-Führer, die Schmidt hatte herbeirufen lassen, trafen ein. Konow steckte den Kopf durch den Türspalt. Der Kanzler und der Oppositionsführer erhoben sich.
»Ich werde jetzt hier gebraucht«, sagte Schmidt. »Wir sollten später weitersprechen. Dann kann ich Ihnen sicher mehr sagen.«
Eine gewisse Röte stieg in Kohls Gesicht. Er zwinkerte wie-

der heftig. Wortlos drückte er dem Kanzler die Hand. Schmidt ließ ihn durch den Seitenausgang hinaus.

»Wir müssen jetzt zu Entscheidungen kommen«, sagte der Kanzler. Er war nicht sicher, ob es der Oppositionsführer noch gehört hatte. Mitten im Raum blieb er stehen und gönnte sich eine Prise Schnupftabak, der eine Spur Menthol beigesetzt war.

Durch den anderen Eingang kamen Konow, Willy Brandt, Wehner, Bahr, Glotz und Wischnewski herein. Das hundert Quadratmeter große Arbeitszimmer des Kanzlers war repräsentativ, aber nicht überschwenglich eingerichtet. Die Deckenbeleuchtung tauchte es in ein weiches, etwas diffuses Licht. Hinter dem Palisanderschreibtisch Schmidts hing neben der Bücherwand ein Porträt des SPD-Gründers August Bebel.

Die Runde nahm auf der anderen Seite des Raumes Platz. Der Bundestagsabgeordnete der SPD Egon Bahr war früher, als die Bonner Entspannungspolitik entworfen wurde, Staatssekretär des damaligen Bundeskanzlers Brandt gewesen. Er hatte eine relativ kleine Statur. Die lange Nase über dem spitzen Mund verlieh ihm einen pfiffigen Gesichtsausdruck. Peter Glotz, ein schnellzüngiger Formulierer mit einem empfindsamen Verstand, gehörte zur jüngeren Generation der SPD-Führung und war der Geschäftsführer der Partei. Konow zog die Tür hinter sich zu. Gleich darauf schlüpfte noch Apel herein.

»Am besten, ich lese euch das mal vor«, sagte Schmidt. Sofort versiegten die Privatgespräche der Politiker.

Langsam verlas der Kanzler Honeckers Botschaft. Besonders betonte er die Worte »sechs Stunden nach der Besetzung der westalliierten Hauptquartiere«. Anschließend ließ er den Brief im Kreis herumgehen.

»›Operation Heimkehr‹«, las Bahr laut, »trifft den Nagel genau auf den Kopf, wenn es so läuft, wie Honecker will. Das bedeutet doch ein völlig neues Verhältnis zwischen der Bundesrepublik und der DDR. Vielleicht die Wiedervereinigung.«

»Und wenn *wir* es wollen«, setzte Glotz hinzu. »Aber die Verpflichtung zur Wiedervereinigung steht bekanntlich schon im Grundgesetz.« Der SPD-Geschäftsführer spielte damit auf die Präambel der Bonner Verfassung an. Sie forderte »das gesamte deutsche Volk« auf, »in freier Selbstbestimmung die Einheit und Freiheit Deutschlands zu vollenden«.

»Wiedervereinigung sehe ich nicht«, meinte Brandt. »Honecker spricht doch ausdrücklich von der Souveränität, Integrität und Unabhängigkeit der DDR. Das sind, wenn ich mich richtig entsinne, die Formulierungen des Grundvertrages . . .«

». . . und er will nur über die ›zukünftige Gestaltung der Beziehungen‹ zwischen der DDR und uns reden«, ergänzte Wischnewski Brandts Einwand. Er hielt Honeckers Brief noch in der Hand. »Aber das schließt die Wiedervereinigung auch nicht aus«, fügte der stellvertretende SPD-Vorsitzende schließlich hinzu.

»Nichts geht ohne die Amerikaner oder Russen«, sagte Wehner, »oder gegen sie. Schließlich sind wir kein Selbstmordkommando.«

Schmidt berichtete nun von seinem Gespräch mit Kohl und von Hirschmeiers vergeblichen Bemühungen, Ost-Berlin per Funk zu erreichen. Die Runde nahm ersteres mit einem gewissen Amüsement, letzteres mit unverkennbarer Betroffenheit zur Kenntnis. Trotzdem schälte sich sehr schnell die Meinung heraus, der Kanzler müsse die Botschaft des DDR-Staatsratsvorsitzenden beantworten. Und zwar im positiven Sinne. Schließlich war es ja die DDR, die dann

eine Vorleistung bieten mußte, weil Honecker versprochen hatte, in diesem Fall seine Truppen dem Oberkommando des Warschauer Pakts zu entziehen. Daran konnte man dann auch erkennen, ob er in der DDR noch etwas zu sagen hatte oder nicht.
Alle waren übereinstimmend der Meinung, Schmidt habe sehr geschickt taktiert, als er Kohl von Honeckers Signal erzählte, ihm aber seine Zweifel an der Regierungsfähigkeit des Staatsratsvorsitzenden verschwieg.
»Damit sind wir innenpolitisch erst einmal aus dem Schneider«, sagte Apel. »Frage: Was machen die Amerikaner? Kohl wird sich mit Burns kurzschließen.«
»Wenn die aber ihre Brigade jetzt marschieren lassen, hauen sie uns die Beine weg«, sagte Schmidt. »Dann denkt der Honecker, wir honorieren seine Erklärung nicht.«
Man war sich einig, daß die Bundesregierung damit eine geschichtliche Chance verpassen würde, den Frieden zu retten und ihm in Europa eine neue Basis zu geben. Wenn auch die Sowjets mitmachten . . .
»Zeit ist jetzt alles«, ermahnte Wischnewski. »Wir müssen schnell sein, sehr schnell, sonst haben wir den Bus ein für allemal verpaßt.«
Frau Schmarsow hatte inzwischen Kaffee gemacht. Sie brachte das Tablett mit dem Geschirr herein. Die damit eintretende Unterbrechung begrüßten alle mit einem gewissen Aufatmen. Die Hochspannung, unter der die SPD-Führung und der Kanzler standen, machte sich in einer gesteigerten Gesprächsbereitschaft Luft. Alle redeten aufgeregt durcheinander.
Schmidt winkte Konow zu sich heran. Er bat um Schreibzeug und Papier. Als der Staatssekretär mit den Sachen vom Schreibtisch des Kanzlers zurückkehrte, zog ihn Schmidt zu sich heran.

»Machen Sie sich mal Gedanken darüber, wie wir unsere Antwort an Honecker übermitteln können. Sagen Sie Bölling Bescheid.«
Konow nickte. Er sah auf die Uhr. Es war jetzt kurz vor Mitternacht. Die dpa-Meldung über den Zugriff der russischen Kommandotruppen auf die westalliierten Hauptquartiere war etwa um zwanzig Uhr eingetroffen. Wenn Honecker seine Truppen sechs Stunden nach diesem Vorgeplänkel zur »Operation Heimkehr« aus dem Warschauer Pakt herauslösen wollte, blieben der Bundesregierung nur noch zwei Stunden.

15. Eine Stadt erwacht

Rund siebentausend Kilometer westlich von Bonn, in Washington an der amerikanischen Ostküste, war es zu diesem Zeitpunkt wegen der europäischen Sommerzeit nicht kurz vor achtzehn, sondern schon kurz vor neunzehn Uhr. Im Weißen Haus an der Pennsylvania Avenue herrschte hektischer Betrieb. Ronald Reagan und seine wichtigsten Berater einschließlich Außenminister Alexander Haig und Verteidigungsminister Caspar Weinberger waren im »Oval Office«, dem Arbeitszimmer des Präsidenten, versammelt. Das Lagezentrum im Keller des Weißen Hauses, das die Entwicklung der weltpolitischen Krise analysierte, hatte für die nächsten Minuten den Empfang einer Botschaft Breschnews über den »heißen Draht« angekündigt.

Seit seinem Amtsantritt hatte Reagan versucht, die amerikanische Wirtschaft zu sanieren und die Russen in ihre Schranken zu verweisen. Doch stellte sich im Laufe der Jahre heraus, daß sich das eine Ziel nur auf Kosten des anderen verwirklichen ließ. Während die Arbeitslosenzahlen, die Defizite im Staatshaushalt, die Dollarzinsen und die Fehlbeträge in der amerikanischen Außenhandelsbilanz ständig neue Rekordmarken erreichten, wurden die Wirtschaftsprobleme des Landes zusätzlich noch durch den Abbruch des gesamten Handels- und Kapitalverkehrs mit dem Ostblock verschärft.

Reagan stand daher unter dem wachsenden Druck mächtiger Wirtschaftskreise, seinen wirtschaftspolitischen Kurs gegenüber dem COMECON zu korrigieren und die Quarantäne wieder aufzuheben. Der Kongreß, das Parlament der Vereinigten Staaten, setzte den Präsidenten aber noch in einer anderen Hinsicht immer neuen Pressionen aus.
Seit Jahren hatte die republikanische Mehrheit mit zunehmender Verärgerung beobachtet, daß die westeuropäischen NATO-Verbündeten – allen voran die Bundesrepublik Deutschland – den Vereinigten Staaten nur zögernd, widerstrebend oder gar nicht in die Konfrontation mit dem kommunistischen Lager folgten. Sie war deshalb entschlossen, sich diesen kostspieligen Eigensinn nicht länger bieten zu lassen. Sie sah nicht ein, daß die Europäer zwar einerseits gern den amerikanischen Schutz in Anspruch nahmen, andererseits aber praktisch nichts dafür taten oder ihn sogar sabotierten.
Deshalb hatte eine Gruppe mächtiger republikanischer Kongreßführer einen Rückzug Amerikas aus Europa gefordert. Sie wiesen auf den krassen Widerspruch zwischen steigenden Rüstungsausgaben und sinkender Wirtschaftskraft hin und empfahlen dem Präsidenten, die Europäer sich selbst zu überlassen. Die Europäer hätten es einfach nicht verdient, daß die Amerikaner länger den Kopf für sie hinhielten.
Der doppelte Druck von seiten der Wirtschaft und des Kongresses gefährdete die bevorstehende Wiederwahl des Präsidenten. Reagan war deshalb stark beansprucht. Seit Wochen arbeiteten seine Berater und der Planungsstab des Außenministeriums an höchst geheimen Denkmodellen, wie der Rückzug Amerikas zu bewerkstelligen sei, ohne daß das nordatlantische Bündnis sofort zusammenbrach.
In diesem Zusammenhang hatte in Washington während

der letzten Wochen eine weltpolitische Überlegung zunehmend an Gewicht gewonnen: Wenn sich die amerikanischen Streitkräfte eines nicht allzu fernen Tages vom europäischen Festland zurückzogen, mußten sie dort politisch doppelt zuverlässige Verbündete hinterlassen. Folglich arbeiteten die Beraterstäbe der Reagan-Administration fieberhaft an Planungen, wie sich in den Hauptstädten Westeuropas »unzuverlässige Regierungen« entmachten und »zuverlässige Regierungen« installieren ließen. Dies schien die sicherste Vorkehrung gegen eine allmähliche »Finnlandisierung« Europas zu sein.
Aus naheliegenden Gründen kreisten diese Planspiele, in die auch die amerikanischen Geheimdienste, Banken und Wirtschaftsverbände einbezogen wurden, vor allem um die Bundesregierung in Bonn. Denn nach einem Rückzug der Vereinigten Staaten auf ihren eigenen Kontinent sollte die politische Fernsteuerung Westeuropas in erster Linie über die Bundesrepublik Deutschland erfolgen. Hier, an der Nahtstelle zwischen Ost und West, würden sich Erfolg und Mißerfolg der neuen amerikanischen Konzeption entscheiden.
Mitten in alle diese Planungen platzte die Besetzung des amerikanischen Hauptquartiers in Berlin an diesem vorletzten Junitag so verwirrend wie ein Hurrikan hinein. Die russischen Flottenbewegungen im Fernen Osten und die Truppenkonzentrationen in Osteuropa verstärkten die Besorgnis der Reagan-Administration, Amerika würde am Ende an zwei Fronten zugleich in einen neuen Weltkrieg hineingezogen. Die amerikanischen Medien nahmen schon seit Monaten eine feindselige Haltung gegenüber der Sowjetunion und gegenüber allen denjenigen Kräften in Westeuropa ein, die sie als kommunistische »fellow travellers« brandmarkten. Präsident Reagan, Außenminister Haig und Verteidi-

gungsminister Weinberger hatten die Sowjets in mehreren scharfen Erklärungen vor militärischen Abenteuern gewarnt und betont, Amerika sei jederzeit zum atomaren Gegenschlag bereit, sollte sich das als unumgänglich erweisen.

Trotz dieses Sperrfeuers agierte die Reagan-Administration seltsam verhalten. Einerseits wollte sie nicht jene Kongreßleute aufreizen, die den Rückzug der Amerikaner aus Westeuropa stets auch mit der wachsenden Kriegsgefahr begründet hatten. Andererseits war sich Washington zu wenig gewiß, ob es für eine energische Abwehrhaltung in den westeuropäischen Hauptstädten die benötigte Unterstützung finden würde.

Die Folgen der inneramerikanischen Rücksichten und europäischen Widerstände waren auf der Sitzung des NATO-Ministerrates am Nachmittag in Brüssel offensichtlich geworden. Das Ergebnis war eine windelweiche Erklärung gewesen, die allen wohl, aber niemandem weh tat. Als die Sowjets dann am Abend in West-Berlin kurz und entschlossen zuschlugen, hatten sie überall in der Welt ihre strategischen Vorteile gewahrt, während die Entfaltung der westlichen Abwehrkräfte noch ziemlich in den Anfängen steckte. Seitdem beschäftigten den Kreis um Reagan dieselben Fragen, die auch alle europäischen Regierungen beschäftigten: Was hatten die Russen vor? Und was sollten die Amerikaner tun, um die bereits eingetretenen Übel nicht durch unverhältnismäßig starke Reaktionen noch zu vergrößern? Wie immer in solchen Krisen suchte Reagan Unterstützung beim Kongreß. Aber soviel Senatoren und Abgeordnete er auch anrief, er hörte stets zwei entgegengesetzte Meinungen: Ein Teil der Abgeordneten forderte ihn zu einer härteren Haltung auf. Der andere Teil warnte ihn vor übereilten Schritten, erst recht vor dem Einsatz von Atomwaffen.

Zwischen der Sitzung in Brüssel und seinen Gesprächen mit den Kongreßabgeordneten wies der Präsident den amerikanischen Botschafter in Bonn an, auf eine festere Haltung der Bundesregierung zu drängen. Burns sollte sich zu diesem Zweck sowohl der bekannten Spannungen innerhalb der sozialliberalen Koalition als auch zwischen Regierung und Opposition bedienen. Kurzum: Washington hätte in dieser Situation einen Kanzler Kohl an der Spitze einer CDU/CSU/FDP-Koalition lieber gesehen als den Kanzler Schmidt an der Spitze der sozialliberalen Koalition. Von einem Machtwechsel versprachen sich Reagan, Haig und Weinberger einen heilsamen Effekt auf die anderen Regierungen Westeuropas und damit zugleich eine Stabilisierung der westlichen Abwehrfront gegen den Kommunismus.
Um sechzehn Uhr fünfzig amerikanischer Ostküstenzeit (einundzwanzig Uhr fünfzig mitteleuropäischer Zeit) telefonierte Burns mit Reagan von der amerikanischen Botschaft in Bonn-Mehlem aus. Er gab ihm einen vorläufigen Lagebericht: Während sich die Krise der sozialliberalen Koalition wegen ihrer inneren Meinungsverschiedenheiten über eine angemessene Reaktion des Westens von Stunde zu Stunde vertiefe, wüchsen seine Hoffnungen in bezug auf die Opposition. Weisungsgemäß habe er Bundeskanzler Schmidt in einem Gespräch unter vier Augen auf die Erwartungen hingewiesen, die Washington in die Bereitschaft der Bundesregierung setze, notfalls auch dem Einsatz von Atomwaffen zuzustimmen. Doch habe sich Schmidt nicht sonderlich beeindruckt gezeigt und mit Hinweisen auf die Führungsrolle der USA reagiert.
Der Bonner Oppositionsführer Kohl und – nach einem Telefongespräch zwischen ihm, Burns, und dem bayerischen Ministerpräsidenten – auch Strauß seien sehr zuversichtlich, daß die Regierung Schmidt die nächsten Stunden nicht

überstehen werde. Die Oppositionspolitiker hätten bereits Kontakt mit der FDP von Bundesaußenminister Genscher aufgenommen, deren Bundestagsfraktion daraufhin eine Resolution verabschiedet habe, die sich weitgehend mit den amerikanischen Vorstellungen decke.
Zwar sei Genscher vorerst nicht bereit, von sich aus das Bündnis mit Schmidt aufzukündigen. Doch würde er sich einer Regierung des »nationalen Notstandes«, also einer Allparteienkoalition, nicht verschließen, sofern Kohl oder besser noch Schmidt im richtigen Moment einen solchen Vorschlag mache. Dies wäre dann die Brücke für eine spätere CDU/CSU/FDP-Koalition unter einem Kanzler Kohl. Alles in Bonn, so versicherte Burns, sei auf dem besten Wege. Er werde noch in der Nacht das Gespräch mit Genscher und Lambsdorff suchen. Er hoffe, dem Präsidenten am Morgen einen endgültig positiven Bescheid geben zu können.
Verteidigungsminister Weinberger hatte im Laufe des Tages wiederholt auf einen atomaren »Erziehungsschlag«, einen *educational stroke,* gegen die russischen Truppenansammlungen in Osteuropa gedrängt. Dagegen waren Präsident Reagan und Außenminister Haig noch weit vom Einsatz taktischer Atomwaffen entfernt. Aber sie verkannten natürlich nicht die außenpolitischen Möglichkeiten, die in der atomaren Drohung steckten: Sie würde die Regierungen Westeuropas zwingen, sich für oder gegen den Einsatz von Atomwaffen zu bekennen, und auf diesem Umweg diejenigen Kräfte ermutigen, die im Bündnis mit der atomaren Schutzmacht Amerika eine Frage nach Sein oder Nichtsein erblickten. Auf diese Weise trieben die atomaren Drohungen, die Washington seit den Mittagsstunden ausstieß, auch in Bonn die innenpolitische Polarisierung voran, was die Chancen für einen Machtwechsel von Schmidt zu Kohl erhöhte.

In Wirklichkeit aber entbehrten diese Drohungen gegenüber der Sowjetunion der letzten Konsequenz. Sollten die Amerikaner wirklich die Zerstörung ihrer Städte durch sowjetische Fernraketen riskieren, nur um das weit entfernte West-Berlin zu retten? Niemand in den amerikanischen Krisenstäben war wirklich dazu bereit, bei einer Eskalation als erstes zu Atomwaffen zu greifen und damit die Selbstzerstörung einzuleiten.
So kam es, daß die US-Panzerbrigade am späten Abend immer noch auf der westlichen Seite der innerdeutschen Grenze bei Helmstedt stand und nicht weitermarschierte. So kam es, daß Reagan eigentlich ganz froh war, als ihm die Krisenmanager aus dem Keller des Weißen Hauses eine Botschaft Breschnews signalisierten.
Haig und Weinberger standen hinter dem Stuhl des Präsidenten, als dieser das Papier überflog. Über seine Schulter hinweg konnten sie den Hauptinhalt unschwer erfassen: Breschnew warnte Reagan vor einem gewaltsamen Durchbruch der amerikanischen Panzerbrigade nach Berlin oder sonstigen militärischen Handlungen in Mitteleuropa, indem er auf die Lage im Fernen Osten verwies. Die Sowjetunion sei jederzeit in der Lage, mit Hilfe der eigenen Pazifikflotte die USA in eine Zweifrontenlage zu bringen. Die Aktion in West-Berlin sei zeitlich und räumlich begrenzt. Sie diene lediglich dazu, konterrevolutionäre Kräfte daran zu hindern, sich in die inneren Angelegenheiten der DDR und der sozialistischen Staatengemeinschaft einzumischen.
Als er die Lektüre beendet hatte, lehnte sich der Präsident in seinem Schreibtischsessel zurück. Er schaute seine beiden Minister mit einem triumphierenden Lächeln an. Weinberger machte ein säuerliches Gesicht. Es handelte sich bei den Vorgängen in und um Berlin also doch um eine begrenzte

Aktion! Sie diente offenkundig dem Zweck, Gespräche mit dem Westen über eine Wiederaufnahme des Handels- und Kapitalverkehrs zu erzwingen. Haig erklärte, nichts beweise deutlicher die sowjetische Schwäche.

Da die letzten Informationen der amerikanischen Frühwarnsysteme und die jüngsten Satellitenaufnahmen die defensiven Absichten des Kreml auch im Fernen Osten nicht widerlegten, bestand für die Reagan-Administration jetzt kein Anlaß mehr, die eigenen Schritte zu überstürzen. Im Gegenteil: Mit einem gewissen Recht wiesen mehrere Berater darauf hin, je länger die Sowjets die Hauptquartiere der westlichen Stadtkommandanten in Berlin besetzt hielten, desto länger werde dieses Ereignis in Bonn seine demoralisierende Wirkung tun und die sozialliberale Koalition von innen heraus zersetzen. Außerdem würde sich in jeder Stunde, die verstrich, der Mobilisierungsgrad der NATO-Streitkräfte erhöhen.

Nach einigem Hin und Her wurde daher in Washington beschlossen, zumindest noch die Nacht abzuwarten. Wenn erst einmal in Bonn eine neue und zuverlässige Regierung amtierte, ließe sich über alles reden – mit Bonn über eine gewaltsame Vertreibung der Russen aus West-Berlin und mit Moskau über eine Wiederaufnahme der Handels- und Finanzbeziehungen. Reagan machte kein Hehl daraus, daß er letzterem zugeneigt war.

Nach Telefongesprächen, die er zwischendurch mit einigen besonders einflußreichen Senatoren führte, hielt er den Zeitpunkt für gekommen, die isolationistische Wendung der amerikanischen Außenpolitik einzuleiten. Der Präsident dachte daran, bei den bevorstehenden Wirtschaftsverhandlungen mit den Sowjets die Westdeutschen aus ihrem lukrativen Ostgeschäft zu verdrängen, um die amerikanische Wirtschaft zu beleben. Dagegen war eine militärische

Auseinandersetzung mit den Russen angesichts der Mehrheitsverhältnisse im Kongreß nach Ansicht des Präsidenten ausgeschlossen. Schließlich hatte er nicht vor, wegen irgendwelcher Berlin-Querelen bei der nächsten Wahl sein Amt zu verlieren.
Die Antwort des amerikanischen Präsidenten, die kurz nach neunzehn Uhr Ostküstenzeit (vierundzwanzig Uhr mitteleuropäischer Zeit) über den »heißen Draht« an Breschnew hinausging, entbehrte deshalb nicht einer gewissen Doppeldeutigkeit. Einerseits wurde unter Hinweis auf die Machtmittel der NATO die Räumung West-Berlins gefordert, doch wurden die markigen Worte so geschickt formuliert, daß die Sowjets zwischen den Zeilen auch eine gewisse Bereitschaft zum Einlenken in der Boykottfrage herauslesen konnten.
Das Verhältnis der beiden Supermächte zueinander war für die Nachkriegsgeschichte immer entscheidend gewesen. Jetzt schienen ihre Beziehungen an einem Wendepunkt zu stehen. Aber die Deutschen kamen einer Einigung über ihre Köpfe zuvor.

Am 30. Juni, kurz nach null Uhr dreißig mitteleuropäischer Zeit, telefonierte der westdeutsche Botschafter in Moskau mit Bundeskanzler Helmut Schmidt. Der sowjetische Außenminister Andrej Gromyko, der schon unter Stalin diente, habe ihm soeben in einem überraschend anberaumten Gespräch ein sensationelles »Geschäft auf Gegenseitigkeit« vorgeschlagen: eine »kleine Wiedervereinigung«, wenn die Bundesrepublik mit der Sowjetunion einen »Jahrhundertvertrag« über die gemeinsame Entwicklung Sibiriens abschließe. Das sowjetische Berlin-Abenteuer werde dann »schneller als Sie denken« beendet sein.

Gegen ein Uhr schloß die Runde, die sich im Arbeitszimmer des Kanzlers versammelt hatte, ihre Beratungen über die Antwort an Honecker ab. Schmidt gab dem DDR-Staatsratsvorsitzenden die gewünschte Versicherung, daß die Bundesrepublik jetzt und in Zukunft in jeder Form auf die Anwendung von Gewalt gegen die DDR verzichten werde. Der Kanzler schlug vor, daß ein Treffen mit Honecker sobald wie möglich in Bonn oder Weimar stattfinden solle. Durch diese positive Reaktion hofften die führenden Sozialdemokraten, den Weg in die atomare Katastrophe und den Machtwechsel von Schmidt zu Kohl in letzter Minute zu vermeiden und den Ball aus Moskau und Ost-Berlin aufzufangen und wieder zurückzuspielen. Offenbar handelte es sich bei der Mission Hirschmeiers und dem Gromyko-Angebot um eine konzertierte Aktion.
Um null Uhr dreißig hatte das Kanzleramt in der Hotelpension angerufen, wo Hirschmeier und Pfleger warteten, und ihnen den Abschluß der Beratungen angekündigt. Trotz fieberhafter Bemühungen war es dem Oberleutnant nicht gelungen, mit der DDR-Führung um Honecker Funkverbindung aufzunehmen. Daraufhin entschloß sich Konow, über seinen Referenten Römer den BND-Agenten Kurt Roßberg in das Krisenmanagement einzuschalten. Tatsächlich gelang es Roßberg, der im Bonner »Hotel am Tulpenfeld« übernachtete, seinen Mittelsmann in Ost-Berlin telefonisch zu erreichen. Der gab den entscheidenden Inhalt der Information, daß nämlich Schmidt positiv auf Honeckers Appell reagiere, gegen zwei Uhr an den Sekretär des Zentralkomitees Martin Bunse weiter. Wie Honecker erbeten hatte: sechs Stunden nach der Besetzung der Westalliierten Hauptquartiere. Zu diesem Zeitpunkt hatten sich der Bundeskanzler und die SPD-Führung bereits zu einer kurzen Nachtruhe zurückgezogen, während Roßberg, Römer, Pfle-

ger und Hirschmeier noch angeregt die Ereignisse der Nacht diskutierten.

Gegen drei Uhr ließ der Druck der sowjetischen Kampfverbände auf das provisorische DDR-Hauptquartier am Werbellinsee nach. Am Vorabend hatte es bei Eberswalde ein kurzes Geplänkel zwischen russischen und ostdeutschen Panzerverbänden gegeben. Kurz vor Mitternacht erhielt General Iwanowski aus Moskau jedoch den Befehl, den Einschließungsring um Berlin allmählich zu lockern und eine Kraftprobe mit der Nationalen Volksarmee unter allen Umständen zu vermeiden. Seitdem sich diese Wendung der Dinge in Ost-Berlin herumsprach, liefen immer mehr Spitzengenossen, die bisher der »Kreml-Fraktion« nahegestanden hatten, zu Honecker über.
Um vier Uhr dreißig machten sich die Rotarmisten, die mit ihren Panzern am »Checkpoint Charly« in der Berliner Friedrichstraße kampierten, marschfertig. Oberst Stan Newman von der 1. Kampfgruppe der US-Army hörte aus Richtung Ost-Berlin das Dröhnen von Panzermotoren sowie den Höllenlärm vergeblicher Startversuche. Gleichzeitig wurden die Nachbarn der Clay-Kaserne durch Motorengeräusche geweckt. Anwohner der Kronprinzessinnenstraße und der Havelchaussee im benachbarten Zehlendorf beobachteten gegen fünf Uhr, wie die russischen Schützenpanzer und Marineinfanteristen auf die wartenden Luftkissenboote verladen wurden und über die dunstige Wasserfläche in Richtung Südwesten entschwanden.
Um sechs Uhr zehn wurde den Grenzkontrollpunkten in Staaken und Dreilinden von Innensenator Lummer mitgeteilt, die Autobahnen und Landstraßen zwischen Berlin und der Bundesrepublik seien wieder offen. Eine entsprechende

Meldung hatte der Westberliner Senat kurz zuvor von offizieller Seite in Ost-Berlin erhalten. Die Menschen, welche die Nacht zu Hunderten in ihren Autos verbracht hatten, atmeten auf. Viele beschlossen, ihre Fluchtpläne aufzugeben und wieder nach Hause zurückzukehren, weil sie die Verkehrsfreigabe als Zeichen der Entspannung werteten.

Inzwischen war Roßberg nach kurzer Nachtruhe von Konow wieder ins Bundeskanzleramt gebeten worden. Gegen sieben Uhr hatte er von dort aus den ersten telefonischen Direktkontakt mit Martin Bunse in Ost-Berlin. Roßberg konnte ihm bei dieser Gelegenheit die Botschaft des Bundeskanzlers im Wortlaut verlesen. Es wurde vereinbart, Hirschmeier mit dem nächsten Flugzeug von Köln-Wahn aus zurück nach Ost-Berlin zu schicken, wohin Honecker im Laufe der nächsten Stunden zurückkehren wollte. Mit der gleichen Maschine sollte sich Deutschland-Referent Pfleger in die DDR-Hauptstadt begeben, um die Gespräche zwischen dem Bundeskanzler und dem DDR-Staatsratsvorsitzenden vorzubereiten.

Um acht Uhr dreißig fand im Kanzlerbungalow die »kleine Lage« statt: Mit seinen engsten Mitarbeitern besprach Schmidt die taktische Marschroute für den Tag. Zunächst wollte er den FDP-Vorsitzenden Genscher aufsuchen, um ihm die Entscheidung der vergangenen Nacht mitzuteilen. Sollte es darüber zum Bruch kommen, wollte Schmidt im Bundestag die Vertrauensfrage stellen und bei einer Abstimmungsniederlage Neuwahlen beantragen. Darauf hatte sich schon die Beratungsrunde in der vergangenen Nacht geeinigt. Jetzt bereiteten Schmidt und Regierungssprecher Bölling zusätzlich eine Erklärung vor, mit der der Bundeskanzler um elf Uhr vor die Presse treten wollte.

Um neun Uhr dreißig traten die Vorstände der Bundestagsfraktionen zusammen, um über die neueste Entwicklung zu beraten. Schmidt suchte Genscher im Außenministerium an der Adenauer-Allee auf, um damit eine Geste anzudeuten. Der FDP-Vorsitzende war natürlich sehr betroffen über die Eigenmächtigkeit seines Koalitionspartners. Andererseits sah er ein, daß es ihm kaum gelingen würde, gegen den »Friedenskanzler« Schmidt eine Koalition mit der CDU/CSU zustande zu bringen, die Aussicht darauf hatte, die nächsten Wahlen zu gewinnen. Trotzdem ließ er aus taktischen Gründen seine Haltung offen, weil er zuvor hören wollte, wie die Amerikaner reagierten.

Um zehn Uhr trat wie am Vortag das Politbüro der SED in Ost-Berlin zusammen. Honecker hielt ein kurzes Referat zur aktuellen Lage, in dem er sein bevorstehendes Treffen mit Schmidt ankündigte. Zwei Stunden vorher hatte er mit Breschnew in Moskau telefoniert. Die beiden waren sich einig, daß die wirtschaftliche und finanzielle Zusammenarbeit mit dem Westen für den Ostblock lebenswichtig sei. Wenn sich Amerika weigere, den Totalboykott aufzuheben, müsse ein Anfang mit der Bundesrepublik gemacht werden. Dafür sei eine besonders publikumswirksame Offerte notwendig. Honecker teilte dem Politbüro mit, daß er aus Moskau grünes Licht für sein Treffen mit Schmidt habe und daß er dem Kanzler bei dieser Gelegenheit in voller Übereinstimmung mit der sowjetischen Führung die Wiedervereinigung Berlins anbieten werde. Da dieser Plan eine Umverteilung der alliierten Rechte in Berlin auf die beiden deutschen Staaten vorsah, stimmte das Gremium einstimmig zu. Gewisse Schritte sollten sofort eingeleitet werden, damit der Osten psychologisch in der Offensive blieb.

Um elf Uhr nahm Bundeskanzler Helmut Schmidt, von Regierungssprecher Bölling begleitet, im Großen Saal des Bonner Pressehauses Platz, um den in- und ausländischen Korrespondenten über die aktuelle Entwicklung zu berichten. Vor allem die amerikanischen Journalisten wollten wissen, ob der Kanzler die rasche Entspannung auf die drohende Sprache des amerikanischen Präsidenten oder auf sein eigenes *appeasement* zurückführe. Der Kanzler widerstand der Versuchung, den Fragestellern etwas von ihrer moralischen Selbstgewißheit zu nehmen. Er wollte auch nicht bekanntgeben, daß die Initiative von Honecker ausgegangen war. Auf eine entsprechende Zusatzfrage antwortete er: *»No comment.«*

Um zwölf Uhr hatte sich der Berlinverkehr fast wieder normalisiert. Die Kampfverbände der Westalliierten waren reichlich frustriert in ihre Kasernen zurückgekehrt, und die Stadtkommandanten saßen, ziemlich ermüdet nach der langen Nacht, wieder an ihren Schreibtischen. Da geschah das Unglaubliche: Einheiten der DDR-Grenzpolizei begannen an den Sektorenübergängen Waltersdorfer Chaussee, Sonnenallee, Oberbaumbrücke, Prinzenstraße, Friedrichstraße, Invalidenstraße, Chausseestraße und Bornholmer Straße die Grenzbefestigungen abzutragen. Autofahrer, Radfahrer und Fußgänger, die gerade von West- nach Ost-Berlin unterwegs waren, wurden von den lächelnden Beamten ohne Ausweiskontrolle durchgewinkt. Sie wurden auch nicht mehr gezwungen, ihr kostbares Westgeld in die relativ schwache Ostmark umzutauschen.
Kurz nach dreizehn Uhr klaffte das erste Loch in der Mauer vor dem Brandenburger Tor. DDR-Grenzpolizisten hatten es mit einem Bulldozer eingerammt. Sorgfältig sammelten

sie die Trümmer ein, die sie auf Lastwagen wegfuhren. Auf beiden Seiten der Sektorengrenze – Unter den Linden im Osten und auf der Straße des 17. Juni im Westen – versammelten sich sofort große Mengen von Schaulustigen. Obwohl sie die denkwürdige Tat mit spontanem Beifall bedachten, trauten sie sich zunächst nicht, das seit mehr als zwanzig Jahren hermetisch verrammelte Tor zu durchschreiten. Die Beamten auf der östlichen Seite mußten erst einladende Gesten machen, bevor es die ersten Ostberliner wagten, wieder Westberliner Boden zu betreten. Im Schatten der Brandenburger Arkaden, die mehr als jedes andere Bauwerk die Sehnsucht der Deutschen nach ihrer nationalen Einheit verkörperten, kam es zu erschütternden Szenen: Wildfremde Menschen fielen sich schluchzend in die Arme. Ältere Leute, die an einen Eintritt dieses Ereignisses zu ihren Lebzeiten nicht mehr geglaubt hatten, rannen die Tränen über die Wangen. Junge Menschen schlängelten sich freudetanzend in langen Girlanden durch die Menge.

Gegen vierzehn Uhr war Berlin wieder *eine* Stadt. Bei herrlichem Sommerwetter wurde auf den Straßen gefeiert und getanzt. Tausende von Berlinern halfen den DDR-Grenzpolizisten, die mit dem Abbau der Mauer beschäftigt waren, freiwillig bei der Arbeit. Die in der Hitze schwitzenden Männer wurden großzügig mit Getränken, Speisen und Zigaretten versorgt. Die Wachen vor dem sowjetischen Ehrenmal am Tiergarten hatten dankbare Bürger mit Blumen bekränzt. Aus den geöffneten Fenstern schallten die Nachrichten und Reportagen über die sich entspannende Lage auf die belebten Straßen hinaus. Einige besonders übermütige Jugendliche mußten mit sanfter Gewalt daran gehindert werden, im Inneren des Brandenburger Tores hochzuklettern.

Am Nachmittag kehrte Ministerialdirektor Christoph Pfleger von seiner Sondierungsreise wieder nach Bonn zurück. Honecker hatte einem Treffen in Bonn zugestimmt und wollte dabei Vorschläge zu zwei Punkten unterbreiten. Erstens: gemeinsame Verhandlungen der beiden deutschen Regierungen mit den vier Alliierten über die Aufhebung des Viermächtestatus für ganz Berlin; zweitens: gemeinsame Verwaltung Groß-Berlins durch einen paritätisch besetzten Deutschen Rat mit Sitz im ehemaligen Reichstagsgebäude. Mindestens bis zum Abschluß eines Friedensvertrages mit Rußland, England, Frankreich und den Vereinigten Staaten von Amerika sollten die Bundesrepublik Deutschland und die Deutsche Demokratische Republik als zwei voneinander unabhängige und souveräne Staaten innerhalb ihrer jeweiligen Grenzen und Bündnisse weiterbestehen.
Um sechzehn Uhr trat die Bundesregierung in Bonn zu einer Sondersitzung zusammen, um vom Kanzler über die neueste Entwicklung informiert zu werden. Außerdem mußten sie zum bevorstehenden Treffen zwischen Honecker und Schmidt Beschlüsse fassen. Mit dem Abbruch der Mauer in Berlin hatte der Osten den Ereignissen eine Dynamik verliehen, die sich zunächst der Kontrolle des Westens entzog. Da die Wiedervereinigung der ehemaligen Reichshauptstadt aber unmittelbar ihren Bewohnern zugute kam, vermochte niemand dagegen etwas einzuwenden. Im Gegenteil: Die DDR und die Sowjetunion hatten im Westen plötzlich eine überaus gute Presse. Führende Kommentatoren der Bundesrepublik bewerteten die spektakulären Vorgänge als »historischen Schritt«. In den Fraktionen der sozialliberalen Koalition wurden Stimmen laut, die eine Aufhebung des westlichen Handels- und Finanzboykotts forderten.

Der rasche Ablauf der Ereignisse in Europa hatte den Amerikanern, wie es schien, zunächst die Sprache verschlagen. Als das offizielle Washington an diesem 30. Juni gegen neun Uhr amerikanischer Ostküstenzeit (vierzehn Uhr mitteleuropäischer Zeit) seine Arbeit wieder aufnahm, war die Wiedervereinigung Berlins bereits eine vollendete Tatsache. Der US-Stadtkommandant Boatner hatte zwar kurz vor zwölf Uhr mitteleuropäischer Zeit die amerikanische Botschaft in Bonn-Mehlem davon unterrichtet, daß an der Sektorengrenze merkwürdige Dinge passierten. Doch deutete die Tatsache, daß die DDR-Grenzpolizei die Barrieren an den Übergängen beseitigte, nach Meinung des Sicherheitsberaters von Botschafter Burns, Thomas Roichmann, nicht unbedingt auf friedliche Absichten des Ostens hin. Schließlich könne dieser sich durch einen solchen Trick freie Bahn für seine Panzer in Richtung Westen verschaffen.
Zu dem Zeitpunkt, als die Botschaft ihren ersten Bericht nach Washington kabelte, war es dort erst sechs Uhr in der Frühe, und niemand wagte, den Präsidenten zu wecken. Seine Berater machten ihn dann im Laufe des Vormittags darauf aufmerksam, die USA könnten schlecht gegen etwas protestieren, was sie immer gefordert hatten: nämlich eine Milderung oder gar Aufhebung der Teilung Deutschlands und Berlins. Zwar sei das Ganze ohne amerikanische Einwilligung geschehen, aber schließlich seien die Amerikaner vor dem Bau der Mauer ebensowenig gefragt worden, und sie hätten sich dagegen nicht aufgelehnt. Bei einem Rückzug aus Europa werde die Wiedervereinigung Berlins sogar von Vorteil sein, weil sie das Ausmaß der amerikanischen Verpflichtungen im Ausland um ein erstrangiges Risiko verringere.
Diese Überlegungen beeindruckten Reagan, der ja unter Zeitdruck stand. Außerdem konnte ihm Botschafter Burns,

mit dem er in den Mittagsstunden telefonierte, keine Hoffnungen mehr auf einen Machtwechsel in Bonn machen: Genscher habe das verabredete Gespräch mit dem Botschafter abgesagt. Unter diesen Umständen beschränkte sich der amerikanische Präsident um sechzehn Uhr mitteleuropäischer Zeit auf die Erklärung, er werde nach Berlin kommen, um der Beisetzung der amerikanischen Soldaten beizuwohnen, die beim Überfall auf die Clay-Kaserne gefallen waren, und er werde von den Sowjets Genugtuung verlangen. Worin diese Genugtuung bestehen sollte, sagte er freilich nicht.

16. Epilog

Kurt Roßberg sitzt an einem der Gartentische des Opern-cafés Unter den Linden, läßt sich den Buckel von der warmen Sommersonne bescheinen und nippt an seinem Campari-Soda. Aus leicht zusammengekniffenen Augen beobachtet er die Bewegungen der beiden NVA-Soldaten, die drüben, vor der 1861 von Friedrich Schinkel geschaffenen Neuen Wache, im Stechschritt paradieren. Mit der mechanischen Präzision eines Uhrwerks wechseln sie vor der klassizistischen Tempelfassade die Seiten: ein über ein Jahrhundert währender Brauch.

Unter den Linden hat der Große Kurfürst von Brandenburg einst nach holländischem Vorbild als kleine Plantage anlegen lassen. Später ist der Prachtboulevard der jungen Reichshauptstadt daraus geworden. Die zwei Baumreihen links und rechts der beiden Fahrbahnen, inzwischen neu angepflanzt, haben die Teilung Deutschlands überdauert. Die Straße führt heute vom Pariser Platz – direkt hinter dem Brandenburger Tor – zum Marx-Engels-Platz, vorbei an der Humboldt-Universität, der Staatsoper und der Neuen Wache.

Am Morgen hatte sich Roßberg zusammen mit Professor Hirschmeier und dessen Sohn in den Wagen gesetzt, um mit den beiden über die Autobahn Hamburg–Berlin in die deutsche Hauptstadt zu fahren. Hirschmeier senior und junior wollten endlich ihren Berliner Neffen und Vetter Hans Joachim kennenlernen, den ehemaligen Sonderemissär Honeckers.

Der BND-Mann hatte sich ja seinerzeit in mehrfacher Hinsicht um die Hirschmeiers aus Ost und West gekümmert. Nun wollte sich der Professor mit diesem gemeinsamen Wochenendausflug revanchieren. Im Moment sind Vater und Sohn irgendwo in dem Menschengewühl, das zu dieser Nachmittagsstunde auf dem Bürgersteig Unter den Linden herrscht, verschwunden. Sie wollen bis zum Eintreffen ihres Verwandten noch etwas herumbummeln.

Auf den sechs Fahrbahnen flutet dichter Autoverkehr. Seit die Mauer gefallen ist, kann man wieder ungehindert über die Straße des 17. Juni, über Reuterplatz, Bismarckstraße, Kaiserdamm, Theodor-Heuss-Platz und Heerstraße bis nach Staaken fahren – die gesamte Ost-West-Achse entlang, wie in früheren Zeiten. Erst dort, beim Übergang von der deutschen Hauptstadt in die DDR, muß man sich ausweisen. Doch ist auch das kaum noch der Rede wert.

Unterwegs kommt man an der Siegessäule vorbei, die Preußen einst zum Andenken an den Sieg bei Sedan errichtet hatte – nach dem Krieg gegen Frankreich, der zur deutschen Einigung von 1871 führte. 1938, ein Jahr vor dem Beginn des Zweiten Weltkrieges, ließ Hitler das Denkmal vom Reichstag an den Großen Stern versetzen, einen Verkehrsknotenpunkt, wo fünf Hauptverkehrsstraßen zusammenlaufen. Seitdem ist fast ein halbes Jahrhundert vergangen. Deutschland ist zwar immer noch geteilt, aber es hat in Berlin eine Schlacht ohne Waffen gewonnen. Vielleicht der erste wirkliche Sieg in seiner Geschichte.

Die Ereignisse, die Roßberg mit den Hirschmeiers zusammenführten, liegen jetzt eineinhalb Monate zurück. Es ist Mitte August, aber die neuen Verhältnisse in Deutschland haben bereits Gestalt angenommen, seit sich Schmidt und Honecker in Bonn und Weimar trafen. Es gibt jetzt wieder ein einiges Berlin als deutsche Hauptstadt. In ihr tagt der Deutsche Rat in erstaunlicher Harmonie. Ernannt haben ihn die Regierungen der beiden deutschen Teilstaaten, die unter dem gemeinsamen Dach weiter existieren.

Von Tag zu Tag, von Woche zu Woche hat Berlin seine alte Lebendigkeit zurückgewonnen. Neuer Lebensmut pulsiert wie frisches Blut in seinen Adern. Kinder, wie die Zeit vergeht, sagt sich der BND-Mann und betrachtete wohlgefällig die bildhübschen Berlinerinnen, die sich die Nachmittagsstunden damit vertreiben, die Blicke der Männer auf sich zu ziehen.

Während er die linke Hand schützend vor die Flamme hält, versucht Roßberg, sich eine neue Zigarette anzuzünden. Der leichte Sommerwind, der vom Fridericianum herüberweht, macht es ihm schwer. Die Thermometer zeigen fünfundzwanzig Grad Celsius. Kein Wölkchen am Himmel. Eigentlich hat er jetzt Lust, am Wannsee zu baden – er schwimmt für sein Leben gern.

Während er über seine Hände hinwegpeilt, die noch immer mit dem Feuerzeug beschäftigt sind, sieht Roßberg von weitem den jungen Mann, der langsam, den Kopf suchend erhoben, durch die dichtbesetzten Stuhl- und Tischreihen streift. Es muß Hirschmeier-Ost sein, obwohl ihn Roßberg in der modischen Sommerkleidung kaum wiedererkennt.

Jetzt hat auch Hans Joachim Hirschmeier, der an diesem Nachmittag zur weißen Leinenhose einen hellblauen Nicki trägt, den BND-Mann erkannt. Er steuert auf ihn zu. In der einen Hand trägt er die Plastiktasche eines Westberliner Konfektionshauses.

»Hallo«, ruft er, wie ihn nur noch zwei, drei Tische von Roßberg trennen.

»Hallo, da sind Sie ja«, begrüßt ihn dieser. Er hat sich inzwischen erhoben und lächelt dem Oberleutnant aufmunternd zu. Seit jener dramatischen Nacht, die sie im Kanzleramt zusammenführte, hatten sie sich nicht wiedergesehen. Aber die gemeinsame Mitwirkung an jener »Operation Heimkehr«, die ihren Namen ja nachträglich nicht zu Unrecht trug, hatte aus ihnen Freunde gemacht.
»Nun, waren Sie einkaufen?« fragt Roßberg den Oberleutnant.
»Ach, nur mal am Tauentzien ein paar Klamotten gekauft. Muß schließlich auch mal sein«, sagt Hirschmeier. Er meint die Verlängerung des Kurfürstendamms, wo die großen Kaufhäuser des ehemaligen West-Berlins liegen. Er stellt seine Tasche ab und setzt sich. »Na, wo sind denn nun meine sagenhaften Verwandten?«
»Der alte Herr wollte sich noch ein bißchen die Beine vertreten. Müßte aber jede Sekunde zurücksein mit seinem Sohn.«
Roßberg und Hirschmeier musterten einander. Wie doch die jeweilige Umgebung einen Menschen verändert! Damals, im Kanzleramt, hätte Hirschmeier gewettet, daß Roßberg graue Haare hatte. »Mensch, Sie sind ja ganz blond«, entfährt es ihm.
»Überrascht Sie das?« Roßberg lacht. »Oder wollen Sie mich zum alten Eisen werfen?«
Hirschmeier fällt in das Lachen ein. Er bestellt beim Ober, der eben vorbeikommt, einen Eiskaffee.
»Nein, natürlich nicht«, sagt er. »Leute wie Sie bleiben immer jung.«
»Aber Sie können nun wirklich nicht jünger werden«, antwortet Roßberg. »Was machen Sie denn jetzt?«
»Ich bin wieder bei der Fernmeldetruppe, meinem alten Verein«, entgegnet Hirschmeier. »Und Sie?«

»Bei mir hat sich eigentlich auch nicht viel geändert«, sagt Roßberg. »Nur, daß das Ganze vielleicht etwas ruhiger geworden ist.«
»Und Ihr amerikanischer Freund?«
Roßberg hatte Hirschmeier seinerzeit von Lester Willis erzählt und daß er zusammen mit ihm im Charterjet nach Köln geflogen war.
»Den haben sie befördert und nach Amerika zurückversetzt«, berichtet Roßberg. »Schade, daß er weg ist. War ein netter Kerl.«
»Der Ritter ist bei uns ja auch die Treppe hinaufgefallen«, erzählt Hirschmeier und kommt auf seinen Kameraden, Oberleutnant Karl Ritter, zu sprechen, den Adjutanten Leonhards. »Der ist zum NVA-Hauptstab gekommen. Verwaltung Operationen.«
»Da haben Sie ja einen hübschen Anknüpfungspunkt. Denn ewig werden Sie doch gewiß nicht Oberleutnant bleiben.«
»Nein, sicher nicht«, sagt Hirschmeier und rührt versonnen mit dem Strohhalm in seinem Eiskaffee. Er schmunzelt und fährt fort: »Der Honecker läßt mich schon nicht verkommen.«
»Haben Sie ihn seither wiedergesehen?«
»Nein, das heißt nur gleich nach meiner Rückkehr, als ich ihm mündlich berichten mußte.« Hirschmeier blinzelt in die Sonne, die ihn ein wenig blendet. »Und Bunse – hatten Sie wieder Kontakt?«
»Wir werden uns morgen sehen.«
»Wann sind Sie denn heute morgen losgefahren?«
»Ach, so gegen zehn. Das Ganze ist ja keine Affäre mehr. Wir waren in zwei Stunden hier.«
»Und die Kontrollen?«
»Kein Vergleich zu früher, wie wenn Sie über die Grenze

nach Dänemark fahren. Apropos fahren. Haben Sie keine Reisepläne? Ich fahre nächste Woche ans Mittelmeer, Italien.«
»Wohin denn?« Hirschmeier war ganz Ohr. Der Gedanke, nach Italien zu reisen, machte ihn ganz kribbelig.
»Ach, so ein ganz kleines Nest an der ligurischen Küste. Arma di Taggia. Kennen Sie nicht. Ich fahre da jedes Jahr hin. Fünfzig Kilometer von Monaco entfernt.«
»Vielleicht fahre ich da auch einmal hin. Ich habe noch vierzehn Tage Sonderurlaub. Aber seit wir in den Westen reisen dürfen, weiß man ja gar nicht mehr, wohin.«
Roßberg und Hirschmeier müssen lachen.
»Man sieht die Landkarte vor lauter Reisezielen nicht mehr«, prustet Hirschmeier los. »Wie vernagelt, wie vernagelt!«
Professor Hirschmeier und sein Sohn sind inzwischen zurückgekehrt. Unbemerkt nähern sie sich dem Tisch. »Scheinen sich ganz schön zu amüsieren«, meint Hans Joachim Hirschmeier.
»Netter Junge, dein Namensvetter«, sagt der Professor und hält sofort irritiert inne, um sich zu verbessern: »Ich meine, dein Vetter.«
»Hallo, da sind Sie ja«, begrüßt Roßberg die beiden. Er erhebt sich halb, um dem Professor einen Stuhl zurechtzurükken. »Das ist er nun«, fährt er fort und deutet auf den Oberleutnant, »nicht der verlorene Sohn, aber der verlorene Neffe beziehungsweise Vetter.«
Die vier Männer mustern sich etwas verlegen, während sie sich reihum die Hand geben.
»Ja«, sagt der Professor nachdenklich, »aber wir haben uns vorher noch nie gesehen.«
Die nächste Stunde verbringen die vier damit, ihre Erinnerungen an jene Tage und Nächte aufzufrischen, die sie zu-

sammengeführt haben: an die verunglückte Spritztour nach der Feier im Segelklub, an den Schußwechsel über die Grenzen hinweg, an die zunächst unerklärliche Explosion des Wachtturms und an das, was diese rätselhaften Ereignisse ausgelöst hatte und was auf sie folgte.

Während die Schatten an diesem hochsommerlichen Nachmittag länger werden, beschließen die vier Männer, durch den Tiergarten zum Kurfürstendamm zu bummeln, um dort vor dem Abendessen noch etwas zu flanieren. Sie wollen zur Feier des Tages bei »Kranzler« speisen. Die drei Hirschmeiers sind inzwischen dazu übergegangen, sich zu duzen. Zur Erleichterung teilen sich die beiden jungen Männer ihren gleichlautenden Vornamen brüderlich: Der Student aus Hamburg nennt sich Hans, der Oberleutnant aus der DDR Joachim.

Sie nähern sich dem Brandenburger Tor, dieser eleganten Nachbildung der Akropolis von Athen aus dem 18. Jahrhundert. Das Gespann mit den vier Rossen und dem geflügelten Wagenlenker, die sogenannte Quadriga, hebt sich oben auf dem schlanken Säulenbau gestochen scharf vom tiefblauen Himmel ab.

»Herr Professor«, sagt Roßberg plötzlich und bleibt stehen, »da fällt mir etwas ein, was ich Sie immer schon fragen wollte. Als mich damals, im Zusammenhang mit der ›Operation Heimkehr‹, mein Freund Bunse vom SED-Zentralkomitee anrief, sagte er etwas, was ich nicht verstand. Er meinte, alles werde gut, wenn Tybalt und Mercutio nicht zum Schwert griffen. Wen mochte er damit wohl gemeint haben?«

Hirschmeier bleibt ebenfalls stehen. Einen Moment denkt er nach. Dann lächelt er, nickt und deutet auf die beiden Vettern, die bereits weitergegangen sind.

»Die beiden da«, sagt er verschmitzt.

»Verstehe ich nicht.« Roßberg ist ratlos.
»Doch, doch«, fährt der Professor fort und wird wieder ernst, »in einer gewissen Weise stimmt es schon. In seiner Tragödie ›Romeo und Julia‹ schildert Shakespeare die Liebe zweier junger Menschen vor dem Hintergrund der erbitterten Feindschaft zwischen den beiden veronesischen Geschlechtern der Montagues und der Capulets. Die beiden Familien waren schon wieder versöhnt, Romeo und Julia hatten heimlich geheiratet, als das Verhängnis seinen Lauf nahm: Tybalt, der Neffe der Gräfin Capulet, ersticht im Zweikampf Mercutio, einen Freund der Montagues. Darauf tötet Romeo wiederum Tybalt und wird aus Verona verbannt. Sie wissen, wie das Drama endet?«
»Ja«, erwidert Roßberg, »mit dem Selbstmord Romeos, das heißt, mit dem Ende einer großen Liebe.«
»Genau«, sagt der Professor. »Und ausgelöst wurde diese Katastrophe durch den Zweikampf zwischen Tybalt und Mercutio. Darauf spielte ihr Freund an.«
»Er meinte also, die beiden deutschen Staaten sollten sich hüten, in die Rolle von Tybalt und Mercutio zu schlüpfen?«
»Ja, er meinte wahrscheinlich, die Deutschen sollten sich nicht dazu hinreißen lassen, für die verfeindeten Geschlechter der Amerikaner und Russen einen Stellvertreterkrieg zu führen. Bei Shakespeare endet das Drama zwar so, daß sich die Carpulets und Montagues über den Leichen Romeos und Julias schließlich doch noch die Hand zur Versöhnung reichen . . .«
». . . aber was nützte es Romeo und Julia?« fällt Roßberg dem Professor ins Wort. »Das Band ihrer Liebe und ihr Leben waren zerstört.«
»Ja«, bestärkt ihn Hirschmeier. »Und was wäre ein Friede ohne Liebe.«

Die beiden Männer passieren gerade das Brandenburger Tor. Bevor sie sich den schattigen Bäumen des Tiergartens zuwenden, blicken sie über die breite Straße des 17. Juni nach Westen. Die Figur auf der Siegessäule leuchtet in der tiefstehenden Sonne golden auf.